MEIN TRAUMKIND

NOAH FITZ

Mein Traumkind
1. Auflage
(Deutsche Erstausgabe)

Noah Fitz, Postfach 1210, 97962 Bad MGH
Lektorat: Stefanie Maucher
Korrektorat: Juliane Fröhlich, Jasmin Kraft
Titelillustration: © HollandDesign/Simone Holland
© hollanddesign@gmx.de

Umschlaggestaltung: hollanddesign@gmx.de

E-Mail: NoahFitz@gmx.de

ZUM BUCH

Alles, was ich möchte, ist ein Kind. Da ich selbst keines bekommen kann, hole ich mir die Kinder der Eltern, die deren Liebe nicht verdient haben. Meist gehen diese unschuldigen Wesen einfach mit mir mit, weil sie ein Kätzchen sehen wollen, doch leider bleibt ihr Verschwinden nicht unentdeckt, und ich muss mich vor der Polizei verstecken.

In Berlin werden kleine Kinder entführt. Der gesuchte Kidnapper legt ihre Leichen später an öffentlichen Orten ab, die er mit Blumen und Zweigen verziert. Die Toten, egal ob Mädchen oder Jungen, tragen allesamt Mädchenkleider.

Kommissar Breuer will dem Verrückten, der sich selbst ›Schwarzer Engel‹ nennt, so schnell wie nur möglich, das Handwerk legen. Kurzerhand entscheidet er sich, Doktor Hornoff zurate zu ziehen. Gemeinsam jagen sie ein Phantom, das außer Leichen keine Spuren hinterlässt.

ZUM AUTOR

Seit Jahren gehört Noah Fitz zu den beliebtesten Thriller-Autoren im deutschsprachigen Raum. Mit den bisher erschienenen Werken konnte er Topplatzierungen in den Bestsellerlisten erreichen und die Leser mit seinen spannenden Büchern begeistern. Noah Fitz schreibt nicht nur Thriller, sondern auch historische Romane und Kinderbücher – diese Kombination macht ihn als Autor so außergewöhnlich.

Und das sagt Noah Fitz über seine Arbeit: »Ein Buch zu schreiben, ist wie einen Film zu drehen, nur findet die Vorstellung später in den Köpfen der Leser statt und nicht auf der Leinwand; genau das ist am Schreiben so faszinierend für mich.«

Bei Fragen, Verbesserungsvorschlägen und Anregungen, ist Noah Fitz unter noahfitz@gmx.de rund um die Uhr zu erreichen.

PROLOG

»Die Aufmerksamkeit ist der Meißel des Gedächtnisses.«

— FRANÇOIS-GASTON DE LÉVIS

»Wollen wir Verstecken spielen?«, fragte Liam und grinste breit. Seine Wangen waren schmutzig. Die Mütze saß schief auf dem blonden Kopf des fünfjährigen Jungen.

»Wollen wir nicht warten, bis dein Papa da ist?« Andrea sah sich unsicher um. Auf dem Spielplatz befanden sich Menschen, die sie nicht kannte. Trotz der spielenden Kinder hatte der Ort ein unheimliches Flair, weil die Geräte allesamt marode wirkten oder von bunten Graffitis verhunzt worden waren. Sie stellte sich vor, wie sich hier abends der Abschaum der Gesellschaft traf, um sich einen Schuss zu setzen.

»Liam, bitte. Sonst gehen wir wieder nach Hause«, sagte sie mit ernster Stimme.

Über ihren Köpfen stieg eine Schar schwarzer Vögel laut

krähend auf. Der graue Himmel und der kühle Wind jagten Andrea eine Gänsehaut über den Rücken.

»Aber mir ist langweilig«, quengelte der kleine Quälgeist und zupfte Andrea am Ärmel ihres Mantels.

Andrea hatte ›ihren Stefan‹ vor etwa drei Wochen kennengelernt und erst vorgestern erfahren, dass ihr neuer Freund einen Sohn hatte. Auf den passte sie heute auf. Das war ihre Idee gewesen, weil Stefan einen unerwarteten, aber wichtigen Termin hatte, ausgerechnet heute, am Besuchstag seines Sohnes. Sie hatte nett sein und Stefan beweisen wollen, dass sie überhaupt kein Problem mit dem Kind hatte.

»Komm schon. Du zählst und ich verstecke mich?« Der Junge lispelte leicht. »Bitte!« Er schenkte Andrea ein Lächeln und fuhr sich dabei mit der Zunge über die Zahnlücke. »Außer mir hat bei uns in der Gruppe noch niemand einen Zahn verloren, nur die Vorschulkinder, aber die sind ja älter als wie ich und das giltet nicht. Du musst mit zuenen Augen zählen und dich umdrehen.«

»Ich weiß nicht.« Andrea hatte dabei ein ungutes Gefühl und ließ ihren Blick über den unheimlichen Ort schweifen. Der Spielplatz befand sich in einem Park, in dem sich nicht nur vertrauenswürdige Gestalten herumtrieben – aber ein anderer war nicht in fußläufiger Nähe. Die Geräte waren eine Zumutung. Der Sandkasten diente nicht nur als Katzenklo, sondern auch als großer Aschenbecher, in dem Liam heute, in den zwei Stunden, die sie hier zusammen verbracht hatten, drei Kippen und ein vertrocknetes Stück Katzenscheiße gefunden hatte. Obwohl Andrea ihm danach die Hände mit einem Feuchttuch gründlich abgewischt hatte, rochen seine Finger noch immer danach.

»Bitte!« Liam ließ nicht locker und fing an, auf der Stelle zu hüpfen, wie es Kinder eben taten, wenn sie ihren Willen durchsetzen wollten. Kurz bevor sie dann zu schreien anfingen. Diese Art Aufmerksamkeit wollte Andrea vor den hier anwesenden Eltern nicht erregen und sie überlegte angestrengt, wie sie den Jungen, der sich allmählich langweilte, noch eine Weile bei der Stange halten könnte. Wo blieb Stefan nur? Er hatte bereits gute zwanzig Minuten Verspätung.

»Andrea, bitte! Nur eine Runde, ja?« Er streckte die Arme aus und zog an ihrem Schal.

Sie rümpfte die Nase und schob die winzigen Hände von sich. »Wir gehen lieber schaukeln«, schlug sie schließlich vor und versuchte sich an einem versöhnlichen Lächeln.

Liams Miene hellte sich für einen Moment auf, verdunkelte sich jedoch sofort wieder, weil er ursprünglich etwas anderes erwartet hatte. »Och menno, das ist langweilig und was für Babys. Außerdessen passe ich in die linke nicht rein und in die rechtene hat ein Hund gebissen.«

»Das heißt ›außerdem‹ und ›in die rechte‹«, verbesserte sie den Jungen lächelnd und zückte ihr Handy.

Stefan kommt bestimmt bald, sprach sie sich Mut zu und ging in die Hocke, so wie Stefan es ihr beigebracht hat. »*Du musst immer auf Augenhöhe bleiben und nicht von oben herab mit ihm sprechen, dann ist Liam umgänglicher*«, hatte er gesagt.

»Was hältst du davon, wenn ich dich ganz doll anschubse, sodass du hoch bis zum Himmel fliegst?«

Liam zog eine Schnute, verschränkte die Arme vor der Brust, schniefte und kehrte ihr den Rücken.

Andrea haderte mit sich selbst. Vor ihren Augen spielte sich ein Szenario aus einem Buch ab, das sie erst vor Kurzem gelesen hatte – oder hatte sie das aus dem Internet? Sie wusste es nicht mehr so genau. Auf jeden Fall checkte sie das Terrain nach *potenziellen Kidnappern* ab.

»Nur eine Runde! Bitte!« Liam drehte sich wieder zu ihr um und sie sah, dass er den Tränen nahe war. In den hellblauen Augen schwammen sie bereits und warteten nur darauf, seine Wangen zu fluten. Seine volle Unterlippe bebte.

»Warte einen Moment! Ich muss nachdenken!«, sagte sie

und versuchte so, die drohende Katastrophe abzuwenden. Abermals sondierte sie die Umgebung.

Abgesehen von ein paar schreienden Kindern und deren Eltern, befanden sich nur zwei ältere Frauen in unmittelbarer Nähe. Eine der alten Damen hielt sich an ihrem roten Rollator fest, die andere drückte sich einen kleinen Hund an die Brust. Sie unterhielten sich so laut, dass Andrea ihrem Wortlaut selbst von hier aus hätte folgen können, würde sie sich für Medikamente gegen Arthritis und Hämorrhoiden interessieren. Drei weitere Frauen mittleren Alters saßen auf einer Bank und unterhielten sich in einer für Andrea unverständlichen Sprache. Zwei davon trugen bunte Kopftücher. Sie alle knabberten an Sonnenblumenkernen und warfen die Schalen auf den Boden, der von welken Blättern und Zigarettenstummeln bedeckt war. An der Rutsche stand ein älterer Herr, der seinem Enkel beim Rutschen half, indem er die Hand des Jungen hielt und mitlief, sobald das Kind sich in Bewegung setzte. Und am ›Vogelnest‹ stand eine bunt gemischte Gruppe aus Frauen und Männern. Alle passten auf, dass keines der Kinder von der Riesenschaukel fiel. Eine der Damen ermahnte zwei der größeren Jungen dazu, weniger Schwung zu holen, weil ihr Sohn sich an nichts festhalten könne, da er mit seinen sechs Jahren noch zu klein dafür sei. »Anhalten, anhalten!«, schrie sie und zerrte ihren Sohn, der sich gegen den Griff seiner Mutter wehrte und lautstark protestierte, aus dem Vogelnest. Alles in allem nichts und niemand, der eine übergroße Gefahr darstellen sollte.

Andrea stand auf und drehte sich im Kreis.

Die Baumkronen der umstehenden Bäume raschelten im Wind. Gelbe und rote Blätter trudelten herab. Die Sonne verkroch sich allmählich hinter den bunten Wipfeln. Wolken schoben sich über den Himmel und es wurde zunehmend kühler.

Mit dem Blick suchte sie die Wege ab. Nach wie vor kein Stefan in Sicht.

»Eine Runde. Bitte!«, quengelte Liam weiter. Mit seinen kleinen kalten Fingern klammerte er sich an ihrer Hand fest.

»Später, okay? Wir warten noch auf deinen Papa. Nicht, dass er kommt und uns gar nicht sieht, weil wir uns gerade verstecken. Womöglich geht er dann gleich wieder, weil er glaubt, wir wären schon weg.«

»Nein«, sagte er laut und zog fester.

»Liam, deine Hände sind schmutzig. Zieh mich nicht am Finger. Meine Maniküre ist noch frisch«, sagte sie in einem scharfen Tonfall. Schärfer als beabsichtigt. Tatsächlich ließ er von ihr ab, doch die trotzig vorgeschobene Unterlippe bebte nun stärker. Andrea betrachtete kurz ihre frisch gemachten Nägel und holte einmal tief Luft. Es fehlte gerade noch, dass die Stimmung nun endgültig kippte, der Junge zu heulen anfing und Stefan womöglich ausgerechnet in diesem ungünstigen Moment um die Ecke kam. »Also gut«, gab sie nach, um dieses Katastrophenszenario abzuwenden. »Aber nur, wenn du dich auf dem Spielplatz versteckst. Der Rest des Parks ist tabu.«

»Danke«, jauchzte Liam, schlang seine Arme um ihre üppige Taille und presste sein Gesicht gegen Andreas Bauch.

»Ich zähle bis zwanzig, dann komme ich dich suchen.«

»Aber mit zuenen Augen und nicht mogeln!« Er streckte den Zeigefinger in die Luft und hob die Brauen.

»Versprochen.« Andrea überkreuzte zwei Finger.

»Und zwanzig ist viel mehr als zehn«, fügte er neunmalklug hinzu und schniefte laut.

Zum Schein drehte Andrea sich mit dem Rücken in Liams Richtung und spickte aus dem Augenwinkel, wohin der Junge lief. Er rannte schnurstracks zu seinem Versteck, das er schon davor ausbaldowert haben musste, mutmaßte Andrea.

Noch bevor Liam hinter der Wippe verschwinden konnte, hörte Andrea ein *Pling!* Das Handy in ihrer linken Hand summte.

Ein Videoanruf.

Andrea wischte mit dem Daumen über den Bildschirm, wobei sie bemerkte, dass die neuen Nägel doch etwas zu lang waren und sie sich an das Handling erst noch gewöhnen musste. Erst beim dritten Versuch gelang es ihr, den Anruf entgegenzunehmen.

»Hallo Stefan! Wann kommst du endlich? Ich friere mir bald den Po ab«, sagte sie kokett säuselnd und so wenig vorwurfsvoll wie möglich.

»Du, ich …«, erklang seine Stimme blechern und das Bild gefror für eine Schrecksekunde. »Ich brauche noch eine Stunde, aber du hast ja den Schlüssel zu meiner Wohnung. Kannst du mit Liam schon mal nach Hause gehen und auf meine Ex warten? Die will ihn in ungefähr einer Stunde abholen, und ich möchte nicht, dass sie vor verschlossener Tür steht.«

»Aber ich kenne deine Ex doch noch gar nicht. Wird die sich nicht wundern, wenn ihr eine wildfremde Frau das Kind übergibt? Wirst du bis dahin nicht daheim sein?« Andrea versuchte, nicht allzu verärgert zu klingen, obwohl sie es war. Ungehalten strich sie sich eine unbändige Strähne aus der Stirn.

»Es tut mir leid, aber der Termin lässt sich nicht verschieben. Die neue Haarfarbe steht dir übrigens sehr gut.«

Andrea fuhr sich mit einem scheuen Lächeln über das hell blondierte Haar, das sich strohig anfühlte, weil die Friseurin noch weitere zwanzig Euro für die Kur verlangen wollte. Für das Geld konnte Andrea bei DM mehrere Flaschen kaufen und dazu noch Punkte sammeln, also hatte sie die Pflegekur abgelehnt.

»Wir sehen uns in …« Stefans Stimme klang verzerrt und wurde von einem Knistern unterbrochen. Der Hintergrund war weiß und ihr Freund sah irgendwie aufgeschreckt aus.

»Wann?«

»Achtzehn Uhr?« Er klang zerknirscht und machte dazu eine passende Grimasse.

»Wir bleiben noch ein bisschen auf dem Spielplatz und gehen dann zu dir.«

»Du bist ein Schatz. Bussi.«

Andrea schmatze zurück und legte auf.

Mit gerecktem Kinn drehte sie sich um und tat so, als wüste sie nicht, wo Liam sich versteckt hatte.

»Ich komme!«, rief sie übertrieben laut. Zuerst lief sie zur Rutsche, wo eine in die Jahre gekommene Mutter ihren Sohn anflehte, nicht mit schmutzigem Sand nach ihr zu werfen. Dort war Liam nicht. Der alte Mann half seinem Enkelkind dabei, den kleinen Hügel zu erklimmen, anstatt die Stufen zu nehmen, die zur Rutsche führten.

»Liam? Wo bist du?« Als Andrea, nun auf dem Weg zur Wippe, die Bank mit den Frauen passierte, die jetzt statt Sonnenblumenkernen Kekse aßen, die ausgesprochen lecker dufteten, verspürte sie ein leichtes Stechen in der Brust.

»Haben Sie meinen Jungen gesehen?«, fragte sie.

»Junge?«, wiederholte die ohne Kopftuch und sah die anderen beiden verwundert an.

»Nein«, entgegneten die zwei unisono und schüttelten die Köpfe.

Liam trug eine gelbe Regenjacke, die gut von Weitem zu sehen war. Hinter der Wippe gab es nicht genug Platz für ihn. Es guckte immer etwas von ihm heraus, aber jetzt sah Andrea nichts. Keine Spur von Liam oder seiner Jacke.

»Liam!« Laut rief sie seinen Namen und lief auf das Gerät zu.

Die drei Frauen, die Andrea zuvor angesprochen hatte, standen von ihrer Bank auf und folgten ihr.

»Liam? Ich gebe auf! Du hast gewonnen! Liam, komm bitte raus. Das macht keinen Spaß mehr.«

»Wie hat der Junge ausgesehen? War diese blonde Kind mit gelbe Jacke?«, interessierte sich eine der Frauen.

Andrea nickte und kämpfte dagegen an, in Tränen auszubrechen.

»Liam.«

»Liam?«

»Liam!«, riefen die Frauen durcheinander und zerstreuten sich in alle Richtungen, um den Jungen zu suchen.

Nach einer guten halben Stunde stoppten sie die Suchaktion. Liam war spurlos verschwunden. Inzwischen hatten sich sowohl die anderen Eltern als auch die größeren Kinder an der Suche beteiligt. Andrea war mit den Nerven völlig am Ende. Sie beschloss, die Polizei zu rufen. Ihre Finger zitterten, als sie den Notruf wählte.

»Scheiße«, fluchte Andrea weinend, als sie merkte, dass sie sich schon bei der zweiten Zahl vertippt hatte.

»Wollen Sie Polizei rufen?« Eine der Frauen mit Kopftuch sah sie mitleidsvoll an. »Es tut mir leid für ihr Kind«, sprach sie leise auf Andrea ein, »aber vielleicht er nach Hause gelaufen? Macht mein Junge manchmal auch so.« Sie lächelte. »Wollen vielleicht zusammen nachschauen?« Sie sprach mit einem starken Akzent.

Andrea war der Frau für diese Idee, auf die sie selbst nicht gekommen war, sehr dankbar. Sie steckte ihr Handy ein und nickte zögerlich.

»Kommen Sie.« Die Frau reichte Andrea ihre weiche und warme Hand. »Ich heiße Ajnur.«

»Andrea.«

»Ist Ihre Wohnung weit von hier?«

»Nein, keine fünf Minuten.« Andrea wischte sich die Tränen aus den Augen.

»Nicht weinen. Vielleicht ist alles gut und Sie sich machen unnötig Sorgen. Wir Mütter weinen viel zu viel. Egal, ob Kinder krank sind oder sich wehgetan, weinen wir mit dem Herzen. Und später, wenn Sie groß, weinen wir jede Nacht, wenn sie sind traurig.«

»Und wenn Liam doch auftaucht?«

»Meine Freundinnen hierbleiben und passen auf. Ich habe Telefon. Wenn Ihr Sohn ist wieder da, sie mich rufen sofort an.« Wie zur Bestätigung zeigte sie Andrea ein Klapphandy.

»Liam ist nicht mein Sohn«, wollte Andrea sagen, beließ es aber bei dieser Annahme. Stumm lauschte sie der angenehmen Stimme dieser fremden Frau, die sie tröstete.

Zusammen verließen sie schnellen Schrittes den Spielplatz.

Der abendliche Herbsthimmel färbte sich dunkelrot, wie ein böses Omen, das nichts Gutes verhieß. Andreas Herz verkrampfte sich, trotzdem hoffte sie, dass sie Liam finden würde, noch bevor Stefan – oder die Mutter des Jungen – auftauchte.

1

JOHANNES

Sonja und ich sind in der Küche. Sie sitzt am Tisch, die Beine an die Brust gezogen und nippt an ihrem Vanilletee. Für gewöhnlich isst sie dazu ein Croissant, aber heute hat sie entschieden, darauf zu verzichten, weil sie gestern feststellen musste, dass ihre Lieblingshose zu kneifen beginnt.

Ich stehe an der Spüle und schneide ein zweites Brötchen auf.

»Was machst du heute noch, nachdem du bei deinem Bruder warst?«

»Warum?«, will ich von meiner Frau wissen und beschmiere die eine Hälfte mit weicher Butter. Die andere Hälfte hebe ich mir für später auf, weil ich nicht weiß, was ich eigentlich essen möchte. Ich drehe mich um und beiße ein Stück von dem beschmierten Brötchen ab. »Hast du für heute was geplant?«, frage ich kauend.

Sonja zuckt mit den Schultern und betrachtet mich über den Rand ihrer riesigen Tasse hinweg, aus ebenfalls riesig wirkenden kastanienbraunen Augen.

»Ich gehe rüber zu Benjamin und bringe Cristina später zur Schule«, sage ich und greife nach der Kaffeetasse. Der Duft nach gemahlenen Bohnen und frischen Brötchen hängt in der Luft. Diese Mischung aus Eindrücken hinterlässt ein wohliges Gefühl in meine Seele.

»Ich mag diese Jahreszeit, wenn es draußen kalt und drinnen kuschelig warm ist«, flüstert meine Frau träumerisch und seufzt einmal tief. »Auch wenn ich oft allein bin und mich ziemlich einsam fühle. Ich vermisse die Zeit, als Tim noch ein Baby war. Damals liebte ich diese kalten Tage ganz besonders. Ich vermisse diese Winterspaziergänge mit Kind.« Sie seufzt wieder und sieht mich auf einmal anders als sonst an.

Eigentlich eine idyllische Szene und keine Aussage, die einen das Fürchten lehrt, dennoch liegt da etwas in ihrem Seufzen – vielleicht ist es auch in ihrem Blick –, was mich beunruhigt. Meine Hand mit der Tasse zittert plötzlich. Eine ungute Vorahnung beschleicht mich und bringt mich innerlich so durcheinander, dass mein Herz zu stolpern beginnt. Der schwarze Kaffee schwappt beinahe über den Rand.

»Was ist los? Was hast du?«

»Stell erst mal die Tasse ab«, sagt Sonja und streift ihre blonden, leicht gewellten Strähnen nach hinten. Flink bindet sie ihre dichte Mähne mit einem Haargummi zu einem Knoten.

Ich bleibe stehen, in der linken Hand die Tasse, in der rechten ein Teller mit der angebissenen Brötchenhälfte. Die dicke Schicht Butter schmilzt dahin, schwitzt genauso wie ich mittlerweile. Der Stummel meines linken Zeigefingers beginnt zu pochen. Die Phantomschmerzen sind wieder da. Das fehlende Glied brennt wie Hölle.

Schöne Scheiße, würde jetzt meine Lieblingsnichte Cristina sagen. Sie ist neun und ein richtiges Energiebündel. Sie ist auch der Grund, warum ich meinen Bruder viel öfter besuche als vor ihrem plötzlichen Auftauchen. Cristina platzte einfach so in unser Leben und ob man wollte oder nicht, man musste sie einfach gernhaben. Dieses Geschenk hatten wir einem tragischen Umstand zu verdanken.

Sonja liegt etwas auf dem Herzen und ich will eigentlich nur in Ruhe frühstücken. Mit zusammengekniffenen Lippen nehme ich ihr gegenüber Platz, stelle den Teller mit dem Brötchen ab und halte mich mit beiden Händen an der Kaffeetasse fest. Ich puste über die tiefschwarze Oberfläche, die sich zu kräuseln beginnt, atme den Duft durch die Nase ein. Bevor ich mir den ersten Schluck gönne, höre ich mich fragen: »Was ist los? Du bist schon seit Tagen so … anders als sonst.« Der erste heiße Schluck Kaffee flößt mir augenblicklich Leben ein.

»Ich möchte ein Kind«, sagt sie geradeheraus.

Ich verschlucke mich.

»Dir ist schon klar, dass wir beide mittlerweile viel zu alt dafür sind?«, krächze ich und blinzele die Tränen aus den Augen. »Der Zug ist abgefahren für uns!«

Zwar ist sie sechs Jahre jünger als ich, aber mit knapp fünfzig Jahren ist man nun wirklich nicht mehr jung, überlege ich mit einem versöhnlichen Lächeln und nippe erneut an meinem Kaffee.

»Für dich vielleicht, aber nicht für mich«, stellt Sonja die Verhältnisse klar.

»Vielleicht nicht zu alt. Aber in einer anderen Lebensphase inzwischen«, verbessere ich mich schnell und stelle die Tasse ab. »Ich bin immerhin erst Mitte fünfzig.«

»Und ich zehn Jahre jünger.«

»Sechs«, sage ich. Das Wort fliegt mir förmlich aus dem Mund.

»Wie bitte?«

»Ich sagte, um sechs bin ich wieder zurück. Habe noch was zu erledigen«, laviere ich mich aus der Situation und beiße herzhaft in das Brötchen. Schnell schnappe ich mir noch ein Blatt Salat, das vom Waschen noch nass ist, und stopfe es mir in den Mund.

»Ich will es ja nicht zur Welt bringen.« Sonja schenkt mir ein versöhnliches Lächeln.

»Das wäre ja noch schöner«, nuschele ich mit vollem Mund, »aber es ist immerhin ein Anfang.«

»Wir könnten doch eins adoptieren?« Das letzte Wort buchstabiert sie beinahe.

»Und was machen wir mit Jack?«

Mein treuer Freund, eine Deutsche Dogge mit dem Blick eines Kindes, hört seinen Namen und kommt aufgeregt aus dem Wohnzimmer zu uns in die Küche gerannt. Er bleibt in der Tür sitzen und checkt erst mal die Lage ab, wobei er seinen Hundeblick zwischen Sonja und mir hin und her wandern lässt.

»Komm her, Guter«, ruft Sonja den Hund zu sich, stellt die Tasse weg und tätschelt Jack die Flanke, als er seinen großen Kopf an sie schmiegt. »Er tut doch niemandem was. Du frisst doch keine kleinen Kinder, oder? Stimmt's, Großer?« Sie spricht mit ihm wie mit einem Baby und drückt ihm einen Kuss auf die Stirn.

»Sein früherer Besitzer war ein Krimineller auf Drogen.«

»Aber Jack ist nicht kriminell, stimmt's?«

Mein eigentlich treuer Freund wittert, dass er sich mit seinem guten Benehmen ein Leckerli verdienen kann, und schaut daher hoch zu Sonja. Seine schwarzen Lefzen glänzen. Er winselt und leckt sich über die Schnauze. Sein Frauchen küsst ihn erneut auf die Stirn, schnappt sich das letzte Stück des kross gebratenen Specks und hält es dem Hund hin. Sofort verschwindet es in dem gierigen Maul. »Das war nur eine Ausnahme«, ermahnt sie ihn mit einem Lächeln, dann krault sie kurz Jacks Nacken. Mit einer leicht enttäuscht wirkenden Miene legt sich der Vierbeiner vor Sonjas Füße hin.

»In welchem Alter denn?«, greife ich den Faden wieder auf, als es an der Tür klingelt. Ich springe sofort auf und verlasse die Küche, so schnell ich kann, wobei mir mein linker Fuß Schwierigkeiten bereitet.

Meine damals hochschwangere Mutter wurde von einem

Betrunkenen angefahren und musste nach dem Unfall notoperiert werden. Seitdem fehlen mir die Zehen und ein Stück meines Zeigefingers. Zudem ist meine linke Gesichtshälfte taub. Benjamin hat es noch viel schlimmer erwischt. Mein Zwillingsbruder ist von Geburt an vom Hals abwärts gelähmt, aber er hat den Kampf um seine Unabhängigkeit nie aufgegeben. Zusammen mit seinem Pfleger Oliver haben die beiden es so weit geschafft, dass Benjamin seine rechte Hand halbwegs unter Kontrolle hat. Er lebt wie ich in Neustadt, einer Kleinstadt in der Nähe von Berlin. Benjamin hat sein eigenes Zimmer in der Villa unseres jüngeren Bruders Peter.

Die Klingel ertönt erneut.

»Ich komme!«, rufe ich und lege noch einen Zahn zu.

Jack ist natürlich wie immer als Erster vor Ort und sitzt schon vor dem Eingang.

Entweder ist es der stets brummige Polizeioberkommissar Breuer, der da ungeduldig ist, oder jemand, den ich gut kenne, aber nicht sonderlich gut leiden kann. Noch bevor dieser Jemand zum dritten Mal klingeln kann, packe ich die Klinke und reiße die Tür auf. Die kalte Luft von draußen trifft mich wie eine Wand.

»Guten Morgen«, begrüße ich den grimmig dreinschauenden Polizisten, der vor meiner Tür steht.

»Bei dem Sauwetter frieren einem die …« Karl Breuer verkneift sich den Rest der Bemerkung und sieht kurz über die Schulter. »Gehen Sie schon rein, Kirschmann«, lädt er seine junge Kollegin ein, so als wäre es sein Zuhause und nicht meines.

»Ja, kommen Sie rein, Saskia. Wir haben noch Kaffee und …«, beginne ich, werde aber von meiner Frau unterbrochen, die inzwischen den Küchentisch verlassen und nun den grimmigen Polizeioberkommissar entdeckt hat.

»Wenn das nicht mein Lieblingsmensch ist!«, ertönt Sonjas sarkastische Stimme und lässt den bulligen Polizisten sichtlich kleiner werden. »Mein Mann ist heute leider schon verplant, stimmt's, Johannes?«

Etwas verlegen streiche ich mir durch mein noch dunkles Haar, das nur an den Schläfen grau meliert ist, und drücke die Tür ins Schloss.

»Hallo Sonja. Kaffee ist gut, aber den Kuchen darfst du dir sparen. Wir haben keine Zeit für einen Plausch«, brummt Karl, während er Saskia an mir vorbei ins Innere schiebt. »Wir bleiben auch nicht lang.«

Seine Überlegenheit im Beisein meiner Frau schrumpft für gewöhnlich um die Hälfte. Ich halte mich aus diesen Streitigkeiten bis zu einem gewissen Punkt komplett heraus.

»Frau Kirschmann hat eine wichtige Nachricht zu überbringen.« Karl versteckt sich hinter der zierlichen Polizistin wie hinter einem Schutzschild.

Das frisch gefärbte rote Haar reicht Saskia bis zu den Schultern und scheint feucht zu sein. Ein welkes Blatt hat sich darin verfangen, doch ich verkneife es mir, danach zu greifen.

»Kommt rein, aber zieht bitte zuerst die Schuhe aus. Wir sind noch am Frühstücken, das mit dem Kaffee kriegen wir also hin«, lenkt Sonja lächelnd ein und geht zurück in die Küche.

»Frühstücken? So spät?« Karl lässt die Frage so klingen, als wäre ich daran schuld, dass Sonja ihn nicht sonderlich mag.

»Man gönnt sich ja sonst nichts«, entgegne ich und helfe Saskia aus dem Mantel, im nächsten Moment zupfe ich ihr mit spitzen Fingern das Blatt aus dem Haar und lasse es in der Tasche meiner hellen Leinenhose verschwinden.

»Wir sind gekommen, weil wir dich brauchen«, vertraut Karl sich mir an und blickt hastig zur Küche. »Gestern wurde erneut ein Kind …«

»Karl.« Ich hebe die Hand und gebiete ihm so Einhalt, aber er fährt sich mit der rechten Hand einfach über das raspelkurze Haar und ignoriert meinen Einwand.

»Ich weiß, dass du nicht mehr ermitteln willst. Alles, was

du diesmal tun musst, ist Folgendes: Du unterstützt Kommissarin Kirschmann bei ihrer Arbeit.« Er sagt es so, als befände sich Saskia in einem anderen Raum. »Sie ist noch neu und der Fall entwickelt sich zu einer Katastrophe. Die Hausbesuche und die Befragungen der Eltern, das alles soll von einem Profi unterstützt werden.« Er legt mir versöhnlich seine Pranke auf die Schulter und knetet sie kurz. »Ein Nein lasse ich nicht gelten!«

»Willst du nicht erst mal *richtig* reinkommen?«, will ich von Karl wissen, weil mir nicht entgangen ist, dass er die Schuhe nicht abgestreift hat.

»Lass mal«, entgegnet er kleinlaut, geht rückwärts zurück zur Tür und fügt hinzu: »Lars wird euch beide später abholen. Ich muss weiter.« Mit diesem Satz verschwindet er nach draußen und lässt uns beide allein.

»Karl«, rufe ich ihm mit gepresster Stimme nach und folge ihm.

Trotz seiner beachtlichen Größe ist Karl flink wie ein Wiesel, wenn es darum geht, seinen Kopf aus der Schlinge zu ziehen. Vor seinem BMW bleibt er dennoch kurz stehen, winkt mir zum Abschied zu, steigt ein und fährt davon.

»Er hat mich schon wieder reingelegt«, knurre ich und kehre um.

»Tut mir leid«, sagt Saskia mit entschuldigendem Blick und presst sich eine dünne Aktentasche an die Brust, die mir bisher entgangen ist.

»Sie waren ja nicht in seinen fiesen Plan eingeweiht«, sage ich und hüstele mir die Stimme frei. Ich spüre den durchdringenden Blick meiner Frau im Nacken.

»Wie trinken Sie Ihren Kaffee, Frau Kirschmann?«, fragt sie auch gleich.

»Mit viel Milch, wenn es geht.«

»Oder möchten Sie lieber Tee? Nun kommen Sie schon rein in die gute Stube! Sie wollen doch nicht im Flur stehen bleiben. Schatz, wo bleiben deine Manieren?« Die Spitze in der Frage ist nicht zu überhören. Ich weiß, dass mich Ärger erwartet.

Schöne Scheiße! Wieder geht mir Cristinas derzeitiger Lieblingsspruch durch den Kopf, während ich mir ein Lächeln abringe. Fast schon theatralisch klatsche ich mir mit der flachen Hand gegen die Stirn. »Ja, wie unhöflich von mir! Frau Kirschmann, wärmen Sie sich erst mal auf.« Ich zeige zur Küche.

Saskias Wangen bekommen einen rötlichen Touch. Die Flecken auf ihrem Gesicht haben die Form von ungleichmäßigen Tintenklecksen.

»Nur keine Umstände, bitte. Aber Tee statt Kaffee wäre prima«, sagt die Polizistin, folgt Sonja in die Küche und nimmt auf dem ihr zugewiesenen Stuhl Platz. Die Aktentasche lehnt sie an das Tischbein und umklammert kurz darauf die große Tasse, in der dampfendes Wasser langsam die Farbe des nach Vanille duftenden Tees annimmt. Schweigend senkt Saskia leicht den Kopf.

»Wenn Sie uns beide kurz entschuldigen?« Sonja schiebt ihren schmalen Finger unter den Ärmel meines Poloshirts, spielt mit den Brauen und nickt unauffällig zur Tür, die zur Treppe führt.

»Wollen Sie vielleicht ein Brötchen?« Ich ignoriere Sonjas Gesichtszuckungen, streife ihre Hand ab und lege ein frisches Brötchen auf einen Teller.

Saskia fühlt sich jetzt offensichtlich noch unwohler in ihrer Haut. Die Schamröte auf ihren Wangen nimmt beinahe die Farbe ihrer Haare an.

Ich nehme neben ihr Platz, stelle den Teller vor der Polizistin ab und stütze die Arme auf den Tisch.

»Bedienen Sie sich ruhig.«

Auf dem Tisch steht noch genug Essen, um eine ganze Einsatzhundertschaft der Polizei durchzufüttern.

»Nein, danke. Tee genügt.« Sie lächelt knapp und nippt an dem heißen Getränk.

Ich sehe sie etwas ernster an und lasse meine Beobachtung wie eine Frage klingen: »Karl hätte Sie nicht hergebracht, wenn es dafür keinen triftigen Grund gäbe.«

»Klar«, sagt sie schnell, stellt die Tasse ab und greift hastig nach der Mappe. Sie holt einen Schnellhefter heraus. Dabei fallen die wenigen Blätter zu Boden und verteilen sich wie eine Collage aus kindlichen Gesichtern auf den hellen Fliesen.

Ich höre, dass Sonja hinter mir erschrocken tief Luft holt.

Saskia springt vom Stuhl und klaubt hastig alles auf.

»Tut mir leid«, stammelt sie und sortiert die Fotos neu.

Ich beeile mich, ihr zu helfen.

»Sind das die Opfer?« Mein Atem geht schneller. Die rechte Hand wandert zur Brust. Rhythmisch klopfe ich mir gegen die Rippen. Einer meiner zahlreichen Ticks.

»Ja«, flüstert Saskia.

»Johannes, komm mal kurz!« Sonja akzeptiert keine Widerrede.

»Bin gleich wieder da«, sage ich und folge meiner Frau in den Nebenraum.

»Warum du?«, ist das Erste, was Sonja mir an den Kopf wirft, sobald sie sich ungehört fühlt. Sie wirkt nicht nur ungehalten, sie ist außer sich vor Wut.

»Vielleicht weil ich gut bin?«

»Hast du nicht gesagt, du willst kürzertreten? Schau dich doch an!« Sie fährt mit den Fingern ihrer rechten Hand über meine linke Wange. Da meine linke Gesichtshälfte seit meiner Geburt keine Schmerzsignale und sonstigen Impulse aussendet, kann ich nur erahnen, dass sie zärtlich über die Narbe fährt, die vom Teppichmesser eines Wahnsinnigen stammt.

»Und das?« Sie schiebt die Hand unter mein Shirt. Von der Brust bis zum Bauchnabel ziert eine zackige Schramme meinen Körper. Das ist auch ein Andenken an einen Mann, der in unser Schlafzimmer eingebrochen ist und mich beinahe umgebracht hätte. Hätte Sonja nicht so schnell reagiert und Erste Hilfe geleistet und mein Zwillingsbruder nicht sofort den Notdienst gerufen, würde ich längst unter den Toten weilen. »Wem willst du was beweisen? Ich brauche dich gesund und im Ganzen, nicht in Stücke geschnitten wie ein …«

»Du wolltest doch unbedingt ein Kind adoptieren, oder?« Meine Stimme klingt kühl. Sonjas Mienenspiel verändert sich. Ihr wird bewusst, dass sie mich nicht mehr davon abhalten kann, Karl bei den Ermittlungen zu unterstützen. Klar kusche ich wie jeder Mann vor seiner Frau, um den Frieden zu bewahren, aber nur bis zu einem gewissen Punkt, der nun erreicht ist.

In meiner linken Hand raschelt ein Blatt, das ich in der Hektik und nicht ganz aus Versehen mitgenommen habe. Mein Unterbewusstsein agiert oft schneller als mein Bewusstsein und erahnt die Folgen meiner Taten, sodass ich entsprechend auf Geschehnisse reagieren kann. Mein Blick streift das lachende Gesicht eines Kindes. Schwarze Haare, Augen wie glänzende Murmeln, dunkle Regenbogenhaut, Zahnlücke und ein kleines Muttermal oberhalb der linken Braue. Zwei Grübchen auf den Pausbacken. Trotz der augenscheinlichen Freude, die das Bild zeigt, erahne ich eine latente Furcht, die sich hinter den glänzenden Augen des Jungen verbirgt. Marian Kruch, sechs Jahre alt. Seit acht Monaten verschwunden, verrät mir der kurze Text auf der Rückseite. Flüsternd lese ich ihn vor und halte das Blatt vor Sonjas Augen.

»Seine Eltern hatten auch ein Kind und haben es auf unerklärliche Weise verloren«, höre ich mich in gedämpftem Ton weitersprechen.

»Das ist unfair«, entgegnet sie genauso leise.

»Ich weiß.«

»Das meine ich nicht.«

»Auch das weiß ich. Und du weißt, dass ich nicht eher ruhen werde, bis ich den Wahnsinnigen in die Finger kriege. Dieser Junge ist tot. Wollen wir denn nicht beide lieber mit der Gewissheit ein Kind bei uns aufnehmen, dass es da draußen einen Verrückten weniger gibt?«

»Du bist Psychologe, ein verdammt guter sogar, aber genauso bist du ein Ehemann. Mein Ehemann! Du kannst dir mit deinem Bruder eine Praxis teilen und von mir aus Menschen bei ihren Problemen helfen, aber hör gefälligst auf, dich ständig selbst in Gefahr zu bringen!« Sie sticht mir mit dem ausgestreckten Zeigefinger gegen den Brustkorb, im Bereich meines rasenden Herzens. Die Tonlage ihrer Stimme bringt mich dazu, einen Gang runterzuschalten.

Ich suche nach einem Kompromiss.

»Okay«, greife ich nach dem erstbesten Gedanken. »Wir machen es so: Ich helfe Saskia dabei, den Mörder zu fassen, indem ich das psychologische Bild seines Geistes erstellen werde und mich dabei im Hintergrund halte. Kümmerst du dich inzwischen um alles andere, was für die Adoption nötig ist?«

»Wieso gehst du jetzt schon von einem Mann aus?«

Die Frage bringt mich aus dem Konzept.

»Das ist eine gute Frage.« Ich versuche meine innere Unruhe mit einem Lächeln zu kaschieren, weil ich mir bewusst bin, dass bis zur Festnahme noch weitere Kinder entführt werden können. »Aber es sind statistisch gesehen achtzig Prozent …«

»Jaja, die gute alte Statistik, schon klar«, unterbricht sie mich und drückt mir einen sanften Kuss auf die rechte Wange. »Du musst dich beeilen, mein Lieber«, haucht sie mir ins Ohr. »Ich habe nämlich schon einige Vorbereitungen getroffen«, fügt sie siegessicher hinzu.

»Das ist unfair.«

»Wieso?« Sie macht einen Schritt nach hinten und verschränkt die Arme vor der Brust. »Ich bin eine Frau und gehöre somit dem schwachen Geschlecht an.« Der zynische Seitenhieb sitzt. »Und du weißt ja, was passiert, wenn du dich diesmal wieder nicht an unsere Abmachung hältst. Jack schläft gern neben dem Sofa, wenn da schon jemand liegt.«

Ich werfe einen kurzen Blick auf mein linkes Handgelenk. Der dünne Sekundenzeiger des Chronografen treibt widerstandslos die Zeit voran. Unser Leben tickt an uns vorbei und wir altern, ohne dass wir es bewusst wahrnehmen. »Neun Uhr und siebenundzwanzig Minuten.«

»In zwei Tagen kommt dein Sohn aus Südafrika zurück. Er will heiraten. Seine Freundin ist schwanger.«

»Ist nicht wahr!«

»Auf jeden Fall will er sie heiraten. Wer weiß. Warst du nicht derjenige, der ihn dazu überredet hat zu studieren und wollte, dass er endlich erwachsen wird?« Sie hebt die linke Braue.

»Aber doch nicht in Südafrika! Und Frauen schwängern steht in keiner Relation zum Erwachsenwerden. Diesen Diskurs habe ich mit ihm schon mehrmals geführt.«

»Er ist genauso stur wie du«, pariert sie gekonnt meinen Einwand. »Und vergiss nicht, deine Uhr tickt.« Sanft umschließt sie meine linke Hand, sieht auf die Uhr und sagt: »Neun Uhr und achtundzwanzig Minuten. Und zieh dir was anderes an!«

Sie begibt sich wieder in die Küche.

»Mein Mann kommt gleich und dann … Ach ja. Seit dem letzten Fall fährt er mit seinem Wagen nicht mehr aus Neustadt«, höre ich sie zu Saskia sagen.

Ich schüttele nur den Kopf, während ich ebenfalls zurück in die Küche gehe, weil Sonja sich darin suhlt, meine Marotten gegen mich zu verwenden. Neustadt heißt die kleine Ortschaft, in der wir leben. Sie befindet sich zehn Kilometer von der Hauptstadt entfernt. Berlin ist mir zu anstrengend. Ich kann zwar in die Köpfe der Menschen hineinschauen, wenn sie mich lassen, aber oft bin ich schon mit alltäglichen Dingen wie Autofahren oder Einkaufen in einer Passage überfordert. Eine Flut aus Informationen übersteigt schnell die Kapazität meiner Wahrnehmungsmöglichkeiten. Wenn diverse Laute, Mimiken, Gerüche, Geräusche und Stimmen auf mich einprasseln, überfordert das in einer kurzen Zeitspanne mein Denkorgan.

»Johannes, soll ich euch nicht vor dem Präsidium absetzen? Ich muss eh in die Stadt«, erklärt sich Sonja bereit, uns behilflich zu sein.

»Lars Böhm holt uns ab«, grätsche ich dazwischen, gebe Saskia das Foto zurück und schnappe mir den Rest meines Brötchens.

»Wenn du meinst. Ich will dich ja zu nichts drängen, aber …«

»Saskia, rufen Sie bitte Lars an, er braucht sich nicht herzubemühen.« Mit diesem Satz verlasse ich die beiden, laufe hoch ins Schlafzimmer und schnappe mir frische Sachen aus dem Schrank.

Jack sitzt in der Tür und gibt ein leises Winseln von sich.

»Du kommst natürlich nicht mit. Aber ich bringe dich zu Benjamin.«

Jack hebt den Kopf und macht große Augen.

»Cristina hat heute keine Mittagsschule.«

Jacks gedämpftes Kläffen entlockt mir ein herzhaftes Lachen. »Sie, du und Flummi, ihr werdet bestimmt viel Spaß haben. Dein kleiner Chihuahua-Freund mag dich doch auch.«

Jack hebt die rechte Vorderpfote und bedeckt sich damit die Augen.

»So schlimm wird es schon nicht werden. Flummi beißt ja nicht wirklich fest zu, er will nur mit dir spielen, Jack. Jetzt muss ich aber einen Zahn zulegen.«

Ich schnappe mir eine schwarze Hose und ein graues Hemd mit hellen Streifen. Zum Glück habe ich mich vor dem Frühstück schon geduscht und rasiert. Einen langen Spaziergang mit Jack habe ich auch schon hinter mir.

»Soll ich Jack zu deinem Bruder bringen?«, erklingt Sonjas Stimme von unten.

Jack, das sehe ich ihm an, will ausreißen und sich irgendwo im Haus verstecken, und wenn die Tür zur Terrasse offen stehen sollte, hätte er keine Hemmungen, sich irgendwo auf dem Grundstück zu verkriechen. Ich komme ihm zuvor und packe den Vierbeiner an seinem Halsband.

»Kommst du bitte hoch? Ansonsten werden wir heute noch den ganzen Tag Verstecken spielen müssen! So kann ich mich nicht umziehen!«

Sonja kommt ins Zimmer, leint Jack an, küsst mich und geht wieder.

»War das ein Zeichen der Versöhnung?«, rufe ich ihr hinterher.

»Ich habe mir die Lippen mit giftigem Serum beschmiert. Wenn du bis Punkt zwanzig Uhr nicht zu Hause bist, stirbst du qualvoll an den Folgen des Gifts. Wenn du aber pünktlich bist, wirst du mit Gegengift behandelt und kannst heute Nacht ruhig schlafen.«

Ich knöpfe schnell das Hemd zu und suche nach einem passenden Jackett und Gürtel. *Wenn ich vor zwanzig Uhr zu Hause bin, gibt es also keinen Stress und vielleicht die Aussicht auf Sex. Aber wenn ich mich verspäte, darf ich entweder auf dem Sofa oder auf Jacks Matte schlafen. Schöne Scheiße*, fluche ich in mich hinein. Ich prüfe die Socken auf Löcher, schlüpfe rein und ziehe einen der Gürtel aus dem Schrank, der zu meinen Schuhen passen soll. Ein weiterer Griff in den Schrank. Das Jackett passt zu der Hose und zum Wetter. Na ja. Nachdem ich mich ausgiebig im Spiegel betrachtet habe, laufe ich in mein Büro und stopfe alles in eine schwarze Aktentasche, was ich für meine Arbeit brauchen werde. Kaum bin ich damit fertig, meldet sich mein Handy, das in der Ladestation steckt. Es ist Benjamin, mein Zwillingsbruder. Sonja hat ihn also schon informiert.

Er kann kurz warten.

Nach einem letzten Blick in den Spiegel und mit einem zufriedenen Lächeln rufe ich nach unten: »Saskia, können Sie bitte Karl anrufen und sagen, dass ich auch die Hilfe von Edgar brauchen werde?«

Edgar ist ein junger Forensiker, der mich in allem nachzuahmen versucht. Er sieht mir auch ein wenig ähnlich, was die Haarfarbe und die Art seines Auftretens angeht. Aber er ist gute zwanzig Jahre jünger und hat noch alle Gliedmaßen.

»Ich bin so weit fertig«, vermelde ich und zupfe am Revers meines Jacketts.

Saskia beäugt mich, als ich nach unten komme, und sagt: »Oberkommissar Breuer meint, das mit Edgar geht in Ordnung, aber zuerst müssen Sie den letzten Tatort inspizieren. Ich zitiere: ›Der Doc soll den Spielplatz aus der Sicht eines Psychopathen betrachten, also aus der eines Gleichgesinnten.‹« Sie führt die große Tasse an die Lippen, pustet und nippt daran.

Der heutige Tag verspricht spannend zu werden.

»Dann sollten wir keine Minute verlieren. Sonja, wie weit bist du?«

»Jack und ich sind bereit.«

Saskia steht auf, schnappt sich die Mappe, sieht zur Tasse und weiß nicht, was sie damit tun soll.

»Den Tisch räumt Sonja später ab. Die Tasse können Sie stehen lassen.« Schnell stelle ich die Butter in den Kühlschrank und mache das Küchenlicht aus.

Gemeinsam mit Saskia verlassen Sonja, Jack und ich das Haus.

2

SCHWARZER ENGEL

Acht Monate zuvor

»Schatz, kommst du zum Essen?«

Meine Mama und mein Papa sitzen am Küchentisch.

Ich bleibe in der Tür stehen und kräusele unmerklich die Nase. Mama hat schon wieder etwas gekocht, das nach Katzenfutter riecht und bestimmt genauso schmeckt. Die Reste des unappetitlich aussehenden Mittagessens qualmen in der Pfanne, die noch auf dem Kochfeld steht. Trotz der achtzehn Grad, die in unserem Haus herrschen, trägt mein Vater sein Feinrippunterhemd und eine an den Knien ausgebeulte Jeanshose. Sein dünner Haarkranz ist genauso grau wie das Haar im Nacken und die Achselhaare, die vom Unterhemd leider nicht verdeckt werden.

Mit mürrischer Miene stochert er mit der Gabel auf dem Teller herum. »Das Zeugt schmeckt heute noch schlechter als gestern«, murrt er, reißt ein Stück von seiner Brotscheibe ab, tunkt es in sein Essen und stopft sich das mit Soße vollgesogene Brot in den Mund. Schwerfällig dreht er sich zu mir um. Krümel hängen in seinem Schnurrbart, der mich an den eines Walrosses erinnert.

»War deine Schicht nicht …?« Er hebt den Blick und schaut auf die Uhr, die über mir an der Wand hängt. Eine gelbe Katze, deren Augen bei jedem Ticken von links nach rechts wandern und deren drei Schnurrhaare die Zeit anzeigen. Schmatzend schließt mein Vater die Augen und rechnet nach.

»Ich weiß. Vor zwei Stunden«, nehme ich ihm die schwierige Denkaufgabe ab.

Er hebt die Gabel in die Luft. »Und wie lautet deine heutige Ausrede?«

»So wie die von gestern. Ich musste länger bleiben, weil uns die Leute fehlen.« Sie wissen nicht, dass ich lüge und meine Zeit damit verbracht habe, mein neues Geschenk zu bewundern.

»Willste jetzt was essen, oder nicht?« Mein Papa wendet sich wieder der Matsche auf seinem Teller zu, entscheidet sich für einen Löffel und schaufelt die gräuliche Masse in sich hinein.

Mama lehnt sich zurück und legt die Hände auf ihren mächtigen Bauch. »Du bist so dünn geworden. Das sieht nicht mehr gesund aus. Und blass! Ich mach mir langsam Sorgen.« Der Stuhl ächzt unter ihrem Gewicht, als sie sich umständlich zu mir dreht. »Ich kann dir schnell ein paar Eier braten, wenn du magst?« Ihr Berliner Zungenschlag ist noch schlimmer als Papas. »Komm, setz dich zu uns und wir plaudern beim Essen, so wie früher.«

»Nein, danke. Hab keinen Hunger. Die menschlichen Körpersäfte, die ich von Böden und Wänden geschrubbt habe, waren mir für heute genug.« Ich schlendere zum Kühlschrank, nehme mir eine kühle Bierdose heraus, drücke den Ring hoch. Es knackt. Schnell schlürfe ich den weißen Schaum von der Öffnung.

»Kaum da, schon ein Bier in der Hand.« Diese alltägliche Bemerkung kann mein Vater sich nicht verkneifen. Er streckt den Arm aus. »Gib mir auch eins!«

»Du hattest heut schon genug. Zwei Schnäpse müssen reichen«, ermahnt ihn meine Mutter und schlägt mit einem fadenscheinigen Geschirrtuch nach seiner Hand, die er murrend wieder zurückzieht, um sich über den Teller zu beugen. Die Reste seines Essens schiebt er mit der weichen Kruste seines Brotes auf den Löffel.

»Ich gehe nach unten. Schaue fern und zocke etwas.«

»Willst du nicht vorher duschen gehen?« Meine Mama faltet das Tuch mehr schlecht als recht zusammen. Sie war schon immer in allem schlecht. Das fing bei der Wahl ihres Ehemanns an, aber da hatte sie keine echte Wahl. Nachdem sie von meinem Vater vergewaltigt worden war – sie sagte, im Gegensatz zu ihm, der Sex wäre nicht einvernehmlich und sie beide wären betrunken gewesen –, hatte sie keinen anderen Ausweg gesehen, als ihn zu heiraten.

Die Vergewaltigung war nicht fruchtlos geblieben und als Zeichen, dass der liebe Gott den beiden diese Sünde verziehen hatte, schenkte er meinen Eltern einen Engel – mich.

Ich leere die Dose und lasse mir etwas Zeit, weil ich Blähungen in meinem Bauch spüre. Die Gase steigen hoch, genüsslich fahre ich mit dem Handrücken über den Mund, rülpse laut, womit ich meinem Vater ein Lachen des Stolzes entlocke. Dann schnuppere ich laut, beschnüffle zuerst meine rechte, dann die linke Achselhöhle. »Noch miefe ich nicht wie ein Stinktier.« Die Dose fliegt im hohen Bogen Richtung Gelber Sack, der an der Rückseite der Tür hängt. »Und versenkt!«, rufe ich siegreich aus, strecke die Hand in die Luft und forme das Peace-Zeichen. »Tschau mit Au«, verabschiede ich mich und trotte nach unten in den Keller.

»Kindchen, nimm doch zumindest einen Joghurt mit. Oder vielleicht ein Schnittchen?«

»Ich hätte lieber Joghurt gegessen«, höre ich Vaters Stimme und die schallende Ohrfeige, die meine Mutter ihm daraufhin verpasst.

»Bist du bescheuert? Hast du sie noch alle?«

»Wenn du mich weiter reizt, Herrmann, fängst du dir gleich noch eine ein. Haste mich gehört oder soll ich etwas lauter sprechen, damit du mich verstehst?«, schreit Mama ihn an und steht auf. Dabei kippt der Stuhl krachend zu Boden.

»Jetzt beruhige dich doch! Was soll das Kind von uns denken, wenn wir uns ständig in die Haare kriegen?«, jammert mein Vater.

»Bei dir geht es ja wohl schlecht. Hast ja nicht mehr viel davon!«

»Weil du sie mir alle ausgerupft hast.«

»Weil du es nicht anders verdient hast.«

Ihre Stimmen werden leiser und nach dem heftigen Zuschlagen der Tür hinter meinem Rücken werden sie zu einem kaum hörbaren Monolog, weil Mutter den Vater zusammenstaucht und er nur dasitzt und Angst hat, von ihr verdroschen zu werden. Dieses Bild habe ich immer vor Augen, wenn ich die beiden miteinander streiten höre.

Unten im Keller habe ich meine Wohnung. Na ja, eigentlich nur ein Zimmer, das zu meinem Rückzugsort geworden ist. Und seit Kurzem befindet sich dort noch ein weiteres, ein geheimes Zimmer.

Die Vorfreude auf das Wiedersehen meldet sich mit einem leisen Flattern in meinem Bauch. So als würden in meiner Magengrube Myriaden von Schmetterlingen aufwachen. Genauso fühlt es sich an. Dieses schöne Gefühl habe ich schon seit vielen Jahren nicht mehr verspürt.

Das erste Mal, dass ich mich so glücklich wie heute gefühlt hatte, war vor vielen Jahren gewesen. Nun fühlte ich mich wieder in diese Zeit zurückversetzt. Ich lag in den Armen meiner damaligen Freundin. Wir hatten Sex und es war traumhaft schön … Doch dann schieben sich unschönere Erinnerungen dazwischen. Ja, es war schön, bis Katrin anfing, mich zu schlagen, mich zu würgen, mir ein Halsband anzulegen, mit fiesen Stacheln, die sich in die Haut meines Halses gruben. Ich hatte mich dagegen gewehrt, aber irgendwann nachgegeben, weil ich sie nicht verärgern und sie in meiner Nähe behalten wollte. Ich hatte ja sonst niemanden. Unser anfänglich erfüllendes Sex-Spiel artete in Perversionen aus, die ich über mich ergehen lassen musste.

Katrin ersann immer brutalere Methoden, um mich zu erniedrigen. Einmal kotete sie mich sogar ein, weil das angeblich ihre Lust steigerte, und sie verbot mir, baden oder duschen zu gehen. Lediglich eine Katzenwäsche am Waschbecken gestand sie mir zu. Danach stank ich eine Woche lang nach ihrer Scheiße und schämte mich dafür. Als die Kollegen auf der Arbeit anfingen, mir dumme Fragen zu stellen, warum ich ständig an mir herumschnüffelte und Unmengen von Desinfektionsmittel benutzte, hatte ich mich für die restlichen Tage der Woche krankgemeldet. Als ich irgendwann, ohne ihre Erlaubnis, doch duschen gegangen war, hatten wir einen Riesenstreit.

Katrin hatte sich erst Wochen später wieder bei mir gemeldet und sich entschuldigt. Im selben Atemzug verkündete sie, dass sie schwanger sei. Ich war außer mir vor Glück! Doch im nächsten Moment, während mein Herz noch vor freudiger Aufregung pochte, erzählte sie mir, dass sie in der Zeit unseres Streites fremdgegangen wäre – und dass sie das Kind abtreiben würde. Es sei schließlich ihr Körper, sagte sie, obwohl sie nicht ausschließen konnte, dass das Kind von mir war.

Ich hätte ihr den Ausrutscher verziehen und hatte sie angefleht, das Baby zu behalten, aber sie lachte mich nur aus und ließ mich stehen. Das war das letzte Mal, dass ich sie sah. Keinen Monat später fand ein Bahnangestellter ihren Leichnam in einer öffentlichen Toilette, mit einer Spritze in der Ellenbeuge und heruntergelassener Hose.

Ich schiebe die unschönen Erinnerungen beiseite und hole tief Luft. Hier unten riecht es muffig und ein bisschen nach Zitrone, wegen des Raumsprays, das ich benutze. Die Deckenbeleuchtung flackert, aber das stört mich nicht. Das

Muffige kommt vielleicht von dem ausgefransten Teppich, den ich auf dem Dachboden gefunden habe. Der Bodenbelag und die mit hellen Holzbrettern vertäfelten Wände des Kellerraums verleihen meinem Rückzugsort etwas Heimeliges und erfüllen mich mit einer unbeschreiblichen Ruhe, mit innerem Frieden. Zudem sind die grob gehobelten Bretter eine perfekte Tarnung für eine geheime Tür. Niemand würde auf die Idee kommen, dass sich hinter dem mannshohen Spiegel, den ich daran angebracht habe, etwas verbirgt, das nur für mich bestimmt ist.

Sicher ist Marian schon ganz traurig, und gewiss hat er Hunger.

Ich ziehe die Straßenschuhe aus und schlüpfe in weiche Pantoffeln, die noch ganz neu sind. Das weiche warme Fell, mit dem sie gefüttert sind, umschließt meine kalten Füße. Morgen werde ich auch für Marian solche Pantoffeln besorgen, nehme ich mir vor und spüre, wie es mir bei diesem Gedanken ganz warm ums Herz wird.

Als ich mir ein Bier aus dem Kühlschrank geholt habe, nahm ich unbemerkt auch eine Milchschnitte mit. Darüber wird sich Marian ganz besonders freuen, das weiß ich. Er ist ein kleines Schleckermäulchen.

Der Spiegel hat einen massiven Rahmen und steht an einer Stelle ein Stück von der Wand ab. Dorthin greife ich nun und schiebe den Bügel, der nur schwer zu ertasten ist, mit den Fingern nach innen. Mit angehaltenem Atem warte ich auf das Geräusch des sich öffnenden Schlosses, ein leises Klicken. Kaum ertönt es, ziehe ich an dem schweren Rahmen und mache die Tür so weit auf, dass ich ungehindert hindurchschlüpfen kann. Von innen lässt sich die Tür per einmaligem Knopfdruck entriegeln, jedoch nur, wenn der Bügel von außen nicht vorgelegt ist.

Eigentlich wollte ich Elektriker oder Tischler werden, aber wegen meiner schlechten Noten kam es nie zu einem Vorstellungsgespräch. Nicht mal im Handwerk, wo normalerweise jeder Depp angenommen wird, wenn er nur kräftig anpacken kann, wollte man mich haben. Darum blieb mir nichts anderes übrig, als mich im Jobcenter zu melden.

Seit zwei Jahren arbeite ich für eine Zeitarbeitsfirma, die mich all die Arbeiten machen lässt, die nicht nur mies bezahlt, sondern auch von niemandem wirklich geschätzt werden. Immerhin rette ich keine Leben, sondern bin nur eine unterbezahlte Putzkraft.

Mit der Hand taste ich die Wand ab und drücke auf den Lichtschalter. Eine rote Lampe leuchtet auf, taucht den fast schon klaustrophobisch kleinen, schallisolierten Raum in warmes Licht, und ich sehe, dass Marian nicht auf seinem gewohnten Platz sitzt. Er kauert nicht in der Ecke auf dem weichen Kissen. Seine Beine hat er auch nicht an die Brust gepresst wie sonst. Ich höre ihn auch nicht weinen. Er liegt auf dem nackten Boden. Die dünnen Ärmchen sind leicht angewinkelt, die Finger an den Kuppen sind blutig. Das kleine Gesicht mit den Engelsaugen ist ausdruckslos.

Ein dicker Kloß schwillt in meinem Hals an und drückt mir die Luft ab. Das Herz in meiner Brust hört für zwei Atemzüge auf zu schlagen – zumindest kommt es mir so vor.

Das Rot der Wärmelampe verleiht dem ohnehin schon schrecklichen Anblick eine noch bedrohlichere Note. Unsäglicher Schrecken erfasst mich. Skurrile Schatten an den Wänden kriechen geräuschlos auf das am Boden liegende Kind zu.

»Nein, lasst ihn in Ruhe!«, höre ich mich flüstern.

Die Milchschnitte rutscht mir aus den Fingern.

Was soll ich nur tun?

»Marian?« Meine Stimme klingt ängstlich. »Wach auf, Schatz!«

Ich mache einen Schritt auf den Jungen zu.

Die Schatten verblassen.

Nun fällt mir auf, dass an Marians bläulich schimmernden Lippen Schaumreste haften. Seine Hose ist feucht im Schritt. Er hat sich eingenässt. Die Pfütze, die sich unter ihm ausgebreitet hat, riecht beißend nach Urin.

Eine aufgerissene Packung mit verstreuten Erdnüssen, die Marian teils geschält hat, liegt dort, wo ich für ihn eine Essecke eingerichtet habe. Mit kindgerechtem Mobiliar, einem kleinen Tisch und einem kleinen Stuhl, alles aus weiß lackiertem Holz.

Ich versuche, die Angst hinunterzuschlucken, aber sie bleibt in meiner Kehle stecken wie die unerbittliche Klinge eines Messers. Eine eiserne Faust umschließt mein Herz, das wie wild gegen meine Rippen hämmert und sich mit jedem weiteren Schlag allmählich in einen Eisklumpen verwandelt. So fühle ich mich, während meine vorher so schöne Welt auf einmal hässliche Risse bekommt. Ich falle auf die Knie, krieche auf ihn zu und strecke meine Hände nach Marians Fingern aus. Bei der flüchtigen Berührung zucke ich zurück.

Seine Haut ist ganz kalt. Die Augen starren irgendwo in die Leere.

Er ist tot. Mein kleiner Engel ist tot.

3

JOHANNES

Jetzt

Auf dem Spielplatz haben sich etliche Menschen eingefunden. Nur wenige von ihnen sind als Zeugen da. Die meisten sind bloß Schaulustige, die nach einer Sensation gieren. Sie recken die Hälse, halten Ausschau nach dem Entführer und werfen dabei immer wieder heimliche Blicke auf die Displays ihrer Handys. Sie erwarten offenbar etwas Aufregendes, das sie für einige Minuten aus der Tristesse ihres Alltags entreißen kann und Stoff für Gespräche oder Social-Media-Postings liefert.

Wir sind zu einer Gesellschaft verkommen, die sich am Leid der anderen erfreut, sich darin suhlt und darin ihre Erfüllung findet. Je schlechter es dem anderen geht, umso erträglicher erscheint einem das eigene Versagen.

»Du bist so schweigsam, Doc.« Karl rempelt mich leicht mit der Schulter an. »Willst du nicht endlich anfangen, dein Hirn zu benutzen?«

Er zieht mich auf, aber ich lasse mich nicht provozieren. In der rechten Hand halte ich einen roten Antistressball und knete ihn unaufhörlich. Meine Finger verkrampfen sich, so sehr presse ich den Schaumstoff zusammen, und ich beiße fest die Zähne aufeinander.

»Deine unkonventionellen Methoden, den Menschen in die Köpfe zu schauen, sind genau das, was wir jetzt brauchen. Und dein Geist ist da über jeden Zweifel erhaben, weil du dich, im Gegensatz zu mir, in die Köpfe von Psychopathen hineinversetzen kannst«, sagt Karl, der sich seine zweite Zigarette in Folge anzündet, nachdem er den Stummel seiner ersten in eine leere Streichholzschachtel gestopft hat. Er geht auf Tuchfühlung. »Wir haben alle befragt und keiner will bei dem Verschwinden des Kindes etwas Verdächtiges gesehen haben.« Karl zieht an seinem Glimmstängel, bläst eine blaue Dunstwolke in die kalte Luft und nippt an seinem Kaffee, den er sich von einem jungen Polizisten bringen ließ.

»Du bist so ruhig heute, Doc. Was ist denn los? Hat dich Sonja nach meinem Besuch aus dem Haus gejagt?« Karl huscht ein sardonisches Grinsen über das unrasierte Gesicht.

»Meine Frau will ein Kind adoptieren«, sage ich, darum bemüht, möglichst gelassen zu wirken. Ich taxiere eine junge Frau mit einem Kind auf dem Arm, das sie mit ihrer Hüfte stützt.

Karl prustet los und verschluckt sich an seinem Kaffee. »Leck mich am Arsch!«, presst er hervor und streckt den Arm mit dem Kaffeebecher von sich weg. Die braune Brühe verteilt sich auf der Erde, die vom Bodenfrost weiß bedeckt ist.

»Danke, besser hätte ich es auch nicht ausdrücken können«, entgegne ich und verkneife mir, ihn darauf hinzuweisen, dass seine Jacke auch etwas von dem Kaffee abbekommen hat.

»Gern geschehen, aber beim nächsten Mal solltest du mich vorwarnen – oder du behältst deine familiären Probleme für dich.«

Die Sonne ist mittlerweile von den dunklen Wolken verschluckt worden und der Abend kündigt sich mit frostigen

Temperaturen an. Die Kälte durchdringt meinen Körper, kriecht mir bis ins Mark. Mein grauer Trenchcoat schützt mich nicht wirklich vor ihr.

Eine junge Frau mit einem Kind, das in einem dicken Schneeanzug steckt, kommt auf uns zu. Sie trägt eine hellrosa Strickmütze, unter der zwei blonde Zöpfe hervorlugen. Ein keckes Lächeln auf den rot geschminkten Lippen macht sie ein paar Jahre jünger, als sie mutmaßlich ist. Genauso wie ihre khakifarbene, militärisch angehauchte Jacke und die schwarze Hose mit Seitentaschen. Dazu trägt sie knöchelhohe, ehemals weiße Allstars. Ihr Gang wirkt beschwingt.

»Was meinst du, Doc? Was wird sie uns zu erzählen haben?«

»Ich war an dem Tag auch da«, sagt die junge Frau. Sie fällt förmlich mit der Tür ins Haus, schaut uns dann erwartungsvoll an und kaut dabei schmatzend auf ihrem Kaugummi herum und bläst ihn zu einer Blase auf, die beinahe lautlos platzt und als dünner Film über ihrem Mund kleben bleibt. Flink sammelt sie mit der rosigen Zungenspitze alles wieder ein und kaut frech grinsend weiter. Ich bin auf eine unerklärliche Art von ihren Augen fasziniert.

»Sind Sie mit Frau Sudowski befreundet?«, will ich von ihr wissen.

»Nö.«

Im Präsidium habe ich mir alle relevanten Akten geben lassen und sie gelesen. Ein Teil davon ging danach an meinen Bruder. Saskia leistet Benjamin Gesellschaft, während er ihren Inhalt studiert, um mir nachfolgend beim Erstellen eines Täterprofils helfen zu können. Ich hingegen habe mich dazu entschieden, die restlichen Stunden dieses Tages mit Karl zu verbringen, weil ich dringend an die frische Luft wollte.

Eine Kirchenglocke im Hintergrund verkündet, dass ich nicht mehr viel Zeit habe, immerhin möchte ich rechtzeitig zu Hause sein.

»Wohnen Sie in der Nähe?«, will Karl wissen.

»Nein, aber ich bin oft hier. Christian und ich spielen gern Verstecken, stimmt's?«

Der Junge auf ihrem Arm nickt und leckt sich den durchsichtigen Rotz unter der Nase ab. Gleichzeitig fährt er sich mit der schmutzigen Hand über die Stirn, weil ihm die Mütze die Augen verdeckt.

»Aber seit der andere Junge verschwunden ist, machen wir das nicht mehr. Wir schaukeln jetzt lieber.«

»Aha«, macht Karl und zieht an seiner Zigarette.

»Sag ›Hallo‹ zu den Herren.«

»Ich will aber nicht«, quengelt Christian und zappelt mit den Füßen. »Marina, lass mich los! Ich muss pinkeln«, jammert der Junge weiter und sieht die junge Frau böse an.

Sie stellt ihn auf dem Boden ab und steckt die Hände in die großen Taschen ihrer Jacke.

»Und Sie sind wer?« Karl schlürft an seinem Kaffee.

»Marina Segelbach. Und Sie?«

Marina schaut zuerst Karl, dann mich an. Ihre forschen Augen taxieren meine Hand, in der ich noch immer den roten Ball halte.

»Das ist nicht Ihr Sohn«, stelle ich überflüssigerweise fest und entspanne die Hand. Der Ball darin nimmt wieder seine ursprüngliche Form an. »Sie haben keine eigenen Kinder.«

Sie stülpt die Unterlippe nach außen. »Nö, hab ich auch nie behauptet, oder? Bin viel zu jung dafür. Aber ich spiel gern mit den kleinen Rackern und sie mit mir. Werde ich deswegen verhaftet?« Sie streckt uns beide Arme entgegen, so als wäre sie bereit dazu, sich von Karl Handschellen anlegen zu lassen.

»Sie stehen wohl auf Fesselspiele?«, lautet meine nächste Frage.

Sie zuckt zusammen. Das schiefe Lächeln erstarrt.

Karl schmunzelt.

»Und Sie stehen wohl auf unverschämte Fragen? Was sind

Sie eigentlich? So ’ne Art ›Profiler‹?« Beim letzten Wort malt sie unsichtbare Gänsefüßchen in die Luft.

»Ihre Handgelenke weisen schlecht verheilte Narben auf.«

»Eine Jugendsünde.« Ihre überhebliche Selbstsicherheit ist wieder da.

»Sie sind nicht älter als Mitte zwanzig«, spreche ich eine weitere Vermutung laut aus und merke an ihrer Mimik, dass ich damit nicht weit daneben liege. *Vielleicht ein, zwei Jahre jünger,* korrigiere ich meine Einschätzung in Gedanken.

Meine innere Zerrissenheit hält wieder Einzug. Eine Frau mit schlecht blondiertem Haar lenkt mich ab. Sie sitzt auf einer Bank, weint, sagt etwas, zeigt immer wieder in dieselbe Richtung und wird dabei von zwei anderen Frauen getröstet.

»Mein Freund hat mich in den Arsch gefickt, können Sie das auch an meinem Gesicht erkennen?«, holt mich Marinas ungenierte Art, die Dinge beim Namen zu nennen und andere damit zu schockieren, zurück aus meinen Überlegungen.

Nun ist es an mir zu zucken. Karl dagegen verschluckt sich am Rauch seiner Zigarette. Mit so viel Offenheit haben wir beide nicht gerechnet.

Ich kann Marina vorerst nicht in die Augen schauen, darum untersuche ich die Umgebung erneut auf Details, die mir eventuell mehr über das Verschwinden des Kindes verraten können. Mit unbeeindruckter Miene schaue ich über ihren Kopf hinweg und tue so, als würde mich ihre Art, Menschen zu provozieren, kaltlassen.

Der Platz ist zwar weiträumig mit einem Polizeiband abgesperrt worden, aber die wenigsten halten sich daran, die Abgrenzung nicht zu passieren. Zudem ist der Ort von der Spurensicherung freigegeben worden. Zu viele Spuren. Die Hunde haben auch nichts Verdächtiges entdeckt, weil die Helfer in ihrer guten Absicht, den Jungen schnellstmöglich zu finden, alle Spuren zertrampelt haben.

»Ist Ihnen an dem Tag etwas Verdächtiges aufgefallen? Oder verhielt sich jemand …«

»Da war so ein alter Typ«, unterbricht mich Marina. Sie dreht sich leicht nach links, bläst den Kaugummi zu einer Blase auf, wickelt diese aber nun um ihren manikürten Finger, stopft sich alles zurück in den Mund und streckt den Arm aus. »Dort hat er gestanden. An der Rutsche. Er hat die ganze Zeit zu der Schaukel geschielt.«

Sie spricht zwar von der Schaukel, doch ihr schwarz lackierter Fingernagel deutet in eine andere Richtung.

»Sie meinen Wippe?«

»Ist doch Jacke wie Hose!«, sagt sie und wedelt mit derselben Hand durch die Luft.

»Warum könnte er Richtung Wippe geguckt haben? Und weshalb ist er Ihnen überhaupt ins Auge gefallen? Hat er sich ungewöhnlich verhalten?«, klinkt Karl sich ein. Er holt einen Notizblock aus seiner dicken Winterjacke.

»Wird das jetzt ein Verhör, oder was?«

»Nein, nur eine Zeugenaussage«, beschwichtigt Karl sie und klackt einmal mit dem Kugelschreiber.

Ich lasse die beiden allein und inspiziere die Wippe. Dann erregt etwas anderes meine Aufmerksamkeit. Eine sehr kräftig gebaute Frau drängt sich laut fluchend in den Vordergrund. Die Hände zu Fäusten geballt, überquert sie strammen Schrittes die Wiese und kürzt so den Weg ab, der sie zum Spielplatz führt. Sie stürmt auf eine weinende Frau zu, die inmitten von zwei anderen Frauen, die Kopftücher tragen, auf einer der Bänke sitzt. Hinter ihr läuft hektischen Schrittes ein Mann her, der sie aufzuhalten versucht.

»Du verdammte Schlampe! Du hast meinen Jungen auf dem Gewissen!«, schreit die korpulente Dame, die völlig außer sich ist. Ihr von unbändiger Wut – oder Entsetzen – entstelltes Antlitz ist rot angelaufen, die Augen vom Weinen aufgequollen, die Wimperntusche zerlaufen, die dunklen Haare zerzaust.

»Lass mich!«, geht sie den Mann in ihrem Schlepptau, in dem ich sofort den Vater des verschwundenen Jungen vermute, hart an. Abermals versperrt er ihr den Weg und versucht unbeholfen, sie in die Arme zu schließen. Sie aber stößt ihn von sich, sodass er strauchelt und schließlich wild mit den Armen rudernd auf dem Hosenboden landet.

»Lass mich gefälligst in Ruhe, Stefan! Schlimm genug, dass du dieser Schlampe unser Kind anvertraut hast!«, brüllt sie ihn an und bestätigt somit meine Vermutung. Sie wartet nicht ab, bis er sich hochgerappelt hat, sondern setzt unbeirrt ihren Weg fort.

Die Frau auf der Bank, die bisher ihr Gesicht in den Händen vergraben hielt, blickt nun auf und stößt ein Heulen aus, das wie das eines verletzten Hundes klingt. »Lass mich in Ruhe!«, kreischt sie dann, steht auf und will weglaufen, aber ihre Beine geben nach. Gestützt von den zwei Frauen, setzt sie sich wieder auf die Bank, wo sie von Weinkrämpfen geschüttelt wird, während sie der Kontrahentin angstvoll entgegenstarrt.

Zwei Polizisten greifen in das Geschehen ein, noch bevor die erzürnte Frau mit der Statur einer Ringerin ihr Ziel erreicht. Doch zwei Beamte sind kaum genug, um sie aufzuhalten. Erst als sich ein dritter Uniformierter einmischt, gelingt es ihnen, die Frau von ihrem Vorhaben abzubringen, nämlich der auf der Bank sitzenden den verdammten Schädel abzureißen.

Lars, ein junger blonder Kommissar, stellt sich neben mich. Gemeinsam beobachten wir die Szene.

»Die, die festgehalten wird, ist die Mutter des verschwundenen Kindes und die andere, die getröstet wird, ist die aktuelle Freundin des Mannes, der im Dreck gelandet ist«, setzt mich Lars mit ruhiger Stimme in Kenntnis, sobald die Situation wieder unter Kontrolle ist.

»Mhm, dachte ich mir schon«, entgegne ich nickend.

Lars Böhm ist Karls Kollege und der Freund meiner

anderen Nichte Michaela. Michi ist vor vielen Jahren in die Fänge eines Mörders geraten und wäre dabei beinahe gestorben. Hätte sich die Polizei damals nicht bereit erklärt, meinen Bruder und mich bei den Ermittlungen mitwirken zu lassen, wäre Michaela heute nicht mehr am Leben. Dessen bin ich mir sicher.

»Begleitest du mich?«, frage ich ihn. »Ich möchte der Dame ein, zwei Fragen stellen.«

»Klar«, sagt Lars und setzt sich in Bewegung. Er läuft neben mir her, die Hände in den Taschen seines schwarzen Mantels versteckt. Sein blondes Haar reicht ihm bis zu den Schultern und wird vom Wind zerzaust. Er ist etwa so groß wie ich, schlaksig, hat ein kantiges Gesicht. Als der Wind weiter auffrischt, schiebt er das zerzauste Haar hinter seine vor Kälte rot gewordenen Segelohren, zieht die Hände wieder hervor und richtet den Kragen auf.

»Sie wollen die Dame bestimmt bezüglich des betagten Unbekannten befragen, der im Nachgang einigen hier Anwesenden aufgefallen sein soll?«, will Lars von mir wissen.

Ich bleibe sofort stehen.

Lars schnieft, auch seine Nase ist von der Kälte rot geworden. Beide Hände an die Ohren gedrückt, sieht er mich lächelnd an. Dann reibt er die Handflächen aneinander, faltet sie dann zu einem Boot und haucht etwas Wärme hinein.

»Ich habe die dazugehörige Adresse.« Seine rechte Hand verschwindet in der Innentasche seines Mantels. »Alles aufgeschrieben«, sagt er, wedelt mit einem kleinen Buch in der Luft und stößt eine weiße Atemwolke aus.

Der Wind gewinnt immer weiter an Kraft, zerrt an den Hosenbeinen, versucht, den aufgerichteten Kragen meines Trenchcoats umzukrempeln, kriecht mir in den Nacken und lässt mich frösteln.

»Wir haben November und es herrschen jetzt schon sibirische Verhältnisse«, murmelt Lars und steckt das schwarze Notizbuch wieder ein.

»Wollen Sie Frau Sudowski oder die Mutter des Kindes zuerst befragen?« Lars haucht sich erneut in die Hände und reibt sie dann etwas heftiger aneinander.

»Nicht befragen, nur mit ihnen reden.«

Wir laufen weiter.

»Wer hat auf den Jungen aufgepasst? Die weinende Frau auf der Bank?«, will ich wissen. Beiläufig lasse ich den Stressball in der Tasche meines Trenchcoats verschwinden.

»Sie meinen, wer das Kind aus den Augen verloren hat? Ja, das war Frau Sudowski, die neue Freundin des Vaters. Sie ist fünfunddreißig Jahre alt, arbeitet als Altenpflegerin, hatte gestern frei und ist auf der Suche nach einem anderen Job, weil sie Rückenprobleme hat. Wohnt in Berlin und besitzt kein Fahrzeug. Ist Nichtraucherin, trinkt nur ab und zu ein Glas Wein. Sie hat auf Liam aufgepasst, weil ihr Freund, der Vater des Jungen, sich etwas Eigenes aufbaut. Er möchte sich selbstständig machen und verkauft Sachen im Internet.«

Die letzten Meter laufen wir schweigend und bleiben vor der Bank stehen.

»Guten Tag«, begrüßt Lars die Frauen und weist sich aus. »Wir sind von der Polizei. M...«

Noch bevor er das Wort Morddezernat aussprechen kann, grätsche ich dazwischen. »Sie müssen Frau Sudowski sein. Ich bin Doktor Hornoff und unterstütze die ermittelnden Kräfte dabei, Liam schnellstmöglich zu finden.«

Lars hüstelt sich verlegen in die Faust. Sein Fauxpas, den ich noch rechtzeitig unterbinden konnte, treibt ihm hektische Flecken auf die Wangen. »Ich kümmere mich derweil um Frau Groß«, murmelt er und geht auf die Frau zu, die von den Beamten beruhigt wird. Eine Sanitäterin legt der verzweifelten Mutter eine Steppdecke um die Schultern und führt sie zu einem der Einsatzfahrzeuge.

Die zwei Frauen mit den bunten Kopftüchern stehen auf und wollen sich entfernen.

Ich hebe die Hand. »Bitte, bleiben Sie!«

Ich deute zu der Wippe und frage: »Frau Sudowski, hat Liam sich dort versteckt?«

»Bitte, sagen Sie Andrea zu mir.« Schniefend sieht sie zu mir auf. Sie wischt sich mit einem zerrupften Taschentuch Nase und Augen ab. Kleine Fitzelchen rieseln dabei zu Boden.

»Hier, bitte.« Ich reiche ihr ein makellos weißes Stofftaschentuch und schenke der Frau ein aufrichtiges Lächeln. »Wollen wir ein Stück laufen? Ihre Freundinnen können uns ruhig begleiten. Etwas Gesellschaft kann in so einer Situation nicht schaden.«

Andrea greift zaghaft nach dem Taschentuch, ohne meine Hand zu berühren. »Danke«, sagt sie mit zittriger Stimme. »Ajnur, willst du mit?«

Die Frau mit dem exotischen Namen wirkt eingeschüchtert.

»Sie müssen nicht, wenn Sie nicht möchten. Aber bleiben Sie bitte noch so lange hier, bis sie von der Polizei befragt worden sind«, sage ich und zeige zur Wippe. »Wollen wir?«

Andrea nickt. Zusammen laufen wir auf das Spielgerät zu und bleiben vor der Markierung stehen.

»Guten Tag«, werde ich von Edgar begrüßt. Der junge Forensiker grüßt mich mit einem festen Händedruck. »Sie müssen Frau Sudowski sein?«

»Ja«, flüstert Andrea.

»Es gibt tatsächlich Fußabdrücke, die zu Ihrer Aussage passen. Die Schuhgröße passt, auch das Muster der Schuhsohle konnten wir der entsprechenden Schuhmarke zuordnen.« Edgar spricht mit klarer Stimme und bleibt sachlich, ohne vom Wichtigen abzuweichen. Seine Aufmerksamkeit gilt ganz der am Boden zerstörten Frau.

»Und der ältere Herr, über den hier alle reden, stand wo?«, stelle ich meine erste Frage.

Andrea verengt die Augen zu schmalen Schlitzen. »Ich habe meine Brille nicht dabei«, entschuldigt sie sich, dann erschallt schon wieder ein Wortschwall an Verwünschungen von der verzweifelten Mutter, die weit unter die Gürtellinie gehen.

»Bitte konzentrieren Sie sich nur auf unsere Fragen«, lenke ich Andrea ab und lege ihr sacht meine Hand auf die Schulter. »Sie sagten, der Mann stand wo?«

»An der Rutsche«, flüstert sie kaum hörbar. »Er hat immer wieder zu Liam rüber geschaut.« Ihre Stimme gewinnt an Stärke. »Aber ich habe dem Ganzen keine große Bedeutung beigemessen, weil er sich in der ganzen Zeit, in der er hier war, mit seinem Enkelkind beschäftigt hat.«

»Was meinen Sie, Edgar? Ist ein Mann in diesem Alter flink genug, ein Kind zu entführen, wenn er in Begleitung eines weiteren Kindes ist?«, will ich wissen. Lars kommt schnellen Schrittes auf uns zu und bleibt mir gegenüber stehen, dann blättert er hektisch in seinen Notizen.

Edgar lässt sich davon nicht ablenken, er sieht mich ernst an, wiegt den Kopf und sagt: »Hm, ich weiß nicht. Scheinbar waren Sie, Frau Sudowski, nicht die Einzige, der das sonderbare Verhalten dieses Mannes aufgefallen ist. Er stand unter ständiger Beobachtung. Leider konnten sich die Befragten aber erst im Nachhinein an diesen Herrn erinnern, so als hätte man den Anwesenden diese Erinnerung eingepflanzt. Die Kollegen haben mit ihrer Befragungsmethode eine Welle in Gang gesetzt, die nun für unseren weiteren Ermittlungsverlauf mehr hinderlich als nützlich sein wird. Viele der Aussagen weisen, bis auf das Aussehen des Mannes, keine relevanten Übereinstimmungen auf.«

»Das stimmt allerdings«, bestätigt Lars Edgars Aussage und steckt sein Notizbuch weg.

»Wie war das Verhältnis Ihres Freundes zu seiner Ex-Frau?«, wechsle ich absichtlich das Thema, sodass Andrea keine Zeit hat, sich eine Lüge oder schönere Wahrheit zusammenzureimen. Dabei schaue ich rüber zur Rutsche. Mein Blickfeld wird durch die Äste einer Birke eingeschränkt, sodass ich nur ein Segment des roten Plastiks sehen kann. Die

Rutsche krümmt sich an einer Stelle. Genau diesen Bogen kann ich von hier aus sehen.

»Sie haben sich mal sehr geliebt, klar. Aber gegen Ende der Beziehung gab es wohl immer öfter heftige Streitereien. Mehr hat er mir nie erzählt«, entgegnet sie.

»Da lag also etwas im Argen? Ihr Partner und seine Ex-Frau haben sich nicht auseinandergelebt?«

»So in etwa. Sie legten eine Beziehungspause ein. Mit einer Therapie wollte keiner der beiden Zeit verschwenden. Sie hatten sich gezofft und sich in der Pause beide anderweitig umgeschaut, was schließlich dazu führte, dass sich die beiden zum Wohle des Kindes dazu entschieden, die Beziehung zu beenden.«

»Waren Sie einer der Gründe, warum Ihr Partner sich für die Trennung entschieden hat?«

»Ich war nicht der Grund. Das alles ist geschehen, bevor Stefan und ich uns kennengelernt haben. Es waren die fehlenden Gemeinsamkeiten, zu wenig Intimität und auch Kommunikationsprobleme. Alles wurde mit dem falschen Ohr gehört und wie ein Angriff interpretiert. Die emotionalen Bedürfnisse blieben unerfüllt. Die Differenzen schienen unüberbrückbar zu sein.«

Ihre wortgewandten Schilderungen verblüffen mich und machen mich stutzig.

»Alle Probleme haben ihren Ursprung in einer emotional instabilen Basis, die nicht mehr den nötigen Halt gibt. Und wenn diese Stabilität nicht mehr gegeben ist, bricht sie irgendwann wie ein Kartenhaus zusammen«, gebe ich ihr recht.

Alle schauen betreten zu Boden, weil dieses Problem jeden von uns treffen kann, wenn wir aufhören, mit unserem Partner über die Dinge zu reden, die uns beschäftigen.

»Diese Frage, bezüglich der Beziehung Ihres Partners, haben Sie schon mehrmals beantworten müssen«, stelle ich fest und presse dann die Lippen aufeinander.

»Nein, aber das Gespräch mit Stefan, bei dem er mir das

alles erzählt hat, ist noch nicht lange her«, entgegnet sie mit emotional geladener Stimme und wischt sich mit dem Taschentuch die Wimperntusche von den Wangen. »Die beiden gingen sich gehörig auf den Sack und hatten nichts mehr füreinander übrig. Alles, was sie noch zusammenhielt, war Liam. Aber …« Sie bricht erneut in Tränen aus. »Bitte, können wir damit aufhören? Ich habe der Frau mit den roten Locken gestern schon alles erzählt, was ich wusste. Ich will einfach nur nach Hause. Bitte?«

Saskia hat sie also schon befragt.

»Eine Frage noch: Wo war Ihr Freund zum fraglichen …«

»Er war nicht da, verfickte Scheiße!« Nun wird sie ausfallend und stampft wie ein bockiges Kind mit dem Fuß auf. »Stefan hat einen neuen Kunden an Land gezogen. Fragen Sie ihn doch selbst.«

»Okay. Ich verstehe, dass das alles zu viel für Sie ist. Kommen Sie, ich kümmere mich darum, dass Sie nach Hause gebracht werden. Falls noch Fragen offen bleiben, werden wir uns ein andermal an Sie wenden.« Ich verabschiede mich von Edgar mit einem Händedruck.

»Ich bin noch eine Weile hier«, sagt er leise und zieht sich zwei frische OP-Handschuhe über.

Zusammen laufen wir schweigend zu Karl. Lars folgt uns wie ein Schatten.

Der bullige Oberkommissar ist in ein Telefongespräch vertieft und lässt seinen Gesprächspartner nicht zu Wort kommen. Als wir nah genug herangekommen sind, um seinem einseitigen Dialog akustisch folgen zu können, unterbricht er die Verbindung und zwängt sich ein Raubtierlächeln auf.

»Na?« Sein Blick pendelt zwischen uns beiden hin und her.

»Frau Sudowski möchte nach Hause gebracht werden, und ich möchte dem Herrn Unbekannt einen Besuch abstatten«, beantworte ich seine nicht gestellte Frage.

»Das trifft sich gut.«

Karl ignoriert Andreas Anwesenheit, weil er auf etwas gestoßen ist, dass seine Augen zum Glänzen bringt.

»Wie ich gerade eben erfahren habe, wohnt dieser Herr *Unbekannt* ganz in der Nähe. Und weißt du was, Doc?« Er sieht mich grinsend an. »Streng deine Synapsen an.«

»Der Mann hat keine Enkelkinder, zumindest nicht im Alter des Jungen, dem der alte Herr an der Rutsche aufgelauert haben könnte, um ungehemmt mit ihm vor den Augen aller Mütter und Väter zu spielen.« Es ist keine Frage, sondern eine Feststellung.

Karls hämische Freude schmilzt dahin. Er gibt ein enttäuschtes Brummen von sich. »Immer musst du alles vermasseln«, brummte er. »Rauchen Sie?«, will er plötzlich von Andrea wissen.

Sie scheint die Frage nicht zu verstehen und sieht ihn dümmlich an.

»Meine Zigaretten sind alle und das Scheißpflaster ist einfach zu schwach. Jürgen!« Er winkt einen älteren Polizisten herbei. »Bring Frau Sudowski bitte nach Hause und kümmere dich darum, dass ihr Haus heute Nacht überwacht wird. Am besten organisierst du eine Betreuerin, die bereit ist, bei ihr auf der Couch zu schlafen. Du kannst dich später darüber empören, dass wieder mal über deinen Kopf hinweg entschieden wurde.«

»Ich bin seit zehn Stunden auf den Beinen«, fährt der Polizist auf und sieht demonstrativ auf seine Uhr.

»Sie haben doch eine Couch?«, übergeht Karl den Einwand und sieht zu Andrea.

»Ja.«

»Siehst du, Jürgen. Alles, was du tun musst, ist Folgendes: Du fährst Frau Sudowski nach Hause.« Ostentativ reckt Karl den Daumen in die Luft. »Danach rufst du im Präsidium an …«

»Ist schon in Ordnung«, fällt der Polizist seinem Vorgesetzten mürrisch ins Wort und greift zum Handy. »Kommen Sie bitte mit, ich werde mich darum kümmern, dass Sie heute Nacht von einer geschulten Psychologin betreut werden.«

»Auf Wiedersehen, Andrea«, verabschiede ich mich.

»Du hältst hier inzwischen die Stellung, Lars!«, gibt Karl weitere Anweisungen.

Lars nickt nur und schlendert zurück zu Edgar.

»Und wir zwei Hübschen statten dem alten Perversling einen unangekündigten Besuch ab«, freut Karl sich, als ich an der Reihe bin. »Oder soll ich vorher erst die Erlaubnis deiner Frau einholen?«, zieht er mich auf und grinst spöttisch.

»Spar dir dein blödes Grinsen.«

»Du mich auch, Doc«, knurrt Karl weiterhin grinsend und kratzt sich die vernarbte Wange. Die Narbe stammt von einer Explosion, die ihn beinahe das Augenlicht gekostet hätte.

»Bis wann ist der Platz hier geräumt?«

»Wieso?«

Gemeinsam laufen wir zu Karls Wagen.

»Ich möchte mich ungestört hier umsehen.«

»Tu dir keinen Zwang an. Ab morgen sollte das klargehen. Kannst ja mit deinem Hund einen ausgiebigen Spaziergang hier machen. Ist ja bloß zwanzig Kilometer von deinem trauten Heim entfernt, wenn ich mich nicht irre. Und weil du heut länger unterwegs sein wirst, als Frauchen erlaubt hat, wirst du in den nächsten Tagen sowieso viel Zeit an der frischen Luft verbringen, nehme ich an.«

»Wenn sie mit mir fertig ist, bist du als Nächster dran«, entgegne ich gelassen, hole mein eigenes Handy hervor und spiele ihm seine letzte Bemerkung vor, die ich heimlich aufgenommen habe. »*… viel Zeit an der frischen Luft verbringen*«, ertönt Karls mechanisch klingende Stimme aus dem kleinen Lautsprecher.

»Du bist und bleibst ein Fiesling, Doc. Komm, leg einen Zahn zu. Sobald wir Herrn Himmelsbach unter Druck gesetzt und alles aus ihm herausgequetscht haben, was er weiß, bringe ich dich mit Blaulicht und Sirene noch vor acht Uhr nach Hause.«

Tatsächlich geht der bullige Kommissar nun schneller und entlockt mir somit ein Lächeln.

4

SCHWARZER ENGEL

Acht Monate zuvor

Ich knie vor dem reglosen Körper, halte zwei Finger an den Hals des Jungen und versuche, seinen Puls zu ertasten.

Weinend trage ich Marian zu seinem Bettchen. Es ist eine Palette, die ich mit weichen Kissen ausgelegt habe. Vorsichtig bette ich ihn darauf. Tränen kullern mir dabei über die Wangen und klatschen lautlos auf Marians lebloses Gesicht.

Ich erwarte ein Zucken seiner Lider oder ein Lächeln, aber nein. Er schaut einfach ins Leere. Die blau angelaufenen Lippen sind leicht geöffnet.

Er liegt auf dem Rücken und ich presse mein Ohr gegen seine Rippen. Mit angehaltenem Atem lausche ich und wünsche mir sehnlichst, das schnelle Pochen seines kleinen Herzens hören zu können. Aber bis auf das Rauschen meines eigenen Blutes ist da nichts. Weinend presse ich einen kläglichen Laut hervor und beiße mir auf die Lippe.

»Bitte, Marian«, flehe ich ihn an und halte erneut die Luft an, lausche ein weiteres Mal. Wieder nur mein eigener Herzschlag. Mit tränenverschleiertem Blick presse ich meine Stirn gegen Marians. Er riecht aus dem Mund, nach Erbrochenem.

Ist er erstickt? Oder war er allergisch auf Nüsse?

Die Erkenntnis, dass er tot ist, trifft mich mit voller Wucht in die Magengrube.

»Ich hab dich umgebracht. Mit meiner Liebe hab ich dich umgebracht«, flüstere ich und kämpfe dabei gegen eine weitere Heulattacke an.

»Nein, das stimmt nicht. Marian ist gestorben, weil er ohne mich nicht leben konnte. Ich war zu lange weg. Er ist verdurstet«, spreche ich mit mir selbst und setze mich hin. Heulend ziehe ich die Beine an, umklammere sie mit beiden Händen und drücke mein Kinn gegen die Knie.

»Schatz?« Weit weg und dennoch gefährlich nah erklingt die Stimme meiner Mutter.

Sie darf das nicht sehen. Nicht mein Versteck und schon gar nicht das tote Kind.

Ich drücke mich hoch auf die Beine, wische mir die Tränen aus den Augen, zupfe an meinen Klamotten und verlasse das kleine Zimmer. »Ich komme später wieder«, verspreche ich Marian.

Der Spiegel rastet ein.

Noch bevor die Tür aufgeht, schmeiße ich mich auf das geblümte Sofa und täusche ein Gähnen vor. »Was ist? Musst du mich ständig wecken?«, blaffe ich meine Mutter an.

Sie steckt nur ihren Kopf durch den geöffneten Spalt der Tür und sieht mich mitleidig an. »Tut mir leid, Kind, aber magst du nicht endlich was essen?«

»Ich hole mir später einen Döner«, sage ich so kühl wie nur möglich und greife nach der Fernbedienung, die neben dem Sofa auf einem kleinen Tisch liegt, auf dem sich bunte Comics häufen. Comics, die ich eigentlich für meine Kinder aufgehoben habe, die ich nie haben werde.

»Was ist mit dir?« Sie drückt die Tür ein Stück weiter auf.

»Nichts.« Mühevoll um Beherrschung ringend, versuche ich, nicht an Marian zu denken. Doch dieser Versuch ist zum Scheitern verurteilt, da der Reporter im Fernsehen gerade von einem verschwundenen Kind berichtet. Ein Foto wird eingeblendet. Ein Foto von Marian.

»Arme Eltern«, sagt meine Mutter und tritt nun vollends ein, was sie bisher noch nie ungefragt getan hat. Mit den Pantoffeln über den Boden schlurfend, nähert sie sich dem Sofa, setzt sich auf die wuchtige Armlehne und nimmt mir die Fernbedienung aus den Händen, während ich mich aufrichte und mit angespanntem Kiefer vor mich hinstarre.

»Was muss das für ein Monster sein, der anderen so was antut.« Sie dreht die Lautstärke so weit auf, bis die Lautsprecher zu brummen anfangen, weil der linke kaputt ist, dann verringert sie sie wieder um zwei Balken.

»Wenn das ein Mann ist, sollte man ihm die Eier abschneiden.« Sie sieht zu mir rüber.

Ich nicke. »Und auch den Kopf«, füge ich mit tränenerstickter Stimme hinzu und bin wie paralysiert. »Solche Kreaturen haben es nicht verdient zu leben.«

Die Kamera schwenkt von dem Reporter nach links.

»Vielleicht wurde der Junge aber gar nicht entführt?«

»Was redest du da, Kind? Der kleine Bengel wird wohl kaum von allein weggelaufen sein.« Meine Mutter atmet schwer und fasst sich an die Brust. »Die Mutter kann einem wirklich leidtun«, säuselt sie mit konzentrierter Miene, weil sie nichts verpassen will, was sie später mit Frau Michalski, unserer Nachbarin, ausgiebig besprechen könnte.

Ich sehe einen Kinderspielplatz, umringt von Plattenbauten. Schaulustige haben sich hinter dem Reporter versammelt und drängen sich ins Bild. Jeder will sich selbst in den Nachrichten sehen. Keiner sieht dabei betreten aus oder strahlt so etwas wie Mitgefühl aus.

»Marian ist sechs Jahre alt«, berichtet der Reporter weiter. Ein weiteres Foto von Marian wird eingeblendet.

Meine Mutter hält sich nun die Stirn und schnappt theatralisch nach Luft. Die Fernbedienung liegt in ihrem Schoß. Mit der Linken knetet sie das Geschirrhandtuch, das sie ständig bei sich hat und zu allen Tätigkeiten benutzt. Zum Beispiel, um sich damit den Schweiß von der Stirn zu tupfen oder um nach meinem Vater zu schlagen. Jetzt aber reibt sie mir damit die Wangen trocken. Der Lappen riecht moderig und ist feucht.

»Weinst du etwa?«

Meine Kehle wird eng. »Er hatte noch sein ganzes Leben vor sich«, sage ich und lasse damit meinen wahren Gefühlen freien Lauf. Schluchzend drücke ich mein Gesicht gegen Mutters weiche Brust.

»Bitte, wenn Sie uns zuschauen«, wendet sich der Reporter nun direkt an mich, »die Eltern sind verzweifelt. Wenn Sie uns zusehen«, wiederholt er und legt eine effekthaschende Pause ein, »lassen Sie den Jungen frei. Marian hat Asthma und benötigt dringend sein Spray.«

Dank der Erkenntnis, dass der Junge krank war, wird mir etwas leichter ums Herz. Es war also nicht gänzlich mein Verschulden, dass Marian tot ist. *Er wäre früher oder später sowieso gestorben,* rede ich mir ein. *Ich habe ihm nur ein Leben voller Leid erspart.*

»Armer, armer Junge. Was sind das nur für Tiere, die so etwas tun?«, ereifert sich meine Mutter weiter.

Wir beide wissen aber, dass sie und mein Vater nicht viel besser sind als ich, nur redet darüber keiner offen.

Meine Lider besitzen nicht die Kraft, sich gnädig zu schließen. Ich starre auf den Bildschirm, dabei rinnen mir weitere Tränen übers Gesicht.

Ich zittere am ganzen Körper.

Diesmal nimmt meine Mutter mich nicht in den Arm. Stattdessen streicht sie mir über den Rücken. »Ist ja schon gut!« Zu größeren emotionalen Regungen ist sie nicht fähig. Empathie ist ein Fremdwort in unserer Familie, und so etwas wie Liebe kennen wir nicht. Weil meine Mutter des Ganzen überdrüssig wird, macht sie die Kiste aus, steht auf, drückt mir die Fernbedienung in die Hände und sagt: »Papa und ich fahren übers Wochenende zu deinen Großeltern. Willst du mit?«

Mit zitternden Händen fahre ich mir übers Gesicht.

»Wo ist Papa?«

»Ist bestimmt draußen. Ich denke, er dreht eine kurze Runde, um seiner Sucht zu frönen.«

»Was?« Ich greife nach einem Zipfel meines Shirts und reibe mir damit die Wangen trocken.

»Er holt sich Zigaretten. Raucht in letzter Zeit wie ein Schlot.«

»Nein, was hast du mich gefragt?«

»Magst du mit uns mitkommen? Übers Wochenende zu den Großeltern?«

»Ach so. Nee«, sage ich und winke ab. »Ich war vor drei Tagen erst dort. Es geht ihnen gut. Oma hat für mich sogar Kohlrouladen mit Pilzen gemacht. Sie wird langsam senil, sie weiß doch, wie sehr ich Kohl hasse.« *Die Zeit eurer Abwesenheit werde ich anderweitig nutzen, überlege ich.* Bei diesem Gedanken wird mir noch leichter ums Herz. »Ich bleibe lieber zu Hause und chille ein bisschen.«

»Wie du möchtest«, meint meine Mama nur. »In der Gefriertruhe liegen noch Pizzen und ein halbes Kilo Fleischkäse. Den Backofen musst du …«

»Mutter, ich weiß, wie man einen Backofen anmacht und auch, wie man ihn wieder ausschaltet«, falle ich ihr ungehalten ins Wort und stehe nun auch auf. Mir fällt ein, dass mir gestern ein anderes Kind ins Auge gefallen ist, das viel kräftiger aussieht als Marian. Es saß ganz allein an einer Bushaltestelle. Mit einem Schulranzen auf dem Rücken. Zweifellos werde ich es dort noch öfter antreffen. Es ist ein Mädchen und wird mein neues Geschenk sein. Sie hat zwei Minizöpfe, ein zierliches Gesicht und trägt Kleider. Richtige Mädchenkleider.

Die grauen Wolken hinter meiner Stirn lichten sich,

neben etwas besserer Laune verspüre ich einen kurzen Anflug von Freude.

Mein Magen meldet sich mit einem Grummeln. »Ich hole mir jetzt Lahmacun mit extra viel Zwiebeln und mit viel scharf«, verkünde ich strahlend, lege beide Hände auf Mutters Schultern, drehe sie mit dem Gesicht zur Tür und laufe mit ihr wie bei einer Polonaise aus meinem Zimmer. Dabei summe ich sogar die lustige Melodie, die ich mit diesem Tanz verbinde, und entlocke meiner Mutter damit ihr perlendes Lachen, das ich schon viel zu lange nicht mehr gehört habe.

5

JOHANNES

Heute

Familie Himmelsbach wohnt in einem Haus, das nicht gerade einladend aussieht. Die massiven Fensterläden stehen offen und der grüne Lack ist an vielen Stellen bereits abgeblättert, das blanke Holz darunter ganz morsch. Die ehemals helle Fassade hat dunkle Flecken und Risse.

Wie es wohl drinnen aussieht?, frage ich mich und verspüre bei der Vorstellung ein leichtes Frösteln.

Karl drückt auf den Klingelknopf und zieht ein letztes Mal an seiner Zigarette. Die Glut erhellt sein Gesicht.

»Wo sind die denn?«, murmelt er und wirkt unruhig.

»Vielleicht sind sie nicht zu Hause?«

»Nein, wir haben den Besuch angemeldet«, widerspricht Karl, drückt den Zigarettenstummel an seiner Schuhsohle aus und stopft die erloschene Kippe in die Streichholzschachtel.

»Ich glaube, da kommt jemand!« Karl hebt die Hand.

Wir lauschen.

Schlurfende Schritte nähern sich der Tür. Die krächzende Stimme einer alten Frau ruft: »Ich komme ja schon. Hast du wieder die Schlüssel vergessen?«

Karl sieht mich fragend an.

Ich zucke mit den Schultern. »Meint wohl ihren Mann«, spreche ich meine Vermutung leise aus und schaue konzentriert auf die weiße Tür mit dem quadratischen Glaseinsatz. Das kleine Fenster lässt sich von innen öffnen. Das Glas ist milchig trüb und in einen Bleirahmen eingefasst.

Die Schritte kommen immer näher. Eine Kette wird vorgeschoben.

Karl streckt den Rücken durch und hält seinen Dienstausweis bereit.

Die Tür geht langsam auf.

In dem Spalt erscheint das runzlige Gesicht einer alten Frau. »Wer sind Sie denn?«

»Wir sind von der Polizei und würden Herrn Himmelsbach gern einige Fragen stellen. Sind Sie Frau …«

»Ja, ich bin seine Frau.« Die Kette zieht sich straff, weil Karl seine Pranke gegen das Türblatt drückt. »Bitte, es ist sehr wichtig.«

»Hat Gustav was angestellt?«

Es fängt an zu nieseln.

»Wir haben unseren Besuch angekündigt«, sagt Karl mit freundlicher Stimme.

»Aber wir dachten, wir bekommen eine Vorladung.«

Ich mache einen Schritt nach vorn und suche Schutz unter dem kleinen Vordach, so wie Karl.

Die Hausherrin wickelt den flauschigen Bademantel enger um ihren schmalen Körper und beäugt Karl skeptisch. Ihre Augen sind trüb wie zwei Pfützen, vielleicht hat sie Grauen Star.

»Eigentlich wollten wir uns ein wenig mit Ihrem Mann unterhalten. Und nein, er hat nichts angestellt. Das heißt, vermutlich. Wir wollen ihm lediglich ein paar Fragen stellen. Dürfen wir drinnen auf ihn warten? Hier draußen wird es allmählich ungemütlich.«

Meine rechte Hand steckt in der Tasche des Trenchcoats. Das Handy ist im Sendemodus. Mit dem Zeigefinger tippe ich ununterbrochen gegen das Display. Ein Morsecode. Das eigens für uns erstellte Programm wandelt die Signale in Informationen um. Benjamin, mein Zwillingsbruder, kann diese auf seinem PC abspeichern und für unsere Recherchen verwenden.

»Woher weiß ich denn, dass ihr keine Verbrecher seid?«

»Ich habe mich doch …«

»Papperlapapp, als würde sich eine alte Frau wie ich mit so was wie Polizeiausweisen auskennen.«

Das enervierende Kläffen eines Hundes hallt durch die Nacht.

Karl und ich haben den heutigen Tag dazu genutzt, uns auf dieses Treffen mit Herrn Himmelsbach, so gut wie nur möglich, vorzubereiten. Aber es gab nicht viele Informationen über diesen Mann, sodass wir dazu gezwungen sein werden, situationsbedingt zu improvisieren. Ich habe dabei ein ungutes Gefühl. Dieses Haus ist von einer negativen Aura umgeben, so etwas spüre ich einfach.

»Sei still«, ertönt die krächzende Stimme eines alten Mannes. Das Bellen hört abrupt auf.

Ich drehe mich langsam um, Karl lässt sich etwas mehr Zeit, wendet aber seinen Kopf auch zur Straße.

Ein alter Herr mit gedrungener Statur, leicht gekrümmtem Rücken und klitschnassem Haar steht vor dem kleinen Gatter, das den Vorgarten von der Straße trennt, und richtet den hellen Strahl seiner Taschenlampe in unsere Richtung.

Ich kneife die Augen zusammen.

Karl flucht und hält sich schützend die Hand vors Gesicht.

Die Tür hinter uns fällt laut ins Schloss, bevor sie sich ganz öffnet.

Das Gatter quietscht in den Angeln.

»Was wollen Sie hier?«, empört sich der Mann, ohne das Licht wegzunehmen.

»Leuchten Sie freundlicherweise woanders hin!«, sagt Karl unwirsch.

»Wer sind Sie und warum behelligen Sie uns mitten in der Nacht?«

»Ich bin von der Polizei.«

»Sie auch?«

Er sieht mich fragend an.

»Ich begleite Oberkommissar Breuer bei seinen Recherchen.«

»Wir haben einige Fragen an Sie«, übernimmt Karl wieder das Wort. »Warum sind Sie der Einladung nicht gefolgt und heute nicht auf dem Spielplatz erschienen?«, will Karl von dem Mann wissen. »Und bitte seien Sie so gut und leuchten woanders hin.«

Endlich wandert das gleißende Weiß zur Seite.

»Welcher Einladung? Wir haben nichts dergleichen bekommen.« Das Aufbegehren kommt nicht von Herrn Himmelsbach, sondern von seiner Frau.

»Ich habe keine Einladung erhalten«, sagt der Mann zustimmend und lässt das Gatter offen.

Der Langhaardackel kläfft ununterbrochen und bleibt unbeeindruckt von den Kommandos seines Herrchens. »Bist du wohl still, Hansi!«, versucht Herr Himmelsbach abermals, den Vierbeiner ruhigzustellen, aber der Hund bellt fröhlich weiter.

»Es stand in der Zeitung und kam mehrmals im Radio!« Karl holt aus der Innentasche seiner Jacke ein Schreiben. »Dieses Rundschreiben wurde gestern Abend noch von meinen Kollegen in der hiesigen Umgebung verteilt, mit der Bitte, sich auf dem Spielplatz einzufinden, falls man am Tag zuvor dort oder überhaupt im Park war und eventuell etwas zu den Ermittlungen beitragen könnte. Mit Datum und Uhrzeit.«

»Wir bekommen keine Werbung. Lydia lass die beiden Herren bitte eintreten und stell den Wasserkocher an. Ich bin klitschnass, weil Hansi mal wieder die Enten jagen musste«, knurrt Gustav Himmelsbach und zieht dabei fest an der Leine. »Wenn du nicht sofort aufhörst«, zischt der Mann und fährt sich mit gespreizten Fingern durch das dünne Haar auf seiner Glatze. »Hansi!«

Der Hund bellt noch einmal laut, schließlich obsiegt jedoch der Selbsterhaltungstrieb, weil sein Herrchen ihm androht, er müsse die Nacht draußen verbringen, falls er nicht spurt.

»So ist es brav«, lobt Gustav Himmelsbach den endlich verstummten Hund und watschelt auf uns zu.

In Hansi keimt Hoffnung auf, ein Leckerli zu bekommen, darum wedelt er heftig mit dem Schwanz und ignoriert Karl und mich komplett.

Der Dackel trottet mitsamt seinem Herrchen an uns vorbei.

»Kommen Sie schon. Aber treten Sie vorher Ihre Schuhe ab«, kommandiert die alte Frau und bedenkt ihren Mann mit einem drohenden Blick. »Wir wohnen hier allein im Erdgeschoss. Die Kinder sind ausgezogen. Ansonsten steht das Haus leer.«

Karl macht den Anfang. Demonstrativ streift er die Schuhe mehrmals an einem schwarzen Fußabtreter ab, der an einigen Stellen Löcher aufweist. Dann geht er der Frau nach.

Ich folge ihnen.

Herr Himmelsbach ist mit seinem Hund beschäftigt. »Gehen Sie schon vor«, sagt er zu mir. »Ich muss dem Dackel die Pfoten abwischen und komme nach.«

Der Flur ist schmal, lang und düster.

Die Wände und der Boden sind gekachelt. Unsere Schritte hallen nach. Ich komme mir vor wie in einer alten Klinik. Bilde mir sogar die Schreie von Patienten ein, denen ohne Narkose Körperteile abgetrennt werden. Doch dann kläfft der Dackel wieder, so laut, dass mir die Ohren wehtun.

»Bleib hier!«, blafft Herr Himmelsbach den Hund an und läuft ihm hinterher, als Hansi Reißaus nehmen will und zur Treppe eilt, die zu den oberen Etagen führt. Der alte Mann rempelt mich bei der Hetzjagd leicht mit der Schulter an und entschuldigt sich schwer atmend.

»Wohnt da doch jemand?«, will ich von ihm wissen, bleibe stehen und werfe einen Blick auf die Treppe.

Die Deckenbeleuchtung wirft abstrakte Schatten auf die dunkel gekachelten Wände.

»Nein, wie kommen Sie darauf?«, entgegnet er.

Zu eilig, zu unüberlegt, stelle ich schweigend fest, ohne die Miene zu verziehen.

»Sie wirken auf einmal nervös. Wir sind nur zu einem Gespräch da und stellen Ihr Haus schon nicht auf den Kopf«, sage ich, bediene mich dabei eines beschwichtigenden Untertons und lege meinem Gegenüber die Hand auf die knochige Schulter.

»Ich weiß. Eine gewisse Frau Kirschmann hatte sich hier telefonisch gemeldet und Ihren Besuch angekündigt, aber ich werde langsam vergesslich – und meine Frau auch. Tut mir leid.«

»Kann passieren. Und Sie wohnen ganz allein hier? Ist ziemlich viel Platz für ein Ehepaar.«

»Das stimmt. War aber nicht immer so. Früher haben wir … Unsere Kinder wohnten dort oben. Aber Hansi glaubt immer noch, dass er nach oben rennen kann und …« Er ist den Tränen nah und schluckt schwer. »Wissen Sie, wenn man alt wird, erscheint einem das Leben in einem anderen Licht. Und wenn die Kinder erst mal aus dem Haus sind, kommt einem die Ruhe nicht so vor, wie man sie sich einstmals vorgestellt hat. Sie drückt auf das Gemüt und weckt Melancholie, und das lässt uns noch schneller altern.«

»Sie meinen, wir vereinsamen?«, halte ich das Gespräch

aufrecht, tippe mit dem rechten Zeigefinger auf das Display und versuche nicht nur die visuellen Eindrücke richtig zu deuten.

»Ja.« Er lacht traurig auf, so wie es nur alte Menschen tun.

Karl und die Hausherrin sind nicht mehr da.

»Was war das alles hier früher? Ein gewöhnliches Mehrfamilienhaus wohl eher nicht?« Ich sehe hoch zur Decke, die mit feinem Stuck verziert ist und dunkle verwaschene Wasserflecken aufweist. *Die Ornamente sind extra für dieses Haus angefertigt worden*, mutmaße ich.

»Eine Kindertagesstätte«, krächzt der Mann, so als wollten ihm die Worte nicht so recht über die Lippen kommen, oder als hätte er soeben bemerkt, dass er ein Geheimnis ausgeplaudert hat.

Bei genauerer Betrachtung des Ganges bemerke ich feine fortlaufende Kratzer an den Paneelen und Kacheln, die ich zuerst für Risse gehalten habe. Gezackte Linien, die parallel zum Boden verlaufen. Auf der Höhe einer Bahre auf Rädern. Zwei Rillen im Boden, eigentlich nur leichte Andeutungen, in denen das Licht anders gebrochen wird, schlängeln sich durch den Flur und machen eine Kurve, die im schummrigen Grau der schwachen Beleuchtung hinter einer doppelflügeligen Tür verschwinden.

Meine Nackenhaare stellen sich zu Berge.

Das war keine Klinik, aber hier wurden Kinder ans Bett gefesselt und medikamentös ruhiggestellt. Daher dieser latente Geruch nach Medikamenten, der von den Wänden aufgesogen und konserviert wurde.

»Das war eine Anstalt«, korrigiere ich den Mann. »Sie waren früher Arzt«, konstatiere ich weiter, als mein Blick auf zwei Buchstaben trifft.

»Doktor Himmelsbach«, entwirre ich die Eindrücke zu einem Wortklang.

Sein Titel steht wie ein blasser Abglanz auf einer der

Türen geschrieben. Dort klebte früher auch sein vollständiger Name.

»War das Ihr Büro?« Ich deute zu der entsprechenden Tür.

Der Mann zerrt an dem Kragen seines Pullunders. Den Mantel hat er bis zum Bauch aufgeknöpft und jetzt zieht er an seinem Schal aus grauer Kaschmirwolle, der zu beiden Seiten nach unten hängt.

»Wollen wir nicht in die Küche gehen und dort bei einer warmen Tasse alles andere klären?«

Er mag sehschwach sein, aber seinen trüben Augen und scharfem Verstand entgeht das Zucken meiner Hand nicht.

»Sie …«, beginnt er.

»Ich schreibe mithilfe dieses Gerätes alle meine Eindrücke auf«, sage ich und hole das Handy hervor. »Die heutige Technik ersetzt Papier und Bleistift nicht, aber es gestaltet sich einfacher, wenn ich mich nicht zu stark auf die Unterhaltung konzentrieren muss. In welcher Altersgruppe waren …«

»Das geht mir nun zu weit.« Er zieht weiter an seinem Kragen. »Wir sollten lieber reingehen und die Befragung Ihrem Kollegen überlassen. Soweit ich informiert bin, ist nur er dazu befugt und Sie sind nur eine Begleitperson. Diese Art von Befragung überschreitet die Grenzen Ihres Aufgabenbereichs.« Sein Mund verzieht sich zu einem schmalen Strich.

»Ich bin nur neugierig, das ist alles«, lenke ich ein und leiste seiner ausladenden Geste Folge. Er zeigt zu einer Tür, die offen steht und hinter der sich geschäftiges Treiben vernehmen lässt. Das helle Klappern von Tassen und Besteck sowie der Duft nach frischen Keksen jagen mir eine wohlige Gänsehaut über den Rücken.

Karl sitzt an einem massiven Tisch und hält eine winzige Kaffeetasse aus feinem Porzellan in seinen Pranken.

»Sie haben früher diese Klinik geleitet?«, wendet er sich übergangslos an Herrn Himmelsbach. Karl hat also den Plausch dazu genutzt, der Herrin dieses Anwesens einige wichtige Informationen zu entlocken, die er nun für seine weitere Befragung nutzt.

Ich weiß nicht recht, wohin mit mir und bleibe darum am Kühlschrank stehen, während ich die Fotografien, die mit bunten Magneten an dem weißen Blech fixiert wurden, betrachte. Die meisten Abzüge sind schwarz-weiß, das Papier abgegriffen und gewellt.

Ich drehe mich um und lasse die professionell fotografierten Momente auf mich wirken. Wie so oft werde ich dabei zum stillen Beobachter und warte auf die Gunst der Stunde.

»Hansi, geh auf deine Decke!« Herr Himmelsbach tut so, als habe er Karls Frage nicht gehört und hilft dem Dackel dabei, in einen gut ausgepolsterten Korb zu klettern, der in einer Ecke steht.

»Auch ein Käffchen, Herr Hornoff?«, fragt mich Frau Himmelsbach.

Ich mag diese förmliche Anrede nicht, schenke der Frau aber ein Lächeln und bleibe höflich. »Gern«, entgegne ich und stecke mein Handy zurück in die Tasche meines Mantels.

Frau Himmelsbach wischt sich ihre knorrigen Hände an der Schürze ab. Die Haut ist rot und an den Gelenken aufgeplatzt. Sie leidet an einem Waschzwang, erkenne ich, denn nicht nur ihre Hände sind wundgescheuert. Das Blech des Herdes glänzt, der Boden ist matt vom vielen Scheuern, der Küchentisch frisch geölt. Der verchromte Wasserhahn hingegen hat seinen einstigen Glanz verloren, und dann fällt mir eine Stelle an der Dunstabzugshaube auf. Die rechte Ecke glänzt wie ein Spiegel.

»Mit Milch und Zucker? Wir haben auch Sahne da«, lenkt mich Frau Himmelsbach von meinen Beobachtungen ab.

»Vielen Dank. Ich trinke ihn schwarz. Kann ich mir vorher die Hände waschen? Ich habe auch einen Hund, müssen Sie wissen, und er schleckt mir gern die Finger ab.

Wenn ich die nicht wasche, rieche ich nicht den Kaffee, sondern Jack Daniels. So heißt mein treuer Freund.«

Karl betrachtet seine eigenen Finger, weil ihm gerade klar wird, was er heute schon alles angefasst hat. Grob reibt er sie an der Brust ab. Seine Jacke hängt akkurat über einer Stuhllehne.

»Wo bleiben nur deine Manieren, Gustav?«, maßregelt Frau Himmelsbach ihren Gatten und eilt mir zur Hilfe, damit ich mich meines Trenchcoats entledigen kann.

»Das geht schon so. Bin eine Frostbeule«, rede ich mich heraus und hebe die Augenbrauen. »Das Badezimmer ist wo?«

Ihr so schon fahles Gesicht mit den eingefallenen Wangen wird noch blasser.

»Ich begleite Sie«, sagt Herr Himmelsbach knapp. Zuvor legt er dem zotteligen Vierbeiner einen Knochen vor die Nase. »Und du bewegst dich keinen Millimeter, Hansi. Sonst benutze ich die Pfeife.«

Ich werde hellhörig. Der Hund wird also mit einem für das menschliche Ohr nicht wahrnehmbaren Pfeifton für seinen Ungehorsam gestraft.

»Das machst du nicht, sonst haut er uns wieder ab, wie beim letzten Mal. Oder er versteckt sich irgendwo im Haus«, wird Herr Himmelsbach von seiner Frau ermahnt.

»Etwas anzudrohen, heißt ja nicht sofort, dass man es auch tut«, hält er dagegen. »Kommen Sie, ich zeige Ihnen das Klo.«

Er will auf keinen Fall, dass ich mich verlaufe, was ich eigentlich mit meinem Vorhaben bezwecken wollte. Aber in mir keimt inzwischen eine andere Idee auf.

Zusammen verlassen wir die warme Küche.

»Mit welchen Problemen wurden die Kinder hier eingeliefert?«, greife ich das vorige Thema wieder auf.

Herr Himmelsbach holt einmal tief Luft und atmet wieder aus, so als müsse er sich für das wappnen, was jetzt folgt. Seine Lunge rasselt, der Atem riecht nach Menthol. »Es waren nur Jungen. Ausnahmslos alle waren sie Opfer der Nachwirkungen des Krieges. Ihre heimgekehrten Väter waren nicht mehr dieselben wie vor dem Krieg, ihre Psyche war selbstverständlich stark angeschlagen. Die Jungen wurden zu Opfern und mussten unter den schlimmen familiären Bedingungen leiden. In dieser Anstalt fanden Sie einen Rückzugsort, doch leider kam diese Hilfe für die meisten fast schon zu spät. Hier ist das Bad.«

Wir bleiben stehen. Herr Himmelsbach zeigt auf eine Tür, an der ein blank poliertes Medaillon hängt. Darauf kann ich vage zwei Schatten erkennen, die bei näherer Betrachtung zwei Lettern ergeben: WC.

»Meine Frau hat einen Putzfimmel«, sagt Herr Himmelsbach, der meine Irritation richtig deutet, und zeigt auf das blank polierte Oval.

»Wir alle haben unsere Macken. Ich leide an Klaustrophobie«, enthülle ich ihm eines meiner Geheimnisse.

»Dann müssen Sie sich mit dem Händewaschen beeilen. Der Raum ist nicht klein, aber eng und lang.« Er greift nach der Türklinke und macht die Tür auf, die über den Boden schleift. So etwas wie Genugtuung lässt seine kantigen Gesichtskonturen weicher werden. »Bitte schön, der Herr.«

»Danke«, sage ich.

»Der Lichtschalter ist rechts.«

Noch bevor ich den schmalen Raum betreten kann, verspüre ich eine Hitzewelle, die sich wie ein viel zu heißes nasses Tuch um meinen Körper schmiegt. Schweiß treibt aus sämtlichen Poren meines Körpers. Schnell betätige ich den kleinen Schalter und hoffe, dass das Licht bald angehen möge, weil Herr Himmelsbach die Tür hinter meinem Rücken bereits geschlossen hat. Für eine Sekunde befinde ich mich in vollkommener Finsternis und höre förmlich, wie mich die Stille anbrüllt.

Endlich geht die nackte Glühbirne an und vertreibt die Panik aus meinem Kopf.

Ein blinder Spiegel hängt zu meiner Linken an der porösen weiß getünchten Wand. Die Rohre, die über dem Putz verlaufen, haben an vielen Stellen rostige Flecken. Eines davon hat einen leichten Knick. Sofort muss ich dabei an einen Toten denken, der sich hier erhängt haben mochte, weil dieser Knick signifikant für diese Art von Selbsttötung ist.

Da ich das Taschentuch nicht mehr bei mir habe, wische ich mir den Schweiß mit der Hand von der Stirn und greife nach dem Wasserhahn.

Mein Spiegelbild sieht mir ängstlich entgegen.

Der Grund, diesen Ort aufzusuchen, war eine List. Schnell drehe ich den Wasserhahn auf und greife in die Innentasche meines Mantels. Eine Hundepfeife glänzt in meiner Hand. Das schmale Ende zwischen die Lippen gedrückt, blase ich hinein und lausche auf das verräterische Bellen des ungeduldigen Hundes. Da die beiden Zimmer glücklicherweise nur durch eine Wand getrennt werden und der Dackel das Gehör eines Jungtieres besitzt, nimmt er sofort Reißaus.

Das metallische Scheppern einer Schüssel wird von einem spitzen Schrei aus der Küche überlagert. Kurz darauf folgt schon das laute Fluchen hinter der Tür, die Herrn Himmelsbach und mich voneinander trennt.

»Hansi!«, ruft er nach seinem Hund und läuft, den Geräuschen nach zu urteilen, dem Tier hinterher.

Der Dackel handelt reflexartig, ohne zu überlegen.

Ich nehme die Pfeife aus dem Mund, weil ich das Tier nicht unnötig strapazieren will.

Schnell schlüpfe ich wieder nach draußen und nutze das Durcheinander zu meinen Gunsten aus. Ich schleiche mich zur Treppe.

Das Adrenalin verleiht mir neue Kräfte. Der schnelle Rhythmus meines Herzens gibt den Takt an.

Schnell nehme ich die Stufen und lande nach wenigen schweren Atemzügen auf dem obersten Absatz des ersten

Stockwerkes. Hier haben die Türen eine komplett andere Anordnung. Der Flur hat die Form eines Halbkreises. In der Mitte des mit hellem Holz vertäfelten Raums hängt ein schwerer Kronleuchter mit verstaubten Facetten. Das dunkle Parkett hat ein Grätenmuster und glänzt wie frisch gebohnert.

Außer Puste bleibe ich stehen. Mein Herz schlägt mir bis zum Hals. Meine rechte Hand liegt auf der Brust und klopft gegen die Rippen. Die Gedanken rasen, ohne ein Bild dessen zu ergeben, was ich mit meinem Einfall zu bezwecken versucht habe, weil ich von der Wucht des Gesamten erdrückt werde.

Was verbirgt sich hinter diesen Türen? Warum sind sie durchnummeriert, wenn hier eine Familie gewohnt haben soll?

Alles ist kalt und hat nicht gerade den Flair eines Hauses, in dem psychisch labile Kinder einen erholsamen Rückzugsort finden könnten. Herrn Himmelsbachs Erzählung widerspricht jeder Logik. Hier sieht alles so aus, als hätte jemand die Zeit wie in einem tragischen Märchen eingefroren.

Das dumpfe, sonore Schlagen einer Standuhr weckt mich aus meiner Starre. Ich fülle meine Lunge mit abgestandener, nach Mottenkugeln riechender Luft.

Hansi sucht nach jemandem, dessen bin ich mir mehr als sicher. Hier muss sich jemand versteckt halten, den der Hund noch mehr liebt als die beiden älteren Menschen. Sie haben sich zwar Mühe gegeben, diesen Jemand vor uns zu verbergen, aber meine Intuition täuscht mich nie.

Unten findet derweil der Kampf zweier ungleicher Gegner statt.

»Herrjemine!«, trötet die Frau und schimpft mit ihrem Mann, weil der Hund die Küche in ein Schlachtfeld verwandelt hat.

Herr Himmelsbach brüllt auf den Vierbeiner ein und droht ihm an, ihn zurück ins Tierheim zu bringen.

»Du nimmst nicht die Pfeife«, wird er von seiner Frau mehrmals ermahnt.

Ich unterdrücke das Gefühl der Reue, das Tier so aufgebracht zu haben, und entscheide mich, hinter die Türen zu blicken.

Hier oben ist es bedrückend dunkel.

Vorsichtig taste ich mich von einem Türgriff zum anderen und rüttele vorsichtig an jedem, aber die Schlösser sind leider versperrt.

Meine Phobie schnürt mir die Kehle zu. Jeden Moment erwarte ich, dass mich wieder jemand von hinten anspringt und mich mit einem Messer attackiert. Diese Vorstellung kämpft gegen meinen klaren Verstand an und möchte mich von hier vertreiben.

Ich bin bei der vorletzten Tür angelangt und rüttele an dem kalten Griff.

Das Blut in meinem Kopf rauscht wie ein Wasserfall, darum vernehme ich die Stimmen, die nach mir rufen, zu spät. Man hat mich bei meinem Ausflug ertappt.

Schnelles, tapsiges Klackern von Hundekrallen hinter meinem Rücken.

Ich drehe mich ganz langsam um.

Hechelnd und mit durchhängendem Rücken steht Hansi vor mir. Seine Lefzen glänzen, die rosige Zungenspitze berührt beinahe den Boden.

»Doktor Hornoff, wo sind Sie?« So etwas wie Panik hat sich in die Stimme des alten Herrn geschlichen.

Hansi wendet den Blick zurück Richtung Treppe.

Ich gehe in die Hocke, strecke meinen Arm nach dem Hund aus und lasse die Finger vor der schwarzen Nase meines Verbündeten schweben, damit er sie ausgiebig beschnuppern kann.

»Komm her, Hansi«, locke ich ihn im Flüsterton. Er rührt sich nicht. Zum Glück habe ich immer ein Leckerli bei mir, für den Fall, dass Jack sich eine Belohnung verdient hat. Mein Hund bekommt immer eines, wenn er bei einem Spaziergang keinen der nervigen Wadenbeißer verschluckt hat und nicht vor einem Eichhörnchen weggelaufen ist. *Wadenbeißer*, bei diesem Wort muss ich lächeln. So nennt Cristina alle Hunde, die nicht viel größer als ein Chihuahua sind, aber jeden anbellen, als wäre die ganze Welt ihr Revier.

Suchend taste ich das Innere meiner Manteltasche ab und werde fündig. Ich rieche kurz daran. Diese Leckerlis mag Jack am liebsten: geräucherte Ente mit Möhren. Mit spitzen Fingern schiebe ich die Kugel über das Parkett.

Hansi senkt den Kopf, schnuppert daran und bedenkt mich mit einem fragenden Dackelblick.

»Du bekommst noch mehr, wenn du mir verrätst, wo sich dein wahrer Freund versteckt.« Ich stecke die Hand erneut in die Tasche und fördere noch weitere zwei Leckereien zutage.

Hansi bellt mich laut an.

»Pst«, versuche ich, ihn zu beruhigen.

Schweres Schnauben und das Knarzen der Treppe kündigen ein Intermezzo an, das ein Donnerwetter nach sich ziehen wird, welches ich eigentlich zu vermeiden versucht habe.

»Sind Sie hier oben?« Herr Himmelsbach atmet schwer wie eine alte Lokomotive. »Hansi ist mir entwischt und wenn ich den …«

»Ich habe ihn«, höre ich mich freudig ausrufen und halte die hohle Hand mit den Leckerlis darin vor das gierige Maul des Tieres. Er schlabbert alles weg und hinterlässt eine glibberige Pfütze auf meiner Handfläche. »Such«, sage ich gepresst und wische den Speichel am Geländer ab.

Hansi saust zu der gewundenen Treppe, die zur obersten Etage führt.

»O nein. Er ist mir schon wieder entwischt!«, spiele ich mein perfides Spiel weiter und eile Hansi hinterher.

»Nein, da dürfen Sie nicht raufgehen«, ermahnt mich Herr Himmelsbach, der mich fast erreicht hat. Seine knorrigen Finger streifen meinen Ärmel, aber ich trage weiterhin die Maske eines Nichtwissenden und eile hinauf.

Hansi hat sich auf die Hinterbeine gestellt und kratzt mit den Vorderpfoten an einer Tür. Sicherlich nicht zum ersten Mal, denn an dieser Stelle ist der Lack komplett ab und die Spuren seiner Krallen verunstalten das Holz. Er winselt und will reingelassen werden.

Ich lasse keine weitere Sekunde verstreichen und klopfe mit den Fingerknöcheln gegen das Türblatt.

»Doktor Hornoff. Sie dürfen das Haus nicht ohne ordentlichen Hausdurchsuchungsbeschluss durchsuchen. Das ist gegen das Gesetz«, tönt Herr Himmelsbach.

»Ich möchte Ihnen nur den Hund zurückbringen«, rufe ich über die Schulter und drücke die silberglänzende Klinke nach unten. Zu meiner Überraschung ist diese Tür nicht versperrt und geht wie von allein auf. Das Zimmer dahinter ist hell erleuchtet. An den Wänden hängen Bilder aus den Neunzigern. Sänger und alle anderen Stars der damaligen Zeit, die es in die *Bravo* oder andere Magazine geschafft haben. Irritiert und überrascht, fast schon elektrisiert von so viel Informationen und diesem Stilbruch, bin ich nur einen winzigen Moment abgelenkt, aber genau solche Momente führen oft zu einer Katastrophe. Die Duftwolke eines billigen Parfüms benetzt die Schleimhaut meiner Nase. Leider kommt dieses Warnsignal den Bruchteil eines Augenblickes zu spät.

Hansi rennt ins Zimmer. Ich folge ihm zuerst mit den Augen, betrete den Raum erst Sekunden später – und plötzlich explodiert ein scharfer Schmerz in meiner linken Schläfe. Meine Knie werden weich. Im Fallen klammere ich mich an die Türklinke, aber sie ist zu glatt. Meine klamm werdenden Finger finden nicht den nötigen Halt. Wie ein gefällter Baum krache ich mit dümmlichem Gesicht voraus auf den Boden. Zum Glück ist dieser mit einem langfasrigen Teppich ausgelegt.

Der Flüchtende trampelt über meinen Rücken hinweg aus dem Zimmer und verschwindet irgendwo in dem schwarzen Nebel, von dem mein Geist umschattet wird.

6

SCHWARZER ENGEL

Acht Monate zuvor

Am Straßenrand parke ich das Auto, steige aus und schließe es ab. Die Luft ist klar. Ich spüre die Frische mit all meinen Sinnen. Jedes Mal, wenn ich ausatme, stoße ich eine weiße Wolke aus.

Der Frühling ist in diesem Jahr besonders kalt.

Im Radio sprach der Moderator von einer sibirischen Wetterfront, die auf uns zugerollt kommt und alles zu Eis werden lässt.

Zwei Obstbäume, deren Knospen von einer dünnen Eisschicht ummantelt sind, winken mir mit ihren noch beinahe nackten Zweigen zu. Die alten knorrigen Äste knarzen im Wind.

Hoffentlich krachen die nicht auf meinen Wagen, überlege ich, ziehe den Kopf ein und laufe zurück zu der etwas breiteren Straße, die die kleine Ortschaft, in dem das Mädchen wohnt, mit der Bundesstraße verbindet.

Die Erde der angrenzenden Felder ist von einer dünnen weißen Decke verhüllt. Der Asphalt ist feucht, weil es gestern Abend Schneeregen gab. Aus den Baumwipfeln der Tannen zu meiner Linken steigt Nebel und verleiht dieser Gegend etwas Magisches. Der Nebel wird von den Sonnenstrahlen durchflutet. Eine zarte Melange, die so typisch ist für diese Jahreszeit, legt sich über die Landschaft. Schon jetzt sind die Wolkenfetzen den Sonnenstrahlen hilflos ausgesetzt und werden über den Himmel südwärts davongejagt. Das strahlende Firmament hinter den Wolken färbt sich von hellblau bis dunkelrosa. Außerhalb der Stadt ist die Welt eine andere. Sie ist – irgendwie harmonischer. Doch die Harmonie der Natur, die ich aus früheren Zeiten kenne, weil ich hier aufgewachsen bin, wird von einzelnen Windrädern geschändet.

Der Asphalt hier ist rissig und voller Schlaglöcher, die teils mit Regenwasser gefüllt sind. Ich ziehe den Kopf ein und nähere mich der Bushaltestelle.

Dort sitzt hoffentlich das Mädchen mit den Zöpfen.

Ich laufe am unbefestigten Straßenrand, lasse ein Auto passieren, errege dabei keine unnötige Aufmerksamkeit, denn ich bin nur ein Spaziergänger.

Endlich erreiche ich die Bushaltestelle, an der ich auf dem Weg zur Arbeit immer vorbeifahre.

Das Mädchen sitzt da und wartet auf den Bus.

Ich sehe das Kind immer morgens, da ich aber heute Spätschicht habe, kann ich so tun, als würde ich ebenso auf den Bus warten.

Je näher ich der Haltestelle komme, desto langsamer werden meine Schritte. Ich warte, bis ihr meine Gegenwart bewusst wird.

Sie hebt den Kopf.

Ich strahle über beiden Ohren.

Sie lächelt zurück.

Bei dem Anblick wird mir sofort warm ums Herz. Gemächlich nähere ich mich dem Mädchen. Ich bleibe vor ihr stehen, dabei wippe ich auf den Fußballen vor und zurück.

»Hallo«, grüße ich sie.

»Hallo«, kommt es zögerlich von ihr zurück.

»Darf ich mich zu dir setzen?«, frage ich mit leiser Stimme.

»Ich darf nicht mit Fremden reden«, entgegnet die Kleine neunmalklug. In ihrem Gesicht und den Augen spiegelt sich keine Furcht. Sie drückt ein Kuscheltier an die Brust. Es ist weder Bärchen noch Hase, sondern ein buntes Monster. Ein Auge ist größer als das andere und die knallgelbe Zunge hängt aus dem mit spitzen Zähnen gespickten Maul.

»Da haben deine Eltern recht. Mit Fremden darf man nicht reden, und auf keinen Fall darf man zu Fremden ins Auto steigen«, sage ich mit so viel Wohlwollen, wie ich aufbringen kann.

Wir schweigen einen Moment. Ich warte, bis das Mädchen sich an meine Gegenwart gewöhnt hat.

»Wie heißt dein Kuscheltier?«, frage ich dann fröhlich und grinse breit. Dazu mache ich große Augen und ein erstauntes Gesicht. »Hast du denn keine Angst vor so einem Monster?« Jetzt wechsle ich in eine spielerische Tonlage und spreche mit tiefer Stimme.

Das Mädchen zieht eine Schnute und schmollt. Den Kopf leicht gesenkt, betrachtet es mich skeptisch mit gefurchter Stirn und zusammengezogenen Brauen.

»Darf ich fragen, wie du heißt? Dann sind wir nämlich fast schon Freunde«, zwinge ich mich zur Zurückhaltung, trotz meines inneren Aufruhrs. Mit aufkeimender Wut, weil mir jeder die kalte Schulter zeigt – selbst dieses Kind – versuche ich, mich darauf zu konzentrieren, wie schön die Zeit werden kann, sobald ich dieses Mädchen bei mir im Zimmer habe.

»Ich darf nicht mit Fremden reden«, bockt es weiter rum und spricht jedes Wort einzeln aus, so als wäre ich nicht nur taub, sondern auch blöd. Aber ich bin nicht dämlich. Ich lese viel, doch leider kann ich mich nur in Gedanken gepflegt ausdrücken. Sobald ich aber den Mund aufmache, verliere ich diese Gabe. *Vielleicht bin ich nur deswegen beim Sprechen nicht so wortgewandt wie im Geist, weil ich als Kind viel Schlimmes erlebt habe?*

»Meine Mama und mein Papa haben es mir verboten. Ich bleibe hier sitzen und darf nur in den Bus einsteigen, der mich in die Schule fährt. Martin heißt der Busfahrer, er kennt mich beim Namen, weil er Papas Kumpel ist.«

Ich kann dich auch zu meinem Wagen schleppen, liegt es mir auf der Zunge, aber weil das nächstgelegene Haus in Hörweite liegt – man müsste nur laut genug um Hilfe schreien –, lasse ich den Gedanken unausgesprochen.

»Wieso machst du das?«

»Was denn?«, frage ich patzig und spüre den Schmerz an meinem Daumen. Ohne es zu merken, habe ich mir schon wieder das Nagelbett blutig gekratzt.

»Du hast dir die Haut aufgekratzt und blutest jetzt.«

Hinter jedem Zwang stecken persönlich erlebte Niederlagen, die einen am eigenen Dasein zweifeln lassen, erklingt Doktor Himmelsbachs Stimme in meinem Kopf. Unbewusst kneife ich die Augen zusammen, weil er mir damals mit einer Taschenlampe in die Augen geleuchtet hat, während er seine andere Hand auf mein Bein legte.

Hastig stecke ich den Daumen in den Mund und sauge daran. Ein metallischer Geschmack legt sich auf meine Zunge.

Zum ersten Mal habe ich Blut geschmeckt, nachdem mir mein Vater die Lippen blutig geschlagen hat, weil er mich einer Lüge bezichtigte, die keine war.

»Du weinst ja nicht.« Sie sieht mich skeptisch an.

»Wenn du groß bist, spürst du den Schmerz nicht mehr so arg«, entgegne ich, betrachte kurz den Daumen und lehne mich mit dem Rücken an den kalten Pfosten der überdachten Haltestelle. »Siehst du? Es blutet nicht mehr.«

Ich zeige ihr kurz die Stelle und stecke dann meine beiden

Hände in die Bauchtasche meines Hoodies, weil ich mir etwas einfallen lassen habe.

Nein, ich habe kein Kätzchen dabei, aber eine App.

Schnell hole ich das Handy heraus, aktiviere die App und schiebe den Button für die Lautstärke nach oben. Erst dann drücke ich auf Play.

»O du süße Maus«, säusele ich und streichle mit dem Finger über das Display. »Ich bin gleich bei dir, aber der Bus kommt heute nicht.« Die Worte in meinen Ohren klingen gestelzt, hohl und abgedroschen, aber ein Blick nach links reicht aus, um mit der Scharade fortzufahren. Das kleine Kätzchen auf dem Bildschirm miaut mich an und kommt näher. Die Grafik ist so gut, dass man meinen könnte, es wäre ein richtiges Tier, das seine Nase vor die Linse hält und das Mäulchen weit aufreißt.

»Du hast ein Kätzchen?«, erklingt zögerlich flüsternd die Stimme des Kindes. Das Mädchen schiebt die Mütze die hohe Stirn hinauf und streift ihre beiden Zöpfe zurück über die Schultern. Es sitzt nicht mehr auf der Bank. Es steht neben mir. Den Kopf in den Nacken gelegt, sieht es mich an.

»Ja. Sie heißt Flauschi.« Ich halte das Handy so, dass das Mädchen das kleine animierte Tier betrachten kann. Es miaut wieder.

»Süß«, höre ich sie leise flüstern. Aber dann verliert es plötzlich das Interesse. »Meine Mama sagt, keine Bonbons und keine Tiere. Wenn der Bus nicht kommt, soll ich sie auf dem Handy anrufen«, entscheidet es und macht Anstalten, den schweren Schulranzen, der auf immer noch auf der Bank steht, an sich zu ziehen.

»Nein. Der Bus kommt, er verspätet sich nur. Das sagt zumindest meine App. Und das Kätzchen sitzt in einem Körbchen in meinem Auto. Wir können schnell hinlaufen und nach dem Rechten schauen. Dauert nicht lange und liegt auf dem Weg. Wir werden den Bus nicht verpassen. Versprochen.« Der Frosch in meinem Hals drückt mir die Luft ab. Ich krächze wie eine alte Hexe.

»Bisweilen hält Flauschi ohne mich …«

»Nein«, entscheidet das störrische Kind und beugt sich nach unten. Schnell öffnet es die beiden Verschlüsse und kramt jetzt im Inneren nach dem verdammten Handy und zieht, um mehr Platz in der Tasche zu haben, ein Schulheft heraus. Der Deckel ist gut sichtbar. Hinter einer Plastikhülle steckt ein ausgefüllter Adressaufkleber. Die Zeilen sind mit schwungvoller und sehr gut leserlicher Handschrift ausgefüllt. Sogar eine Telefonnummer mit dem Hinweis ›Mama‹ steht darauf. Ich jedoch interessiere mich nur für die beiden oberen Zeilen.

Stella Stern. Was für ein dummes Wortspiel. Stella bedeutet nämlich auch Stern. Ihre Eltern sind entweder ungebildet oder halten sich für modern, weil sie dem heutigen Zeitgeist beim Ausdenken von einfallslosen Namen folgen.

»Pass auf, Stella!«, warne ich sie, und drücke meine Hand auf das Heft mit dem blauen Schutzumschlag, welches sie in ihrer Hast herausgeholt und auf die Bank gelegt hat. »Huch, fast wäre es in der Pfütze gelandet. Noch mal gut gegangen, was?«

»Danke«, murmelt Stella und wühlt weiter zwischen bunten Umschlägen herum.

»Ich bin nicht so wie die anderen. Der Bus kommt gleich, versprochen. Wir laufen nur schnell zu meinem Auto und sehen nach Flauschi. Was hältst du davon?« Ich setze mich auf die Fersen und halte das Heft in der Luft.

»Woher kennst du meinen Namen?« Stella hat sich zu mir umgedreht. In der linken Hand hält sie das Scheißtelefon. Der Daumen schwebt über dem grünen Button. ›Mama‹ steht auf dem hellen Hintergrund, das eine Wort, welches mir eine Heidenangst einjagt. Das Heft in meiner Hand flattert, weil ich am ganzen Körper zittere.

»Mama ist im Nullkommanichts da. Das hat sie mir

versprochen.«

Ich erkenne einen Ausdruck des Trotzes in ihren Augen. Sie ist diejenige in der Familie, die das Sagen hat und alles bekommt, was ihr kleines Herz sich wünscht.

Ihr Daumen drückt auf den Button. Eine schnelle Abfolge von Pieptönen ertönt in der Stille. Stella sieht auf den Bildschirm und aktiviert den Lautsprecher.

Als eine Frauenstimme ertönt und sagt, dass das Guthaben aufgebraucht wurde, verspüre ich eine leichte Woge der Erleichterung, die meinen Körper überflutet.

Stella gibt nicht auf. Ihr zierliches Gesicht wirkt wie versteinert, hektische Flecken tauchen auf ihren Wangen auf und die Augen füllen sich mit Zorn.

»Wenn du mich jetzt nicht in Ruhe lässt, schreie ich.« Sie ballt die freie Hand zur Faust und versteift sich.

Es ist zu viel für mich, so viel Gegenwehr bringt mich schier zum Verzweifeln, aber das Verlangen, Stella mitzunehmen, lässt sich nicht bändigen. Ich schnappe nach dem schmalen Gelenk der Hand, mit der sie ihr Handy hält. Es fällt zu Boden. Stella reißt den Mund weit auf und stößt einen gellenden Schrei hervor.

Mir tun die Ohren weh. Wie von einer Schlange gebissen, lasse ich von ihr ab.

»Halt deinen Mund!«, herrsche ich sie an und verpasse Stella eine schallende Ohrfeige.

Der Ausdruck der Überraschung weicht einer Erkenntnis. Ihr wird zum ersten Mal in ihrem jungen Leben bewusst, dass sie nicht unantastbar ist. Stockend schnappt sie nach Luft und hält sich die Wange. Statt zu winseln oder sich zu verkriechen, tritt sie nach mir und versucht, mich mit ihren kleinen Fäusten ins Gesicht zu schlagen. Mit ihrem rechten Fuß trifft sie mich am Bein.

Mir bleibt nichts anderes übrig, als noch mehr Gewalt anzuwenden, darum balle ich die rechte Hand zur Faust und hole weit aus.

7

JOHANNES

Heute

Längst hat die Dämmerung den Tag verdrängt. Ich sitze in der Küche von Familie Himmelsbach und presse mir einen Kühlbeutel gegen die Schläfe.

»Es tut uns wirklich leid«, entschuldigt sich die Frau und wischt immer wieder über die metallisch glänzende Abzugshaube. Das Blech ist spiegelglatt, aber sie hört trotzdem nicht auf. Ihre kreisenden Bewegungen führen immer wieder zur rechten Ecke.

»Wie viele Finger sind das?« Karl hält mir seine Pranke vor die Nase, die er zur Faust geballt hat.

»Reiz mich nicht, Karl. Hast du den Jungen?«

Er atmet tief ein und wieder aus. »Er war noch schneller als der Hund.«

»Wo ist Herr Himmelsbach?«

»Wird von den Kollegen verhört.«

Das stroboskopische Flackern eines Polizeieinsatzfahrzeuges wirft unruhige Flecken auf die mir gegenüberliegende Wand. Das Fenster hinter meinem Rücken ist angekippt.

Draußen wütet der Herbst. Ich spüre den kühlen Windzug in meinem Nacken.

»Frau Himmelsbach, wer ist dieser Junge?«, wende ich mich an die Hausherrin und stemme mich hoch auf die Füße. Dabei werde ich von Karl gestützt. »Es geht schon«, flüstere ich ihm zu, und er lässt grummelnd von mir ab. Mit weichen Knien wanke ich rüber zum Kühlschrank.

»Sie ist ein Mädchen und spricht kaum Deutsch. Sie hilft mir im Haushalt und geht mir auch bei anderen Tätigkeiten zur Hand. Ich bin alt und habe Gicht, bin aber noch immer eine eitle Frau, die auf ihr Äußeres achtet. Ich muss mich täglich waschen und mich pflegen. Gustav darf mir dabei nicht zusehen.«

»Geht sie nur Ihnen zur Hand?«

Unsere Blicke kreuzen sich. Sie scheint zu wissen, worauf ich hinaus will. Eine derart intime Frage macht sie wütend, weil ich damit etwas angestoßen habe, das unentdeckt und unausgesprochen bleiben sollte.

Sie knetet die schwieligen Hände und fasst sich ein Herz. »Ich verbiete mir solche Fragen, solange mein Mann abwesend ist. Ich weiß, wie so was abläuft. Sobald man etwas erzählt, drehen Sie einem die Worte im Mund um.«

Ich betrachte die Fotos erneut, diesmal eingehender. »Wir unterstellen Ihrem Mann und Ihnen nichts, was sie später grundlos in Schwierigkeiten bringt«, sage ich ruhig.

»Wer sind Sie überhaupt? Polizist jedenfalls nicht.«

»Ich bin Psychologe und unterstütze die Polizei bei den Ermittlungen. Das habe ich aber schon zu Anfang erwähnt.«

»Mein Mann hat Kindern geholfen und jetzt unterstellen Sie ihm etwas, das er nicht getan hat.«

»Noch unterstellen wir Ihrem Mann gar nichts. Können Sie mit dem Pygmalion-Effekt etwas anfangen?«

»Gustav ist kein selbsternannter …«

»Das habe ich nie behauptet. Ich rede von Ihnen. Der Pygmalion-Effekt ist ein Phänomen, das auf ein Experiment von Robert Rosenthal und Leonore F. Jacobson zurückgeht. Dabei geht es um eine sich selbst erfüllende Prophezeiung. Anders ausgedrückt: Ich rede mir etwas ein und bekomme es auch. Wie bei Pippi Langstrumpf. Sie können sich aber die Welt nicht schönreden, ohne sich selbst dabei zu belügen, auch wenn Sie das über viele Jahre hinweg anscheinend erfolglos versucht haben.«

»Sie haben all das verschuldet, sich und auch uns in die Bredouille gebracht. Ich war zufrieden mit meinem Mann. Vielleicht nicht immer glücklich, aber zufrieden. Das arme Mädchen ist jetzt irgendwo da draußen und …« Sie bricht in Tränen aus.

Ich stehe noch immer vor dem Kühlschrank und nehme die Fotografien einzeln in Augenschein.

Mit einem leichten Nebelschleier vor den Augen und brummendem Schädel werde ich kurz darauf tatsächlich fündig. Ich stoße auf ein Foto, auf dem das verschwundene Mädchen traurig in die Kamera schaut. Hinter ihrem Blick verbirgt sich ein stummer Hilfeschrei. Sie hat ziemlich androgyne Züge: Ihr schwarzes struppiges Haar trägt sie kurz und die Augen hat sie mit dunklem Kajal umrandet. Sie steht neben Herrn Himmelsbach und lächelt in die Kamera. Aber nicht ihr ausdrucksloses Gesicht, mit dem aufgesetzten scheuen Lächeln, lässt mein Herz schneller schlagen, sondern ein Anhänger.

Karl bemerkt, dass ich auf etwas gestoßen bin. Er kommt näher.

»Ursprünglich dachte Ihr Mann wohl, einen Jungen vor sich zu haben, als Sie das Mädchen damals einstellten. Ihr Mann steht nicht auf Frauen«, spreche ich meinen Verdacht laut aus und schaue der Frau aufmerksam in die Augen. Die Kiefermuskeln unter ihrer runzligen Haut spannen sich an und treten leicht hervor. Sie schweigt, aber ihre Augen verraten mehr als Worte es je könnten.

»Warum durfte das Mädchen trotzdem bleiben?«

Sie bleibt stumm.

»Wie heißt sie?«

Frau Himmelsbach sieht einfach durch mich hindurch.

Das fehlende Glied meines linken Zeigefingers beginnt zu brennen. Die Phantomschmerzen sind kaum auszuhalten, darum drücke ich mit dem Nagel des Daumens gegen die vernarbte Stelle. Nur so kann ich den eingebildeten Schmerz halbwegs kontrollieren.

»Doc, worauf bist du gestoßen?«, murmelt Karl, kramt in der Brusttasche seines Hemdes nach seiner Brille, setzt sie hastig auf, kommt näher und betrachtet das Bild, auf dem das eingeschüchterte Kind zu sehen ist, ohne es vom Kühlschrank zu nehmen.

»Sie ist vielleicht achtzehn, sieht aber jünger aus. Eher wie fünfzehn«, spricht Karl meinen Gedanken laut aus.

Ich wende meinen Blick von der Frau ab. Den Kühlbeutel werfe ich auf die Arbeitsplatte und halte den rechten Zeigefinger vor das sardonisch grinsende Gesicht von Herrn Himmelsbach.

»Wieso liegt die Hand ihres Mannes auf dem Po des Kindes?«

Wie versteinert blickt sie mir entgegen. »Das ist eine haltlose Behauptung! Wie kommen Sie auf diesen Schwachsinn?«

»Ich habe viele Marotten. Eine davon ist, mir alles genau einzuprägen und dann zu hinterfragen. Bei diesem Bild war es ein Leichtes für mich, denn die Spiegelung im Lack des schwarzen Wagens, von dem man aus dieser Perspektive nur die auf Hochglanz polierte Tür sieht, zeigt deutlich, dass ihr Mann die Finger nicht von dem Kind lassen konnte. Seine Finger liegen unterhalb der Taille – auf dem Po des Teenagers. Das Mädchen versucht, den Körper von ihrem Ehemann abzuwenden, aber sie will auch nicht zu viel Aufsehen erregen.«

Karl rückt sein Gesicht noch näher an das Foto, dann platzt es aus ihm heraus: »Dieser Herr Himmelsbach ist ein pädophiles Arschloch!« Er reißt das Foto mit solcher Heftigkeit von der Kühlschranktür, dass der Magnet zu Boden fällt. Mit zusammengekniffenen Augen hält er es ins Licht.

»Mein Mann ist ein gottesfürchtiger Mensch«, sagt sie.

»Ach ja?«, zetert er weiter. »Und diese dreieckige Spirale auf seiner Brust? Wissen Sie, was dieses Zeichen für eine Bedeutung hat?« Karl stampft auf die Frau zu. »Er ist ein Päderast, und wenn sich diese Vermutung bestätigt, verbringt er den Rest seines Lebens in einer Zelle mit einem Mann, der ihm seinen faltigen Arsch versohlen wird.«

Sie reißt den Mund auf und wendet dem aufgebrachten Kommissar den Rücken zu. Mit der rechten Hand knüllt sie den Lappen zusammen und poliert heftig das Metall über ihrem Kopf.

Nur jemand, der selbst Macken hat, versteht deren Ursprung, höre ich die Stimme meines Zwillingsbruders und durchmesse den Abstand zum Herd mit wenigen Schritten. Umständlich ziehe ich mir ein Paar OP-Handschuhe über, die ich vorsichtshalber mitgenommen habe. Ein Fingerling der linken Hand ist nicht ganz ausgefüllt, aber daran bin ich gewöhnt und mache einen Knoten hinein. »Hören Sie auf damit!«, herrsche ich die Frau barscher als beabsichtigt an, während ich am elastischen Bund der Handschuhe zupfe. Die Haut darunter wirft Falten und alles fühlt sich nun unecht an, weil der Tastsinn durch die dünne Schutzschicht merklich eingeschränkt wird.

»Das dürfen Sie nicht!«, sagt Frau Himmelsbach aufgebracht.

»Ich kann die Kollegen um Verstärkung bitten und alles hier auf den Kopf stellen lassen, wenn Ihnen diese Art des Vorgehens lieber ist«, sagt Karl.

Frau Himmelsbach, deren Alltag vom Putzzwang dominiert wird, verharrt mitten in der Bewegung.

Mit sanfter Bestimmtheit schiebe ich sie zur Seite und schaue unter das Blech.

»Manchmal wollen wir gehört werden, auch wenn wir Angst davor haben«, flüstere ich und taste das Lochblech nach den Hebeln ab. »Wie geht der Schutz ab?«, frage ich die Frau und sehe sie direkt an. »Es ist kein Verrat, wenn Sie damit andere unschuldige Menschen retten.«

»Nein, das kann ich nicht. Bitte, lassen Sie mich jetzt allein«, fleht sie mich an und presst sich den Lappen an die Lippen.

»Was hast du vor?«, will Karl wissen, als ich einen zweiten Versuch starte, den Filter herauszunehmen. An den Seiten ertaste ich zwei kleine Hebel, die ich mit etwas Kraftaufwand auseinanderdrücke. Sie klacken gefährlich. Die Blende klemmt in der Verankerung, doch mit einer Mischung aus Gewalt und Fingerspitzengefühl lassen sich sowohl das Blech als auch der Einsatzfilter herausholen. Der Filter ist klebrig und riecht nach altem Bratfett.

»Das dürfen Sie nicht«, wiederholt Frau Himmelsbach, aber das kann mich nicht von meinem Vorhaben abhalten. Kraftlos lässt sie sich auf einen der Stühle fallen. Das Gesicht im Geschirrtuch vergraben, schluchzt sie laut.

»Wir waren doch anständige Menschen und … und …« Ihre von Tränen erstickte Stimme verliert an Kraft, wird zu einem Flüstern und geht in ein stockendes Weinen über.

Ich beuge mich indessen weit über die Herdplatte. Mein verletzter Kopf droht bei diesem Verrenkungsakt schier zu explodieren. Tastend fahre ich mit den Fingern alle Ecken und Kanten ab.

»Doc, was hast du vor? Ich dachte schon, ich würde manchmal zu weit …« Karl verstummt, weil ich endlich auf etwas gestoßen bin. Unbewusst hat Frau Himmelsbach ihren Mann verraten. Etwas Unreines, das sich mit keinem Mittel saubermachen lässt, hält Herr Himmelsbach hier versteckt. Meine Hände schwitzen unter der Gummischicht und zittern leicht vor Anstrengung, während ich eine Erhebung ertaste und danach greife. Mit Klebeband wurde ein in Folie eingewickelter Datenträger am Blech fixiert. Ich löse ihn und ziehe vorsichtig an der Ummantelung, einer Tüte. Endlich halte ich die Mini-Festplatte in der rechten Hand.

Die Folie ist ziemlich sauber. Es gibt keinen Fettfilm, was bedeutet, dass der Datenträger erst vor Kurzem benutzt wurde. Die Festplatte ist ungefähr so groß wie eine Spielkarte und nur einen halben Zentimeter dick.

Karl reibt sich mit der Ecke des Fotos über die vernarbte Wange.

»Was ist das?« Ganz langsam dreht er sich zu der weinenden Frau um. »Was finden wir auf diesem verdammten Teil, das ganz sicher nicht zu Ihrer Einbauküche gehört?«, fragt er ungehalten.

»Ich weiß es nicht! Er hat mir verboten, danach zu fragen!«, kreischt sie zurück. »Vielleicht Bilder von kleinen Kindern, die er all die Jahre über missbraucht hat? Sie haben recht! Gustav hatte einen perversen Hang zu seinen männlichen Schützlingen.« Sie springt vom Stuhl, die Arme ausgestreckt und fest an den Körper gepresst. Das Kinn stoisch leicht nach vorne gereckt, marschiert sie auf Karl zu und plötzlich bricht sie wie eine Marionette, deren Strippen abgeschnitten wurden, zusammen.

Karl beeilt sich, den Sturz abzufangen. Er breitet die Arme aus und fängt Frau Himmelsbach auf.

»Ich halte es nicht mehr aus. Diese Schreie! Hören Sie sie? Sie schreien Tag und Nacht. Sie weinen. Sie flehen mich an, zurück nach Hause gehen zu dürfen.« Sie zieht sich in sich selbst zurück, ihr Blick wird starr und ausdruckslos. Karl hat Mühe, sie in dieser Position zu halten, darum legt er sie vorsichtig auf den Boden. Wie ein Häufchen Elend liegt sie nun da. Den stumpfen Blick ins Nirgendwo gerichtet, redet sie sich mit monotoner Stimme den Schmerz von der Seele: »Er hat mich belogen und betrogen. Aber unsere Kinder hat er nie angerührt. Wir haben einen Enkelsohn, der uns manchmal besuchen kommt, wissen Sie?« Ihre Augenlider flattern. Der Mund verzieht sich zu einem traurigen Lächeln. Sie streckt die Hand aus. Ihre Augen und die Wangen sind tränennass. »Mein lieber Sebastian! Er ist unser Sonnenschein.«

»Was geht hier vor?« Gustav Himmelsbach taucht in Begleitung eines Polizisten in der Tür auf und eilt auf seine am Boden liegenden Frau zu. Er humpelt und hält sich mit schmerzverzerrter Miene die Hand an die Brust. »Liebste, was ist los?« Keuchend fällt er auf die Knie.

»Sie haben das, was du vor mir versteckt gehalten hast, endlich gefunden.«

»Was haben Sie da zu suchen gehabt? Das ist unser Haus. Dazu hatten Sie kein Recht!«, tobt er los und wendet sich dabei an mich. Anscheinend muss er keine Sekunde darüber nachdenken, wovon sie spricht.

»Die Oberfläche des Speichermediums weist keine Beschädigungen auf«, sage ich ruhig und begutachte die portable, extrem kompakte Festplatte im fahlen Licht der Deckenbeleuchtung. »Daher gehe ich davon aus, dass hier keine Vernichtung von Informationsträgern stattgefunden hat. Ich bin guter Hoffnung, auf eine weitere Spur gestoßen zu sein.«

»Das ist kriminell, was Sie da tun!« Panik kriecht in Herrn Himmelsbachs Augen. Unbewusst greift er nach dem Lederriemen an seinem Hals und ballt die Faust um das daran hängende Medaillon.

»Eine schöne Kette haben Sie da. Hat dieses Symbol eine tiefere Bedeutung?« Karl stellt sich unwissend und beugt sich weit nach unten. »Schauen Sie«, sagt er und hält das Foto vor die geweiteten Augen seines Gegenübers, was Herrn Himmelsbach dazu bringt, seine Hand noch fester um die Spirale, die die Form eines Dreiecks hat, zu schließen.

»Ich helfe Ihnen dabei«, knurrt Karl, schiebt den Zeigefinger hinter den Nacken des Mannes und unter den Kragen des weißen Hemdes. Dann zerrt er an dem Riemen.

Herr Himmelsbach öffnet schnell die Hand, als habe er sich an dem Medaillon verbrannt.

»Little Boy Lover«, murmelt Karl, zieht sich demonstrativ langsam einen Einweghandschuh über und lässt eine effekthaschende Sekunde verstreichen. »Sie sind so was von am Arsch, Doktor Himmelsbach«, murmelt Karl, schnalzt tadelnd mit der Zunge, packt das Medaillon und reißt mit einem heftigen Ruck an dem Schmuckstück. Der Kopf des Greises schnellt kurz nach vorn.

»Das nehme ich als Beweismittel mit«, entscheidet Karl und richtet sich auf. »Abführen«, sagt er zu seinem Kollegen. »Und wir brauchen mehr Leute«, fügt er noch hinzu und holt sein Telefon aus der Hosentasche. Zuerst fordert er einen Krankenwagen an, danach gibt er weitere Anweisungen, denen ich nur mit halbem Ohr folge.

»Und findet mir das Kind noch heute! Das Mädchen spricht kaum Deutsch, also seid einfühlsam!«, brüllt Karl ins Telefon.

Ich gehe inzwischen nach draußen, weil ich dem Tumult entfliehen will. Immer mehr Polizisten strömen jetzt ins Haus.

»Trampelt mir nicht alles nieder, und die obere Etage überlasst ihr der Spurensicherung!«, höre ich Karl noch sagen, dann bin ich endlich im Freien.

Kühle Tropfen benetzen mein Gesicht und das entfernte Läuten einer Kirchenglocke dringt an meine Ohren.

Ich komme zu spät nach Hause, stelle ich mit einem schiefen Grinsen fest. »Schöne Scheiße«, höre ich mich flüstern.

»Doktor Hornoff?« Lars berührt mich sanft an der Schulter. Der junge Kommissar sieht müde aus.

»Ja?«

»Ich soll Sie nach Hause fahren, meint Karl. Er sagt, Sie … Ach du meine Fresse! Wer hat Sie so verunstaltet? Sie bluten ja.« Eilig tastet er seine Taschen nach einem Taschentuch ab. »Hier. Drücken Sie das gegen die Wunde. Der Krankenwagen ist …«

»Der Krankenwagen ist nicht für mich. Die Sanitäter werden heute Abend eine kaputte Seele kitten müssen. Das hier ist ein Kinderspiel dagegen«, flüstere ich und drücke mir das weiche Taschentuch gegen die Platzwunde. »Ja, fahr mich bitte nach Hause, Lars.«

»Mein Wagen steht gleich dort drüben.« Er zeigt über meine Schulter zur Straße. »Soll ich Sie stützen?«

»Wenn du das machst, werde ich Michaela stecken, dass du wieder mit dem Rauchen angefangen hast.«

»Hab ich ja gar nicht.«

»Und ich sage ihr auch, dass du ein notorischer Lügner bist. Vergiss nicht, ich bin Psychologe.« Ich nehme seine rechte Hand und führe sie an meine Nase. »Du solltest dir nach dem Rauchen die Finger mit Chlor reinigen. Und seit wann lutschst du Pfefferminzbonbons? Das Taschentuch stinkt bestialisch nach Menthol und brennt in der Wunde. Du hast darauf etwas ätherisches Öl geträufelt, stimmt's?«

»Ich fasse Sie nicht an und Sie halten Ihren Mund, okay?«, sagt er und schiebt hastig hinterher: »Bitte!«

»Hey, Doc, schon so früh auf dem Heimweg?« Karl steht auf der Treppe und zündet sich eine Zigarette an. Ostentativ schiebt er den Ärmel ein Stück hoch und tut so, als würde er auf seine Uhr schauen. »Du musst einen Zahn zulegen, sonst gibt es zu Hause den Arsch voll.« Genüsslich zieht er an seinem Glimmstängel.

»Weißt du was, Karl? Jedes Mal, wenn du mich damit aufziehst, drängt sich mir ein Zitat auf.«

»Lass hören!« Er bläst eine blaue Dunstwolke aus und macht dann Platz für die Kollegen in ihren weißen Overalls, die die restlichen Stunden dieses Tages damit verbringen werden, das Haus umzukrempeln und nach weiteren Hinweisen zu suchen. Frau Himmelsbach wird danach in die Psychiatrie eingewiesen werden müssen, sobald sie das Chaos, das die Frauen und Männer dabei hinterlassen werden, zu Gesicht bekommt.

»Ein Kuss ist der beste Weg, um jemanden zum Schweigen zu bringen …« Ich lege bewusst eine Pause ein. Selbst zwei der Beamten in den Tyvek-Schutzanzügen bleiben kurz stehen.

Karl steckt die Kippe zwischen die Lippen und zieht daran. »Das war aber noch nicht alles, oder? Wo bleibt die Pointe?«

»… aber bei solchen Menschen wie dir tut es auch ein Schlag in die Fresse«, beende ich das Zitat.

Die beiden Typen in der weißen Montur versuchen, das aufsteigende Gelächter zu unterdrücken. Sie eilen ins Haus. Karls böser Blick verfolgt sie, bis sie im Inneren verschwunden sind. Dann sieht er zu mir. »Hast du dir den gerade einfallen lassen oder wurde dir der Spruch von deinem Bruder geschickt?«

»Nein, ist von Klaus Kinski.«

»War das nicht so ein selbstverliebter Psycho?« Er lässt den Zeigefinger an seiner Schläfe kreisen.

»In uns allen steckt ein kleiner Psychopath. Bei vielen bleiben die Fantasien nur Wunschdenken, bei anderen werden sie Realität und müssen in allen Zügen ausgelebt werden. Darum spricht man bei diesen Menschen von Zwang.«

»Ist das auch von Klinksy?«

»Kinski«, verbessere ich ihn. »Nein, das ist eine Tatsache.«

»Frau Kirschmann holt dich morgen um neun Uhr ab«, sagt Karl und wird wieder ernst. »Du, Lars, bist mit einem Bein im Auto und mit dem anderen hier.«

Lars nickt nur.

»Wo ist Edgar?«

»Immer noch auf dem Spielplatz.«

»Ist doch arschdunkel.« Karl kommt näher zu uns.

»Sie haben Flutlichter aufgestellt. Manche Zeugenaussagen stimmen nicht überein. Frau Sudowski behauptet, Liam habe sich hinter der Wippe versteckt, eine andere sagt, sie habe den Jungen hinter einem Baum stehen sehen. Edgar will das erst aufklären und die Beweislage anhand von Spuren verifizieren, obwohl sich das als äußerst schwieriges Unterfangen herausstellt.«

»Von mir aus.« Karl zieht ein letztes Mal an der Zigarette und schenkt uns keine weitere Beachtung. Sein Telefon klingelt und er geht ran. In ein Gespräch vertieft, begibt er sich zurück ins Haus. »Ich brauche einen IT-Experten. Ja, um Himmels willen! Die humoristische Distanz sollten wir aufrechterhalten.« Es folgt eine kurze Pause. Dann poltert er los: »Behalten Sie Ihre Witze für sich oder erzählen Sie sie Ihrem Verlobten! Wenn Sie das tun, werden wir sehr gut miteinander auskommen. Rede ich etwa Schwäbisch? Hier in diesem verdammten Loch … Wir haben eine Festplatte gefunden und einige Fotos. Wenn Sie mich noch einmal unterbrechen, werde ich Ihren verdammten …«

Eine Sirene übertönt Karls Fluchen und schreckt mehrere Vögel aus ihrem Versteck auf. Sie flattern in alle Richtungen davon.

»Michaela will heiraten«, vertraut Lars sich mir an, als wir den dunklen Wagen erreicht haben.

»Das ist kein Grund, um mit dem Rauchen anzufangen«, entgegne ich. »Rauchen macht impotent und aggressiv. Sieh dir Karl an!«

»Ist er impotent?«

»So nahe stehen wir uns auch wieder nicht. Auf jeden Fall ruht er nicht gerade in sich.«

Lars entriegelt die Türen. Die Blinkanlage leuchtet zweimal auf.

»Sie haben recht, ohne Kippe wird er zur Diva.«

Ein klein wenig besser gelaunt steigen wir schmunzelnd ein.

»Wieso machen Sie eigentlich einen Bogen ums Selberfahren?«, will Lars von mir wissen, während wir uns beide anschnallen.

»Stell dir vor, Berlin ist ein Ameisenbau. Es gibt für alles Regeln und angenommen, jeder hält sich auch daran …«

»Okay«, sagt Lars und sieht mich abwartend an.

»Alles läuft wie am Schnürchen. Die Ameisen folgen ihren Wegen …«

Wieder sagt Lars nur fragend: »Okay?«

»Nur ist es so, dass ich keine Ameise, sondern eine Termite bin.«

Lars furcht die Stirn.

»Manchmal erschließen sich mir die Regeln nicht, obwohl die meisten logisch sind. Aber da sich viele nicht dran halten, komme ich schnell durcheinander und mir wird alles zu viel, die Lichter, die Bewegungen … Das blockiert mein Denken.«

»Sie sind eindeutig ein Psychopath, Doc. Und bevor Sie jetzt ausrasten: Das waren Karls Worte.«

»Sind wir nicht alle ein bisschen plemplem? Du zum Beispiel liebst Michaela, hast aber Angst davor, sie zu heiraten. Aus Angst, dass dein Leben danach nicht mehr dasselbe sein wird.«

»Wie kommen Sie darauf?«

»Du hast eine Pro- und Contra-Liste erstellt.«

»Hä, woher …«, entgegnet Lars sichtlich verunsichert.

»Du hast dich selbst verraten. Deine Fingerspitzen riechen nicht nur nach Qualm, sie sind auch voll mit blauen und roten Kugelschreiberstrichen. Zwei Farben und ein kleines Kreuz auf der Rückseite deiner linken Hand, das du versucht hast wegzuwaschen, was nicht ganz geklappt hat … Offenbar hat dich das Thema sehr beschäftigt und du wolltest dich mir deswegen anvertrauen. Das Kreuz sollte dich daran erinnern, mich darauf anzusprechen, aber dann hast du es dir anders überlegt.«

»Okay, Sie sind schlimmer als ein Psychopath«, entgegnet Lars freundlich und richtet seinen Blick nach vorne.

»Nein, ich bin nur eine Termite in einem Ameisenbau«, sage ich.

»Schon verstanden. Ich versuch nicht wie ein Gestörter zu fahren und derweil können Sie ja ein bisschen dösen und Ihren Gedanken nachhängen.«

»Und kein Wort zu meiner Frau, wegen dem hier«, warne ich ihn und zeige auf meine Beule, die ich im Spiegel der Sonnenblende begutachte.

»Abgemacht! Solange Sie mich nicht bei meiner Verlobten anschwärzen, bleibt mein Mund versiegelt.«

»Karls Eigenart, Menschen zu manipulieren, hinterlässt Spuren. Seine Manieren färben in all ihren hässlichen Kontrasten auf dich ab, Lars.«

»Aber diese Taktik funktioniert«, sagt er, lächelt schelmisch und startet den Motor.

Ich klappe die Sonnenblende wieder hoch und lehne mich im Sitz zurück. Die Fahrt werde ich dazu nutzen, meine Gedanken zu sortieren und die Eindrücke in eine chronologische Reihenfolge zu bringen. Mit geschlossenen Augen lasse ich den Tag Revue passieren.

»Sie bekommen bald ein Kind«, reißt Lars mich nach einer Weile aus meinem Dämmerzustand.

»Wie kommst du darauf?«

»Sonja und Michaela haben heute darüber gesprochen.«

Meine Kehle wird mit einem Mal ganz trocken. »Sie wird unser Match verlieren.«

»Match?«

»Konzentrier du dich lieber auf den Verkehr«, nuschele ich und öffne die Augen. Die Straßen sind fast leer.

Nach weiteren Minuten des Schweigens erreichen wir unser Städtchen. Die meisten Neustädter haben sich bereits in ihre Häuser verkrochen.

»Halte hier an«, bitte ich Lars. »Den Rest des Weges lege ich zu Fuß zurück.«

»Hier?«

»Ja, hier.«

Lars hält am Rand des Bürgersteigs, noch vor der schwach beleuchteten Bushaltestelle.

Ich steige aus.

»Wir sehen uns dann morgen«, verabschiede ich mich, drücke die Tür zu, stelle den Kragen auf und hole erst mal tief Luft. Wie so oft fühle ich mich als Opfer unerwarteter Zustände. Ein Kind in unserer Familie würde mich aufs Neue an meine Grenzen bringen. Mit diesem Gedanken beschäftigt, fühle ich mich nicht imstande, Sonja jetzt schon gegenüberzutreten. Darum nehme ich den langen Weg. Und weil ich noch nicht alle Informationen und Eindrücke in ihre Einzelteile zerlegt habe. Schließlich drehe ich sogar noch mal um und laufe in die entgegengesetzte Richtung.

8

SCHWARZER ENGEL

Acht Monate zuvor

Marian riecht streng. Mein Gesicht brennt und ich spüre noch immer dieses Unbehagen in meiner Brust. Was, wenn mich der Busfahrer gesehen hat – oder einer der Fahrgäste?

Die kleine Göre hat wie wild um sich getreten und mir das Gesicht zerkratzt. Meine linke Wange brennt höllisch. Tiefe rote Striemen auf meiner Haut schimmern feucht. Ich taste vorsichtig die brennende Stelle ab und sauge scharf die Luft ein.

Marian liegt unter einer Decke. Ich sitze daneben, mit dem Rücken gegen die Wand gelehnt, und betrachte mein Gesicht in einem kleinen Schminkspiegel, den ich mir von meiner Mama geborgt habe. Bald muss ich zur Arbeit.

Was soll ich nur mit Marian anstellen? Fallen Leichen auseinander, wenn man sie anhebt? Oder fangen sie an, aus den Körperöffnungen zu tropfen?

Einmal habe ich eine Katze auf einem Baum gesehen. Sie war tot. Sie hing mit der Hüfte in einer Verästelung fest, mit dem Kopf nach unten. Sie hatte keine Augen mehr und aus ihrem Maul und den Löchern in ihrem kleinen Schädel troff eine eitrige Brühe. Vielleicht hatte sie ein findiger Angler dort aufgehängt. Davon habe ich in einem Buch gelesen, dass manche Menschen, die Fische anfüttern, diese grausige Methode tatsächlich anwenden. Wenn das Tier von innen heraus fault, pflanzen die Schmeißfliegen ihre Eier in das faulige Gewebe. Nach dem Schlüpfen kriechen die Larven aus dem Maul und anderen Körperöffnungen, fallen ins Wasser und locken Fische an.

Über mir wird ein Fußstampfen von einer lauten Schimpftirade unterbrochen. Mama und Papa streiten wieder mal miteinander.

Ich brauche einen großen Müllsack.

Vorsichtig beuge ich mich über den toten Körper und schlage die Decke zurück.

Würgend werfe ich mich auf den Boden und schnappe nach Luft. Mein Magen stülpt sich dabei um. Die Galle kriecht meine Speiseröhre hoch. Schmatzend schlucke ich alles wieder runter. Mit angehaltener Luft halte ich mir Mund und Nase zu.

Die Schritte über mir verhallen.

Ohne zu atmen, richte ich mich auf und verlasse hastig das geheime Zimmer. Noch bevor ich die verspiegelte Tür zu machen kann, vernehme ich Mamas Rufen. »Liebling, warum stinkt es hier unten nach toten Mäusen?«

Behände greife ich nach einem Sack, der mit leeren Pizzakartons und Burgerverpackungen gefüllt ist, weil ich meinen Eltern während der letzten Tage ausgewichen bin. Damit renne ich meiner Mutter entgegen. »Ich habe vergessen, den Müll rauszubringen.« Mit gekräuselter Nase versperre ich ihr den Weg und fange sie noch vor dem Eingang ab. Demonstrativ halte ich den Sack in die Luft und schüttele ihn.

»Sind da Ratten drin?« Ihre Stimme schnellt in die Höhe.

»Nein, aber drei Mäuse, die in die Falle geraten sind. Ich

werde ein paar Duftbäumchen aufhängen und alles gut lüften.«

»Igitt, Kind.« Sie atmet schwer. »Wenn dein Papa davon erfährt …«

»Wird er nicht. Wenn du ihm nichts davon sagst, bekommt er auch nichts mit.«

»Dann sieh zu, dass du das Zeug schnell loswirst. Und trenn ja den Müll, sonst wird er wieder nicht abgeholt und dein Vater bekommt richtig die Krise. Mir wird dann gar nichts anderes übrig bleiben, als ihm davon zu erzählen.«

»Ich entsorge das Zeug auf der Arbeit. Keine Sorge«, falle ich ihr erneut ins Wort. »Was wolltest du eigentlich hier unten?«

Sie hebt den Blick und überlegt kurz. »Kartoffeln und Zwiebeln holen. Heute Abend gibt es Sauerbraten mit Kartoffelpüree.«

»Mama, ich hab Nachtschicht.« Und plötzlich weiß ich, was ich mit Marians Leiche anstellen werde. Ich werfe ihn samt den Pizzaschachteln in den Müllcontainer.

»Stimmt, aber ich werde dir einen großen Teller beiseitestellen. Du weißt ja, wie dein Vater ist. Wenn ihm etwas schmeckt, lässt er nichts mehr für andere übrig.«

Ich schweige bloß und hoffe, dass sie bald geht.

Gerade als sie Anstalten macht zu gehen, verharrt sie plötzlich mitten in der Bewegung und dreht sich erneut zu mir um. »Wenn du schon dabei bist, dieses Zeugs da wegzuwerfen, kannst du ja auch gleich diese beiden Säcke hier mitnehmen und sie in den Altkleidercontainer schmeißen. Wir haben alles Mögliche aufgehoben, weil wir dachten, dass ich wieder schwanger werden kann. Ich glaube, da liegen noch Lätzchen und Strampelanzüge drin. Ach, wie süß du damals warst, als du noch so ein pummeliger Wonneproppen gewesen bist. Aber die Zeiten ändern sich.«

»Was machst du da unten so lange? Soll ich runterkommen?«, tönt es von oben.

»Nein, Herrmann, ich bin gleich wieder da«, ruft sie laut und senkt dann die Stimme. Flüsternd berichtet sie mir: »Wir haben uns wieder vertragen und dein Papa hat mich gleich in der Küche vernascht. Ach, was rede ich da.« Sie grinst verschmitzt und hält sich pikiert die Hand vor den Mund. Sie kichert wie ein verliebter Teenager.

In der Küche? Mir kommt dabei die Kotze hoch. *Da werde ich nie wieder was essen,* schwöre ich mir.

»Diese Kratzer musst du von einem Arzt untersuchen lassen«, wird sie wieder ernst, greift mit Daumen und Zeigefinger nach meinem Kinn und dreht meinen Kopf leicht zur Seite. »Das war aber keine Katze«, murmelt sie und kneift die Augen zusammen.

»Ich habe doch gesagt, dass ich vom Fahrrad gefallen und in einem Gebüsch gelandet bin.«

»Das höre ich zum ersten Mal! Wir haben Jod oben.«

»Hol lieber die Kartoffeln, sonst versohlt dir Vater noch den Hintern.«

»Vielleicht will ich das ja«, flötet sie mit gedämpfter Stimme, reißt die Augen weit auf und zwinkert mir zu. Sie und Vater sollten sich weniger von dem Trash-Programm reinziehen, das im Fernsehen läuft.

»Beweg deinen fetten Arsch hierher, sonst setzt es wieder was!«, dröhnt es von oben.

»Huch, da wird jemand ungehalten«, wispert meine Mutter und läuft zu den anderen Kellerräumen. Dabei wackelt sie übertrieben mit dem Hintern. »Und vergiss die Altkleidersäcke nicht!«, ruft sie mir noch zu und verschwindet dann hinter einer der Türen, wo sie all das eingemachte Zeug und Kartoffeln aufbewahrt.

Ich habe ein Kind umgebracht, dämmert es mir wieder. Meine Augen füllen sich mit Tränen, die Erkenntnis raubt mir jedes Mal aufs Neue die Luft. Doch dass das, was ich getan habe, nicht umkehrbar ist, wird mir erst in diesem Moment so richtig klar.

Ich kotze in den Gelben Sack.

Die Konturen der Räume, die im kalten Licht zu einem Aquarell verlaufen, nehme ich nur noch verschwommen wahr, wie durch ein Glas gefüllt mit trübem Wasser.

Ich kann Marian nicht in den Müll werfen. So entsorgt man nur Tiere, wie die Mäuse, von denen ich meiner Mutter erzählt habe. Das haben er und auch seine Eltern nicht verdient. Ich werde ihn irgendwo ablegen, sodass er gefunden und bestattet werden kann. Wie ein Mensch.

Der Sack in meiner Hand wiegt auf einmal eine Tonne und stinkt nach Kotze. Heiße Tränen kullern über meine Wangen, während ich einen festen Knoten hineinmache. Ich bin nicht besser als die Männer, die mich damals überall angefasst haben. Eigentlich bin ich sogar viel schlimmer als sie, denn ich habe den Jungen sterben lassen.

»Ich komme schon!«, ruft meine Mutter voller Vorfreude und taucht wieder in meinem trüben Blickfeld auf.

Ich weiß, wo die Altkleider liegen und auch, was ich vor der Arbeit tun werde. Den Müllsack lasse ich liegen und gehe auf eine Gittertür zu, hinter der verschiedener Krimskrams verstaut wird. Meine Mutter schenkt mir keine Beachtung, nachdem sie von meinem Vater in der Küche *vernascht* wurde. Schnell vertreibe ich die aufkommenden Bilder aus meinem Kopf und schließe die Tür auf.

In den Säcken befinden sich auch schöne bunte Kleider, die meine Mutter für die Tochter gekauft hat, die sie niemals bekommen sollte.

Weinend lasse ich mich auf die Seite fallen und ziehe die Knie fest an die Brust.

Alles, was ich möchte, ist hier und jetzt zu sterben.

9

JOHANNES

Heute

Sonja schläft bestimmt schon. Vorsichtig, um mein zu Zuspätkommen nicht zu verraten, schiebe ich den Schlüssel in den Schlitz. Meine Füße brennen vor Kälte und die Finger sind steif, weshalb ich den Bart erst im zweiten Anlauf ins Schloss bekomme. Vorsichtig drehe ich den Schlüssel um. Sobald ich das leise Klacken des Schnappers vernehme, drücke ich die Tür ein Stück auf und schiebe sofort meine Hand in den Spalt.

»Jack, wenn du jetzt bellst, sind wir beide geliefert«, warne ich meinen wachsamen Kumpel, der bereits mit dem Schwanz wedelnd an der Tür steht und sich bestimmt auf einen nächtlichen Spaziergang freut. Er drückt mir, kaum dass ich eintrete, seine kalte Schnauze gegen die Handfläche und gibt einen tiefen Brustton von sich. »Du magst keinen Dackelsabber, stimmt's? Komm jetzt, aber sei leise.«

Jack holt brav die Leine, während ich in das Haus linse. Auf dem Sofa liegt keine Decke für mich. Sonja wartet vielleicht oben im Schlafzimmer auf mich, aber ich nehme lieber einen Streit in Kauf, als ihr erklären zu müssen, wo ich mir diese verdammte Beule geholt habe.

»Johannes?«, kommt es von oben.

Jack zwängt sich an mir vorbei und versteckt sich hinter meinem Rücken.

»Feigling«, presse ich zwischen den Zähnen hervor.

»Ich weiß, dass ich zu spät bin. Jack muss noch ’ne Runde an die frische Luft.«

»Ich war schon zweimal mit ihm draußen. So viel kann er gar nicht pinkeln müssen.«

Ein Paar Füße tapsen unheilvoll übers Parkett.

Sonja bleibt auf dem obersten Treppenabsatz stehen und knipst unten im Flur das Licht an, das bis ins Wohnzimmer kriecht.

»Willst du nicht raufkommen?«

»Nein, ich bin sauer auf dich!«

»Du auf mich? Und warum, wenn ich fragen darf?«

»Weil du mit Michaela über die Adoption gesprochen hast.« Jetzt würde ich mir am liebsten die Zunge abbeißen, weil ich Lars verraten habe. Jack zieht mich mit den Zähnen am Hosenbein.

»Woher weißt du das?«

Die Worte bleiben in meinem Kopf irgendwo in den Synapsen stecken.

Lass dir schnell was einfallen, sonst …

»Du hast dich selbst verraten, weil …« Ich halte kurz inne und überlege fieberhaft.

»Dieser Trick zieht bei mir nicht, Jo.«

Jo bedeutet Ärger. Sie kommt nach unten.

»Jack, lass uns lieber schnell von hier verschwinden, sonst schlafen wir beide auf deiner Decke.«

»Johannes! Was ist los?«

Ich habe es nur bis auf die unterste Stufe der Haustreppe geschafft. Die Außenbeleuchtung springt wieder an und blendet mich. Wie ein ertappter Häftling auf der Flucht stehe ich im Flutlicht. Ich bleibe abrupt stehen und hebe schützend die Hand vor die Augen.

»Was. Ist. Mit. Deinem. Gesicht. Passiert. Und spar dir deine faulen Ausreden.«

Langsam drehe ich mich wieder um und sehe meine Frau direkt an.

Wie eine Heilige tritt Sonja ins Licht. Zuerst kann ich nur eine zierliche Silhouette erkennen. Sie macht noch zwei weitere Schritte und verschränkt die Arme vor der Brust.

Sie klingt zwar sauer, aber ihr Gesicht strahlt.

»Du hast eine Zusage«, mutmaße ich und steige eine Stufe höher. Endlich brennt sich das grelle Weiß nicht mehr in meine Netzhaut ein. »Wir beide haben eine Chance auf ein Kind?«

Sie nickt heftig. Freudentränen lassen ihre Augen glänzen. »Auf ein Mädchen. Sie heißt Chiara und kommt aus Albanien.«

»Noch hab ich nicht verloren. Komm, Jack, wir müssen zu Benjamin.«

»Aber … Johannes, sieh doch, was ich anhabe.« Sie lupft ihren dünnen seidenen Morgenmantel. Sonja trägt rote Reizwäsche darunter.

»Nein, das werde ich nicht!«, wehre ich mich und steige die restlichen Treppen rückwärts hinab. »Das ist unfair und absolut gegen die Regeln!«

»Dann eben nicht.« Selbst jetzt klingt sie nicht sauer.

Schnellen Schrittes laufen wir auf die Straße, die von einzelnen Laternen in schwaches Gelb getaucht ist.

Der kurze Spaziergang dauert keine fünf Minuten. Peters Haus ist eigentlich eine Villa. Zwei weiße Säulen vor der wuchtigen Eingangstür werden hell erleuchtet. Peter ist unser jüngerer Bruder und hat Benjamin bei sich aufgenommen, wofür ich ihm sehr dankbar bin.

Noch bevor ich das Handy aus der Tasche fische, fängt die Schließanlage zu scheppern an.

Benjamin ist noch wach. Irgendwie habe ich es geschafft, mein Telefon stumm zu stellen. Zehn verpasste Anrufe, die meisten davon von meinem Zwillingsbruder.

Ich betrete das Haus und streife schnell die Schuhe ab, dabei bemerke ich, dass im Wohnzimmer noch Licht brennt.

»Schöne Scheiße«, flucht Cristina, weil sie sich von mir ertappt fühlt. Wobei auch immer.

Das flackernde Licht erlischt.

»Cristina, ich weiß, dass du noch wach bist!«

»Aber verpetz mich nicht. Ich habe die Serie verpasst und Papa hat mir mein Handy und das Tablet weggenommen, aber er weiß nicht, dass wir auf dem Fernseher auch Internet haben.«

Ich schalte das winzige Lämpchen meines Smartphones ein und leuchte in die Richtung, in der ich den Wuschelkopf vermute. Sie ist fast neun und benimmt sich auch so. Mal tut sie ganz erwachsen, manchmal führt sie sich aber auch auf wie ein Baby. Gerissen war sie schon immer. Jedenfalls weiß sie, wie man andere mit Charme und Kaltschnäuzigkeit überlistet.

»Ab ins Bett jetzt!«

»Aber Onkel Joghurt, es dauert nicht mehr lange«, fängt sie an zu betteln.

Onkel Joghurt, das bin ich, Benjamin nennt sie Onkel Ben.

»Du willst mich zu deinem Komplizen machen?«

»Onkel Ben hat es mir auch erlaubt.«

»Wie hast du ihn dazu überredet?«

»Ich habe gesagt, ich verrate Vater nicht, dass er wieder ermittelt, weil Onkel Ben sich ja schonen muss.«

»Und wo ist dein Wadenbeißer?«

Flummi, so heißt der kleine Chihuahua, ist Jacks verhasster Freund, der meinen großen Hund immer anspringt, aber gerade ist alles ruhig.

»Er ist bei Onkel Ben, damit mich Flummi beim Fernsehen nicht stört. Onkel Ben hat gesagt, er passt solange auf den kleinen Scheißer auf.«

Der Fernseher geht wieder an.

Cristinas rabenschwarze Locken stehen zu allen Seiten ab. Der Blick ist glasig. Sie hat sich in eine Decke eingewickelt und ist mit ihren Gedanken irgendwo hinter der Mattscheibe.

»Ist Oliver noch da?«

»Mhm«, macht sie nur und zieht ihre Beine fester an die Brust.

Oliver ist Benjamins Pfleger. Ein sehr geduldiger Mann mit Nerven wie Drahtseile.

»Jack, du bleibst hier, ich gehe zu meinem Bruder. Platz!«

Jack macht es sich auf dem Teppich gemütlich.

Mit großen Schritten durchquere ich das geräumige Wohnzimmer und bleibe vor Benjamins Tür stehen. Mein Eintreten melde ich mit einem leisen Klopfen an.

Die Tür wird aufgerissen.

»Kommen Sie schnell rein. Die Königliche Hoheit ist gleich so weit.« Der große Pfleger mit seinem durchtrainierten Körper und seinen tätowierten Armen ist leicht außer Atem. Sein kurz geschnittenes Haar glänzt rötlich, die Stirn ist mit Schweißperlen bedeckt.

»Sie haben wieder einen Clinch?«

»Dazu sage ich nichts. Können Sie das kleine Biest beruhigen? Zwei Quälgeister auf einmal kann ich nicht bändigen.«

Flummi hockt in seiner Reisebox und hechelt mich mit einem Hundegrinsen an.

»Mache ich. Darf ich mir vorher die Hände waschen?«

»Klar, wo das Klo ist, wissen Sie ja. Ihr Bruder ist in seinem Behandlungsraum und muss jeden Moment bettfertig sein.«

»Und wer hat mir die Tür aufgemacht?«, wundere ich mich.

»Das war ich, und jetzt muss ich mich bei Ihnen entschuldigen.«

Er verlässt den großen, futuristisch ausgestatteten Raum und verschwindet hinter einer weiß lackierten Tür im Nebenraum.

Zwei Stimmen streiten sich im gedämpften Ton. Wie es scheint, versucht Benjamin seinen Pfleger und einzigen Freund zu etwas zu überreden, womit Oliver ganz und gar nicht einverstanden ist.

Ich gehe ins Badezimmer und wasche mir dort gründlich den Dackelsabber ab.

Nachdem ich mich aus meinem Mantel geschält und mich vergewissert habe, dass die Tür abgeschlossen ist, lasse ich den kleinen Wadenbeißer frei.

Die Tür wird geöffnet. Cristina kommt herein und geht sofort in die Hocke, um ihren kleinen Freund in die Arme zu nehmen.

»Wo ist Onkel Ben?« Sie kichert vergnügt und lässt sich das Gesicht von Flummi abschlecken. Ihr perlendes Lachen ist Balsam für meine Seele.

»Hat er Beef mit Oliver?«, will sie von mir wissen.

Ich brauche einen Augenblick, bis ich das Wort *Beef* richtig verarbeitet habe. »Ob sie sich gestritten haben, weiß ich nicht. Aber du hast bald ordentlich Beef mit deinen Eltern, wenn Sie Wind davon bekommen, dass du immer noch nicht im Bett bist.«

Sie lässt den Hund los und springt mir in die Arme.

Mit ernster Miene hebe ich sie in die Luft.

Sie wackelt mit den Beinen.

»Du bist aber ganz schön schwer«, sage ich mit tiefer Stimme. Sie drückt mir einen Kuss auf die rechte Wange und fängt erneut an zu kichern. »Schau mal, Flummi will auch gedrückt werden.«

»Er will was anderes«, murmle ich und schüttele das rechte Bein. Aber der kleine Racker steht auf den Hinterbeinen und hat sich fest an mich gekrallt, dabei bumst er meine Wade.

»Nimm ihn mit.« Ich stelle Cristina zurück auf den Boden.

»Kann ich Onkel Ben gute Nacht sagen?«

Ich schüttele nur den Kopf.

Schmollend verlässt sie das Zimmer, ohne dabei jedoch die Tür richtig zu schließen.

Der Racheakt eines kleinen Mädchens. Mit diesem Gedanken drücke ich die Tür vollends ins Schloss.

Stimmen werden laut. Die Tür zum Behandlungszimmer öffnet sich.

»Das ist pink!«, empört sich Benjamin. Er sitzt in seinem roten Rollstuhl und wird von Oliver geschoben.

»Was anderes haben wir nicht da«, entgegnet der Muskelprotz ruhig. »Sagen Sie ihm, dass das Lila ist?«

Ich kann mir ein Schmunzeln nicht verkneifen.

»Siehst du?« Ben reckt den Kopf. »Wäre ich kein Krüppel, würde ich dir in den Arsch treten, Oliver.«

»Wärst du kein Krüppel, hätte ich dir längst den Hals umgedreht. Du bist unmöglich, Benjamin! Sag doch gleich, dass du die OP nicht willst! Wem willst du eigentlich was beweisen?«

Sie streiten miteinander, als wäre ich gar nicht da.

Oliver schiebt seinen linken Arm unter Benjamins Achsel und den rechten unter seine Kniekehlen. Ohne jegliche Anstrengung hebt er meinen Bruder hoch und legt ihn auf das Bett, das mit vielen Hebevorrichtungen ausgestattet ist, die es Benjamin ermöglichen, die Lage der Liegefläche in unzähligen Positionen zu variieren.

»Ich will noch nicht schlafen. Johannes und ich haben noch was zu besprechen.«

»Schön für dich! Im Gegensatz zu dir müsste ich eigentlich schon längst im Bett sein, weil ich morgen früh fit für die Arbeit sein muss. Ich habe einen sehr schwierigen Patienten, weißt du. Aber du, mit deinen Kapriolen …«

»Weil der blöde Fummel rosa ist!«

»Fang nicht wieder damit an! Ich kann nichts dafür, dass deine Nichte ihre roten Socken vorm Waschen in den Taschen deines Schlafanzugs versteckt hat.«

»Weil Flummi sie angepinkelt und angeknabbert hat. Sie hatte Angst, dass Peter seine Drohung wahr macht und ihn in ein Tierheim gibt.«

»Morgen kaufe ich dir einen, der veilchenblau ist. Wie es einer Königlichen Hoheit gebührt. Mit Manschetten!« Er zieht die Decke unter Benjamin hervor und deckt ihn damit zu. Obwohl Oliver sauer ist, sind seine Bewegungen sanft und behutsam.

»Johannes, sag du doch auch mal was!«, fordert Benjamin. »Mit nur einem funktionierenden Daumen und Zeigefinger kann ich mich nicht wirklich gegen diesen Stiernacken wehren.«

Diese beiden Finger sind die einzigen Körperteile, die Benjamin unter Kontrolle hat. Sein Mundwerk zählt nicht dazu.

Oliver schnappt sich seine Jacke vom Haken, bleibt kurz in der Tür stehen und sagt dann: »Zwick mich doch!«

»Du bist gefeuert!«

»Spar dir deine leeren Drohungen, sonst komme ich morgen mit einem neuen Vertrag wieder.«

»Du bekommst keinen Cent mehr, das kannst du knicken!«

»Vielleicht ist der nächste Patient, den ich dann bekomme, ja umgänglicher!« Oliver geht, ohne sich zu verabschieden.

»Dieser Mann ist nicht zum Aushalten! Kannst du mich wieder zurück in den Stuhl setzen?«

»Nein.«

»Dann reich mir wenigstens den Joystick.«

Nach kurzem Zögern tue ich ihm den Gefallen.

Ben lässt zwei Bildschirme aus der Decke fahren und schaltet beide ein.

»Ich habe da was gefunden«, sagt er und gibt weitere Befehle ein. Dabei dreht er mit Daumen und Zeigefinger an der Kugel oder tippt auf einen der drei Knöpfe, die sich darunter befinden. Schließlich fährt er mit den Fingerkuppen ziemlich flink über das Touchpad und gibt Begriffe in ein Suchfeld ein. Auf dem linken Monitor tauchen mehrere Bilder eines toten Jungen auf.

»Marian, sechs Jahre alt. Bei Eiseskälte im Wald von einem Spaziergänger, besser gesagt von seinem Hund, entdeckt worden. Was sticht dir dabei sofort ins Auge?«

»Bis auf das Kleid trägt das Kind nichts, trotz der Kälte.«

»Was noch?«

»Sein Mörder hat ihn geschminkt.«

Benjamin zoomt das Bild heran. Der Bildschirm wird nun vollkommen vom Gesicht des toten Kindes ausgefüllt.

»Geschminkt, so wie es die Bestatter tun. Und noch etwas.« Benjamin positioniert das Bild neu.

»Ein Duftbaum?« Bei dem Anblick schießt mir eine chemische Komposition aus verschiedenen nach Zitrusfrüchten duftenden Substanzen in die Nase.

»Ja, Zitrone. Die gibt es leider überall zu kaufen, sodass wir den Suchradius nicht eingrenzen können. Saskia hat gesagt, dass die Kleidergröße nicht gepasst hat.«

»Du meinst …«

»Der- oder diejenige hat ein Faible für Mädchenkleider, aber kein Auge für die Größe.«

»Vielleicht hat der Gesuchte dieses Kleid ja gar nicht gekauft.«

»Neu war es nicht, das stimmt. Aber warum kleidet man einen Jungen wie ein Mädchen?«

»Weil der Junge sich als Mädchen fühlte oder der Entführer ein Mädchen haben wollte und sich darum des Jungen ›entledigt‹ hat? Oder er steht selbst auf Kleider«, zähle ich mehrere spontane Einfälle auf.

»Du gehst also davon aus, dass unser Mörder im falschen Körper steckt?«

»Möglich.«

»Und warum entführt er dann beim nächsten Mal ein Mädchen?«

Auf dem anderen Bildschirm lässt Benjamin mehrere Fotos der Reihe nach erscheinen. Aus unterschiedlichen Blickwinkeln hat der Kriminalfotograf die Schreckensmomente eingefangen.

»Es gibt keine Spuren, die auf äußere Gewalteinwirkung, die von Menschenhand zugefügt wurden, hindeuten. Die beiden Körper blieben, abgesehen von Wildtierspuren, die vermutlich durch Füchse und Krähen entstanden sind, äußerlich unversehrt.«

»Gewaltakt kann also ausgeschlossen werden. Sexuelle Motive im üblichen Sinne auch.«

»Er hat die Kinder begehrt, ohne sie zu verletzen. Aber die stecknadelgroßen Blutungen, sogenannte Petechien, auf dem Gewebe des Mädchens lassen folgenden Rückschluss zu: Das Kind wurde erstickt.«

»Hatte das Mädchen auch Asthma?«, will ich wissen.

»Nein, davon steht nichts in den Akten. Es war kerngesund.«

»Das Mädchen trägt ein ähnliches Kleid wie das, welches das andere Opfer getragen hat«, stelle ich fest und greife nach einer Mappe, die auf dem Tisch mit dem Beweismaterial liegt. Saskia hat sie mitgebracht. Es sind Kopien, keine Originale, aber die Informationen darin sind dieselben. In Gedanken versunken blättere ich darin herum.

»Was hat es heute mit dem Herrn Himmelsbach auf sich gehabt?« Benjamin scrollt sich durch Dokumente, die Oliver für ihn eingescannt hat, gleichzeitig verstellt er sein Bett so, dass er darin eine sitzende Position einnehmen kann.

»Er verkehrt höchstwahrscheinlich in pädophilen Kreisen und wir haben den Verdacht, dass er sich an kleinen Jungen vergriffen hat«, sage ich und angle einen Bleistift aus dem Stifthalter. Mit konzentrierter Miene skizziere ich auf einem gelben Post-it das Zeichen, das der Mann als Anhänger getragen hatte. Eine Spirale in Form eines Dreiecks.

Benjamin loggt sich im Darknet ein. Sein Blick wird ernster. Er bewegt beim Lesen die Lippen. »Da ich heute Nacht in diesem Fummel nicht schlafen werde, kann ich ja auch bisschen lesen. Bist du so gut und reichst mir den Becher? Vom vielen Schreien ist mein Hals ganz trocken. Und pass bitte auf den Knickstrohhalm auf! An Menschen mit Handicap hat wieder mal keiner gedacht, als man auf die glorreiche Idee gekommen ist, Plastikstrohhalme zu verbieten. Na ja, immerhin kann man noch welche im Internet bestellen.«

Ich stelle ihm den Becher so hin, dass er an dem Strohhalm saugen kann, und platziere das Gefäß in einer dafür vorgesehenen Halterung.

»Ich bin gegen jegliche Form der Umweltverschmutzung, aber manchmal muss man ja auch Ausnahmen zulassen dürfen. Jetzt schweife ich vom Thema ab.« Er trinkt noch mehrere Schlucke. »Hier, schau mal. Vor zwei Jahren wurde Kita-Play verboten. Eine Expertin befürchtet, dass dieses Kita-Angebot an Pädophilie grenzt.«

Den Blick auf den Bildschirm gerichtet, setze ich mich auf das Bett und schaue gebannt auf die markierten Zeilen.

Benjamin scrollt weiter.

Verstörende Bilder tauchen vor meinen Augen auf.

Ältere Männer spielen und raufen sich mit kleinen Kindern. Verängstigte Eltern schlagen Alarm.

»Mit einem Beitrag von läppischen einhundert Euro kannst du dich als Lehrling in diesen Kreis einkaufen und unschuldige Kinder begrabschen«, liest Benjamin einen der vielen Kommentare flüsternd vor und markiert diese Stelle. »Obwohl diese Methodik verboten wurde, gibt es diese Organisation noch. Wir können ja schauen, ob wir dort einen Einblick in die Mitgliedsliste bekommen können.«

»Und wenn nicht?« Meine Handflächen beginnen zu schwitzen.

»Dann melden wir uns dort an. Du hast nicht zufällig hundert Euro übrig?«

Ich zucke mit dem Mundwinkel. Jetzt weiß ich, vom wem Cristina ihre Gerissenheit hat. Von Onkel Joghurt ganz bestimmt nicht.

»Wir brauchen ein Foto und einen Namen.« Benjamin geht auf die Homepage der Organisation und beginnt, dort ein Konto anzulegen.

»Onkel Ben«, schlage ich lapidar vor.

»Okay«, sagt Benjamin nur und trägt den Namen in die entsprechende Spalte ein. »Mein rosa Schlafanzug passt ziemlich gut dazu. Kannst du ein Foto von mir machen? Hoffentlich sehe ich um die Zeit noch einigermaßen passabel aus. Und richte vorher bitte meinen Kragen. Links ist meine Schokoladenseite! Obwohl, selbst meine rechte Seite ist noch hübscher als deine«, sagt er und streckt mir die Zunge raus.

»Du bist mein eineiiger Zwillingsbruder, schon vergessen? Wir sehen also gleich dämlich aus.«

»Nicht ganz, immerhin hab ich keine Narbe quer im Gesicht«, sagt er gespielt beleidigt.

»Ich will mich ja auch nicht da anmelden, du Model. *Also los jetzt!*«

»Ja doch! Kannst du mir die Haare kämmen? Ein Mittelscheitel würde mir gut stehen, meinst du nicht?«

»Machst du jetzt einen auf Aristokrat, oder wie?«

Er will es tatsächlich durchziehen, denke ich und komme nicht aus dem Staunen heraus.

»Wir haben keine Zeit für dumme Bemerkungen. Der Kamm liegt im Bad. Und binde mir bitte eine Fliege um. Schwarz mit gelben Punkten.«

Mit einem schiefen Grinsen folge ich seinen Anweisungen.

10

SCHWARZER ENGEL

Zwei Monate zuvor

Ohne Marian ist es nicht nur in meinem geheimen Zimmer ganz leer geworden, sondern auch in meinem Inneren. Ich vermisse ihn sehr.

Viele Wochen habe ich nicht nur damit verbracht, ihn aus meinen Gedanken zu vertreiben, sondern auch damit, den Geruch seines toten Körpers loszuwerden. Nachdem ich ihn im Wald abgelegt hatte, habe ich noch mehr Duftbäume gekauft und sie in jeder Ecke des kleinen Raumes aufgehängt. Inzwischen ist dieser Duft fast verflogen, aber die Bilder und die Sehnsucht nach seiner Nähe sind immer noch sehr präsent. Jedes Mal, wenn ich schlafen gehe und das Licht ausschalte, sehe ich ihn vor meinen Augen. Obwohl er nicht viele Tage bei mir verbrachte und wir uns kaum kennengelernt hatten. Und auch wenn unsere Bekanntschaft nicht sehr innig war, hänge ich an dem Gedanken, wie schön alles hätte sein können, wenn uns mehr Zeit zusammen geblieben wäre.

Meine Putzstelle im Krankenhaus habe ich nicht gekündigt, weil ich mir noch nicht ganz sicher bin. Stattdessen habe ich mich umorientiert und arbeite jetzt einige Stunden zusätzlich als Reinigungskraft in dem Kindergarten, den ich selbst als Kind besucht habe. Dort, wo alles mit diesem beschissenen Programm begonnen und in einem Albtraum geendet hat.

Anfangs hatte ich mich nicht wirklich wohlgefühlt. Der Kinderpsychologe hatte gemeint, ich wäre sehr introvertiert und zu gehemmt, um meine Gefühle nach außen zu kehren, was nicht unbedingt schlimm sei. Ich befände mich schließlich in einer Selbstfindungsphase, die bei Kindern etwas länger dauern könne. Hätte ich ihm erzählt, dass ich nachts nicht schlafen konnte, weil ich Angst hatte, dass mein Vater sich wieder in mein Bett legen könnte, hätte er womöglich keinen solchen Bullshit von sich gegeben. Aber ich behielt alles für mich, was ich heute manchmal bereue. Denn seitdem hat sich für mich keine andere Möglichkeit mehr ergeben, mich vor einem Erwachsenen zu öffnen. Auch nicht, seitdem ich selbst kein Kind mehr bin. Im ersten Jahr in der Kita hatte ich zwar meine Schwierigkeiten, aber nach und nach fand ich tatsächlich Freunde. Kurz vor den Sommerferien geschah dann etwas, das mein Leben für immer geprägt hat.

Strahlend und mit einem breiten Lächeln hatte Frau Deißbach uns alle damit überrascht, dass der Kindergarten an einem lustigen Programm teilnehmen würde. Ich wurde in dieses Projekt ohne meine Einwilligung aufgenommen, weil ich ein verschlossenes und schüchternes Kind war, das endlich eine Möglichkeit bekommen sollte, sich mehr zu öffnen und Nähe zuzulassen. Darüber hat mich später meine Mutter aufgeklärt. Um genau zu sein, sieben Jahre danach, als ich dreizehn, eigentlich fast schon vierzehn Jahre alt war und diese Bilder mich nicht schlafen ließen.

Es fing alles mit einem harmlosen Spiel an. Mit dem ›Opa-Kind-Spiel‹. Nach den Ferien, gleich in der ersten Woche, wurde ich einem alten Mann vorgestellt, der mich bei meinen Spielen begleiten sollte. Zuerst war er ganz nett, auch wenn er ziemlich komisch roch.

Wir, die Kinder, die für dieses Projekt ausgesucht und zur

Teilnahme gezwungen worden waren, bekamen Spielsachen, derentwegen uns andere Gleichaltrige beneideten. Wie gern hätte ich mit ihnen getauscht, um nicht mehr mit diesem alten Mann im Nebenzimmer oder in der Turnhalle schmusen zu müssen. Sein stoppeliges Gesicht fühlte sich kratzig an meinem Bauch an, wenn wir uns vor anderen Kindern in unserer Burg versteckten und er sich ganz fest an mich drückte. Ich war sein Prinz und er mein treuer Ritter. Er wolle mich vor unsichtbaren Hexen und Dämonen mit seinem Körper beschützen, sagte er dann. Dieses Versteck hatte Gustav aus Kissen und Matten gebaut. Manchmal lagen wir eine Ewigkeit einfach nur da. Seine raue Hand lag manchmal auf meiner Brust, oder strich mir über das Haar, das mir meine Mama ständig kurz schnitt, weil Papa es so haben wollte.

Nie hatte ich ein Mitspracherecht gehabt, auch als Vorschulkind schon nicht. Immer waren es entweder meine Eltern oder die Erzieherinnen, die sich um mein Wohlwollen sorgten, ohne dabei auf meine Probleme einzugehen. Aber als Gustav in meiner Welt aufgetaucht war, gab ich es auf und ließ es einfach geschehen, weil ich wusste, es würde sowieso nichts bringen, wenn ich mich bei meiner Mama ausweinen würde.

»Ob du weinst oder nicht, in den Kindi musst du ja so oder so, weil wir sonst zu nichts kommen.« Das waren ihre Worte, die ich regelmäßig zu hören bekam. Außerdem, was hätte ich meiner Mutter sagen sollen? Gustav hatte mir ja nichts Böses getan. Noch nicht. Nur mit mir gespielt, was meine Eltern nie taten. Er schenkte mir sogar Sachen, die mir meine Mama und Papa niemals gekauft hätten. Wir aßen heimlich Bonbons, ohne dass die Erzieherinnen etwas davon mitbekamen. Dafür durfte Gustav dann meinen Popo berühren.

Tränen laufen mir über die Wangen. Kinderschreie holen mich zurück in die Wirklichkeit. Auf dem Rückweg nach Hause lege ich hier eine kurze Rast ein. Im Schatten einer mächtigen Ulme setze ich mich auf die Bank und schaue den spielenden Kindern zu.

Der Schulhof ist nicht groß.

Die Sommerferien sind endlich vorbei.

Schreiende Kinder laufen durcheinander und lachen. Alle warten darauf, endlich von ihren Eltern abgeholt zu werden. Die wenigen Minuten bis dahin verbringen sie damit, über den Hof zu rennen. Nur die wenigsten haben ein Handy in der Hand. In diesem Alter ist das Leben noch schön einfach. Noch sind sie sorglos und bekommen von den Problemen der Erwachsenenwelt nicht viel mit. Später, wenn sie zu pubertierenden Kotzbrocken mutieren, werden sie einfach nur dasitzen und auf ihre Handys glotzen. TikTok, Instagram und YouTube – das wird ihre Welt sein, in der sich viele verirren und den Bezug zur Realität verlieren werden.

»Hey, das gehört mir!«, schreit ein Mädchen einen Jungen an, der ihr etwas aus den Händen gerissen hat und jetzt vor ihr wegläuft. Die Zunge ausgestreckt, lacht der rothaarige Junge das Mädchen aus und zieht eine lustige Grimasse.

Bald werde ich wieder ein Kind haben, mit dem ich spielen kann, verspreche ich mir. Aber ich muss darauf achten, dass mein nächstes Geschenk nicht krank ist und keine Medikamente braucht.

Der Schulhof der Grundschule ist nicht abgeriegelt, so kann ich mich einfach auf die Bank setzen und die Kinder beobachten. Manchmal male ich mir aus, dass eines davon meines wäre und ich es später abholen würde.

Der Unterricht ist vorbei, darum dürfen einige der Grundschüler ihre Handys benutzen, während sie auf ihre Helikoptermütter und -väter warten.

Die ersten protzigen Autos reihen sich unweit des Gebäudes aneinander, ohne dabei die dafür vorgesehene Parkplatzfläche zu benutzen. Aufgetakelte Frauen steigen aus und winken ihren Sprösslingen zu.

Aber die Kinder, deren ganze Aufmerksamkeit von den

Mobilgeräten beansprucht wird, bemerken ihre Eltern gar nicht, zu sehr sind sie von den Videos auf den kleinen Bildschirmen fasziniert. In kleinen Gruppen zusammengedrängt, beschimpfen sich die kleinen Racker gegenseitig, weil jeder etwas sehen möchte.

Ein Mädchen mit rot leuchtenden Korkenzieherlocken sitzt ganz allein da. Sie hält ein Buch in den Händen. Ihr Mund verzieht sich zu einem O und schließt sich gleich darauf wieder. Die Zungenspitze leicht ausgestreckt, formen sich ihre vollen Lippen zu einem breiten Grinsen. Sie hat eine Zahnlücke. Zwei der oberen Schneidezähne fehlen ihr.

»Dich möchte ich haben«, höre ich mich flüstern. Das Verlangen nach ihrer Nähe ist so stark, dass ich beinahe daran ersticke.

Noch mehr Eltern tauchen jetzt auf dem Schulhof auf.

Das laute Kreischen von Kindern und die ermahnenden Rufe der Eltern werden zu einem Crescendo aus unterschiedlichen Sprachen, zu einem Durcheinander aus Wortfetzen, die ich nicht verstehe.

Mir dröhnt der Kopf. Darum stehe ich auf, ziehe den Schirm meiner Mütze tief in die Stirn und gehe weiter.

Der Himmel über mir ist tiefblau.

Die Sonnenstrahlen streicheln verheißungsvoll meine Wangen und die warme Herbstluft füllt meine Lunge mit Hoffnung.

Ein Mann mit grau meliertem Haar stellt sich mir in den Weg. Er trägt einen grauen Kittel und einen Hammer in der linken Hand. In der Brusttasche stecken zwei Kugelschreiber. Eine dicke Brille mit Horngestell sitzt etwas schief auf seiner fleischigen Nase, die von feinen aufgeplatzten Äderchen überzogen ist. Die Bifokalgläser lassen seine dunklen Augen unterschiedlich groß erscheinen. Sein Atem riecht nach kaltem Rauch und Alkohol. Vor mir steht ein Hausmeister, wie er im Buche steht.

»Was haben Sie hier zu suchen?«, blafft er mich an und hebt die buschigen Brauen.

»Ich hole meine Schwester ab.« Ich zeige auf das Mädchen mit den roten Haaren.

»Ich dachte, Marijke ist Einzelkind?« Er fummelt mit schmutzigen Fingern an seinem Brillengestell herum.

»Sie ist meine Stiefschwester.«

Nachdem er die Brille noch schräger auf seinem Gesicht platziert hat, schürzt er die Lippen, kratzt sich mit dem Griff des Hammers die Stirn und schlendert weiter.

Als ich mich in Sicherheit wähne, da der Hausmeister tatsächlich ohne weiteres Aufhebens aus meinem Blickfeld verschwunden ist, nähere ich mich dem Mädchen.

Die Hände in der Bauchtasche meines Hoodies versteckt, bleibe ich vor Marijke stehen und werfe noch einen letzten prüfenden Blick über den Hof.

»Hallo Marijke«, sage ich und bemühe mich dabei um einen freundlichen Ton.

Ich habe das Mädchen im Krankenhaus gesehen. Tatsächlich arbeite ich da nicht mehr so viel wie vor einem halben Jahr, aber Marijke sehe ich dort in letzter Zeit öfter, weil ihre Mama im Sterben liegt. Das alles habe ich in den letzten Wochen herausbekommen, nur den Vornamen des Mädchens kannte ich noch nicht, bis der alkoholisierte Hausmeister ihn eben netterweise herausposaunt hat.

Marijke blickt zu mir auf und legt ein Lesezeichen zwischen die Seiten. Ein weißes Einhorn mit buntem Schweif.

»Holt dich denn heute niemand ab?« Ich wähle den Ton einer Person, die Marijke kennen sollte, so als wären wir keine Fremden.

»Ich warte auf meinen Papa.«

»Weil deine Mama sehr krank ist, habe ich recht? Darum holt dich jetzt dein Papa ab.« Ich lasse meine Stimme betont traurig klingen und schenke ihr einen mitleidigen Blick.

Sie nickt. Ihre Augen füllen sich mit Tränen.

»Was liest du da?« Meine Neugier ist diesmal nicht gespielt.

Sie zeigt mir den Umschlag und vergisst für einen Augenblick ihre Traurigkeit.

»Ben und Max, beträden verböden«, verrät sie mir nicht ohne Stolz den Titel. Sie ist in der zweiten Klasse, liest aber schon sehr fließend und ohne zu stocken, vermute ich.

»Ist dieses Buch denn lustig?«

»Ja, und wie.« Sie strahlt regelrecht vor Freude. »Da gibt es einen sehr lustigen Zählreim. Mit dem Hasen und so, aber das möchte ich nicht laut aufsagen, weil …« Sie kichert und drückt sich die Faust vor den Mund, wie es kleine schüchterne Mädchen eben tun, wenn sie über etwas reden, was gleichermaßen spaßig wie auch ungehörig ist.

»Darf ich dir etwas verraten?« Ich hebe die Brauen und schaue mich um.

»Mit fremden Menschen …«

Ich gehe in die Hocke und sehe ihr tief in die Augen.

»Deine Mama ist wieder gesund«, unterbreche ich Marijke und schäme mich für diese gemeine Lüge.

»Echt?« Ihre Augen werden riesig. Sie schluchzt. Ihre Unterlippe bebt.

Am liebsten möchte ich mich davonschleichen, aber das, was sie als Nächstes sagt, hält mich davon ab.

»Kann ich zu ihr?«

»Klar. Deswegen bin ich hier. Komm mit.«

Sie steht auf und vergisst die Welt um sich herum.

Mit einem Kloß im Hals richte ich mich auf, nestele an dem Schirm meiner Mütze und lasse den Blick über den Hof schweifen.

Keiner der Anwesenden würdigt uns eines Blickes.

»Meine Mama kann wieder nach Hause?« Marijkes Stimme überschlägt sich.

»Ja«, bleibe ich kurz angebunden, weil ich mich abgrundtief schäme. »Komm. Ich fahre dich zu ihr.«

Ein Kuscheltier, das auf ihrem Schoß lag, fällt zu Boden, aber Marijke bemerkt es nicht einmal. Sie greift nach meiner Hand und lässt alles andere stehen und liegen, weil sie schnellstmöglich zu ihrer Mama gebracht werden will. Selbst das Buch lässt sie achtlos neben dem Schulranzen liegen und folgt mir zu meinem Auto.

Mein Herz wummert und spätestens, als sie mir ein Lächeln schenkt, ist mein Glück vollkommen.

11

JOHANNES

Heute

Saskia und ich stehen vor der Wohnung von Familie Groß. Wir haben uns dazu entschieden, zuerst den Vater und seine Freundin zu dem Vorfall zu befragen.

»Ich bin wirklich froh, dass Sie mich dabei unterstützen«, bedankt sich Saskia noch einmal bei mir.

»Im Gegenteil! Ich bin es, der froh sein kann, jemanden mit solch mütterlichen Kompetenzen an meiner Seite zu wissen«, schmeichele ich ihr und berühre sachte meinen Kopf mit den Fingerspitzen. Die Schwellung ist zum Glück größtenteils zurückgegangen.

Saskia klopft erneut gegen die Tür.

Die Familie wohnt im zweiten Stock. Unten, an der Eingangstür dieses Mehrfamilienhauses, wurden wir von einer älteren Dame reingelassen, aber erst, nachdem Saskia mit ihrem Dienstausweis kenntlich gemacht hat, dass wir von der Polizei sind.

»Sie haben doch versprochen, heute da zu sein«, wundert sich Saskia und drückt ihr linkes Ohr kurz gegen das dunkle Holz.

Aufs Neue konsultiere ich meinen Chronografen. Es ist exakt 9:46 Uhr.

»Vielleicht schlafen die noch?« Saskia schaut auf den Klingelknopf und drückt darauf. Es schellt einmal laut hinter der Tür.

»Niemand schläft so fest, wenn er sein Kind verloren hat und auf Neuigkeiten wartet.«

In diesem Moment öffnet sich tatsächlich die Tür. Ein müder Herr Groß mit zerzaustem Haar und in einem zerknitterten fleckigen Hemd erscheint vor uns. Wie ein Seemann nach einer durchzechten Nacht wankt er und versucht krampfhaft, seinen trüben Blick freizublinzeln.

Die Alkoholfahne reizt meinen Magen.

»Tut mir leid, bin betrunken.« Seine angeschwollenen Augen sind rot umrandet. Ein Zipfel seines Hemdes schaut aus der Hose. Er trägt nur eine Socke.

»Dürfen wir reinkommen?«, will ich wissen, während ich am obersten Knopf meines Hemdes nestele, obwohl ich mir eigentlich den Mund und die Nase zuhalten möchte.

»Natürlich, wo bleiben meine Manieren.« Er tritt beiseite.

»Bitte.« Ich lasse Saskia den Vortritt und nutze diesen kurzen Moment, um mich zu sammeln. Der Stressball steckt in meiner linken Faust.

»Sie können die Schuhe ruhig anlassen. Ist nicht gesaugt und außerdem bin ich nicht mehr so pingelig, seit mich meine Frau für 'nen anderen verlassen hat. Prinzipiell bin ich ein sehr umgänglicher Mensch, außer man kommt mir dumm von der Seite und will mich belehren. Dann schwillt mir der Kamm. Aber ich bin bisher nie handgreiflich geworden, nie!« Er wirft die Tür hinter uns zu.

»Wo ist Ihre Lebensgefährtin?«, melde ich mich zu Wort und warte, bis er uns in eines der Zimmer führt. Das Atmen fällt mir schwer. Zusammengepfercht wie Kühe vor der Schlachtung, stehen Saskia und ich einfach nur da und warten.

»Meinen Sie die Ex oder Andrea?«

»Die Frau, die auf Ihren Sohn aufgepasst hat«, werde ich konkreter.

»Wollen wir vielleicht in ein Zimmer gehen, wo wir uns hinsetzen können?« Saskia ergreift die Initiative und stellt sich vor die nächstbeste Tür, hinter der ich das Wohnzimmer vermute, weil dort hörbar der Fernseher läuft.

»Oh, tut mir leid. Na klar. Andrea muss jede Sekunde da sein.«

Die Tür geht auf und trifft mich im Rücken.

Der erstickte Schrei einer überraschten Frau und ein Stöhnen aus meiner Brust werden von Herrn Groß Fluchen überlagert.

»Pass doch auf, Mensch«, sagt er schnell und packt die Tür mit der Hand.

Ich schiebe mich ein Stück weiter vor und spüre, wie mir der Schweiß aus sämtlichen Poren dringt.

»Komm rein, Schatz. Die Polizei ist hier. Und du hättest einen von denen beinahe erschlagen.«

»Tut mir leid«, entschuldigt sich Andrea Sudowski.

Zuerst strömt mir eine süße Parfümwolke entgegen, dann der Duft nach frischen Brötchen. Schließlich erscheint die Frau hinter mir.

»Sie können es sich solange im Wohnzimmer bequem machen, wir kommen gleich nach. Wollen Sie sich nicht ausziehen? Ich meine, den Mantel ablegen und Sie Ihre Jacke?« Stefan Groß schiebt mich sanft noch weiter von der Tür weg und sieht zuerst mich, dann Saskia an.

»Ich behalte die Jacke lieber an, so warm ist es hier nicht«, schlägt Saskia den Vorschlag aus.

»Wir bleiben nicht länger als nötig, aber danke«, schließe ich mich ihr an.

»Wollen Sie mit uns frühstücken?« Sie drückt die Tüte mit den Brötchen in Stefans Hände und sieht uns abwartend an.

»Nein, danke, ich möchte nichts.« Saskia lächelt.

»Ich auch nicht«, presse ich hervor, wische mir den Schweiß von der Stirn und scanne den Hausherrn ab.

Noch immer kann ich Herrn Groß nicht wirklich einschätzen. Bisher habe ich keine imaginäre Schublade für ihn erstellen können, in die ich ihn stecken könnte. Er ist einen halben Kopf kleiner als ich, hat schmale hängende Schultern und ein fliehendes Kinn mit einem Grübchen. Die Augen sitzen zu eng beieinander. Und dennoch sieht er nicht aus wie ein Kidnapper, der seinen eigenen Sohn für Zwecke entführt, die sich mir nicht erschließen. Er gleicht eher einem Verlierer, der sich seiner ausweglosen Lage durchaus bewusst ist. Das begreifen die meisten Männer erst dann, wenn die Frau jemand anderen gefunden hat. Herr Groß tut mir leid, wir Männer sind zwar ein starkes Geschlecht, aber unsere Stärke hängt auch vom Rückhalt unserer Partnerin ab. Stefan hat alles verspielt und nun bereut er seine Fehlentscheidungen und versucht, sein Unglück in Alkohol zu ertränken, statt eine neue Chance zu ergreifen, die ihm das Leben in Form von Andrea Sudowski bietet.

»Doktor Hornoff?« Saskia ruft nach mir und erspart mir eine peinliche Situation, da ich zu tief in meinen Gedanken zu versinken drohe.

»Wir warten im Wohnzimmer«, nuschele ich und folge der Kommissarin.

Der Raum wirkt kahl. Das schwarze Sofa steht an einer weißen Wand. Davor liegt ein runder Teppich. Schwarzweißes Muster. Rote Flecke vom verschütteten Rotwein. Eine leere grüne Flasche mit abgekratztem Etikett liegt unter einem gläsernen Tisch, der mit Fotos übersät ist. Auf allen erkennt man Liams Gesicht. Einige haben ein ungewöhnliches Format, die anderen zackige Löcher.

»Er hat seine Frau ab- oder herausgeschnitten«, spricht Saskia meine Feststellung laut aus, nachdem sie meinem Blick gefolgt ist.

»Sie ist aber weiterhin die Mutter seines Sohnes.« Ich lasse den Blick durch den Raum gleiten und mache mir dabei Randnotizen, die ich auf meinem Smartphone abspeichere und an meinen Bruder weiterleite. Alles ist zu steril. Ich komme mir vor, als befände ich mich in einem Möbelhaus, in dem alles aufeinander abgestimmt wurde. Aber genau diese Perfektion zerstört das Flair und macht den Raum für mich unbewohnbar.

»Wollen Sie sich nicht setzen?« Stefan Groß taucht in der Tür auf, hinter ihm steht Andrea. Sein Gesicht und der Haaransatz sind feucht. Er muss seinen Kopf unter den Wasserhahn gehalten haben.

»Ich stehe lieber.« Saskia lächelt zögerlich.

»Können Sie sich noch im Detail an den Abend des Verschwindens erinnern?« Meine Frage gilt der Frau.

Sofort legt sich eine dunkle Wolke über Andreas Gemüt. »Ich habe der Polizei schon alles erzählt«, sagt sie und zieht sich in ihren Panzer zurück.

»Das wissen wir, aber es ist wichtig, dass wir Ihnen diese Fragen stellen.«

Sie kaut auf der Unterlippe.

»Fiel Ihnen etwas auf, das an diesem besagten Abend anders war als sonst?«, unterstützt mich Saskia und nimmt mehrere Fotos in die Hand.

»Ich war zum ersten Mal dort. Stefan und ich wohnen ja nicht … Ich meine, wir lieben uns und …«

»Seit wann?« Saskia legt die Fotos zurück und überquert dabei den roten Weinfleck.

»Seit wann was?«, sagt Stefan und legt seinen Arm schützend um Andreas Schultern. Dabei strafft er den Rücken, weil er mit einem weiteren verbalen Angriff rechnet. Sein Blick wandert zu der leeren Flasche.

Mir entgeht nicht, wie sein Adamsapfel bei dem Anblick hoch- und runterhüpft.

»Sie sind kein Trinker«, beruhige ich ihn. »Das, was Ihnen

passiert ist, war bestimmt nur ein verständlicher Ausrutscher. Aber jetzt zurück zu Kommissar Kirschmanns Frage.« Saskia besteht darauf, genauso betitelt zu werden wie ihre männlichen Kollegen, da sie es nicht ausstehen kann, anders behandelt zu werden als der Rest des Dezernats.

»Kommissar Kirschmann?« Stefan Groß kratzt sich den stoppeligen Hals.

»Ja, die bin ich. Was ich wissen möchte, ist: Wie lange dauert Ihre Beziehung zu Frau Sudowski bereits an?« Saskias Mundwinkel zucken leicht.

»Nun«, beginnt er. »Wir kennen uns seit unserer Schulzeit. Waren in einer Clique, hatten aber nichts miteinander am Laufen. Lange hatten wir auch gar keinen Kontakt mehr, bis wir uns zufällig wieder über den Weg liefen und ich mich bei ihr ausweinte, nachdem Kirsten mich verlassen hatte. Das war voriges Jahr. Und seit drei Wochen sind wir ein Paar.«

»Und das hier ist Ihre Wohnung?«, will ich wissen und betrachte die Wohnwand. Helle rechteckige Flecken an der Wand, dort wo früher die Familienbilder hingen, lassen mich vermuten, dass Stefan Groß nicht gelogen hat. Er hat die Bilder erst kürzlich abgenommen, wegen Andrea.

»Ja. Eigentlich wollte ich nächste Woche mit dem Renovieren anfangen, aber dann bekam ich einen neuen Auftrag und bin zu dem Kunden.«

»Was arbeiten Sie denn?«, frage ich und gehe gemächlich Richtung Fenster. Ohne die durchsichtigen Vorhänge zu berühren, schaue ich zur Straße hinunter. Von hier aus sieht man den Spielplatz. Da die Baumkronen kahl geworden sind, wird die Sicht nur teilweise von knorrigen Ästen verdeckt.

»Ich baue ein Start-up-Unternehmen auf. Wir helfen den Menschen dabei, sich im Internet durchzusetzen.«

»Sie machen so was wie Marketing?«, hake ich nach, ohne den Blick von der Straße abzuwenden.

»Ja, so ungefähr.«

»Und Frau Sudowski, was arbeiten Sie?«

»Ich arbeite in einem Pflegeheim.«

»Dieser Herr, den Sie an der Rutsche beobachtet haben, war er des Öfteren dort?«

Ich drehe mich um.

Andrea nickt. »An den letzten beiden Tagen? Liam und ich sind noch in der Kennenlernphase, daher versuche ich, etwas Zeit mit dem Jungen zu verbringen, weil er ja ein Teil unseres gemeinsamen Lebens sein wird. Und ja, ich mag ihn.« Sie ist den Tränen nahe. »Ich war mit Liam auf dem Spielplatz, weil Stefan seinen Terminen nachgehen musste. Dieser ältere Herr war auch da. Er fiel mir nur deswegen auf, weil er an dem Jungen hing, also er verfolgte den Jungen regelrecht und ließ das Kind nichts allein machen. Das tun Großeltern normalerweise nicht.«

»Immer mit demselben Jungen?«

Karl ist es gelungen, die Identität des Kindes festzustellen. Er ist ein Nachbarjunge, der aber ersten Erkenntnissen zufolge nicht von diesem Herrn Himmelsbach bedrängt wurde. Dennoch kümmert sich seit gestern ein Kinderpsychologe um den Jungen, weil er vielleicht mehr Geheimnisse hat als ein Erwachsener es vermuten kann. Das Mädchen, dem ich die Schwellung an meinem Kopf zu verdanken habe, ist immer noch flüchtig. »Spielte der Mann öfter mit diesem Jungen?« Ich wiederhole meine Frage mit etwas mehr Nachdruck, weil Andrea sich ausschweigen will.

»Nein. Nicht immer. Also nicht die ganze Zeit. Dieser Mann suchte nach Aufmerksamkeit. Die Kinder machten nicht unbedingt den Eindruck, als würden Sie sich in Anwesenheit des Mannes unwohl fühlen, dennoch mieden sie ihn nach Möglichkeit. Vielleicht bilde ich mir bezüglich der letzten beiden Tage auch zu viel ein. Ein neuer Lebensabschnitt hat plötzlich begonnen. Ich weiß oft nicht mehr, wo mir der Kopf steht. Die Geschehnisse und Liams Verschwinden rauben mir den Verstand. Vielleicht nutzen Sie auch diese Situation einfach nur aus und versuchen, mich mit Ihren Fragen in eine bestimmte Richtung zu lenken. Nicht jeder alter Mann ist gleich ein Perversling, oder?«

»Wir versuchen hier nur, die Tatsachen in einer chronologischen Reihenfolge Revue passieren zu lassen. Sie können uns dabei helfen, Liam zu finden«, sage ich ruhig.

Saskia und ich tauschen einen Blick.

Keiner sagt etwas.

Das Schweigen wird nur durch das monotone Ticken der Uhr und der leisen Stimme aus dem Fernseher gestört. Die Reporterin berichtet schon wieder von irgendeiner Katastrophe.

Stefan Groß schnappt sich die Fernbedienung und will das Gerät ausschalten. In seiner Hast verfehlt er die Powertaste. Eine Leiste am unteren Rand des Bildschirms leuchtet auf. Die Icons für Netflix, Amazon Prime und ein kostenpflichtiger Sportkanal springen mir ins Auge.

»Steckt dieser alte Drecksack dahinter? Hat er meinen Jungen?« Seine Stimme wackelt. Endlich geht der Fernseher aus.

»Nach dem jetzigen Stand der Ermittlungen wissen wir nicht viel über das Verschwinden Ihres Sohnes, daher ist jede Information essenziell wichtig für den weiteren Verlauf.«

Stefan Groß sieht mich so an, als hätte er genug von unserer Anwesenheit. Sein Blick wandert an mir vorbei zum Fenster.

»Sie hatten gar keinen Termin. Diese Fassade eines sich sorgenden Vaters und Partners, der einen lukrativen Job in Aussicht hat, können Sie nicht mehr aufrechterhalten. Sie sind hier gestanden und haben sich Gedanken darüber gemacht, was Sie mit Ihrem Leben anfangen können und wie Sie die Zukunft gestalten sollen, während Ihre Freundin auf Ihr Kind aufgepasst hat.«

»Das ist eine Lüge.« Er klingt nicht sehr überzeugend.

»Auf der Fensterscheibe erkenne ich den fettigen Abdruck

Ihrer Stirn und Ihres Unterarms. Ansonsten sehen die Scheiben wie frisch geputzt aus.«

»Das war ich«, unterbricht mich seine Freundin. »Ich hasse es, wenn die Fenster Schlieren haben«, fügt sie hinzu und verstummt.

Ich nicke knapp und fahre fort: »Die Höhe passt zu Ihrer Körpergröße. Sie tragen gern Hemden wie die erfolgreichen Manager aus der Serie, die Sie sich auf Netflix ansehen. Die gut aussehenden Anwälte haben es Ihnen angetan.«

»Woher …« Sein Kehlkopf beginnt wieder zu hüpfen.

»Netflix. Der Knopf mit dem roten ›N‹ auf der Fernbedienung ist abgenutzt. Den Titel habe ich mir merken können, als sie den Fernseher ausgemacht haben. Sie tragen an der linken Hand einen Ring, mit einem kleinen Diamanten, an dem Sie immer dann spielen, wenn sie nervös werden. Sie schlagen damit sogar gegen die Scheibe, wenn Ihnen alles zu viel wird.« Ich zeige mit dem Finger an die Stelle des Fensters, wo das Glas feine Kratzer abbekommen hat. Seine rechte Hand zuckt von dem Schmuckstück zurück. »Da Sie sich an die Enge des Hemdes noch immer nicht gewöhnt haben, krempeln sie die Ärmel hoch. Darum nur ein Teilabdruck Ihres Unterarms auf der Scheibe. Sie haben Ihren Sohn und Ihre Freundin beim Spielen beobachtet und so getan, als seien Sie unterwegs.«

»Wer sind Sie? Ein Hellseher? Wenn dem so ist, dann können Sie mir ja vielleicht auch sagen, wer meinen Sohn verschleppt hat und wir können uns das Theater hier sparen.« Seit Ton wird rauer, der Blick aggressiv. Er lässt von Andrea ab und ballt die Hände zu Fäusten.

»Wir sind dabei, Ihnen zu helfen und Liam zu finden. Aber Sie müssen kooperieren. Keine Lügen mehr.«

»Ich stand hier. Genauso wie Sie es beschrieben haben.« Er schiebt mich beiseite, zieht die Gardine nach rechts, drückt seinen Kopf gegen die Scheibe und lehnt seinen angewinkelten Arm an das Fenster über seinem Kopf. Den Ring dreht er mit dem Diamanten so, dass er mit dem Edelstein gegen das Glas schlagen kann. »So habe ich dagestanden und mir überlegt, ob ich mich erhängen oder besser Tabletten schlucken soll. Die Badewanne war voll und die Packung mit den Rasierklingen lag auch schon auf dem Waschbecken bereit. Aber ich bin zu feige gewesen.« Er drückt sich wieder weg vom Fenster. Seine blutunterlaufenen Augen sind feucht. »Ich habe Andrea angerufen und ihr eine Lüge nach der anderen aufgetischt, weswegen mich Kirsten verlassen hat. Ich bringe nichts auf die Beine.« Schwerfällig und völlig erschöpft lässt er sich auf das Sofa fallen. Ungeniert greift er nach der Flasche, setzt sie an die Lippen. Weil sie leer ist, wird er noch wütender und wirft sie mit voller Wucht gegen die Wand. Glassplitter fliegen in alle Richtungen. Andrea schreit auf, fängt an zu weinen und verschwindet aus dem Wohnzimmer.

Saskia sieht fragend in meine Richtung.

Ich nicke zustimmend. Sie folgt Andrea.

Nach kurzem Zögern nehme ich neben dem verzweifelten Mann Platz.

»Wir werden jetzt miteinander reden. Ich stelle Ihnen Fragen und Sie antworten wahrheitsgemäß.«

»Werden Sie meinen Sohn finden?« Seine Finger graben sich in den Ärmel meines Jacketts. Ich lasse es zu.

»Unsere Zusammenarbeit muss auf einer Basis aufgebaut werden, die all dem standhalten muss, was noch kommen mag. Und dieses Fundament ist nur so lange stabil, wie Sie bei der Wahrheit bleiben. Es beruht auf gegenseitigem Vertrauen. Darum werde auch ich ehrlich zu Ihnen sein. Ich kann Ihnen nicht versprechen, dass wir Ihren Sohn unversehrt finden, aber ich verspreche Ihnen, dass wir alles Mögliche tun werden, um Liam schnellstmöglich zu finden.«

Er lässt von mir ab. »Sie sagen mir ins Gesicht, dass Liam tot ist?«

»Nein, das habe ich nicht. Aber ich will Ihnen keine falschen Hoffnungen machen.«

»Ich fühle mich irgendwie schwummrig. Ich glaube, ich muss mich übergeben.« Er springt auf und stürmt hinaus.

Hier kommen wir nicht weiter.

Müde und ausgelaugt, wie ich bin, schließe ich kurz die Augen.

Stefans Würgen ist kaum zu überhören.

Saskia und Andrea kommen zurück.

Ich setze mich aufrecht und betrachte die beiden abwartend.

»Da war noch etwas.« Andrea kratzt am Daumen. Das Nagelbett ist wund und blutig.

Ich schweige und stehe auf.

»Dieses Mädchen mit den Zöpfen von vorgestern, mit dem Sie gesprochen haben.«

»Mit der rosa Wollmütze?« Tatsächlich taucht sofort das freche Gesicht der jungen Frau vor meinem inneren Auge auf.

»Sie war an dem Tag, an dem Liam verschwunden ist, nicht da. Aber irgendjemand hat behauptet, sie dabei belauscht zu haben, wie sie einem Polizisten erzählte, sie wäre da gewesen.«

Sie vermeidet das Wort *entführt.*

»Und da sind Sie sich absolut sicher?«

Sie zögert, nickt aber. »Ja. Ajnur und ich hätten Sie sonst gewiss bemerkt.«

»Ihr Name ist Marina.«

»Das ist mir gleich. Ich habe sie dort an diesem Tag nicht gesehen. Und Ajnur auch nicht. Ajnur ist jeden Tag dort.«

»Und Ajnur ist?«

»Sie hat mich an dem Abend getröstet und ist mit mir zurück in die Wohnung gegangen.«

»War Stefan hier?«

»Nein. Aber ich habe mich gewundert, warum die Badewanne voller Wasser war.«

»Ich habe euch durch das Fenster kommen sehen, hab Panik bekommen und bin abgehauen.« Stefans Gesicht ist ganz grau. Das Hemd nassgespritzt. Er rubbelt sich die Haare mit einem Handtuch trocken, weil er dieses Mal nicht nur das Gesicht, sondern den ganzen Kopf unter Wasser gehalten haben muss.

»Darum hattest du also nur ein Hemd und deine Sportschuhe an?«

Er nickt.

»Stefan, wolltest du dich wirklich umbringen?« Andrea wirft sich an seine Brust. »So was darfst du nie wieder versuchen. Oder auch nur daran denken, hörst du?«, nuschelt sie aufgebracht und drückt ihn fester an sich. »Versprich es mir!«

Stefan schweigt.

»Diese junge Frau. Wissen Sie, wo sie wohnt?«

Andrea löst sich aus der schwachen Umklammerung und sieht durch mich hindurch. »Nein. Du, Stefan?«

»Rosa Mütze, sagten Sie?« Stefan geht ans Fenster. »Ich habe sie gesehen. Sie hat etwas in den Mülleimer geworfen. Ich glaube, es war eine Mütze und noch irgendwas anderes.«

Ich laufe hinaus und renne, zwei Stufen auf einmal nehmend, die Treppen nach unten.

12

SCHWARZER ENGEL

Vier Wochen zuvor

Endlich ist es in meinem geheimen Zimmer nicht mehr so still wie noch die Wochen zuvor. Tatsächlich war eine Zeit lang das Gegenteil der Fall. Aber Marijke weint seit einigen Tagen nicht mehr so viel wie am Anfang und sie fragt auch nicht mehr ständig nach ihrer Mutter. Sie spielt sogar mit den Puppen, die ich in den Säcken gefunden habe, die Mama für mein Geschwisterchen aufgehoben hatte, das sie nie bekommen sollte.

»Magst du noch ein Stück Kuchen?«, frage ich. Dabei bleibe ich auf Abstand, setze mich hin und schiebe einen kleinen Teller in Marijkes Richtung.

Ihre traurigen Augen schauen zuerst auf den Schokokuchen, dann hebt sie langsam den Kopf. Zwei wie Murmeln glänzende Augen schauen mir entgegen und wecken in mir ein Gefühl von unsagbarer Freude.

»Wann bringst du mich zurück?«, fragt sie und meine Laune verdüstert sich sofort ein wenig. »Du hast gesagt, meine Mama ist wieder gesund.«

»Bald. Wenn deine Mama nicht mehr so krank ist. Ich

habe dich hier nur versteckt, damit die Polizei dich nicht mitnimmt, weil dein Papa sich nicht mehr so gut um dich kümmern kann wie früher.«

»Dann hast du mich angelogen?«

»Nur angeschwindelt. Weißt du, manchmal müssen Erwachsene flunkern. Wie mit dem Weihnachtsmann.«

»Und dem Osterhasen. Es gibt beide nicht«, sagt sie mit der Entschiedenheit eines Kindes, das sich im Vergleich zu ihren gleichaltrigen Kameraden überlegen fühlt. Man merkt, dass ich ihr das alles nicht zum ersten Mal erkläre. Allmählich begreift sie es.

»Du bist wirklich ein großes Mädchen«, lobe ich sie.

»Was ist das da auf deinem Arm?« Sie wischt sich mit dem Ärmel über die Augen und zeigt auf mich.

Zuerst will ich den Ärmel nach unten schieben, entscheide mich aber dagegen und ziehe ihn weiter hoch bis zum Ellenbogen. »Das ist ein schwarzer Engel.«

»Aber sind Engel nicht weiß?«

»Manche schon, ich bin aber ein schwarzer Engel, weil ich als Kind sehr schlimm verletzt wurde. Irgendwann möchte ich mich an dem Menschen rächen, der mir wehgetan hat.«

»Warum hat er dir wehgetan? Hat er dich geschubst?«

»Nein.« Ich muss dabei schmunzeln. »Er hat mich hier drin sehr arg verletzt.« Meine rechte Hand klopft gegen die Brust, dort wo mein Herz sich krampfhaft zusammenzieht.

»Warum hat er dir denn wehgetan?«

»Das weiß ich nicht. Der Kuchen ist noch warm«, wechsle ich schnell das Thema und verdecke das Tattoo wieder. »Der weiße Teller mit dem goldenen Rand hat früher meiner Oma gehört. Sie war nett. Hier, nimm dir ein Stück.«

Marijke streckt den Arm aus, greift mit den Fingerspitzen den Rand des Tellers und zieht den Kuchen zu sich.

Ich rutsche etwas näher zu ihr. »Du hast aber keine Nussallergie oder sonst irgendeine Unverträglichkeit, oder?«

Sie schüttelt den Kopf. »Nein, ich habe keine Unve…« Sie

presst die Lippen zusammen, weil sie das Wort nicht wiederholen kann. Das scheint sie zu ärgern.

»Du kannst also alles essen?«, helfe ich ihr aus der Patsche.

Sie strahlt wieder und nickt, jetzt noch heftiger.

»Und Asthma hast du auch nicht?«

»Nein.«

»Du musst nicht mit der Gabel essen. Nimm den Kuchen einfach in die Hand.«

Sie sieht mich unsicher an.

»Das durfte ich bei meiner Oma auch. Aber nur wenn meine …« Das Wort ›Mama‹ lasse ich aus. »… wenn meine Oma einen Schokokuchen gebacken hatte. Die anderen haben zu sehr gekrümelt.«

»Meine Oma erlaubt mir auch viel, aber jetzt ist sie tot und Opa auch.«

»Willst du ein Glas Milch?«, lenke ich sie schnell vom Thema Tod ab.

»Ja, aber nur warm, nicht heiß. Und Kakaopulver.«

Ihre kleinen Finger mit dem abgeblätterten Nagellack heben den Kuchen an.

»Greif ruhig zu! Ich hole solange die Milch. Danach können wir was aus einem Buch lesen.« Ich linse zu dem Stapel Kinderbücher, die ich in der Bibliothek ausgeliehen habe. »Das, das zuoberst liegt, lesen wir als Erstes. Einverstanden?«

»Welches ist das?«

»Tom Sawyer. Der ist voll lustig. Besonders gefällt mir, wenn er die fetten Ratten fängt und …«

»Ratten?« Schokokrümel kleben an ihren Lippen. Die rechte Wange ist nach außen gewölbt. »Ich mag keine Ratten«, sagt sie mit vollem Mund und hört auf zu kauen.

»Okay, dann lesen wir was anderes.«

Marijkes Mund bewegt sich wieder.

»Hast du auch Comics? Die mag ich besonders«, nuschelt sie und beißt noch ein Stück von dem Kuchen ab. Krümel rieseln ihr in den Schoß. Das meiste landet auf dem Kleid, das ich für sie ausgesucht habe.

Hastig rappele ich mich hoch auf die Beine. »Ich bin gleich wieder da.« Wie beflügelt eile ich nach oben in die Küche.

Mama und Papa sind nicht da. Sie sind im Schlafzimmer und ficken. Ich höre das enervierende Quietschen des metallenen Bettgestells und Mamas schweres Keuchen. Schnell schenke ich Milch in ein Glas und stelle es in die Mikrowelle. Dreißig Sekunden müssen reichen. Aber wo hat Mama den Kakao verstaut? Hastig durchforste ich zuerst die Hängeschränke, als mir siedend heiß einfällt, dass Mama die Backutensilien wegen ihrer Fettleibigkeit ganz unten bei den Pfannen aufbewahrt.

»Da bist du ja«, freue ich mich und halte die aufgerissene Packung wie einen heiligen Gral vor mich hin.

»Sind das Ratten?«

Mein Herz gefriert zu einem Eisklumpen. In meiner Hast habe ich ganz vergessen, die Tür abzuschließen. Marijke muss mir nach oben gefolgt sein.

Das Bett quietscht nicht mehr, dafür schreit Mama ekstatisch laut auf.

»Was machst du hier? Du sollst doch in deinem Versteck bleiben. Sonst war unser Versteckspiel umsonst und die Polizei kommt dich noch heute holen. So etwas darfst du nie wieder tun, Marijke!«, schärfe ich ihr ein und versuche Ruhe zu bewahren.

Das grüne Kleid raschelt und ist ihr etwas zu groß. Ihre Finger sind braun von der Schokolade. Sie wischt sich die Hände an der Brust ab und hinterlässt dunkle Spuren. »Ich will mir die Hände waschen und was trinken«, verteidigt sie sich. Die Schokokrümel kleben noch immer an ihren Lippen.

»Wer ist das?« Ihre Augen werden groß. »Wer schreit da so?«, flüstert sie und hebt den Kopf. Sie blickt hoch zur

Decke. Die Dielen über uns knarzen unter dem Gewicht meiner Mutter.

Wie paralysiert stehe ich da. Die aufgerissene Packung mit dem Kakaopulver rutscht mir aus den klammen Fingern.

»Du hast den Kakao verschüttet!« Marijke streift sich die unbändigen Locken aus dem Gesicht und macht große Augen. »Das gibt Ärger.«

»Kind, was machst du da unten?« Die Stimme meiner Mutter macht mich schier wahnsinnig. Die Vorstellung, mit einem fremden Kind erwischt zu werden, treibt meinen Puls in die Höhe.

»Wir müssen sofort verschwinden.« Ich lasse alles stehen und liegen.

»Ich habe aber Durst.«

»Nein, Marijke, du musst hier weg«, murmle ich. Meine Stimme klingt schrill.

»Mit wem redest du da?« Schwere Schritte erklingen auf der hölzernen Treppe.

»Ich bringe dich nach unten und du kannst so viel Cola trinken, wie du willst, okay?« Ich gehe auf die Knie und sehe ich in das schmale Gesicht des Mädchens, das ich mit beiden Händen zärtlich umfasse.

»Und dann gehen wir zu meiner Mama?«

»Ja. Aber nur, wenn du brav bist. Du bist doch ein braves Mädchen, stimmt's, Marijke?« Hoffnung liegt in meiner Frage, die mir vor Angst kaum über die Lippen rutschen will und ich muss um jedes Wort ringen.

»Versprichst du es mir?«

»Ja, das verspreche ich dir.«

»Hast du wieder eine Freundin mitgebracht? Kind? Bist du noch da?«

»Bleib du nur oben, Mutter! Ich habe etwas verschüttet«, sage ich und ziehe dabei das letzte Wort in die Länge.

Ein lautes Knarren folgt. Das ist das eine Brett, das seit

Jahren lose ist und durchzubrechen droht. Leider nicht heute, nicht jetzt.

»Lass mich nachsehen, was du da wieder angerichtet hast.« Meine Mutter setzt ihren Weg fort.

In einem Akt der Verzweiflung springe ich auf und stoße die halb volle Milchflasche um, die kurz darauf klirrend zu Boden fällt.

Das Mädchen stößt einen kurzen Schrei aus. Marijke ist auf einen der Glassplitter getreten.

Ich sehe mich schnell um, wie jemand, der fürchtet, bei etwas sehr Bösem beobachtet zu werden. Ein rascher Blick zum Fenster. Die halb durchsichtige Spiegelung meines Gesichtes wirkt erschrocken und zu allem entschlossen.

»Kind, was machst du da?«

Ohne zu zögern, ziehe ich Marijke grob an mich und presse ihr von hinten meine rechte Hand auf Mund und Nase. Mit dem linken Arm umschlinge ich ihren schmalen Brustkorb und schleife sie zurück in den Keller. Ihr Herz wummert wie das eines Kanarienvogels, den ich mal als Kind in den Händen halten durfte. Genauso schnell und ängstlich schlägt ihr Herz. Sie strampelt wild mit den Füßen, beißt mir in die Hand und kratzt meinen Unterarm blutig. Ich verfluche mich für meine Unachtsamkeit und Naivität.

»Sieh einer an, was du angerichtet hast! So eine Sauerei. Was in Gottes Namen hast du hier bloß getrieben?« Das Fluchen meiner Mutter dringt gedämpft wie durch ein Kissen an meine Ohren.

Es wird alles gut, nur nicht in Panik geraten, rede ich mir Mut zu, weiß aber im selben Augenblick, dass ich mir etwas einzureden versuche, was so nicht stimmen kann. Oft freut man sich im Leben über Dinge, die man sich sehnlichst wünscht, mit dem Wissen, dass dieser Traum eben für immer nur Wunschdenken bleiben wird. Diese Erkenntnis lähmt meinen Körper.

Marijke wird müde. Weil ihre Gegenwehr allmählich nachlässt, komme ich nun schneller voran.

Ich hebe sie hoch und trage sie die Stufen nach unten in den Keller.

»Wir haben es geschafft. Meine Mama hat dich nicht entdeckt«, freue ich mich und drücke die Tür mit dem Fuß zu. Völlig außer Puste lehne ich mich mit dem Rücken gegen die Wand. »Marijke, das machst du nie wieder, hast du mich verstanden?«

Mein Mund verzieht sich zu einem Lächeln. In meiner Arglosigkeit stelle ich mir vor, wie wir schon bald über diesen kurzen Ausrutscher lachen werden, während wir zusammen unter eine Decke gekuschelt in einem Buch lesen. Nur eine Taschenlampe in der Hand und …

»Kind!« Die Tür erbebt unter Mutters Fausthieben. »Was ist da oben in der Küche passiert? Hast du wieder eine Katze ins Haus geschleppt?« Mit dieser Frage liefert meine Mutter mir erneut eine Ausrede, nach der ich schnell greife.

»Es tut mir leid, ich bringe sie wieder zurück, versprochen!«

»Lass dich aber nicht von deinem Vater dabei erwischen! Ich sage ihm, du hast die Milch verschüttet, weil du schon wieder auf dein blödes Handy gestarrt hast.«

Ich komme nicht umhin, sie dafür zu bewundern, wie sie immer versucht, mich in Schutz zu nehmen, ganz gleich, was ich anstelle.

»Danke, Mutter! Das kleine Mistkerlchen hat sich hier unten irgendwo versteckt. Wenn ich es eingefangen habe, bringe ich es wieder zurück, versprochen.«

»Na gut. Ich werde jetzt deine Schweinerei aufräumen. Willst du jetzt deinen Kakao oder nicht? Da steht noch das Glas in der Mikrowelle.«

»Später vielleicht.«

»Willst du mit uns zu Abend essen?«

»Ich muss heute Nacht arbeiten.«

»Wie du meinst.« Sie geht wieder. Endlich.

Meine Finger verkrampfen sich.

Marijke schnauft nicht mehr.

Ich lasse sie los, rechne damit, dass sie zu schreien anfängt oder mir eigensinnig das Kinn entgegenstreckt.

»Was ist los?«, will ich von ihr wissen und lege sie vorsichtig mit dem Rücken auf den Boden.

Ihre Augen sehen mich traurig an, aber sie blinzelt nicht, sie schaut mich einfach nur an. Irgendwie klagend und flehend zugleich.

Ich eile zur Couch und komme mit einem Kissen zurück, das ich ihr unter den lockigen Kopf schiebe. Ihre Augenlider sind nur leicht gesenkt, das Weiß ihrer Augen ist von einem Netz roter Blutäderchen umspannt.

»Nein, nein, nein. Du hast gesagt, du hättest keine Allergie und kein Asthma«, stottere ich vor mich hin, so als könne Marijke mich verstehen. Die Gedanken, die auf mich einprasseln, lassen mich innerlich rotieren. Vor meinen Augen gerät alles in Bewegung.

»Marijke, hörst du mich?« Schnell presse ich mein Ohr gegen ihre Brust. Ich höre ein leises Pochen, aber nicht ihres, sondern das meines Herzens.

Ich muss mich sammeln.

Fünfzehnmal drücken, dreimal … Aber ist das bei Kindern genauso?

Fünfzehn schnelle rhythmische Stöße gegen den Brustkorb, dreimal beatmen, so lautet die Faustregel bei einer Wiederbelebung.

Ich ertaste die passende Stelle an ihrem Brustkorb, lege den Handballen darauf und fange an zu drücken. Mehrmals gerate ich mit dem Zählen durcheinander.

Bevor ich meinen Mund auf ihren presse, muss ich kurz Luft holen. »Ich kann das nicht«, flüstere ich.

Ihre Lippen glänzen. Noch immer sind da diese Schokokrümel. Sie duftet nach dem Kuchen.

Ich weine stumm. Tränen rinnen mir über die Wangen und klatschen auf das Gesicht des Kindes.

»Bitte nicht, Marijke«, flehe ich sie an, kann mich aber nicht dazu überwinden, sie zu beatmen. Ich habe Angst, dass ich einen Teil ihrer Seele einatmen könnte. Mit zittrigen Fingern streichle ich ihre feuchten Wangen. Sie sind immer noch zart und warm, die Locken weich. Kniend und mit einem Krampf im Magen flüstere ich immer wieder ihren Namen.

»Ich hole dir dein Monster. Ich war gestern auf dem Schulhof. Es lag ganz allein im Gras. Ich habe es gewaschen und wollte es dir heute wiedergeben. Warte hier, okay? Es liegt auf dem Heizkörper.«

Das kleine Monster ist noch etwas feucht und am Hals hat die Naht einen Riss. Etwas Watte, die ich mit dem Finger wieder hineinstopfe, lugt heraus. Ich werde das Loch zunähen.

Schniefend, aber nicht mehr so verzweifelt, kehre ich zurück zu Marijke, drücke ihr das Kuschelmonster in die kleinen Hände und lege mich zu ihr auf den Boden.

Zum ersten Mal verspüre ich eine innere Ruhe.

An das Kind gekuschelt, vergrabe ich mein von Tränen nasses Gesicht in ihrem weichen Haar und schließe die Augen. Ich stelle mir vor, sie und ich wären eine Familie. *Sie freut sich, wenn ich von der Arbeit nach Hause komme. Wir trinken zusammen Kakao und essen Kuchen …*

Mit dem linken Arm auf Marijkes Brust schlafe ich endlich ein.

13

JOHANNES

Heute

»Halt, halt!«, schreie ich einem Mann hinterher, der dabei ist, mit seinem elektrisch angetriebenen Müllfahrzeug wegzufahren. Er hört mich nicht, weil seine Ohren mit zwei Airpods verplombt sind. Trotz der herbstlichen Kühle trägt er nur ein langärmliges, dünnes schwarzes Shirt und eine grüne Latzhose.

›Berlin ist clean‹ steht in grünen Buchstaben auf weißem Hintergrund auf dem Heck des Wagens, dem ich mit den Händen wedelnd hinterherrenne.

»Ich kriege ihn!« Herr Groß überholt mich und springt von hinten auf den Wagen.

Endlich hält das Vehikel an.

Der Stadtarbeiter springt aus der kleinen Kabine und droht Stefan Groß mit einer Anzeige. Wegen seiner Ohrstöpsel schreit er die ganze Gegend zusammen.

Mit Seitenstechen erreiche ich die beiden Männer, die dabei sind, aufeinander loszugehen. Herr Groß hat sich die Zange geschnappt, mit der der Müll von der Straße aufgehoben wird, und er geht in Habachtstellung. Der muskulöse

Fahrzeugbesitzer sieht sich unterdessen suchend nach einem anderen Gegenstand um, den er als Waffe benutzen könnte.

»Bitte, ich bin von der Polizei!«, gehe ich mit erhobenen Händen dazwischen.

»Was?« Der Mann von der Müllabfuhr nimmt endlich einen der In-Ear-Kopfhörer heraus. Selbst auf diese Entfernung höre ich die hohen Klänge einer E-Gitarre.

»Sie sind nicht verhaftet und haben nichts verbrochen. Alles, was wir von Ihnen brauchen, ist der Müll.«

Der Mann schüttelt verständnislos den Kopf.

»Was wollt ihr damit?« Er ist groß und breit und seine Haut ist dunkel gebräunt. Das Haar leuchtet gelb, in der rechten Braue steckt ein silberner Ring.

»Darf ich einen kurzen Blick darauf werfen, was Sie aus dem letzten Mülleimer …«

»Der war bis oben hin mit schwarzen Tüten gefüllt. Die Hundebesitzer schmeißen die Scheiße ihrer Viecher rein, obwohl das nicht erlaubt ist«, empört er sich und zieht nervös an den ledernen Handschuhen.

»Wir wollen nicht den Kot der Tiere untersuchen.«

»Ich bekomme Stress mit meinem Chef, wenn ich mich nicht an den Zeitplan halte. Ich bin auf Probe und mein Bewährungshelfer ist ein Arschloch. Er meldet jeden meiner Fehltritte dem Amt und wenn es dumm läuft, dann buchten die Typen mich wieder ein.«

»Wir werden uns darum kümmern.«

Ich sehe mich um. Saskia kommt mit Andrea Sudowski im Schlepptau auf uns zu.

»Kommissar Kirschmann wird alles klären.«

Saskia schließt sich uns an und weist sich aus.

Der muskulöse Mann wirkt nicht mehr so angespannt wie noch kurz zuvor.

Stefan Groß senkt die Müllzange und atmet erleichtert aus.

»Aber ich kann den Müll nicht hier ausladen.«

»Um Gottes willen, nein«, entfährt es mir. »Haben Sie große Müllsäcke?«

Er wiegt den Kopf hin und her. »Sie haben Glück. Mit dieser Straße starte ich meinen Rundgang. Waren nur drei Mülleimer bisher. Wenn Sie die Scheißbeutel nicht wollen, fische ich alles andere mit der Greifzange heraus.« Sein Blick wandert zu Stefan Groß.

»Tut mir leid, aber hier geht es um meinen Sohn«, sagt Herr Groß kleinlaut.

»Was sucht ihr denn? Etwa eine Leiche?« Der Kerl von der Stadtreinigung zieht seinen Arm zurück.

»Nein, nichts dergleichen, nur ein …« Mir fällt auf die Schnelle nichts ein.

»Es war ein Plüschtier!«, ruft Herr Groß. Laut, beinahe panisch, so als habe er sich an ein wichtiges Detail erinnert. »Ja, es war ein Plüschtier.« Er macht Anstalten, selbst die Ladung zu durchwühlen.

»Springen Sie schon runter. Dort könnten auch Spritzen liegen und anderes Zeug, an dem Sie sich verletzen könnten. Ich will keinen Ärger deswegen. Meine Schuhe haben eine spezielle Sohle, ihre Schlappen aber nicht«, fährt er auf, reißt Stefan Groß die Zange aus der Hand und steigt auf den Bügel. »War es ein Teddybär?«, will er von Stefan Groß wissen?

»Keine Ahnung.« Stefan Groß springt auf die Straße.

»Sie wissen nicht, was Ihr Sohn verloren hat?«

Schuldbewusst zuckt der verzweifelte Vater mit den Schultern.

»Da ist was«, sagt der Mann von der Müllabfuhr und streckt den Arm aus. Mit der Greifzange stochert er eine Weile herum, murmelt etwas Unverständliches und zieht endlich ein Wesen aus dem Unrat, das einem Monster ähnelt.

»Dieses Spielzeug gehörte …« Saskia verkneift sich den Rest des Satzes. »Können Sie es in eine Tüte packen? Bitte!«, wendet sie sich an den Mann.

Er bläst die Backen auf, springt runter, watschelt federnden Schrittes zu der kleinen Fahrerkabine, wickelt einen Beutel von der Rolle neben dem Sitz und reißt diesen an der richtigen Stelle mit einer schnellen Bewegung ab.

»Das Plüschmonster ist sicher verpackt«, scherzt der Mann Augenblicke später und reicht die Tüte dem Vater. »Sie müssen es nicht nur gründlich desinfizieren, sondern zwei Tage in Chlor einweichen, wenn Sie sichergehen wollen, dass es nicht zu leben anfängt. Aber durch das Chlor geht die Farbe raus. Machen Sie damit was Sie wollen! Ich muss weiter.«

Zaghaft nimmt Stefan Groß die Tüte entgegen und sieht zu mir. Ich nicke. Diese Monstertiere hatte Cristina früher auch gehabt. Jedes dieser Kuscheltiere hatte einen Knopf als Auge, das andere war entweder mit einer Piratenklappe zugedeckt oder das Vieh hatte einfach ein Kreuz aus buntem Nähfaden anstelle des fehlenden Auges. Bei diesem fehlte der Knopf, nur die Nähte hingen aus dem Stoff, so als habe man ihm das Knopfauge mit Gewalt herausgerissen.

»Ich muss jetzt los, noch liege ich gut in der Zeit, daher brauchen Sie sich nicht zu bemühen, mich mit einem Polizeikonvoi zu begleiten. Das erregt nur unnötig Aufmerksamkeit.« Er steckt sich den Kopfhörer zurück ins Ohr, klemmt die Greifzange in die dazugehörige Halterung und zwängt sich hinter das Steuer.

Das Gefährt rollt nahezu geräuschlos die Straße entlang davon und biegt blinkend nach links ab. Alle Blicke sind in seine Richtung gerichtet.

Als mein Handy klingelt, kommt wieder Bewegung auf.

»War die Mütze rosa? War das eine Frau oder ein Mädchen? Hatte Sie blonde Haare?« Saskia stellt all diese Fragen auf einmal.

»Nein«, gerät Stefan Groß in Bedrängnis. »Er oder sie trug eine gelbe Mütze. Ich stand ja oben. Sah nur den Kopf. Die

Person trug eine Jacke. Grün oder Braun. Die Mütze war gelb. Und dann habe ich gesehen, wie der Mann …«

»Sie sagten, Sie sind sich nicht sicher«, unterbricht Saskia ihn.

»Der Typ stopfte etwas in den Mülleimer. Das war dieses Spielzeug. Diesbezüglich bin ich mir ziemlich sicher, weil das, was er reinwarf, dieselbe Farbe hatte. Ich denke, dass es ein Mann war, weil er eine Militärjacke trug.«

»Dieses Spielzeug gehörte …«, Saskia erwischt sich wieder dabei, etwas laut auszusprechen, was ihre beiden Begleiter nichts angeht, und hält mitten im Satz inne.

»Was?«, drängelt Andrea. »Es ist Ihnen nicht unbekannt? Gehörte es einem der Kinder, die entführt und tot aufgefunden wurden? Dieser Mistkerl spielt mit uns? Womöglich wohnt er in der Nähe und hat uns die ganze Zeit beobachtet.« Ihr Kopf schnellt herum und sie sieht sich in alle Richtungen um.

Mein Handy klingelt ununterbrochen weiter und zwingt mich dazu, ranzugehen.

Es ist Benjamin. Ein Videoanruf.

»Ich muss dieses Gespräch annehmen. Wenn Sie mich entschuldigen? Bitte begeben Sie sich zurück in die Wohnung. Wir werden beobachtet. Warten Sie dort auf Herrn Breuer. Er leitet die Ermittlungen und muss darüber unverzüglich in Kenntnis gesetzt werden.«

»Sie haben recht«, pflichtet Saskia mir bei. Ihr und dem ungleichen Paar sind die neugierigen Blicke, die sich hinter Vorhängen verstecken, nicht entgangen. Sie gehen zurück, ich setze mich auf die Bank und gehe ans Telefon.

»Hallo«, begrüße ich meinen Bruder.

»Stell dir vor, Oliver und ich sind jetzt ein Liebespaar.« Benjamin lacht Tränen. »Entschuldige, aber du hättest heute früh sein Gesicht sehen müssen, als ich ihm diese Information verkündete. Das nächste Mal wird er es sich zweimal überlegen, mich in einen rosa Schlafanzug zu stecken. Nicht wahr,

Schnucki?« Er wendet seinen Blick kurz von der Kamera ab und deutet mit den Lippen einen Kuss an. »Was würde ich alles dafür geben, dir eine Kusshand zu schenken, Herzchen«, neckt er seinen Pfleger.

»Benjamin, übertreibe bitte nicht. Schwulsein bedeutet nicht gleich tuntig zu wirken. Den meisten Männern, die schwul sind, merkst du nicht einmal an, dass sie nicht auf Frauen stehen.«

»Ich weiß«, sagt er und lacht trotzdem weiter. »Ich habe ja einige in meinem Freundeskreis, die ich alle abgöttisch gern habe, aber Oliver lässt sich einfach so schön ärgern.«

»Wo seid ihr?«, unterbreche ich Benjamin.

»Wir sind auf dem Weg zu einem persönlichen Treffen.« Er wirkt nun eine Spur ernster und schaut mich an. »Ich habe eine Verabredung arrangieren können. Ein Pärchen-Treffen, so lautete eine der Bedingungen.«

»Ein *was*? Mit wem?«

»Wir treffen uns mit einem Mitglied dieses Kita-Play-Clubs. Der Typ will uns darüber aufklären, was man als Mitglied alles kann und darf.«

»Aha.«

»Es gab vor etwa sechzehn Jahren einen Vorfall, der beinahe dazu geführt hätte, dass man diese Organisation auflöst. Die damaligen Mitglieder wurden an den Pranger gestellt und alle als Pädophile bezeichnet. Dabei ging es den Herren ausschließlich darum, mit Kindern in Kontakt zu kommen und ihnen die fehlende Nähe der Eltern zu ersetzen. Und nicht alle der Mitglieder waren schwul. Unser Kontaktmann aber schon. Darum diese Maskerade.« Er schenkt mir ein Lächeln.

»Hast du etwa Rouge aufgetragen?«

»Ich nicht, das war Cristina. Und es nennt sich *Cream Blush*.« Er grinst erneut, diesmal noch ein wenig breiter.

»Warum gab es damals dieses Aufsehen erregende Missverhältnis?«

Benjamin hüstelt sich die Stimme frei. »Viele Eltern hatten sich darüber beklagt, dass sich das Verhalten ihrer Schützlinge verändert hätte. Es gab sogar Fälle, bei denen die Schutzbefohlenen eine Klage eingereicht haben, weil die Kinder blaue Flecke aufwiesen. Diese wurde aber damit erklärt, dass die Herren etwas rabiat im Umgang gewesen seien, weil sie es nicht mehr gewohnt waren, mit so fragilen Personen umzugehen. Ihnen fehlte schlicht das Gefühl dafür, wie sanft sie diese Geschöpfe bei den kleinen Raufereien anpacken mussten. Alle Klagen wurden zurückgezogen, da sich die Parteien außergerichtlich einig wurden. Einige Mitglieder mussten die Organisation verlassen. Zudem wurden die Eltern für die Unannehmlichkeiten großzügig entschädigt. Insgesamt waren es drei Mitglieder, die gehen mussten.«

»Hast du deren Namen?«

»Hey, Oli, hast du dir die Namen notiert?«, ruft er, den Blick in die Ferne gerichtet.

»Nein! Weil …«

»Natürlich nicht. Ich wollte nur sichergehen, dass du beim Fahren nicht eingeschlafen bist.«

»Wenn du mich weiterhin mit deinen blöden Witzen nervst, setze ich dich irgendwo in der Pampa aus und male dir zuvor das Gesicht mit einem Lippenstift an, du Clown. Irgendwo muss ich noch ein Kondom haben, das ich aufblasen und dir an deinen Rollstuhl binden werde. Mal sehen, ob du danach genauso blöde grinsen wirst wie jetzt.«

»Diese nichtssagenden Raufereien in einer frischen Beziehung lassen irgendwann nach, Oli. Dieses Karussell von Gefühlen ist nur deiner anfänglichen Nervosität vor der Verantwortung geschuldet, Liebster.«

»Sind sämtliche Mitglieder dieses Vereins schwul?«, rutscht mir die Frage aus.

»Nein, das habe ich doch schon erwähnt. Hört mir denn hier überhaupt niemand zu? Die meisten gehen ihren täglichen Pflichten nach und haben nach außen hin ein ganz normales Leben. Ich bin mir sicher, die Herren führen nichts Böses im Schilde und suchen einfach Kontakt zu kleinen Kindern, weil sie selbst nicht in den Genuss gekommen sind, Enkelkinder zu haben, da ihre leiblichen Kinder keine Nachkommen in die Welt setzten. Genau diese Idee steckt hinter dem ganzen Projekt. Zwei Generationen, die in der Hektik unserer Gesellschaft den Anschluss aneinander verloren haben, sollen wieder zusammengeführt werden. Die Kleinen stecken den ganzen Tag in einer Tagesstätte und werden von überforderten Erzieherinnen betreut, die anderen verbringen ihren Lebensabend in Heimen. Viele werden dabei mit Medikamenten ruhiggestellt, weil es auch dort an Personal mangelt.«

»Benjamin, hast du die Namen der Herren, die damals geschnappt worden sind?«

»Ja, warte.«

Das Bild wackelt.

»Oliver, du brichst mir mit deinen Fahrmanövern noch die Knochen.«

»Hättest du einen anderen Ort für das beschissene Treffen ausgesucht, müsste ich meinen Wagen jetzt nicht zu Schrott fahren.«

»Oliver, einer der Männer heißt Himmelsbach, richtig?« Benjamins Gesichtszüge ziehen sich vor Erstaunen in die Länge.

»Jepp, einer der Perverslinge heißt tatsächlich so!«, ertönt Olivers sonore Stimme wie aus weiter Ferne.

»Himmelsbach sagst du?« Die Verbindung wird schlechter, das Bild gefriert mehrmals und gerät ins Stocken.

Benjamins Stimme klingt verzerrt. »Gustav Himmelsbach, dreiundsiebzig Jahre alt, damals war er achtundfünfzig. Ist mit Lydia Himmelsbach verheiratet, kinderlos. Das muss dir aber auch aus den Akten, die du mir mitgebracht hast, bekannt vorkommen.«

»Was? Ich verstehe dich kaum!«

»Seiner Frau und ihm war das Glück, Kinder in die Welt zu setzen, nicht vergönnt. Ich schicke dir alle Informationen auf unserem Account zu.« Dann bricht die Verbindung plötzlich ab.

»So ein Mist.« Ich warte noch einen Augenblick, aber der Bildschirm bleibt schwarz.

Weil ich mich wieder voll und ganz auf die Ermittlungen fixiere und wegen meiner Verletzung nicht richtig schlafen kann, fordert die Müdigkeit ihren Tribut. Ich werfe mir zwei Koffeintabletten ein, die ich mir in der Apotheke besorgt habe. Dann wähle ich Karls Nummer.

»Ja, Doc. Was gibts? Lars und ich haben im Moment kein freies Zeitfenster.«

»Dieser Doktor Himmelsbach hat gar keine eigenen Kinder.«

»Ich weiß. Er und ich haben uns zusammengesetzt und uns darüber unterhalten. Gleichzeitig habe ich das Familienleben dieses Ehepaars unter die Lupe genommen und das gesamte Haus durchwühlt. Die Bilder auf der Festplatte bringen ihn ganz sicher für den Rest seines Lebens hinter Gitter. Das Mädchen, das sich noch immer auf der Flucht befindet, kommt aus Litauen. Weitere Details werde ich später mit dir besprechen und dir die uns zur Verfügung stehenden Informationen näher erörtern. Lars rast wie ein Bekloppter. Ich kann mich dabei nicht auf das Gespräch konzentrieren, weil ich ununterbrochen den Tod vor Augen sehe. Pass doch auf, verdammt noch mal, Lars!«

»Wozu die Eile? Herr Groß läuft schon nicht weg.«

»Es geht hier nicht um Herrn Groß. Bei uns ist ein Anruf eingegangen, mit dem Hinweis eines Drohnenführers, dass das Mädchen womöglich gesichtet wurde. Wir wissen nicht, ob dieser Drohnenflieger unser Mann ist, der die Kinder entführt hat. Er hat uns Bilder in HD-Qualität zukommen lassen, und es ist das Mädchen, das auf der Flucht ist. Diese junge Frau steht jedenfalls an den Gleisen und wir müssen schneller sein als der verdammte Zug. Die Bahn schafft es nicht, den Lokführer darüber zu informieren. Er rast auf sie zu. Wie gut ist dein Litauisch, Doc? Oder heißt es Lettisch?«

»Litauisch ist schon richtig, es sei denn sie kommt aus Lettland. Warum?«

»Wir brauchen einen Übersetzer. Das Kind spricht nur seine Muttersprache.«

»Mein Litauisch ist genauso gut wie mein Rumänisch.«

»Du sprichst Rumänisch?«

»Kein bisschen, du?«

»*Kurva!*«

»Das ist Polnisch, Karl.«

»Ich muss jetzt auflegen, Doc. Danke, dass du mich abgelenkt hast, sonst hätte ich mir jetzt vor die Füße gekotzt. Schon als Kind habe ich Karussellfahren gehasst, und ganz besonders die Achterbahn. Ich melde mich bei dir, sobald wir das Mädchen in Sicherheit wissen. Lars, leg einen Zahn zu, wir haben den Scheißkerl abgehängt!«, ruft Karl und freut sich hörbar. »Macht euch am besten auf den Weg ins Revier. Nehmt das Ehepaar auch mit. Wir treffen uns in meinem Büro. Wir müssen Herrn Himmelsbach auf den Zahn fühlen, zumal er behauptet hat, dass er einen Enkelsohn habe. Merk dir das Doc und lass dir diesbezüglich was einfallen.« Karl legt auf.

Meine Hand greift nach dem Stressball. Das Koffein zeigt keine Wirkung, darum stehe ich langsam auf und gehe, ohne die leiseste Ahnung, wo ich ansetzen soll, zuerst zum Spielplatz. Ich will wissen, was der Mann hier zu suchen hatte. Warum ausgerechnet dieser Mülleimer. Warum hier?

Schnell wähle ich Saskias Nummer. Ich sage ihr, dass sie einen Wagen anfordern soll, der sie und das Ehepaar aufs Präsidium bringt. Ich selbst werde mir ein Taxi nehmen, nachdem ich den Spielplatz aus der Sicht des Gesuchten ins Auge gefasst habe. Nur so kann ich vielleicht in die Gedankenwelt des Mannes oder der Frau eintauchen.

Ein Kind ist nicht schwer und eine Frau mit einer durchschnittlichen Statur erregt weniger Aufsehen als ein Mann, egal welchen Alters. Eine junge Frau mit zwei blonden Zöpfen und einer rosa Mütze flößt einem Kind keine Angst ein und wird leicht von den Eltern übersehen. Aber warum sollte eine junge Frau Kinder entführen und töten?

»Marina? So hieß sie doch. Aber außer ihrem Namen haben wir nichts über sie«, murmle ich vor mich hin.

Warum soll sie die Kinder getötet haben? Waren diese Morde einer unglücklichen Fügung von Ereignissen geschuldet?

Das erste Kind starb, weil es sein Spray nicht bekommen hatte. Das zweite wurde erstickt. Durch Auflegen einer Hand auf Mund und Nase. So stand es in den Akten, die der Rechtsmediziner Doktor Braunschweig eigenhändig erstellt hat. In der Lunge fand er winzige Reste von Schokoladengebäck. Der Mageninhalt bestätigte, dass das Mädchen vor seinem Tod Kuchen gegessen haben musste. Die chemische Zusammensetzung des Gebäcks wies keine Beimischung von Giftstoffen auf. Marijke wurde demnach nicht vergiftet und nicht medikamentös ruhiggestellt. Keines der entführten und getöteten Kinder wies Hämatome oder andere Verletzungen auf. Ihr Entführer hatte sich nicht an ihnen vergangen, zumindest nicht sexuell. Und wieder taucht das Bild von Marina vor meinem geistigen Auge auf.

Noch immer in Gedanken versunken, bleibe ich hinter der Böschung stehen, die mich von dem Spielplatz trennt. Das Polizeiband ist immer noch da. Der Ort wird von zwei Uniformierten bewacht.

»Doktor Hornoff«, werde ich von einem älteren Mann gegrüßt. »Wollen Sie sich hier umschauen?« Der Polizist kommt etwas näher. »Was treibt einen zu solchen Taten?« Diese Frage gilt nicht mir. Er sieht in die Ferne und zündet sich eine Zigarette an. »Sie haben noch gute zwei Stunden. Danach wird der Ort wieder freigegeben«, unterrichtet er mich und läuft seine Runde weiter ab.

Ich verweile einen Augenblick auf der Stelle.

»Wo hast du dich versteckt?«, frage ich das Phantom, das das Antlitz von Marina annimmt, und betrete dann das Terrain.

»Doktor Hornoff, warten Sie!« Edgars angenehme Stimme holt mich ein. Er steht an der Wippe hinter einem Baum und winkt mir zu. »Ich brauche Ihre Meinung!«

Dieser junge Mann lässt sich von seinem Vorhaben, allen Hinweisen persönlich nachzugehen, nicht abbringen, solange er selbst nicht die Überzeugung erlangt hat, dass er alles erdenklich Mögliche dafür getan hat. Er hat etwas aufgestöbert, ist sich aber nicht sicher, ob seine Entdeckung von Bedeutung ist.

»Hallo Edgar«, begrüße ich den unermüdlichen Forensiker.

»Schauen Sie.« Er ist zu sehr mit seinen Gedanken beschäftigt und deutet mit einem langen glänzenden Stab, der sich wie eine Radioantenne zusammenschieben lässt, auf die raue Borke eines Baumes.

»Ein synthetisches Haar?«

»Ja. Es ist blond und passt genau zu dem Blickwinkel.« Jetzt zeigt er auf die Wippe.

»Der Kidnapper lauerte dem Jungen also hier auf.«

»Ja, vermutlich. Ich habe auch Fußabdrücke gefunden und sie ausgießen lassen. Die sind zwar noch im Labor, aber wir können sie morgen früh auswerten. Die Masse ist bis dahin getrocknet. Schuhgröße vierundvierzig oder etwas größer.«

Marinas Gesicht verblasst wieder. Sie kann es demnach nicht gewesen sein – oder sie hat einen Komplizen.

»Darum hat Himmelsbach in diese Richtung geschaut«, vervollständige ich die Situation, die sich hier möglicherweise so ereignet hat. »Laufen Sie bitte zu der Rutsche, Edgar. Nein, Sie bleiben hier und ich gehe dorthin, weil ich weiß, wo der Mann gestanden hat. Das blonde junge

Mädchen, vielleicht ist es auch ein Junge, hat mir die Stelle gezeigt.«

Ich begebe mich zu dem Ort, an dem Herr Himmelsbach gestanden haben soll, achte darauf, den markierten Trampelpfad nicht zu verlassen, und schaue dann zu dem mächtigen Baum. »Versuchen Sie bitte, sich vor den Schaulustigen zu verstecken und gehen Sie dabei bitte etwas in die Knie«, rufe ich Edgar zu und ernte dafür erstaunte Blicke von verbliebenen Kollegen in weißen Schutzanzügen, die mitgebrachte Ausrüstung in metallenen Koffern verstauen. »Sie sind vielleicht nur eins fünfundsechzig groß und haben die Statur eines halbstarken Teenagers«, füge ich an.

Egal, wie Edgar auch versucht, sich zu verstecken, ich kann entweder ihn oder seinen Schatten erkennen.

»Sehen Sie mich?«, will ich von ihm wissen.

»Nein«, ruft er zurück.

Der Gesuchte wähnte sich also in falscher Sicherheit. Wie ein Kind, das sich hinter einem durchsichtigen Vorhang vor den Eltern versteckt, im Glauben, wenn es die Augen schlösse, bliebe es für die Außenwelt unsichtbar.

»Ich komme zurück«, sage ich und bleibe auf dem Rückweg vor dem Sandkasten stehen. »Edgar, haben Sie einen Rechen?«

»Wieso?«

»Wir müssen den Sand durchsuchen. Ich habe da eine Ahnung. Unser Kidnapper hinterlässt womöglich absichtlich Spuren, die wir, wie es scheint, übersehen, weil wir nicht tief genug graben.« Das Kuscheltier erwähne ich jetzt nicht.

»Ich verfüge nicht über ein solch auserlesenes Equipment, aber die Kollegen von der Spurensicherung sind noch nicht abgerückt, ich kann uns von ihnen was borgen. Wollen Sie auch einen?«

»Klar. Uns rennt ja die Zeit davon. Und die Kollegen können sicherlich bei der Beweissuche behilflich sein.«

Edgar lächelt verschmitzt. »Dann müssen Sie mitkommen

und die *Kollegen* von dieser Dringlichkeit persönlich überzeugen. Sie wissen ja gar nicht, wie viel Katzenscheiße wir schon eingesammelt haben.« Er lacht kurz auf. Dann laufen wir zu der kleinen Gruppe, die dabei ist, alles in einen Transporter zu laden.

14

SCHWARZER ENGEL

Vier Wochen zuvor

Ich wache auf. Das leise Klopfen an der Tür hat mich wohl aus meinem unruhigen Schlaf geholt. Mein Rücken tut weh und ich brauche einen Moment, um zu begreifen, wo ich bin. Die verbliebenen Fetzen eines Albtraums vermischen sich mit der Realität und der Dunkelheit um mich herum. Warum liege ich eigentlich auf dem Boden?

»Kind, bist du da?«, flüstert meine Mutter und rüttelt an der Klinke. »Warum hast du dich da drinnen eingesperrt?«

Habe ich das? Noch immer begreife ich nicht, warum ich auf dem Boden liege und … Die Erkenntnis kriecht wie ein eisiger Hauch durch mein Genick bis ins Mark und lässt meine Kehle ganz eng werden. Mein linker Arm kribbelt, trotzdem spüre ich den kalten Körper darunter.

»Marijke, wach auf!«, flehe ich sie in Gedanken an, dann merke ich, dass ich laut gesprochen habe.

»Kind, mit wem redest du da? Hast du wieder eine Freundin mitgebracht? Warum hast du deine Perücke mit den Zöpfen weggeschmissen? Dein Papa hat sie aus dem Mülleimer gefischt.«

»Da waren Läuse drin.«

»Die ist aus Kunstfasern«, widerspricht mir meine Mutter. »Ich habe sie gewaschen und gekämmt. Sie war damals sehr teuer!«

»Dann leg sie vor die Tür.« Mein Atem beschleunigt sich. Draußen muss die Straßenlaterne angegangen sein, denn plötzlich weicht die Finsternis. Hastig reibe ich mir die Augen, bis sich mein Blick geklärt hat. Ein fahles Viereck wird auf den Boden projiziert. Das Licht dringt durch den Schacht und zeigt mir den Tod in all seiner Hässlichkeit. Mein Atem beschleunigt sich weiter.

»Kind, kommst du hoch? Wir essen jetzt. Und wolltest du heute nicht arbeiten?«

Ich habe einen Filmriss, rede ich mir ein. Aber ich weiß wirklich nicht, wann ich die Tür abgesperrt haben soll.

»Ich muss mich für die Nachtschicht fertig machen. Du hättest mich früher wecken sollen«, sage ich steif.

»Ich war vorhin schon mal hier unten, da hast du aber geschlafen oder Musik gehört. Diese Kopfhörer sind die Hölle. Irgendwann werde ich im Sterben liegen und um Hilfe rufen, ohne dass du was davon mitbekommst, weil du ständig diese Dinger in den Ohren hast.«

Ich verziehe nur die Miene.

»Ich packe dir etwas ein. Kannst du es in der Mikrowelle warmmachen?«, fragt mich meine Mutter, jetzt etwas sanfter.

»Nein. Wir haben auf der Arbeit immer noch keine neue bekommen.«

Der Spalt unter der Tür leuchtet grell. Der Schatten meiner Mutter wird größer. Unter dem Türblatt steckt das kleine Kuschelmonster mit seiner Tatze fest. Das Stofftier hat mich davor bewahrt, von meiner Mutter erwischt zu werden. Ich krabble auf allen vieren zur Tür und ziehe mit angespannten Gliedern an der Klinke. Ja, sie ist verschlossen.

»Und zieh dir eine Jacke an, draußen regnet es wieder.«

Das Prasseln der Tropfen gegen die Schutzabdeckung des

Lichtschachts verstärkt sich. Es hört sich wie das hastige Trippeln von den unzähligen Beinchen einer aufgescheuchten Rattenarmee auf Blech an.

»Du, es regnet nicht. Papa sagt, es hagelt. Also mach das Fenster zu!«, ruft sie mir ein letztes Mal zu und löscht das Licht.

Ich habe tatsächlich das Kellerfenster nicht richtig zugemacht, weil ich mir immer noch einbilde, hier stinke die Luft nach einer Kinderleiche.

»Marijke?« Ich rappele mich auf und knie mich wie ein Mönch vor dem leblosen Kind nieder. »Wach auf, Kind.« Mit den Fingerspitzen stupse ich gegen Marijkes Schulter. Sämtliche Muskelfasern meines Körpers sind bis zum Zerreißen gespannt. Meine Bewegungen sind mechanisch und lassen sich nur bedingt kontrollieren.

»Marijke, wach bitte auf«, flehe ich das Mädchen an und beuge mich zu ihm hinunter. In dem grauen Licht der Straßenlaterne erscheint Marijkes feines Gesicht wie eine wächserne Maske. Mit der Rückseite meiner Finger fahre ich über ihre Wange und unterdrücke einen Schrei, der meine Brust zu sprengen droht. Schluchzend will ich ihr das Monster in die Hände drücken, stutze aber, weil ihre kleinen Finger sich nicht krümmen lassen. Sie ist zu einer Salzsäule erstarrt. Mit Gewalt verbiege ich ihren Arm. Ihr Ellbogen knackt wie ein dünner Ast. »Ich bringe dich weg hier. Du sollst zusammen mit deiner Mama begraben werden. Es tut mir leid, dass ich dich angeflunkert habe. Sie ist nicht tot, noch nicht. Aber diese tragische Nachricht bezüglich deines Todes wird ihr krankes Herz endgültig …«

Ein nicht unterdrückbares Schluchzen stört meinen Redefluss. »Sobald deine Mama davon erfährt, wird sie sich dazu entscheiden, dich auf diesem für uns alle unbekannten Weg zu begleiten. Das verspreche ich dir. Ich wollte nicht, dass du stirbst. Alles, was ich wollte, war …« Ich schluchze abermals und kämpfe gegen einen weiteren Weinkrampf an. Schniefend bedecke ich mein Gesicht mit beiden Händen. »Wir müssen los, Kleines. Ich ziehe dir ein anderes Kleid an, das nicht mit Schokolade vollgekleckert ist, und dann machen wir uns auf den Weg. Ich weiß auch schon, an welchen Ort ich dich bringen werde.« Ich stehe auf, mache das Licht an und sammle mich. Das Kuschelmonster werde ich als Andenken an die schönen Stunden mit Marijke behalten.

15

JOHANNES

Heute

Wir befinden uns im Besprechungsraum des Polizeipräsidiums. Ich stehe in der hintersten Ecke am Fenster. Der Ball in meiner Hand ist vom vielen Kneten schon ganz warm geworden.

Karl steht vor dem Think-Board und geht alle Aspekte einzeln durch. Dabei benutzt er einen Laserpointer.

»Die alles entscheidende Spur, die uns früher oder später auf die richtige Fähre bringen wird, setzt sich aus vielen einzelnen Hinweisen zusammen. Manche mögen zunächst unwichtig erscheinen, andere sind zu komplex, um sie sofort als solche zu erkennen …«

Ich lausche Karls tiefer, aber klaren Stimme, bis etwas seinen Redefluss unterbricht. Ein Raunen schwappt über die Köpfe der Anwesenden, als die Tür aufgeht. Ein drahtiger Mann in einem grauen Anzug und mit einer Igelfrisur tritt ein. Ohne sich für sein plötzliches Auftauchen zu entschuldigen, richtet er seinen feindselig wirkenden Blick auf mich. Hauptkommissar Kraut, der Leiter des Morddezernats, hat einen roten Kopf und ich bilde mir ein, dass aus seinem sorgfältig frisierten grauen Haar eine Dampfwolke emporsteigt, weil er innerlich glüht und mich am liebsten vor den Augen aller hier Versammelten in der Luft zerreißen würde.

»Sie!«, sagt er und sticht mit seinem manikürten Finger in meine Richtung.

Stühle werden gerückt. Ein Stimmengewirr brandet auf und flacht wieder ab. Zwei der vorne sitzenden Beamten laufen, wie früher in den Kinosälen, mit gebeugten Rücken zu den hinteren Reihen und wagen es nicht, ihren Boss direkt anzuschauen. Die Luft ist vor Anspannung so dick, dass man sie mit einem Messer schneiden könnte.

»Seit wann erteilt ein Psychologe Anweisungen, die Ihrem Aufgabenbereich unterliegen?« Diese Frage gilt Karl. »Sie, Oberkommissar Breuer, haben das alleinige Recht, eine ganze Einheit dazu zu verdonnern, den Sand an einem Tatort zu untersuchen, er aber nicht!«

Die Schwielen an meinen Händen, die vom vielen Schaufeln stammen, melden sich mit einem klagenden Pochen.

»Aber nein, Sie überlassen diese Arbeit einem …« Er presst die Lippen so fest aufeinander, dass sie zu einem weißen Strich werden. »… einem Außenstehenden!« Spucke fliegt aus seinem Mund. »Als würde es nicht reichen, wurde der Sand sogar durchgesiebt! Nicht mehr als ein Haufen Katzenscheiße und einen Knopf haben die Kollegen von der Spurensicherung sicherstellen können. Und wer erklärt diesen Kostenaufwand, der durch diese Sisyphusarbeit entstanden ist?« Sein ausgestreckter Finger zeigt auf mich. »Haben Sie etwas zu Ihrer Verteidigung zu sagen, Professor Doktor Hornoff?«

»Nur ein Schuldiger muss sich verteidigen. Ich hingegen bin mir keines Fehltrittes bewusst«, entgegne ich mit ruhiger Stimme und stecke den Ball, der meine Nervosität verraten könnte, in meine Hosentasche.

Kraut lacht entgeistert auf und sucht nach Blickkontakt, doch alle Anwesenden weichen dem Blick seiner eisgrauen Augen aus.

»Und Sie, Breuer? Finden Sie es auch witzig, dass ich wieder vor allen bloßgestellt werde?«

Erneut durchfährt ein Raunen die angespannte Stille.

»Das ist ein kleiner Schritt von vielen, die noch folgen werden. Man darf nichts außer Acht lassen«, nimmt Karl mich in Schutz und wirft einen raschen Blick auf sein Handgelenk.

»Was wir brauchen, ist eine große, klare Spur ...«

»Diese wird meist vom Täter absichtlich so hinterlassen, dass sie uns in die Irre führt«, unterbreche ich Kraut und fange mir dafür einen weiteren giftigen Blick ein.

»Ich bin sehr gespannt auf eine qualifizierte Beurteilung!« Er reckt mir provokant sein markantes Kinn entgegen, stellt seinen rechten Fuß auf dem vor ihm leer gewordenen Stuhl ab und stützt sich mit dem Unterarm auf dem Knie ab.

»Der Gesuchte ...«

»Sie gehen also von einem männlichen Täter aus?« Ein maliziöses Grinsen umspielt Krauts schmallippigen Mund.

»Nein. Ich gehe davon aus, dass das anatomische Geschlecht der gesuchten Person außer Acht gelassen werden muss.«

»Ach so.« Kraut drückt das Kinn gegen die Hand und tippt sich mit den Fingern gegen die Nasenspitze. »Fahren Sie fort, ich bin ganz Ohr.« Er hat daran Gefallen gefunden, seinen Zorn an mir auszulassen, aber ich biete ihm keine weitere Angriffsfläche.

»Wir suchen nach einem Mitmenschen, der einen konspirativen Lebensstil bevorzugt, mit dem er in seinem Umfeld nicht sonderlich auffällt.«

»Wow! Was haben Sie noch in petto?«

»Der Knopf, den wir im Sand gefunden haben, hat dieselbe Farbe wie das im Mülleimer gefundene Kuscheltier«, höre ich meine eigene Stimme, die trotz der gewollten Provokation des Dezernatsleiters fest und entschlossen klingt.

»Sie haben also den kompletten Sand durchgesiebt, um

einen Knopf zu finden? Was hätten Sie getan, wenn Sie den Knopf nicht gefunden hätten?«

»Die Müllabfuhr angerufen«, entgegne ich trocken.

»Ihre Annahme, dass der Knopf ein wichtiger Baustein sein kann, steht auf einem bröckeligen Fundament.«

»Besser als nichts«, biete ich dem kleinen Mann beharrlich Paroli.

»Und dennoch Bullshit«, fährt er auf und schiebt den Stuhl von sich, so fest, dass dieser umkippt.

»Eine richtige Entscheidung binnen weniger Sekunden zu treffen, ist keine leichte Aufgabe. Sie arbeiten seit mehr als acht Monaten an diesem Fall und haben bisher keinen einzigen Anhaltspunkt.« Ich gehe weiter in die Offensive, weil sich mein Handy jetzt mit einem leisen *Pling!* meldet. Gleichzeitig betritt Edgar den Raum.

»Die Laborergebnisse sind da und es konnte ein partieller Fingerabdruck auf dem Knopf sichergestellt werden.« Er hält mit siegreicher Miene einen Zettel in die Luft. »Leider ergab die Suche in der Datenbank keinen Treffer, aber immerhin haben wir unser erstes Identifikationsmerkmal. Das künstliche Haar wurde auch untersucht. Es handelt sich dabei um eine Perücke, aber keine billige. Das Haar hat eine beinahe natürliche Struktur. Ein guter Ersatz für menschliches Echthaar.«

»So eine bestellen sich Menschen, die kein Geld für eine Echthaarperücke haben. Die Krankenkasse übernimmt dafür die vollen Kosten«, gebe ich meinen Senf dazu und krame in der Tasche nach meinem Telefon.

Kraut zieht die Stirn kraus. »Was soll das heißen?«

»Der- oder diejenige, die diese Perücke gekauft hat, litt oder leidet vielleicht an einer Krankheit, die den Haarwuchs in Mitleidenschaft zieht.«

»Ist das nicht etwas, das unweigerlich von einer Chemotherapie hervorgerufen wird?« Kraut dreht sich zu Edgar.

»Nicht zwingend. Es könnte sich dabei ebenso gut um einen Mann handeln, der sich einer Geschlechtsumwandlung unterziehen möchte, aber dessen Haarausfall zu sehr fortgeschritten ist, um feminin zu wirken.«

Ich nutze die Gunst des Dialogs und werfe einen kurzen Blick auf das Display meines Handys. Alles, was Benjamin mir geschickt hat, ist eine Adresse und ein Satz: *»Fahr dorthin, Oliver hat seinen Geländewagen geschrottet.«*

»Karl. Kannst du mich fahren?« Ich bewege mich an den sitzenden Personen vorbei, ohne jemanden zu berühren. »Es ist dringend.«

»Was, Sie verlassen uns, wo es gerade so spannend wird?« Kraut schnellt herum und taxiert mich.

»Wir haben eine weitere Spur. Und Sie sollten mich nicht weiter provozieren, sonst erzähle ich jedem hier, dass Sie sich Ihre Ohrläppchen straffen und das Fett am Kinn absaugen lassen haben.«

»Was erlauben Sie sich eigentlich, Sie …«

Die Anwesenden tauschen fragende Blicke aus.

Die Saat des Zweifels ist gesät, und keiner wird meine Unterstellung anzweifeln wollen, weil die Lüge so schön ins Bild seiner Eitelkeit passt. Ich bediene mich eines Tricks der heutigen Medien: »Schreibe das, was die Leser lesen wollen, und wenn es nicht der Wahrheit entspricht, kannst du die Richtigstellung in der nächsten Aussage auf Seite drei kurz zusammenfassen.« Die Menschheit heischt nach Sensationen, die Wahrheit interessiert dabei die wenigsten. »Einen schönen Tag noch«, wünsche ich meinem Gegenüber und verlasse den Raum.

»Diese unverschämte Lüge wird Sie noch teuer zu stehen kommen!«

»Doc, warte! Ich kann dich nicht begleiten.« Karl bleibt in der Tür stehen. »Kommissar Kirschmann, Sie begleiten den Professor und hinterher will ich einen ausführlichen Bericht.« Karl winkt Saskia herbei, die die ganze Zeit unweit der Tür stand, ohne jedoch mit ihrer Anwesenheit aufzufallen.

»Okay.« Sie begleitet mich auf den Flur.

»Du, Lars, fährst ins Krankenhaus und erkundigst dich nach dem Befinden des Mädchens, das wir von den Gleisen geholt haben. Sobald ihre körperliche Verfassung für eine Befragung stabil genug ist, rufst du mich unverzüglich an. Du, Edgar …« Er zieht den jungen Forensiker aus dem Besprechungsraum und macht die Tür zu. »… du stattest unserem Rechtsmediziner einen Besuch ab. Der Leichenfledderer soll dir alle Papiere von Marijke aushändigen. Du wirst jede Faser erneut untersuchen und mit den neu gewonnenen Ergebnissen abgleichen. Ich bleibe hier, sorge für Ordnung und werde Herrn Himmelsbach abermals in die Zange nehmen. Heute ging ein anonymer Anruf ein. Der Anrufer behauptete, Herrn Himmelsbachs Enkelsohn zu sein. Als er darauf angesprochen wurde, dass der Arzt keine leiblichen Kinder hatte, drohte er mit Konsequenzen und hat einfach aufgelegt. Dieser Doktor Himmelsbach weiß mehr, als er bereit ist, zuzugeben. Wir treffen uns später.« Karl wirft einen Blick auf seine Uhr. »In drei Stunden in meinem Büro!«

»Karl?«

»Was ist, Doc?«

»Warte mit der Befragung, bis ich wieder zurück bin. Herr Himmelsbach hat ein Geheimnis, das ich heute versuchen werde aufzudecken. Benjamin ist da auf etwas gestoßen, was uns weiterbringen kann.«

»In drei Stunden seid ihr wieder da«, bestimmt Karl und verschwindet wieder im Besprechungsraum, in dem jetzt lautstark diskutiert wird.

»Wo fahren wir hin?«, will Saskia von mir wissen.

Lars und Edgar sehen mich erwartungsvoll an.

»In einen städtischen Kindergarten.«

Eine weitere Nachricht geht auf meinem Handy ein. Schnell überfliege ich die wenigen Zeilen.

»Kommen Sie, Saskia, der Kindergarten schließt in zwei Stunden und Benjamin ist es gelungen, noch heute einen Termin zu vereinbaren.«

Zusammen laufen wir zu den Aufzügen.

»Woher wissen Sie, dass Oberkommissar Kraut sich die Ohrläppchen hat straffen lassen?«, will Edgar wissen und entlockt mir ein ehrliches Lachen.

Nach und nach fallen die anderen mit ein und entspannen sich für einen Moment.

»Das war also nur ein Bluff?«, wundert sich Edgar.

»Nein, nur eine Annahme, die dafür gesorgt hat, dem Mann etwas Wind aus den Segeln zu nehmen.«

»Aber das mit der Fettabsaugung stimmt wirklich«, sagt Lars und wird wieder ernst. »Los, Edgar, lass uns hinnemachen, sonst strafft Karl uns noch ganz was anderes. Und lustig wird das für uns beide ganz bestimmt nicht werden.«

Wir trennen uns und laufen in verschiedene Richtungen davon.

16

SCHWARZER ENGEL

Vier Wochen zuvor

Die hypnotischen Klänge der feinen Graupelkörner, die auf das welke Blattwerk prasseln, beruhigen meine Seele. Wie eine bunte Decke bedeckt das Laub den Waldboden. Trotz der Kälte genieße ich die ersten Sonnenstrahlen, die die Morgenröte mit sich bringt, und spähe durch weißen Dunst zum Horizont, wo die Stadt langsam erwacht.

Ich befinde mich am Waldrand.

Dieser Ort verbindet mich mit meiner Vergangenheit und ruft unschöne Erinnerungen in mir wach, die meine Brust wie eine eiserne Faust zusammendrücken. Hier hat Gustav mich zum ersten Mal ausgezogen. Wir hatten uns mit der ganzen Gruppe auf einen Waldspaziergang gefreut. Später behauptete dieser Mann, dass wir uns verlaufen hätten. Weil ich so schwitzte, wollte er meine Sachen lüften. Das, was er mir davor ins Ohr geflüstert hatte, sollte aber unser Geheimnis bleiben. Falls ich es ausplapperte, würde meine Mutter an Herzschmerz sterben, sagte er. Ich hielt den Mund und meine Mama bekam nur einen leichten Herzinfarkt, als sie davon erfuhr, dass Papa sie möglicherweise mit einer anderen Frau betrogen hatte. Dieses Gerücht setzte unsere Nachbarin in die Welt, weil Mama sie mal als Dorfschlampe bezeichnet hatte, nachdem die Frau einen Abend zuvor halbnackt und völlig betrunken durch die Siedlung gelaufen war.

»Was glaubst du, warum ich so aussehe? Ha! Er hat mich ausgezogen und mich durchgevögelt, weil du ihn nicht ranlässt!«, hatte sie meine Mama angeschrien und die halb leere Flasche vor ihrem Gesicht geschwenkt.

»Du bist nichts als ein Knochengerüst, das nach Alkohol und Zigarettenasche stinkt. Du hast nicht mal richtige Titten!«

»Weil er auf eher schlanke Frauen steht – und ich bin im Vergleich zu dir wirklich gut in Form –, habe ich mich von deinem Mann hinter der Theke vernaschen lassen. Wir haben es wie die Karnickel getrieben«, reagierte die Frau auf die Beschimpfungen meiner Mutter lächelnd und zeigte ihr den Mittelfinger gezeigt.

Ich stand hinter dem Fenster und sah, wie die Nachbarin sich den Finger in den Mund steckte und daran lutschte. »Bei mir kommt er an all die Stellen ran, die er bei dir suchen muss.« Dann schlug sie sich auf die schmale Hüfte und lief weiter. Die Flasche an die Lippen gepresst, wankte sie zurück zu ihrem Haus.

»Du verdammte Hure!«, rief ihr meine Mutter nach.

»Eine, die es immer besorgt bekommt, wann und von wem sie es will! Dein Mann hat gestöhnt wie ein Köter.«

Meine Mama stellte Papa noch am selben Abend zur Rede. Er stritt natürlich alles ab. Und weil Mama ihm nichts nachweisen konnte, vergab sie ihm diesen Ausrutscher und ließ ihn fortan immer dann an sich ran, wenn er danach verlangte.

Ich schiebe diese unschönen Gedanken beiseite und konzertiere mich auf die Landschaft. Die Umrisse der Häuser, wie mit Aquarell gezeichnet, bekommen winzige gelbe

Punkte. Die Fenster füllen sich mit Licht, nur in meiner Seele herrscht absolute Finsternis.

Das Knacken eines Asts lässt mich herumfahren.

Langsam vernehme ich die leisen Geräusche von unsichtbaren Waldbewohnern, die mich frösteln lassen. Ich habe Angst vor Dämonen, an die ich wirklich glaube.

Leise pfeift der Wind.

Irgendwo ertönt ein Knall.

Krähen kreisen kreischend über meinem Kopf.

Haben sie Marijke entdeckt?

Sie liegt regungslos auf dem Waldboden und blickt zum Himmel. Ihre Lippen sind ein bisschen blau geworden. Obwohl sie tot ist, sieht sie wunderschön aus. Wie eine kleine Eisprinzessin. Sie trägt ein frisches Kleid, das ich sogar gebügelt habe. Nur mit dem Anziehen hatte ich meine Probleme, weil ihre Glieder steif geworden waren. Aber das Haar ließ sich wunderbar kämmen. In einem der Säcke habe ich tatsächlich eine Haarspange gefunden und einen Reif mit winzigen Blumen darauf. Ihren kleinen Körper habe ich auf weiches Moos und Nadelbaumzweige gebettet, damit sie es gemütlich hat und nicht friert.

Grashalme, die von einer hauchdünnen Frostschicht überzogen sind, rascheln unter meinen Füßen, genauso wie das bunte Laub. Der weiße Überzug auf den Blättern und der mit Moos bewachsenen Erde erinnert mich an Puderzucker, den ein Waldgeist über die Landschaft gestreut hat. Ein besonders schönes Ahornblatt, das in der Mitte grün ist, aber zu den zackigen Spitzen hin von grellem Gelb in dunkles Rot übergeht, sticht mir ins Auge. Ich hebe es auf, hauche das zarte Gebilde an, so lange, bis der Raureif sich in Wassertröpfchen verwandelt hat.

»Es tut mir leid, Kleines«, sage ich und verabschiede mich von dem Mädchen, während ich das Blatt auf seine reglose Brust lege. Die Augen sind immer noch halb geöffnet, die

Wimpern von feinen Eiskristallen bedeckt. Der Blick ist stumpf und gebrochen.

»Man wird dich bald finden und zu deiner Mama bringen. Wie ich vor wenigen Stunden erfahren habe, ist sie heute Nacht verstorben. Ihr seid nun endlich wieder vereint. Das hoffe ich zumindest für dich, mein kleiner Engel.«

Marijkes rote Locken bilden einen krassen Kontrast zu dem grünen Moos- und Nadelbett, auf dem sie liegt. In der kalten Nacht haben auch die Fichtenzweige einen weißen Schimmer bekommen, aber die Sonnenstrahlen kämpfen sich weiter durch das Geäst und vertreiben die Kälte.

»Du bist nun eine richtige Eisprinzessin«, flüstere ich und winke Marijke zum Abschied zu. Vom unschönen Gefühl des endgültigen Abschieds begleitet, drehe ich mich um und gehe. Später werde ich vom Krankenhaus aus die Polizei darüber informieren, dass ich ein totes Mädchen gesehen habe. Den Hörer des alten Münztelefons werde ich mit einem Tuch abdecken und meine Stimme verstellen.

In Gedanken versunken, laufe ich den schmalen Wanderpfad zurück zu meinem Wagen und vernehme keinen Laut, abgesehen vom entfernten Bellen eines Hundes.

Die Idee mit dem Anruf war vielleicht zu voreilig. Ich habe in meiner Pein die Folgen nicht bedacht. Natürlich wird die Polizei den Anruf zurückverfolgen können und auf dem Hörer meine Fingerabdrücke finden. Und selbst wenn ich sie abwische, können sie die Bilder der Überwachungskameras auswerten und mein Gesicht darauf erkennen. »Nein, das mache ich nicht«, entscheide ich mich und lege meine Hände zu einem Trichter zusammen.

Ich fasse mir ein Herz, fülle meine Lunge mit kalter Luft, sammele mich und rufe laut: »Hilfeee!«

Das Bellen verklingt.

»Waldi, sei leise!«, herrscht eine brüchige Stimme den Hund an. »Da ruft jemand um Hilfe, lass uns hier schleunigst verschwinden und die Polizei rufen.«

»Hilfeee!«, schreie ich noch einmal ganz laut und biege an einer Weggabelung schnell nach rechts ab. Ich werde einen Umweg in Kauf nehmen, damit ich dem Mann, der seinen Hund anschreit, nicht begegne.

Hoffentlich wird er der Polizei die richtige Stelle zeigen. Mit diesem Gedanken erhöhe ich mein Tempo und laufe dann schneller, weil ich sonst zu spät zur Arbeit kommen werde und mein Chef mir dann die Hölle heiß machen wird.

Ich werde kein Kind mehr mit zu mir nach Hause nehmen, verspreche ich mir im Stillen, ziehe den Kopf ein und taste in der Innentasche meines Mantels nach dem Kuscheltiermonster. Das etwas ramponierte Spielzeug habe ich als Erinnerung mitgenommen. Es hat jetzt leider nur noch ein Auge. Der Knopf, der das andere Auge darstellte, ist wohl verloren gegangen und ich werde einen neuen annähen müssen.

Mit den Fingern am obersten Knopf meines Mantels nestelnd, ziehe ich den Kopf tiefer ein. Der Wind frischt auf und reißt die restlichen Blätter von den beinahe nackten Baumkronen. Ein Strudel aus buntem Laub rieselt zu Boden.

Ich hole das Monster heraus.

»Schau, wie schön der Herbst ist. Leider sieht man mit einem Auge nur die Hälfte. Aber dem kann ich Abhilfe schaffen.« Mit einem Ruck reiße ich den obersten Knopf meines Mantels ab und halte ihn an den Kopf des Monsters. »Der passt sogar von der Farbe her«, sage ich erfreut, stopfe das Kuscheltier samt seinem neuen Auge in die Innentasche und laufe etwas besser gelaunt zurück zu meinem Auto.

17

JOHANNES

Heute

Wir werden vor einem Gittertor von einer älteren Frau empfangen, die ihre Jugendlichkeit trotz ihres fortgeschrittenen Alters noch nicht vollkommen eingebüßt hat. Die Fassade der Einrichtung, vor deren Tor wir stehen, hat dagegen eindeutig eine Sanierung nötig. Die bunten Buchstaben auf weißem Hintergrund sind blass und teils abgeblättert. Das Gebäude des Kindergartens ist einstöckig und verfügt über große Fenster, die von der Innenseite mit Kürbissen und anderen herbstlichen Illustrationen geschmückt sind.

»Sie müssen Frau Kirschmann und Herr Hornoff sein?« Die Frau am Tor mustert uns nacheinander, so als würde sie auf eine schriftliche Bestätigung warten.

Saskia weist sich tatsächlich aus und händigt der Leiterin des Kindergartens ein Schreiben aus.

»Unser Erscheinen haben wir in schriftlicher Form angekündigt, aber bisher keine Antwort darauf erhalten.« Saskia improvisiert. Den Zettel, mit dem sie der Kindergartenleiterin nun vor der Nase herumwedelt, hat sie sich von einer Kollegin schicken lassen und ihn in einem Laden ausdrucken lassen, vor dem ich eine ganze Viertelstunde auf sie im Auto gewartet habe.

»Das hier ist die Kopie«, improvisiert Saskia weiter.

»Unser Faxgerät funktioniert mal wieder nicht«, entgegnet die Frau mit der Reibeisenstimme einer Kettenraucherin, was ich von einer Erzieherin niemals erwartet hätte.

»Und Sie sind Doktor Hornoff?«, will sie von mir wissen.

»Ja, ich bin Doktor Hornoff. Wir haben miteinander telefoniert..«

»Stimmt. Und Sie bringen gleich eine Polizistin mit?« Sie legt die Stirn in Falten.

Ich dachte immer, Erzieherinnen seien stets gut drauf und trinken Kräutertee, aber dem scheint nicht so zu sein. Sie raucht und trink auch gern einen über den Durst, trotzdem hat sie sich dezent geschminkt und das Haar frisiert.

»Was ist der eigentliche Grund Ihres Erscheinens? Am Telefon wurde mir nicht wirklich klar, was Sie eigentlich von mir wollen.« Sie macht noch immer keine Anstalten, uns reinzulassen.

»Kita-Play-Organisation? Opa-Kind-Spiele?«, helfe ich der Frau mit dem weißen kurz geschnittenen Haar auf die Sprünge. Der wie mit einem Lineal gezogene Pony reicht ihr bis an die fein gezupften und mit einem schwarzen Stift nachgezogenen Brauen. Alles an ihr wirkt künstlich, gestelzt, nach außen so präsentiert, als wolle sie sich mithilfe ihres kühlen Erscheinens von der restlichen Welt abgrenzen. Sie trägt einen schwarzen Rock, der ihr bis tief unter die Knie reicht, dazu schwarze Pumps mit Quasten und ein schlichtes weißes Oberteil mit einem grauen Blouson darüber.

»Wir wollen Ihnen nur ein paar Fragen bezüglich dieses Konzeptes stellen. Am Telefon klangen Sie so, als wären Sie bereit, mit uns darüber zu sprechen.«

»Daran kann ich mich nicht erinnern. Es ging lediglich um ein kurzes Interview, aber ich weiß, worauf Sie hinauswollen!« Ihre ohnehin wie in Stein gemeißelt wirkenden Züge verhärten sich.

Hat Benjamin die Frau nicht richtig eingeschätzt, oder hat sie ihre Meinung bezüglich des Treffens geändert? Ich tippe auf Letzteres.

Das Blatt in ihren faltigen Händen raschelt. Ohne den Blick von mir abzuwenden, tastet sie nach ihrer Brille, die an einer aus bunten Perlen gebastelten Kette hängt und für einen ungewollten Stilbruch sorgt.

»Es gab da jemanden, der diese Konzeptstrategie missbraucht hat«, sagt sie und fügt an: »Aber die Sache ist längst vom Tisch.« Sie setzt sich die Brille, die die Form eines Schmetterlings hat, auf die schmale Nase, die einen leichten Knick hat. So, als hätte sie ihr jemand vor einigen Jahren mit einem gezielten Faustschlag gebrochen. Schnell überfliegt sie den kurzen Text. Dabei bewegt sie die Lippen und fasst sich mit der rechten Hand an die Schläfe. Ein silberglänzender Strich, kaum sichtbar, fällt mir dabei ins Auge.

»Wurden Sie früher auch Opfer von Gewalt? War das der Auslöser, warum Sie diesem Experiment zugestimmt haben? Sind Sie in einem Heim aufgewachsen?«

Ihr Kopf schnellt nach oben. »In einem Heim? Wie kommen Sie darauf?«

»Sie sind nicht verheiratet, haben selbst keine Kinder und arbeiten immer noch, obwohl sie das Pensionseintrittsalter schon überschritten haben«, lege ich meine Vermutung sachlich dar. Das meiste an Informationen über Frau Deißbach hat Benjamin für mich besorgt, den Rest habe ich mir aus den Informationsimpulsen zusammengereimt, die sie sendet, welche nicht sonderlich schwer zu deuten waren. Ich weiß, dass sie verwitwet ist. Mit diesem scheinbaren Fehltritt lasse ich etwas Raum für die Frau, füge aber noch einige Details hinzu. »An ihrer Hand fehlt der Ehering. Sie sind Kettenraucherin. Sie tragen eine von Kinderhänden gebastelte Kette, obwohl es nicht ihr Stil ist, was bedeutet, Sie verbinden mit diesem Schmuckstück etwas Besonderes. Einzelne Perlen weisen Abnutzungsstellen auf, die vom ständigen Tragen kommen. Wer hat diese Kette für sie gebastelt? Ein Kind, welches darunter leiden musste, dass Sie sich von einem Mann haben täuschen lassen?«

Sie schluckt schwer. »Kommen Sie rein.«

Endlich schließt sie die Pforte auf und lässt uns passieren. Schweigend durchschreiten wir den frisch gekehrten Hof, die bunten Blätter hat jemand zu einem Haufen zusammengefegt. Der Sandkasten ist mit einer schweren grünen Plane abgedeckt. Vor der Eingangstür bleiben wir stehen. Sie drückt auf den Klingelknopf und dreht sich um, während wir darauf warten, eingelassen zu werden.

»Wir werden später die Blätter zum Dekorieren benutzen und mit dem Rest ein Spiel machen, sofern das Wetter nicht umschlägt«, informiert sie uns, weil sie meinem Blick gefolgt ist und mit ihrer Auskunft für eine entspanntere Atmosphäre sorgen möchte. »In der Eile habe ich den Schlüssel für die Tür vergessen. Hier kommt niemand einfach so ins Gebäude rein.«

»Wie früher?«, schiebe ich die Frage nach.

Meine Unterstellung bleibt unbeantwortet.

Just in dem Moment, in dem ich eine weitere Frage hinterherschieben möchte, vernehmen wir den Schließmechanismus laut scheppern. Frau Deißbach wirft sich mit ihrem ganzen Gewicht gegen die massive Tür.

Ich eile ihr zu Hilfe, aber sie hält mich davon ab. Gepresst sagt sie: »Ich komme auch ohne Sie zurecht!«

Mein Arm zuckt zurück. Die rechte Hand verschwindet in der Tasche meines Mantels und schnappt sich den Ball.

Sobald die Tür von der zierlichen Frau aufgestoßen wird, trifft mich der typische und unverwechselbare Kindergartengeruch. Die warme Luft riecht nach Kräutertee und aufgewärmtem Essen. Kinderstimmen, laute Schreie und ermahnende Rufe aus den Kehlen von mehreren Erwachsenen komplettieren vergessene Eindrücke, die in mir aufsteigen und meine Nervosität in den roten Bereich steigen lassen.

Sie lässt uns den Vortritt. »Aber passen Sie bitte auf frei laufende Kinder auf«, ermahnt sie uns scherzhaft.

Saskia und ich lächeln pflichtbewusst.

»Kommen Sie mit.« Sie zeigt uns die Richtung.

»Manchmal wünscht man sich Ohrstöpsel und einen Helm«, scherzt Frau Deißbach, als eine Schar kreischender Kinder an uns vorbeistürmt. »Wir haben heute einen Tag der offenen Gruppen, damit sich die Kinder austoben können und ein kommunikationsfreudiger Austausch stattfinden kann. Verständigung und Wahrnehmung auf allen Sinnebenen sind das A und O für die weitere Entwicklung. Aber diese fördernden und fordernden Maßnahmen sind mit viel Aufwand verbunden. Meistens klappt es, aber heute ist irgendwie der Tag, an dem alles anders kommt als erwartet. Wir gehen besser in mein Büro, da haben wir etwas Ruhe.«

Wir betreten einen Raum, der über einen massiven Schreibtisch aus dunklem Holz verfügt und zu meinem Glück von einem großen Fenster beherrscht wird. Der Sims ist mit efeuartigen Pflanzen vollgestellt. Die grünen Zweige ranken sich bis hoch an die Decke. An den Wänden stehen Regale und Schränke.

»Hier bewahren wir nicht nur Dokumente, sondern auch Bastelsachen auf, die wir den Kindern zu besonderen Anlässen zur Verfügung stellen. Unserer Einrichtung fehlt es an Geld, aber da sind wir nicht die einzigen«, berichtet sie uns und zeigt auf zwei Sitzmöglichkeiten, bei deren Anblick mein Rücken sich kurz verkrampft. »Sie können hier Platz nehmen. Ihre Mäntel dürfen Sie an der Tür am Kleiderständer aufhängen.«

Sie selbst begibt sich an ihren Arbeitsplatz und setzt sich auf einen ergonomisch geformten Stuhl. Saskia und ich müssen uns mit zwei Hockern ohne Lehnen begnügen.

»Sind gut für die Wirbelsäule, weil man darauf die

Balance halten muss.« So etwas wie ein Lächeln huscht über ihren schmallippigen Mund.

Ich helfe Saskia aus ihrem Mantel, bevor wir uns setzen. Sie bedankt sich höflich und entscheidet sich für den gelben Hocker. Mir überlässt sie den blauen.

Nachdem ich mich meines Trenchcoats und des Schals entledigt habe, hänge ich alles akkurat auf und nehme neben Saskia Platz. Der Stuhlersatz unter mir wippt in alle Richtungen, aber der Prozess der Gleichgewichtsfindung setzt sofort ein. Sobald ich meinen Rücken gestreckt habe, finde ich diese Sitzgelegenheit gar nicht mal so verkehrt. Dennoch hätte ich mit Frau Deißbach sofort den Platz getauscht.

»Nun«, sagt sie, schaut uns beide nacheinander an und stützt ihre Unterarme auf der Tischplatte ab. Dabei verschränkt sie die Finger ineinander. Das Schreiben, das sie von uns bekommen hat, liegt zu ihrer Linken, in einer Ablage für Dokumente, die sie wohl täglich durchgeht. »Haben Sie konkrete Fragen an mich?« Sie zeigt sich gefasst, wirkt aber etwas unsicher, weil sie nicht weiß, wer von uns beiden die führende Rolle übernimmt. Darum wechselt ihr Blick unstet zwischen uns beiden hin und her.

»Wir brauchen Namen«, ergreife ich das Wort und lege noch ein weiteres Blatt auf den Tisch, das ich vorm Aufhängen aus der Innentasche meines Mantels geholt habe. Den Stressball habe ich drin gelassen. Ich will die Frau nicht noch mehr mit meinen Eigenheiten verunsichern.

Sie wartet einen Moment, greift schließlich nach dem einzelnen DIN-A4-Blatt und faltet es auseinander.

»Gustav Himmelsbach«, liest sie den darauf stehenden Namen leise vor. »Der Name sagt mir nichts.«

»Vielleicht nicht auf Anhieb. Das hier ist nur ein Gespräch unter sechs Augen.« Saskia legt ihre Hände flach auf den Tisch. »Wir unterhalten uns nur. Nichts wird aufgenommen oder protokolliert. Es ist keine Befragung, nur ein Zusammentreffen zweier Parteien, die für das Wohl Ihrer

Schutzbefohlenen Sorge tragen wollen und dafür alles erdenklich Mögliche in die Wege zu leiten bereit sind. Ich selbst bin Mutter eines siebenjährigen Jungen.« Mit diesem letzten Satz hat sie die Frau abgeholt und die unsichtbare Barriere niedergeschmettert.

»Das war damals nur ein tragisches Missverständnis«, bricht das Geheimnis gefolgt von einem Schluchzen aus der Frau heraus. Die Fassade einer unnahbaren Persönlichkeit bekommt Risse.

»Meinen Sie dieses Konzept oder sprechen Sie von einem bestimmten Verdachtsmoment, der wegen einer einzelnen Person zustande gekommen ist?« Meine rechte Hand liegt auf dem Oberschenkel und beginnt rhythmisch zu klopfen.

»Das Programm sah vor, dass wir zwei Generationen eine Chance auf etwas mehr Nähe geben und sie am Zusammenleben teilhaben lassen. Alles klang nach einer harmonischen Zukunft. Die Kinder wären von Erwachsenen umgeben gewesen und die Herren hätten sich wieder …« Ihre Brust hebt und senkt sich hektisch und sie braucht einen Moment, bis sie sich wieder gefasst hat. »Die Männer wären nicht mehr so allein und von der Welt ausgeschlossen gewesen.«

»Warum ausgerechnet Männer? Warum keine Frauen oder Ehepaare?« Das Kribbeln in meinem linken Finger wird zu einem heißen Brennen. *Zum Glück befragt Karl diesen Drecksack Himmelsbach und nicht ich*, überlege ich und drücke den Daumennagel tief in das vernarbte Fleisch meines Fingerstumpfes. »War das alles eine Frage des Geldes? Bot man Ihnen dafür eine gewisse Summe an, die ausgereicht hätte, um das Gebäude auf Vordermann zu bringen?«

Frau Deißbach schüttelt peinlich berührt den Kopf und senkt beschämt den Blick. »Das ist zu blamabel, als dass ich es mir jemals verzeihen könnte. Das, was damals im Wald geschehen ist, war und ist fernab jeglicher sittlichen Akzeptanz. Es wurde für mich zu einem Schlüsselerlebnis, das mich an den uneigennützigen Absichten dieses Projekt zweifeln ließ. Darum habe ich die Zusammenarbeit mit dem Opa-Kind-Projekt damals mit sofortiger Wirkung beendet.«

»Was genau ist damals geschehen?«, taste ich mich vor und lege kurz meine Hand auf Saskias Handrücken, um ihr zu verdeutlichen, dass sie sich nicht von ihren Emotionen leiten lassen darf und mir das Schlachtfeld überlassen soll.

»Herr Himmelsbach hat sich für ein ganz besonderes Kind entschieden.«

»Hat dieses Kind auch einen Namen?«, bricht es aus Saskia heraus, als sie es nicht mehr länger aushält und zwingt Frau Deißbach in die Defensive.

»Mir ist Diskretion sehr wichtig. Ich werde die Identität des Kindes nicht ohne dessen Einwilligung preisgeben. Es hat genug gelitten.«

»Okay, kehren wir wieder zurück zu dem Ort, an dem sich etwas ereignet hat, was Sie in Ihren Grundfesten erschütterte«, lenke ich die Gedanken und die Energie der Frau, die uns gegenübersitzt und gegen sich selbst ankämpft, in die Richtung des vermeintlich gemeinsamen Gegners. An ihm soll sie ihre Wut auslassen. Gleichermaßen werde ich ihr so viel Platz gewähren, dass sie es wagt, sich in unserer Anwesenheit zu öffnen.

»Was hat Herr Himmelsbach an diesem Tag getan, was Sie vom Glauben abbrachte, das Opa-Kind-Projekt wäre eine gute Sache? Sie haben auch das Kreuz abgenommen, das viele Jahre über dem Fenster gehangen haben muss. Der Nagel ist noch da, die Schatten auch, nur das Glaubenssymbol ist verschwunden.«

An ihrem Gesichtsausdruck erkenne ich, dass ich mit meinen Behauptungen nicht zu weit entfernt von der Wahrheit liege.

Sie hebt die Hände, die Finger wie bei einem Gebet ineinander verschränkt, ans Kinn und versucht, ihre innere Unruhe durch nichts zu verraten. »Sie haben eine sehr gute Beobachtungsgabe«, flüstert sie.

»Ich sehe oft nur das Offensichtliche, das den meisten verborgen bleibt, weil ich ein aufmerksamer Zuschauer und Zuhörer bin. Darum bitte ich Sie, mit uns offen darüber zu reden, was damals geschehen ist. Ich mag ein guter Psychologe sein, aber als Vater hätte ich in der Erziehung meines Sohnes kläglich versagt, stünden mir nicht meine Frau und solche Menschen wie Sie zur Seite, die mich immer wieder auf den richtigen Weg lenkten.«

»Was wollen Sie damit sagen?« Sie entspannt sich ein wenig, weil ich bereit war, ihr gegenüber eigene Fehler einzugestehen.

»Wir wollen dem Mann das Handwerk legen, der Ihre Gutgläubigkeit missbraucht hat. Sie können uns dabei unterstützen, diesen Mann zur Rechenschaft zu ziehen.«

Nach einem kurzen inneren Kampf greift Frau Deißbach in eine der Schubladen und holt daraus eine Mappe hervor. Sie hat entweder mit unserem Auftauchen gerechnet und sich darauf vorbereitet, oder sie hat all die Jahre darauf gehofft, dass dieses Gespräch irgendwann stattfinden würde, damit sie sich endlich von dieser Bürde befreien konnte.

Sie zieht das Gummiband ab und schlägt die Mappe auf. »Hier.« Ihr manikürter Zeigefinger deutet auf einen Kartenabschnitt, der nicht unbedingt maßstabsgetreu ist, dennoch kann ich die Ortschaft gut erkennen, weil die einzelnen Segmente mit Namen versehen sind.

»Diese Karte haben wir damals für die Kinder selbst gebastelt. Dies war unsere Spazierroute.« Sie fährt mit dem Finger eine Linie entlang.

Ich schweige und hoffe darauf, weitere Details sichten zu dürfen.

Frau Deißbach scheint meinen Wunsch zu erspüren. Ihr Blick spricht Bände. »Wenn Sie an mehr Informationen gelangen wollen, brauche ich einen richterlichen Beschluss, der mich von meiner Schweigepflicht entbindet«, sagt sie ruhig.

»Aber …«

Sie hebt die Hand und bringt mich damit zum Schweigen. »Die Eltern des Kindes, haben mich damals darum gebeten, die Sache außergerichtlich zu klären. Zum Wohle des Kindes.«

»Also kam der Fall nie vor Gericht?«, will Saskia wissen.

Frau Deißbach schüttelt den Kopf. In ihren Augen schwimmen Tränen. »So leid es mir tut, nein. Aber ich konnte nicht über ihre Köpfe hinweg entscheiden, zumal ich keine stichhaltigen Beweise hatte, die vor einem Richter standgehalten hätten, wäre es zu einem Prozess kommen.«

»Was haben Sie da noch?« Ich bin versucht, mit der rechten Hand nach der Mappe zu greifen, widerstehe aber.

»Tut mir leid.« Ihr Mund wird zu einem dünnen Strich.

Mein eidetisches Gedächtnis, im Volksmund auch als *fotografisches Gedächtnis* bekannt, hilft mir nicht weiter, weil Frau Deißbach, mit demonstrativer Entschiedenheit die Mappe zuklappt und sie zurück in die Schublade legt, noch bevor ich einen Blick auf den Inhalt erhaschen kann.

»Ich muss Sie jetzt leider bitten, zu gehen.«

»Die Schramme an der Schläfe und Ihre Nase …«

»Bitte gehen Sie!« Ihr Ton ist kühler und abweisender geworden.

Das Handy in meiner Hosentasche beginnt zu vibrieren. Eine eingehende Nachricht von meinem Zwillingsbruder, das erkenne ich am Rhythmus der Vibration. Ich hole es heraus, überfliege den kurzen Text:

- Herr Deißbach hat sich das Leben genommen, kurz nachdem der Skandal bezüglich des Opa-Kind-Projekts publik wurde.

- Er war eines der Mitglieder und Organisator.

- Seine Frau landete mit schweren Gesichtsverletzungen im Krankenhaus.

- Alle Indizien deuteten auf eine körperliche Gewalteinwir-

kung hin, aber sie stritt alles ab und behauptete, die Treppe runtergefallen zu sein.

- Signifikante Verletzungen an den Knöcheln der rechten Hand ihres Mannes …

»Die Sprechstunde ist beendet«, unterbricht mich die kratzige Stimme der Kindergartenleiterin. Sie richtet sich energisch auf.

Ich hebe den Blick, sortiere die Informationen zu einer Frage, stelle die Funktion auf meinem Smartphone auf Morsecode-Übertragung um und versuche, den Rest der Botschaft mittels der Signalimpulse zu entziffern.

Benjamin hat sofort mitbekommen, dass ich die Nachricht vom Handy nicht ablesen kann und sendet mir ab jetzt nur Schlagwörter.

- Sie als Kind

- Vergewaltigungsopfer

- Onkel

- Uterus operativ entfernt

- Psychiatrie

»Geht es Ihnen nicht gut?«, will Frau Deißbach von mir wissen.

Ich sehe sie nur an und fokussiere meine ganze Aufmerksamkeit auf das Vibrieren meines Smartphones.

- Keine Adoptivkinder

- Mann aggressiv

- Zweimal vor Gericht

- Familientherapie

Frau Deißbach sucht mit einem fragenden Blick bei Saskia nach einer plausiblen Erklärung.

Die Stille wirkt erdrückend.

Bis auf das Summen des Handys nehme ich keine weiteren Geräusche wahr.

Over.

Das Handy in meiner Hand vibriert nicht mehr, darum

lege ich es mit dem Bildschirm nach unten auf der Tischplatte ab.

»Hatte nur wieder diese Attacke in meinem Kopf. Die Schmerzen lassen sich nur mit kurzem Luftanhalten in Schach halten.«

»Ich habe Schmerzmittel da«, sagt sie und macht Anstalten aufzustehen.

»Nicht nötig, es geht mir schon wieder besser.«

Nach einem kurzen Räuspern höre ich mich Frau Deißbach fragen: »Hat der Suizid Ihres Mannes etwas mit dem Zwischenfall von damals zu tun? Vor diesem Gespräch habe ich etwas über Ihr Leben recherchiert und bin zu dem Ergebnis gekommen, dass Ihr Mann zu Gewaltausbrüchen neigte.«

Ihr stockt der Atem. Die Worte bleiben ihr irgendwo im Hals stecken. Sie verschluckt sich daran und beginnt zu husten.

»Verlassen Sie das Gebäude. Sofort!« Sie stützt sich mit den Händen an der Tischkante ab, ringt um Fassung und nimmt ihre Brille ab.

»Kann ich das Foto noch mal sehen?«, frage ich ungerührt.

»Erst, wenn Sie mir einen richterlichen Beschluss vorzeigen können.«

»Ihr Ehemann hat Sie geschlagen. Aus welchem Grund?«

»Raus hier!« Sie zittert am ganzen Körper.

»Er hat sie zu diesem Experiment überredet«, stelle ich fest und stehe auf.

Saskia tut das Gleiche.

Mein Handy lasse ich absichtlich auf dem Tisch liegen.

»Das war kein Experiment«, widerspricht mir Frau Deißbach und schluckt hart. »Die Ausmaß dieser Tragödie … Ich hätte niemals zugelassen … Das …« Sie bekommt keinen vernünftigen Satz mehr zustande.

»Sie haben ihn zur Rede gestellt, woraufhin das Gespräch

eskalierte und in einer handgreiflichen Auseinandersetzung endete, weil …«

»Gehen Sie endlich, verdammt noch mal! Sie wissen nichts über mich, hören Sie? Gar nichts! Und das, was Sie sich da zusammenrecherchiert haben, ist eine Lüge!« Sie streckt den Arm aus. Ihr Finger zeigt zur Tür.

»Warum hat er Sie verletzt?«, hake ich nochmals nach.

»Weil ich meinem Mann keine Kinder schenken konnte! Wollen Sie das von mir hören? Er wollte immer eigene Kinder haben und hat mir vorgeworfen, dass ich ständig von Kindern umringt bin, während er wie immer außen vor bleiben würde. Irgendwann kam er mit dieser Broschüre. Ich konnte ihm diesen Wunsch nicht abschlagen. Er war ein herzensguter Mensch.«

»Weil Ihnen die Gebärmutter entfernt werden musste, konnten Sie nicht schwanger werden. Sie wurden als Kind von Ihrem Onkel sexuell misshandelt.«

»Das wusste mein Mann nicht.«

Benjamins Nachrichten haben mir geholfen, den Damm zu brechen.

»Warum nicht?«, hake ich abermals nach und senke die Stimme. »Ich bin Psychologe. Mir können Sie sich anvertrauen. Das alles hier bleibt vertraulich.«

Sie schweigt.

»Sie haben all die Jahre auf einen passenden Moment gewartet. Es muss etwas geschehen sein.«

Sie schluckt, beißt sich auf die Lippe und fährt dann flüsternd fort: »Während der Auseinandersetzung habe ich ihm endlich alles gebeichtet. Ich habe gesagt, ich bin froh darüber, dass wir keine Kinder haben, weil er … weil … mein Mann …«

»Sie haben gesagt, dass Ihr Mann es nicht verdient hat, ein Kind zu bekommen. Wer Frauen schlägt, schlägt auch Kinder. Er hätte auch einer dieser Männer sein können, die sich an

Kindern vergehen. Ansonsten wäre er dieser Organisation niemals beigetreten, nicht wahr?«

»So in etwa«, gab Frau Deißbach schließlich zu. »Dann schlug er plötzlich auf mich ein. Ohne Vorwarnung, wie bereits mehrere Male zuvor. Es brach einfach aus ihm heraus. Er war dann wie ausgewechselt. Ich kann mich nicht im Detail an alles erinnern. Das meiste lief wie in einem Traum ab, ich wurde zum Beobachter. Als ich irgendwann wieder zu mir gekommen bin, lag ein Brief auf dem Tisch im Esszimmer, worin er mir gegenüber seine Unschuld beteuerte. Er schrieb, er würde sich im Keller mit einer Wäscheleine erhängen, weil er mir nie mehr wieder in die Augen schauen könne. Und dort unten im Keller habe ich ihn dann auch gefunden. So, nun wissen Sie mehr, als Ihnen zusteht. Sind Sie jetzt zufrieden?« Ihre Stimme gewinnt allmählich wieder an Kraft.

»Kommen Sie«, wende ich mich an Saskia und lasse ihr den Vortritt. An der Garderobe helfe ich Saskia in den Mantel. »Im Flur müssen Sie mich auf meinem Handy anrufen«, flüstere ich Saskia dabei ins Ohr und schnappe mir meinen Trenchcoat, den ich mir lässig über den Unterarm lege. Mit der rechten Hand greife ich nach der Türklinke, drücke sie runter, ziehe daran und warte, bis beide Frauen in den Flur treten, wo die Kinderschreie sofort lauter werden.

»Sie können die Tür offen lassen. Ich begleite Sie zum Ausgang.« Frau Deißbach geht voraus, weicht einer Schar Kinder aus, ruft ihnen etwas zu, und endlich ertönt der ersehnte Klingelton meines Telefons.

»So ein Mist! Ich habe mein Handy bei Ihnen im Büro liegen lassen. Bin gleich wieder da. Halten Sie bitte so lange meinen Mantel?«

Saskia lächelt verschmitzt und nimmt den Trenchcoat entgegen.

»Manchmal wünscht man sich die unbeschwerte Zeit ohne ständige Erreichbarkeit zurück. Wie ist es bei Ihnen?«, ergreift Saskia schnell die Rolle meiner Komplizin und verwickelt Frau Deißbach in einen Dialog.

Die Gesichtszüge der Frau nehmen weichere Konturen an, als sie sagt: »Da haben Sie wohl recht.«

»Bin gleich wieder da«, wiederhole ich und folge dem Plausch nicht mehr, sondern versuche, so schnell wie nur möglich das Büro zu erreichen. Die offen stehende Tür ziehe ich beim Eintreten hinter mir ins Schloss. Wie ein Dieb schleiche ich mich an den Tisch, umkreise ihn und ziehe an der Schublade, in der ich die Mappe vermute, in der Hoffnung, sie möge nicht abgeschlossen sein.

Mein Wunsch wird tatsächlich erfüllt und sie lässt sich ohne großen Widerstand öffnen. Hastig hole ich die Mappe heraus, greife nach meinem Handy, aktiviere die Kamera und halte die Linse auf die Mappe. Die Karte habe ich mir eingeprägt, darum blättere ich die erste Seite um.

Durch den Spalt der angelehnten Tür vernehme ich das leise Klappern von Schuhen.

Frau Deißbach kehrt zurück.

Ich starre auf das Porträt eines Kindes.

Eine saubere Linse kann die Bildqualität verbessern, ploppt ein Warnhinweis auf dem Bildschirm auf.

Meine innere Stimme, die mit jedem Atemzug lauter wird, warnt mich davor, bei meinem Versuch, unerlaubterweise an das Material zu kommen, in flagranti von der Kindergartenleiterin erwischt zu werden.

»Frau Deißbach!«, ruft Saskia laut. »So warten Sie doch! Doktor Hornoff hat bestimmt nur etwas verloren. Das passiert ihm ständig.«

Mit dem Revers meines Jacketts reibe ich schnell über die Linse und richte die Kamera erneut auf das Schwarz-Weiß-Foto. Das Kind darauf ist etwa fünf Jahre alt.

Schweißperlen bilden sich auf meiner Stirn, weil der Fokus sich nicht einstellen lässt. Dann endlich berühre ich den roten Button.

»Doktor Hornoff, haben Sie sich verlaufen?« Saskias Stimme zittert vor Anspannung, so wie ich es am ganzen Körper tue.

Das Klackern von Frau Deißbachs Schuhen ist bereits gefährlich nahe. Mehr Zeit, als die Mappe zuzuschlagen und sie zurück in die Schublade zu schieben, bleibt mir nicht. Die Tür geht auf, die Schublade rastet ein, und ich werfe mich auf die Knie.

Das Telefon landet in meiner Hosentasche.

»Was machen Sie da?«, will Frau Deißbach von mir wissen. Sie bleibt in der Tür stehen.

Schnell, lass dir was einfallen!

»Haben Sie etwa schon wieder Ihren Manschettenknopf verloren?«, hilft mir Saskia auf die Sprünge.

»Ja, den muss ich endlich reparieren lassen. Er schließt anscheinend nicht mehr richtig«, krächze ich und fange an, an meinem Hemdsärmel zu zupfen, weil der Manschettenknopf sich nicht lösen lässt.

»Das passiert dem Professor ständig«, bemüht sich Saskia um einen nonchalanten Ton.

»Ich habe das Ding!« Eilig und mit hochrotem Kopf richte mich auf, halte triumphierend die Hand in die Luft, in der ich mit Daumen und Zeigefinger den glänzenden Manschettenknopf halte. Mit gespielter Freude sage ich: »Sie haben recht, das passiert mir in letzter Zeit häufig. Ich werde ihn später beim Juwelier meines Vertrauens zur Reparatur abgeben.«

Ich schlucke schwer und grinse, dabei komme ich mir ein wenig dämlich vor. Als ich blinzle, weil ich mit dem Rücken zum Fenster stehe und mir die Enge des Raumes nun die Luft zum Atmen raubt, taucht wieder das Abbild des Kindes wie ein Hologramm vor meinem inneren Auge auf.

»Und ich habe meine Brille vergessen«, reißt Frau Deißbach mich aus dem Zustand der Panik und lenkt meine Aufmerksamkeit auf ihre Brille. Oder besser gesagt, auf die bunten Holzperlen. Ein paar davon habe ich auf der Fotografie entdeckt.

Meine linke Hand macht sich selbständig und schnellt nach vorn.

»Danke schön, aber passen Sie bitte auf«, warnt mich die Kindergartenleiterin, doch dann passiert das von mir erhoffte Unerwartete. Die dünne Schnur reißt, die Perlen verteilen sich hüpfend zuerst auf der Tischplatte und kullern im nächsten Moment auf den Boden. Ein fröhliches Klackern erfüllt die Stille und wird von der hastigen Schnappatmung der Frau unterbrochen. »Was haben Sie nur angerichtet?« Ihre Augen weiten sich vor Schreck.

»Tut mir leid«, murmle ich und mache mich daran, jede einzelne Perle auf dem Tisch einzusammeln.

Saskia klaubt die übrigen Perlen vom Boden auf. »Doktor Hornoff ist zwar ein Psychologe, kann aber sehr ungeschickt sein.«

»Das stimmt«, pflichte ich Saskia bei. »Mein Stumpf …« Ich strecke Frau Deißbach meinen linken Zeigefinger entgegen, dem die komplette Kuppe samt Nagel fehlt. »Manchmal vergesse ich, dass ich ein Krüppel bin.« Damit nehme ich ihr den Wind aus den Segeln.

»Na ja, ist ja kein Weltuntergang«, brummt sie mit zusammengebissenen Zähnen und macht sich daran, die restlichen Perlen aufzusammeln.

»Es waren insgesamt achtundvierzig, weil …« Sie verbeißt sich den Namen des Kindes. »Laut Verpackung hätten es fünfzig sein müssen. Wir haben sie zweimal gezählt, aber es fehlten zwei.«

»Sie mochten das Kind«, spreche ich meine Vermutung laut aus.

Frau Deißbach richtet sich auf, kämpft gegen die Tränen an und nickt schließlich. »Ja, weil es anders war als die anderen. Darum war ich auch so wütend auf meinen Mann.«

Meine rechte Hand hat sich zur Faust geschlossen. »Hier.« Ich strecke den Arm aus.

Frau Deißbach hebt einen Behälter vom Tisch, leert die Stifte aus und deutet mit einem Blick zur Dose an, was ich zu tun habe.

Ich öffne vorsichtig meine Faust. Alle, bis auf zwei Perlen, die ich zwischen den Fingern eingeklemmt habe, landen darin.

Saskia kommt näher, wartet einen Augenblick und füllt den Becher fast bis zur Hälfte auf.

Frau Deißbach hat nur drei Perlen aufgesammelt. »So ungeschickt wie Sie tun, sind Sie gar nicht. Mir drängt sich der Verdacht auf, dass hinter allem, was Sie tun, eine Absicht steckt.« Sie umrundet den Tisch.

Ich weiche ihr aus.

Natürlich überprüft sie die Schublade und holt die Mappe heraus. »Können Sie bitte auf die andere Seite meines Arbeitsplatzes gehen?« Sie hebt die Brauen und setzt sich die Brille auf.

Ich nicke stumm.

»Und vergessen Sie Ihren Manschettenknopf nicht.« Ihre Augen fixieren das goldene Schmuckstück, das ich von meiner Frau zu einem unserer Hochzeitstage bekommen habe. Als meine Finger den Manschettenknopf berühren, fällt mir siedend heiß ein, dass heute der Tag ist, an dem Tim, mein Sohn, aus Südafrika zurück nach Hause kommt. Er hat eine neue Freundin, die er uns vorstellen und die er wohl heiraten will.

»Doktor Hornoff?« Frau Deißbach sieht mich streng an. »Wären Sie bitte so freundlich und würden mein Büro verlassen?«

»Frau Kirschmann, können Sie mir bitte mit dem Knopf behilflich sein? Sie wissen ja, wie ungeschickt ich bin«, wende ich mich an Saskia. *Vor allem dann, wenn ich Perlen zwischen den Fingern verstecke,* füge ich in Gedanken hinzu und kehre Frau Deißbach den Rücken.

Ich höre, wie sie die Schublade aufreißt.

Papier raschelt.

Saskia steckt mit größter Selbstverständlichkeit den Knopf durch das enge Knopfloch.

»Sie haben doch hoffentlich nichts mitgehen lassen?«, flüstert sie mir ins Ohr.

Ich hülle mich in Schweigen.

»So, das war's auch schon«, flötet Saskia und klopft mir freundschaftlich auf die Schulter.

Ich bedanke mich murmelnd, während ich auf die Reaktion von Frau Deißbach warte.

»Ich möchte Sie jetzt bitten, mein Büro zu verlassen«, wiederholt sie. »Haben Sie das Schild vor der Tür gesehen? Der Raum hier ist videoüberwacht. Ich kann mir also alles ansehen, was Sie hier in meiner Abwesenheit getrieben haben. Und ich werde mich von niemanden davon abhalten lassen, juristische Maßnahmen zu ergreifen, sollten Sie etwas getan haben, was mir missfällt. Nicht, wenn es nötig wäre, Ihnen eine Lektion zu erteilen.«

Das ist nur eine Finte. Ich zupfe Saskia schnell am Ärmel, weil sie im Begriff ist, die Decke nach einer Kamera abzusuchen. Saskia senkt sofort den Kopf und sieht mich direkt an.

Ich scanne kurz die zwei hintersten Ecken ab, wo ich keine Kamera entdecke. Oder doch? Rechts von mir erkenne ich einen Deckel, daraus schauen zwei dünne Kabel hervor. Links neben der Tür steht ein Eimer mit einem großen Regenschirm darin. Der dunkel lasierte, hölzerne Bogengriff hat helle Schrammen. Wissend blinzle ich einmal und drehe mich mit einem breiten Lächeln zu Frau Deißbach um.

»Wir danken Ihnen für Ihre Kooperation. Und die Kamera sollten Sie beizeiten wieder anbringen lassen, dann wäre Ihre Drohung zumindest etwas glaubwürdiger. Das

Gerät wurde auf eine recht unprofessionelle Art demontiert. Mit einem Stockschirm oder einem ähnlichen Gegenstand.«

Ihr Gesicht nimmt wieder harte Züge an. »Raus!«, presst sie nur das eine Wort hervor.

»Einen schönen Tag noch! Wir entschuldigen uns für die Unannehmlichkeiten.« Ich tippe mir mit zwei Fingern meiner rechten Hand an die Stirn, nehme aus Saskias Händen den Trenchcoat entgegen und stolziere nach draußen, wo ich endlich tief Luft hole.

»Was haben Sie dort drin gesucht?«, ist das Erste, womit Saskia mich konfrontiert.

»Wir brauchen Informationen.«

Schweigend laufen wir nach draußen und zum Wagen.

»Sie waren an der Schublade und haben …«

»…ein einziges Foto geschossen«, sage ich und hole mein Handy heraus. »Was meinen Sie? Ist das ein Junge oder ein Mädchen?«, will ich von Saskia wissen und zeige ihr das leicht unscharfe Bild.

Sie schweigt einen Augenblick lang. »Das mit der Kette diente allein dem Zweck, zu erfahren, ob die Perlenkette von diesem Kind gemacht wurde?« Ihr Finger kreist über der Bildfläche unter dem Ohr des Kindes, wo man drei Perlen erkennt. Die restlichen sind unter dem Shirt verborgen.

»Ja«, sage ich kurz angebunden und schicke das Foto an meinen Bruder, mit der Bitte, das Gesicht altern zu lassen, und zwar für beide Geschlechter.

»Ich denke, dass es ein Mädchen ist«, sagt Saskia. »Die Gesichtszüge wirken feminin.«

»Oder ein Junge, der im falschen Körper geboren wurde. Daher der kurze Haarschnitt und die Auswahl der Farben.«

»Der Farben? Das Foto ist schwarzweiß.«

»Ich weiß, aber die Perlen. Keine einzige davon war rosa oder gelb, nicht mal hellgrün war dabei.«

»Haben Farben für Sie einen Bezug zum Geschlecht?«

»Wir suchen nach einer zerbrochenen Seele, weil das Kind

von mehreren Menschen, die es anfangs sehr geliebt hat, getäuscht wurde. Wenn es sich bei dem Gesuchten um dieses Kind handelt, so haben wir zumindest eine vage Spur. Sie kümmern sich bitte darum, die Identität des Kindes zu ermitteln, und um den Beschluss auf Akteneinsicht. Ich muss derweil zu meinem Bruder.«

»Aber erst, nachdem wir mit Herrn Breuer gesprochen haben, sonst …«

»Ach ja. Er wollte, dass ich ihm bei der Befragung von Herrn Himmelsbach zur Seite stehe. Also gut, lassen Sie uns ins Präsidium fahren.«

Sobald ich auf dem Beifahrersitz eine halbwegs bequeme Position eingenommen und mich angeschnallt habe, fängt mein Handy an zu vibrieren. Ein Anruf von meiner Frau. Sonja, besser gesagt ihre Nummer, wurde auf meinem Gerät auch personifiziert.

»Hallo Schatz«, melde ich mich, nachdem ich das blöde Ding umständlich aus der Hose gefischt und es mir ans Ohr gedrückt habe.

»Wir haben in zwei Stunden einen Gesprächstermin«, sagt Sonja.

In meinem Kopf bildet sich eine Lawine an Informationen.

»Nein, du hast nichts vergessen«, beruhigt mich Sonja und stoppt die Bewegung in meinem Kopf.

»Hat Tim schon wieder was ausgefressen?«

»Ach wo, nein. Es ist eine erfreuliche Nachricht.«

»Nun spann mich bitte nicht auf die Folter, spuck es aus, Sonja«, sage ich und merke sofort, dass mein Ton barscher als beabsichtigt klingt, weil mir nichts Gutes schwant. Der Anruf hat aber auch eine positive Wirkung. Ich achte nicht auf den Verkehr, weil ich mit dem Gedanken beschäftigt bin, wie ich meiner Frau bestmöglich beibringen kann, dass ich den Termin nicht wahrnehmen werde.

»Wir haben diese Vorladung, damit sie uns persönlich kennenlernen können.«

»Wer, verdammt noch mal, will uns persönlich kennenlernen und wo?«, rutscht es mir heraus.

»Eine Frau, die Kinder vermittelt.«

Ich presse meine Augenlider so fest zusammen, dass es wehtut. *Sie will es tatsächlich durchziehen.*

»Was?«, fragt Saskia.

»Was?«, echot es in meinem Ohr.

Ich habe meinen Unmut also laut ausgesprochen.

»Du hast gedacht, ich bluffe?«, legt Sonja eine Schippe nach. »Da hast du dich aber geirrt, mein Lieber. In zwei Stunden erscheinst du bitte bei folgender Adresse.« Sie diktiert mir die Straße und die Hausnummer.

»Ich kann im Moment aber nicht selbst Auto fahren, das weißt du. Meine Attacken …«

»Dann lass dir einen Termin bei einem Psychiater geben«, fällt sie mir barsch ins Wort und legt auf.

»Stress im Paradies?« Saskia setzt den Blinker und bleibt an einer Ampel stehen.

»So in etwa.« Ein kurzer Blick auf den Bildschirm. Mit einem tiefen Seufzen schließe ich kurz die Augen und lehne meinen Kopf gegen die Kopfstütze.

Der Wagen ruckelt, ich blinzle und starre durch die verschmutzte Windschutzscheibe.

Saskia flucht und würgt den Wagen ab, weil ein junger Hipster auf einem Elektroroller die Straße bei Rot überquert und ihr breit grinsend den Mittelfinger entgegenstreckt. Sie lässt das Fenster runter und wünscht ihm die Pest an den Hals, aber er hört sie nicht, weil seine Ohren mit In-Ear-Kopfhörern verplombt sind.

»So ein Arschloch!«, knurrt sie und startet den Wagen neu. Natürlich hupt hinter ihr ein ungeduldiger Typ mit stylisch gestutztem Vollbart. Selbst bei dieser Kälte ragt sein linker Ellenbogen nach draußen. Tiefe Bässe mit deutschem Text, bei dem ich meine Muttersprache gern verleugnen würde, überlagern recht sexistische Flüche, die der Fahrer in Saskias Richtung abfeuert. Nun streckt er seinen Kopf weit aus dem Fenster, weil sie nicht schnell genug ist und die Ampel wieder auf Rot wechselt.

»Das reicht nun wirklich.« Ich steige aus, hole zuerst den Hipster ein, der auf der anderen Seite der Straße stehengeblieben ist und mein Kommen nicht bemerkt. Er redet mit jemandem und hält sich das Handy wie einen Cracker vor die Lippen.

Ein Videoanruf. Sein Gesprächspartner sitzt in einem teuren Wagen mit getönten Scheiben.

»Warte, bis die Fotze mit ihrem alten Knacker weg ist«, sagt der Hipster, ohne meine Gegenwart zu bemerken. Obwohl das Gesicht auf dem Bildschirm keine HD-Qualität besitzt, kann ich den Wortlaut von den Lippen des schmallippigen Mundes seines Gesprächspartners ablesen.

»Du schuldest uns noch eine Mille. Wir haben ›Bad Pills‹ und ›Angel Dust‹«, formt der Rotbart mit den Lippen.

»Ich brauche aber ›Cheese‹«, entgegnet der Hipster. Zu laut für meine Ohren. »Ich brauche eine Handvoll ›ICE‹. Habe grad was am Laufen, Mann.« Er schnieft und reibt sich die Nase.

»Hier ist Endstation«, sage ich und klopfe ihm auf die Schulter.

Das Gesicht auf dem Display taucht in voller Größe auf. Der Mann hat einen roten Vollbart und eine Glatze.

Der Typ mit dem E-Roller zuckt zusammen und sieht mich erschrocken an. Er ist schmächtig und einen Kopf kleiner als ich, zudem ist er nicht im Geringsten so wütend, wie ich es bin.

»Gehört das Ding dir?«, will ich von ihm wissen und packe mit der rechten Hand die Lenkstange dieses neumodischen Transportmittels.

»Hä?« Er verzieht sein schmales Gesicht zu einer Fratze und zuckt mit den Schultern.

»Na gut«, murmle ich. Mit der rechten Hand ziehe ich an einem seiner Kopfhörer und befördere ihn mit einem hörbaren Ploppen heraus.

»Sag mal, spinnst du?«, empört er sich.

»Gehört das Teil dir?«

Weil ich einmal fest am Lenker ziehe, gerät mein Gegenüber ins Straucheln.

Hinter meinem Rücken streitet Saskia zuerst mit dem coolen Typen in Papas weißem Mercedes, danach warnt sie mich, dass sie gleich ohne mich weiterfährt.

»Deine Braut ist ganz schön angepisst.« Der Hipster zeigt mir zwei Reihen gebleichter Zähne.

»Weil ich gerade eben ihren Liebhaber erschossen habe«, entgegne ich kühl. »Jetzt zurück zu dir, Kumpel. Gehört das Teil dir?«

»Ja, Mann. Ich habe«, sagt er und schaut dabei auf den Touchscreen des Rollers, »noch dreißig Minuten, Mann.« Sein Atem riecht nach Hasch.

»Schön.« Mit einem heftigen Ruck reiße ich ihm den Roller aus den Händen und stampfe damit zurück auf die andere Seite der wenig befahrenen Straße, wo der andere Typ im Begriff ist, Saskia davon zu überzeugen, dass er hier der Obermacker sei und sein Revier mit lauten Bässen und obermachohaftem Auftreten markieren muss. Obwohl sich auf keiner Seite der leblosen Straße Schaulustige versammelt haben, um das Ganze live zu streamen, spielt er sich auf wie der letzte Dreck und beleidigt Saskia mit Worten, die er bei den Liedern seines Lieblingsrappers aufgeschnappt haben muss.

»Hör zu, Freundchen«, raune ich dem Bärtigen ins Gesicht. Unsere Nasen berühren sich beinahe. Hinter seinen tiefgrünen Augen lauert Trotz, weil er es nicht gewohnt ist, nachzugeben.

»Was willst du, Alter?« Er geht auf Abstand, indem er sich weiter zurückzieht. Auf dem Beifahrersitz und im Fond kann ich weitere Typen seines Schlags ausmachen.

»Kann nix, bin nix, will nix, alles Scheiße außer ich«, spucke ich die Worte in den Wagen, in dem die Luft nach Gummibärchen riecht, sehe dabei von einem zum anderen, bis ich wieder den Fahrer anblicke.

»Sag mal, wie bist du denn drauf?« Die Musik und der Rapsong, in dem ein Typ alles fickt, selbst einen fetten Wagen in seinen Auspuff, wird durch einen Knopfdruck des Beifahrers unterbrochen.

»Du hast gerade eben eine Frau beleidigt, Bratan, und dann willst du als Ehrenmann bezeichnet werden? Wem gehört die Karre? Habt ihr gerade Mittagspause oder Schichtwechsel, hm?«

»Verpiss dich einfach!«, schreit mich einer aus dem Fond heraus an. »Wer bist du, Alter? Willst du Stress, du Schwuchtel?«

»Hier riecht es wie in einem Puff. Ich an deiner Stelle würde den Rand halten, wenn ich an einem elektrischen Vibrator lutschen und dabei eine Wolke, die nach Gummibärchen stinkt, in die Luft pusten würde, Alter.«

Der Typ im Fond zieht den Dampfer aus seinem Mund und leckt sich unbewusst die Lippen.

»Was hast du gesagt? Soll ich rauskommen?«, sagt er dann.

»Ich schlage keine Kinder. Kommissar Kirschmann, können Sie sich bitte herbemühen? Die Männer hier haben Drogen dabei, die sie mir verticken wollten.«

Saskia versteht die Welt nicht mehr.

»Sachte, sachte! Nicht so stürmisch. Bleiben Sie einfach sitzen«, wende ich mich jetzt an den Fahrer und ziehe am Türgriff seines Wagens, während ich die Lenkstange des Rollers gegen das frisch polierte Auto drücke.

»Hey!«, empört sich der Kerl. Das kratzende Geräusch wird lauter. Die Lenkstange des Rollers, an der der rechte

Gummigriff fehlt, frisst sich noch tiefer in den Lack und hinterlässt einen mächtigen Kratzer in der Tür des protzigen Wagens.

Ohne eine Miene zu verziehen, hebe ich das ziemlich schwere Teil hoch und schlage damit gegen das Dach.

»Du bist tot, Mann. Aber so was von!«

Ein Gefühl der Genugtuung durchflutet meinen Körper. Meine Hand packt den Sicherheitsgurt und zieht daran.

»Hey, Mann, *easy*!«, krächzt der Fahrer mit puterrotem Kopf.

»Ich habe alles auf Video«, meldet sich einer vom Rücksitz. »Bis auf die Hackfresse der Schwuchtel«, fügt er leicht enttäuscht hinzu.

»Die Frau arbeitet bei der Polizei, und du hast sie gerade eben sexuell belästigt.«

Die Kerle steigen tatsächlich aus dem Wagen. Alle bis auf den Fahrer, der sich darum bemüht, den Gurt vom Hals zu bekommen.

Saskia öffnet die Tür und versucht, den weiteren Verlauf abzuschätzen.

»Wenn einer von euch auch nur einen weiteren Schritt wagt, schlage ich das Ding gegen die Motorhaube!«, warne ich die in teure Sportkleidung gewandete Truppe. Keiner von denen würde bei einem Wettrennen gegen mich gewinnen.

»Der ist crazy.«

»Ein alter Sack am Durchdrehen.«

»Sollen wir dir Manieren beibringen?« Der Beifahrer grinst und fasst sich in den Schritt.

»Wir ficken zuerst ihn, danach ficken wir seine Alte!«, lacht der vierte, der jetzt ebenfalls ausgestiegen ist. Glatzköpfig und mit einem dichten Bart, der rötlich schimmert. Das ist der Typ, mit dem sich der Hipster mit dem Roller über seinen nächsten Deal unterhalten hat.

Daher also der dicke Wagen.

Dank Mister Zufall bin auf etwas gestoßen, das meinen

Ausrutscher in ein besseres Licht rücken wird, sollte dieser Zwischenfall publik werden. Eine kleine Gruppe von Hosenscheißern, die ihre Drogen verticken – und ich.

Weil ich eine Ausrede für Sonja brauche, warum ich nicht zu dem Vorstellungsgespräch kommen kann, dresche ich mit dem Roller erneut auf das Dach des Wagens ein, aber keiner der Typen rührt sich vom Fleck.

»Sie hat 'ne Knarre!«, sagt der Rotbart, fasst sich an die Glatze und hebt langsam beide Arme in die Luft.

Saskia nimmt die lustige Truppe mit den bis zu den Kniekehlen heruntergelassenen Jogginghosen ins Visier.

So eine Scheiße!, fluche ich innerlich und laufe zurück zu unserem Wagen. Saskia hat tatsächlich einen Streifenwagen geordert. Das Flackern der Blaulichter taucht am Rande meines Blickfeldes auf und ruiniert somit meine Inszenierung, bei der ich zusammengeschlagen werden sollte. Aber die harten Kerle sind im Inneren so weich wie junger Camembert im Backofen. Ich weiß, der Vergleich hinkt, aber zu mehr bin ich meinem momentanen Zustand nicht fähig.

»Warum zur Hölle haben Sie die Typen so provoziert?« Saskia sieht mich entgeistert an.

Zwei Männer und eine Frau steigen aus dem Streifenwagen und bitten die Kerle, sich auszuweisen.

Der Hipster hat Fersengeld gegeben, obwohl ich seinen Roller habe. So schnell wird er nie wieder eine Straße bei Rot überqueren.

»Hey, Mann. Das ist Backpulver!«, empört sich einer der Kerle, der mit dem Oberkörper gegen die Motorhaube gedrückt wird, während einer der Beamten ein Tütchen aus seiner Hosentasche zieht.

Handschellen schnappen zu.

»Sie haben dafür einen Riecher? Wie ein Drogenhund?« Saskia sieht mich fragend an.

»Und seit wann tragen Sie eine Waffe?«

»Ist nur ein Feuerzeug, ein Geschenk meines Mannes, das ich immer dabeihaben muss.«

»Aha.«

»Woher wussten Sie, dass die Kerle Drogen haben?«

»Weil der Beifahrer zum Handschuhfach gegriffen hat, als ich das angesprochen habe. Der Hipster war der Käufer«, füge ich unnötigerweise hinzu.

»Das war mir klar. Er ist uns aber leider entwischt.« Sie atmet enttäuscht aus.

»Seine Daten sind im Roller gespeichert«, erwidere ich.

»Sie haben also wieder mal an alles gedacht! In der kurzen Zeit?«

»Nein. Das war vielmehr mein Unterbewusstsein.«

»Leiden Sie an einer gespaltenen Persönlichkeit?«

»Nein, sie leidet an mir.«

Ein zweiter Polizeiwagen hält an. Dieses Mal werden die Beamten sogar von einem Spürhund begleitet.

»Ich bin keine Psychologin und kenne Sie nicht wirklich gut, aber ich hege den Verdacht, dass der Grund Ihres Verhaltens eine Geschichte hat.«

»Sie haben recht«, gebe ich zu und muss mir eingestehen, dass Saskia mich durchschaut hat. »Vor Jahren hätte ich beinahe meinen Sohn verloren. Wegen solcher Typen«, erkläre ich mich und muss dabei an den Ex meiner Frau denken.

»Tim war drogenabhängig?«

»Nein, ich habe dem Typen, der ihn dazu animieren wollte, Drogen zu nehmen, rechtzeitig die Nase gebrochen.«

»Ist das wahr?«

Ich zucke nur mit den Schultern. »Ich bin vielleicht ein guter Psychologe, aber ein mieser Vater. Wenn es um die Familie geht, sind meine Überzeugungskünste etwas rabiat und archaisch, aber leicht verständlich.«

»Und wirksam. Bevor wir von den Kollegen zu der kleinen Auseinandersetzung befragt werden, will ich Ihnen eine Anekdote aus meinem früheren Leben erzählen.«

Ich lehne mich mit dem Rücken gegen den Wagen.

»Ein früherer Kollege vom Zollamt hat einen Drogenspürhund, der ausgedient hat, bei sich aufgenommen. Dabei hat er aber vergessen, dass das Tier darauf trainiert war, auch bei Zigaretten anzuschlagen. Und der arme Kerl hat seiner Frau versprochen, deshalb mit dem Rauchen aufzuhören.«

»Damit er den Hund bei sich aufnehmen durfte?«

Saskia nickt und lächelt. »Das war der Deal.« Ihr Lächeln wird immer breiter.

Ich erahne die Pointe bereits und warte zwar geduldig, bis ich sie von Saskia erzählt bekomme, grinse aber jetzt schon breit.

Saskia strahlt und muss sich sammeln. »Jedenfalls, hat ihn der Hund immer verpetzt, sobald er sich auf den Balkon geschlichen hat oder eine Packung ins Haus schmuggeln wollte. Der Hund ließ ihn nicht mal durch die Tür.« Sie lacht jetzt Tränen. »Seine Frau hat daraufhin gesagt, dass der Hund bleiben dürfe.«

Jetzt lachen wir beide. »Warum erzählen Sie mir das?«

»Weil man Instinkte nicht abschalten kann.«

»Sie meinen, ich wäre so wie dieser Hund?«

»Ja. Sie beschützen instinktiv alles, was Ihnen lieb ist, auch wenn es nicht immer um Ihre Familie geht. Sie haben die Typen gesehen und gehandelt, außerdem haben Sie mich verteidigt und sich für mich eingesetzt, nur weil die Kerle mich beleidigt haben und zu viert waren. Und Sie haben keinen Gedanken an die Konsequenzen verschwendet.«

»Ich hätte es mit jedem von denen aufnehmen können«, brüste ich mich.

»Ich vergaß, Sie hatten ja den Roller. O Gott, meine Schminke ist bestimmt verlaufen.« Sie tupft sich mit einer Serviette die Augen ab.

»Frau Kommissar Kirschmann?«

»Ja, das bin ich.« Saskia fächert sich Luft zu.

Ein Polizist mit einem Klemmbrett gesellt sich zu uns und bedenkt mich mit einem ernsten Blick. »Und Sie sind?«

»Professor Doktor Hornoff.«

Der Polizist strafft den Rücken.

»Mein Name ist Uhrmacher. Ich führe das Protokoll und muss Ihnen einige Fragen bezüglich des Geschehens stellen. Sind Sie so nett und begleiten mich zu unserem Einsatzfahrzeug? Es wird nicht lange dauern.«

»Aber gern«, füge ich mich und folge dem Mann. »Ich habe in einer Stunde einen Termin. Könnten Sie meine Frau kontaktieren und ihr sagen, dass ich wegen eines Notfalls verhindert bin?«

»Es wird wirklich nicht viel Zeit in Anspruch nehmen. Wenn Sie möchten, bringen wir Sie danach mit Blaulicht und Sirene zu der gewünschten Adresse. Ich weiß, wie wichtig Sie für die Ermittlungen sind, denn ich kenne Karl Breuer und weiß, was er mit mir anstellt, wenn ich Sie zu lange aufhalte.«

»Mist«, rutscht es mir über die Lippen.

Herr Uhrmacher lacht auf und zeigt zum Kleintransporter, der inzwischen eingetroffen ist. »Sie müssen auch nicht einsteigen. Ihre Angst vor engen Räumen ist mir bekannt. Ich will nur sichergehen, dass wir beide ungestört sind.«

»Verstehe«, sage ich und wir laufen schweigend zu dem Wagen.

18

SCHWARZER ENGEL

Drei Wochen zuvor

Ich stopfe das Monster in die Tasche meines Mantels. Nur sein Kopf schaut hervor. Es betrachtet die Gegend mit seinem Knopfauge, welches ich ihm heute angenäht habe. Mein rechter Zeigefinger tut noch immer ein bisschen weh, weil ich mich beim Annähen des Monsterauges mit der Nadel verletzt habe. Die Spitze ging dabei tief unter den Nagel.

In Gedanken versunken laufe ich meine Runde, weil ich mit der Zeit, die ich ganz für mich allein habe, wie so oft nichts anzufangen weiß. Die Tage, besonders die im Herbst, ziehen sich wie Kaugummi und der heutige ist besonders schlimm.

Kinderstimmen werden vom Wind davongetragen.

Diesen Ort suche ich in den letzten Wochen des Öfteren auf, weil hinter der hohen Dornenbuschhecke, die mit roten Hagebuttenfrüchten gespickt ist, ein Spielplatz ist. Damals, noch bevor mein Leben von einem alten Mann zerstört wurde, durften wir hier spielen. Unsere ganze Gruppe konnte sich auf diesem Spielplatz austoben. Diese Art von Ausflug war für mich wie Weihnachten und Geburtstag zusammen.

Ich liebte diese Momente unbeschwerten Glücks. Jeweils zu zweit und in einer Reihe aufgestellt, liefen wir Hand in Hand vom Kindergarten bis zu diesem Ort. Noch heute erinnere ich mich gern an die Vorfreude auf diesen Ausflug, aber oft wird dieses Hochgefühl von einer anderen, unschönen Erinnerung verdrängt, die sich wie eine eisige Hand um mein Herz schließt.

Ich bleibe stehen.

Selbst jetzt weiß ich noch, wie der Mann damals gerochen hat.

Herr Himmelsbach war sein Name, ich durfte ihn aber Gustav oder Gusti nennen, wenn wir allein waren.

Mein Hals wird eng.

Er und weitere vier Männer, sie waren alle richtig, richtig alt gewesen, hatten uns eines Tages bei einem unserer Ausflüge begleitet. Gustav wollte, dass ich die Rutsche nehme, weil er mir beim Hinauflaufen dabei helfen wollte, den kleinen Hügel in einem Rutsch zu erklimmen.

»Und hopp!«, sagte er und schob mich mit seinen starken Händen hinauf.

Damals wusste ich nicht, warum er das tat, heute schon. Seine Finger lagen immer auf meinem Po und drückten die Pobacken fest zusammen. Auf die Frage, warum wir nicht die Stufen nehmen, hatte er gesagt, dass diese für kleine Babys gebaut worden wären.

»Das geht nicht, verdammt noch mal!« Eine Männerstimme vertreibt die schwarzen Wolken aus meinem Kopf. Ich blicke hoch. Eines der Fenster des vierstöckigen Mehrfamilienhauses steht sperrangelweit offen. Ein Mann lehnt im Rahmen, in der einen Hand ein Handy, in der anderen eine Zigarette. Er lehnt sich weit nach draußen.

»Liam ist mit dem Nachbarmädel auf dem Spielplatz, Kirsten. Warum sollte ich ihm verbieten, mit anderen Kindern spielen zu gehen? Der Spielplatz ist quasi in Sichtweite … Nein, ich bumse nicht mit meiner Freundin, während mein Sohn ohne Aufsicht auf dem … Nein, Gott verdammt! Ich habe einen Job! … Ja, nur zu deiner Information, ich habe mein Leben längst wieder im Griff.«

Der abgehackte, nur einseitig vernehmbare Dialog ist nicht zu überhören. *Wie immer,* denke ich mir, *sind die Kinder die eigentlichen Opfer solcher Schlachten, bei denen es nur Verlierer geben kann.*

»Nein, ich bin nicht besoffen, und ich vernachlässige mein Kind auch nicht! Liam ist lediglich mit dem Nachbarmädel unterwegs, und du machst hier einen total unnötigen Aufstand! Wie immer! Weißt du was? Ich bin froh, wenn wir endlich geschieden sind!«, brüllt der Mann und knallt das Fenster zu.

Eine frische Brise streift mein Gesicht und reißt die letzten Blätter von den Bäumen, die in einem wilden Tanz zu Boden trudeln und meine Aufmerksamkeit wieder auf die Kinderstimmen in der Ferne lenken. Bisher habe ich den Spielplatz gemieden, bin nur daran vorbeigelaufen, aber nun zieht mich die Vorstellung, Liam kennenzulernen, dorthin. Beim Gedanken, diesen Ort zu betreten, stellen sich alle Härchen an meinem Körper auf und ich fange an zu schwitzen. Die Kopfhaut unter der Perücke beginnt zu jucken. Mir ist, als zöge mich jemand an einer unsichtbaren Schnur zu den Büschen und dem unscheinbaren Durchgang. Ein metallener Bogen, der von dornigen Strängen umrankt ist, hält die Pflanzen davon ab, mir und anderen Besuchern das Passieren des Eingangs zu verwehren. Ein Schild warnt die Gäste, diesen Ort nicht mit Müll zu beschmutzen. Helme, Ballspielen und Hunde sind an diesem Ort nicht erlaubt, aber kaum einer der hier Anwesenden hält sich an diese Regeln.

Die vergangenen Jahre haben die einst knallbunten Farben der Geräte verblassen lassen, aber nicht meine Erinnerungen.

Wie ferngesteuert schlage ich den Weg zu der Rutsche ein. Der damals unüberwindbare Hügel ist eigentlich winzig und der Pfad, der nach oben führt, wurde von unzähligen Kinderfüßen ausgetrampelt. Ich konzertiere mich auf meinen Atem, kann die Tränen aber nicht zurückhalten.

»Eckstein, Eckstein, alles muss versteckt sein!«, ruft ein Mädchen, das zählend an einem Baum steht, an dem ich gerade vorübergegangen bin. Dann rennt es los, wobei es sich suchend umsieht und lachend verkündet: »Achtung, Liam, ich kooommeee!«

Das muss das ›Nachbarmädel‹ sein, das mit dem Jungen spielen gegangen ist, dessen Eltern sich scheiden lassen.

»Liam, wo bist du?« Die Stimme des Mädchens ist voller Lebensfreude.

Ich blinzle die Tränen weg und lasse meinen Blick durch die Gegend schweifen, im Versuch, das Versteck des kleinen Liam ausfindig zu machen.

»Liam? Liam!«, ruft das Mädchen nun wieder. Ein Hauch Nervosität hat sich in die Stimme der ungefähr Elfjährigen geschlichen, weil sie ihren Spielgefährten nicht sofort findet. »Liam, komm raus! Du hast gewonnen! Wo steckst du?«

Ich frage mich gerade, wie alt Liam ist, als mein Herz plötzlich einen Takt aussetzt, weil ich unvermittelt dem Mann gegenüberstehe, der mein Leben zerstört hat. Er hält ein Kind an der Hand und fragt mich etwas.

»Dürfen wir bitte hier durch?«

Der Alte sieht mich mit seinen trüben Augen freundlich an, dahinter verstecken sich aber bodenlose Schwärze und die abgrundtiefe Ruchlosigkeit eines Kinderschänders, der nach außen hin niemandem auffällt. Ich erkenne ihn sofort.

»Sie?«

Sein freundliches Lächeln gefriert. Er leckt sich die eingetrockneten Speichelbläschen aus den Mundwinkeln und reibt sich mit der Handkante über den Mund, weil er aufgeregt ist. Wie damals im Wald, als wir beide von Frau Deißbach bei unserem Geheimspiel erwischt wurden.

»Du!«

Er hat mich ebenfalls erkannt. Mein Blick wandert zu dem kleinen Jungen an seiner Hand, der unruhig wird und sich dem nachlassenden Griff des Alten entzieht. »Ich will nicht mehr rutschen«, sagt der Kleine und rennt weg.

»Da bist du ja!«, ruft ihm das Mädchen mit hörbarer Erleichterung in der Stimme entgegen, sobald er in ihr Sichtfeld kommt. »Wo warst du?«

»Ich habe mich nur versteckt«, höre ich den Jungen noch sagen. »Hinter dem Baum an der Wippe. Der Mann dort hat mich gefunden und wollte mit mir rutschen gehen. Ich will jetzt heim zu meinem Papa.«

»Wollen wir nächste Woche wieder herkommen und zusammen mit deinem Papa Verstecken spielen?«

Ich weiß nicht, was mich dazu bewegt, aber es geschieht im Affekt. Ich balle die Hand zur Faust und schlage Gustav ins Gesicht.

Er ist zwar alt, aber ziemlich flink. Ohne viel Mühe pariert er meinen Schlag und bekommt mich sogar am Handgelenk zu packen. Ich will mich losreißen. Mit der anderen Hand zerrt er mich am Kragen näher an sich heran.

»Ich hätte dich damals …«

Seine Lippen beben vor Zorn. Die Falten in seinem Gesicht färben sich dunkel. Seine krummen Zähne, die wie alte Grabsteine aussehen, malmen aufeinander.

»Ich hätte dich …«

Er weiß nicht, was er mit mir hätte anstellen sollen, als ich bis aufs Höschen nackt vor ihm stand und er vor mir auf dem Waldboden kniete.

»Ich war nicht das, was Sie sich damals erhofft haben, und heute bin ich erwachsen«, fahre ich ihm über den Mund und ramme dem Wichser mein rechtes Knie in sein verfaultes Gemächt. Ein ersticktes Stöhnen dringt aus dem faltigen Mund. Sein warmer Atem stinkt nach Dosenfisch. Er krümmt sich nach vorn und zieht mich mit in die Tiefe.

»Lassen Sie mich los!«, knurre ich ihn an, schlage seine

Hand von mir weg und merke dabei, dass der oberste Knopf meines Mantels abreißt, verschwende jedoch keinen weiteren Gedanken daran und laufe davon. Ich renne nicht, weil ich nicht will, dass die anderen Spielplatzbesucher auf mich aufmerksam werden, aber ich gehe zügig und bin froh, als ich endlich aus ihrer Sichtweite verschwunden bin.

Mein Herz schlägt spürbar schneller als sonst und meine Gedanken rasen. *In was bin ich da gerade hineingeraten?*, frage ich mich, obwohl ich die Antwort bereits kenne. Der alte Sack hat es auf den kleinen Liam abgesehen und ich bin ihm in die Quere gekommen. Wäre ich nicht gewesen, würde dieser kranke Wichser nun mit dem Jungen in irgendeinem unbeobachteten Winkel hocken und ihn befummeln. Vielleicht wird er es sogar noch mal versuchen. *Ich werde Liam auch in Zukunft vor diesem bösen Mann schützen müssen*, schießt es mir durch den Kopf. *Ich komme wieder, zur Not jeden Tag, und beschütze den Jungen vor diesem Unheil.*

Zur Polizei gehen und Herrn Himmelsbach anzeigen kann ich nicht. Meine Eltern haben sich damals gegen mich entschieden und sich von diesem alten Arsch für ihr Schweigen bezahlen lassen. Sie haben meine Seele verkauft und das Geld versoffen. Die Polizei ist bei so was ohnehin keine Hilfe. Solange niemand zu Schaden kommt, greift in unserem Land keine Behörde ein.

Alles um mich herum wird von dem trüben Schleier verdeckt, der mir die Augen zu verbrennen droht. Ich weine bittere Tränen.

Liam ist noch ein Kind. Mein Kind!, schwöre ich mir und wische mir mit dem Monsterkuscheltier über die Wangen.

»Liam«, wiederhole ich seinen Namen und verspüre eine leichte Woge der Entschlossenheit, die sämtliche Glieder meines Körpers durchströmt.

19

JOHANNES

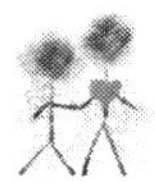

Heute

Das Berliner Polizeipräsidium schläft nie.

Saskia und ich begeben uns zu den Besprechungsräumen. Dabei weichen wir Beamten aus, die entweder in einen Dialog verwickelt oder in ein Telefongespräch vertieft sind.

»Hey, ihr beiden!« Lautstark werden wir von Oberkommissar Breuers brummiger Stimme zum Stehenbleiben gezwungen. »Wohin des Weges?«

Wir drehen uns um und blicken ihn stutzig an.

Rasch konsultiere ich meinen Chronografen. »Wir liegen noch gut in der Zeit.«

Karl reibt sich die vernarbte Gesichtsseite. »Und wie erklärt ihr das hier?« Er steckt die Hand in die Hosentasche, holt umständlich sein Telefon heraus, wischt über den Bildschirm und startet ein Video, das ins Netz gestellt wurde.

Wir schauen uns den kurzen Film schweigend an.

»Und?«, fragt Karl. Er will von uns eine Erklärung haben.

»Darauf sieht man mich nur von hinten. Saskia ist überhaupt nicht drauf«, gehe ich in die Defensive.

Ein zurückhaltendes Hüsteln bringt uns alle drei zum Schweigen.

»Edgar?«, wundert sich Karl.

»Tut mir leid, wenn ich dazwischenplatze, nur duldet diese Neuigkeit keinen Aufschub.«

»Jetzt zappele nicht herum und spuck es schon aus. Wir sind nämlich auf dem Weg zu Zimmer 3«, sagt Karl so, als wäre dies ein Codewort.

»Ich habe das Spielzeug auf Spuren untersuchen lassen.«

»Das weiß ich«, brummt Karl.

»Nun, nach einer wiederholten Analyse fanden wir Blutreste, die wir zur Feststellung der DNS ins Labor geschickt haben.«

»Und?«

»Wir wissen nun, dass die gesuchte Person weiblich ist.«

»Na prima!«, empört sich Karl. »Damit kommt ja nur noch die Hälfte der Weltbevölkerung infrage. Und das Spielzeug selbst bringt uns vermutlich auch nicht weiter, oder? Dieses Ding wurde bestimmt in China hergestellt …«

»Taiwan«, korrigiert Edgar und beißt sich sofort auf die Unterlippe.

Karl fuchtelt ungeduldig mit seiner Pranke in der Luft. »Gehüpft wie gesprungen. Das bringt uns nicht weiter.«

Ich bin anderer Meinung und hole mein Handy heraus. Ich zeige ihm das erste Foto, von Benjamin nachbearbeitet, auf dem das im Büro der Kindergartenleiterin abfotografierte Kind zu einer neunzehnjährigen Frau geworden ist.

»Wer ist das?«

»Edgar meint, wir suchen nach einer Frau …«

»Ja, aber nicht nach einem Kind!«, schneidet Karl mir das Wort ab. »Das Mädchen auf dem Bild ist höchsten dreizehn.«

»Eher neunzehn.«

»Wo hast du es her?«

»Von der Leiterin des Kindergartens.«

»Und warum verlangt sie für die Einsicht nach einer richterlichen Verfügung?«, zischt er mich drohend an. »Frau Kirschmann, Sie waren dabei. Hat der Zappeldoktor sich wieder mal zu viel erlaubt und im Alleingang eine Straftat begangen?«

Saskia starrt Karl ungläubig an.

»Doc?« Seine Stimme hat einen noch ungeduldigeren Tonfall als sonst angenommen.

»Lass uns Herrn Himmelsbach damit konfrontieren. Er hat doch eine junge Frau bei sich aufgenommen, weil sie maskuline Züge hat. Dieses Androgyne scheint ihn zu erregen. Ich denke, der Mann ist auf Jungen fixiert«, spreche ich meine Vermutung aus.

»Aber dieses Mädchen ist, wie du sagst, erst neunzehn. Zu alt für ihn und zu jung, um unsere Täterin zu sein, oder?«

»Du hast recht, mit neunzehn ist man noch ziemlich frisch, was die Lebenserfahrung betrifft, sollte man meinen, aber es gibt Kinder, die mehr durchgemacht haben als so mancher Erwachsener. Und erzähl mir nichts von Menschenkenntnis, Karl.«

Tiefe Falten um seinen Mund deuten an, dass ihn meine Wortwahl ärgert. Und der Umstand, dass ich wieder mal nicht bereit bin, mich von seinem Verhalten einschüchtern zu lassen.

»Also gut«, knickt er ein, »aber wenn der Schuss nach hinten losgeht, schiebe ich es dir in die Schuhe, Doc. Ich werfe dich Kraut in seinem Büro zum Fraß vor und schließe die Tür von außen ab, das verspreche ich dir!« Er dreht sich zu Saskia um. »Sie, Frau Kirschmann, haben den Rest des Tages frei. Aber erst, nachdem Sie den heutigen Papierkram erledigt haben. Und du, Edgar …«

Edgar fährt sich mit der Hand durch das dunkle volle Haar, dann schaut er auf sein Smartphone, vergrößert das frisch eingegangene Bild und hebt den Blick.

»Was ist?«, wird Karl stutzig.

»Der Teilabdruck auf dem Knopf hat einen Treffer

gebracht. Herr Himmelsbach muss den Knopf berührt haben.«

»Allmählich schließt sich der Kreis. Wir müssen den alten Dreckskerl in die Mangel nehmen.« Karl schlägt mit der rechten Hand, die er zur Faust geballt hat, in die linke Handfläche.

»Ich habe noch etwas«, werfe ich ein.

Edgar und Karl sehen mich ernst an. Saskia nicht, denn die hat sich wortlos aus dem Staub gemacht, was ich ihr nicht verübeln kann.

»Spuck es schon aus, Doc!«, drängelt Karl.

Ich habe mir den Namen der Ortschaft auf Frau Deißbachs Karte gemerkt, ihn Benjamin weitergeleitet und der hat mir gerade die Koordinaten geschickt. Sobald ich den Sachverhalt erklärt habe, gibt Edgar die Koordinaten bei Google Earth ein und zoomt das Bild heran.

»Dort hat alles seinen Lauf genommen«, sage ich. »Ich bin überzeugt, die Geschichte unseres Täters hat dort begonnen. Nun müssen wir herausfinden, was genau dort damals passiert ist.«

»Dort in der Nähe haben wir auch das tote Mädchen gefunden«, murmelt Edgar.

Karl zögert nicht lange, wählt eine Nummer und hält sich sein Handy ans Ohr. »Lars, besorge mir eine verdammte richterliche Verfügung, die Frau Deißbach dazu zwingt, uns alles offenzulegen, was uns bei unserem Fall nützlich sein kann. Laut unserem Doc bunkert sie in ihrem Schreibtisch eine Akte, in die wir Einblick erhalten müssen. Ich brauche diesen Scheißbeschluss so schnell wie möglich!«

»Und du, Edgar, suchst im Netz nach dieser Frau. Das Foto wird Doktor Hornoff auf unseren Server hochladen, auf den wir alle Zugriff haben.«

»Das hat Benjamin gerade erledigt.«

»Schön«, grummelt Karl, packt mich mit seiner starken Rechten am Unterarm und zieht mich mehrere Schritte mit sich. Edgar lässt er ohne ein weiteres Wort stehen. »Sonja hat mich angerufen. Sie wollte dich entschuldigen, weil du einen Gesprächstermin wahrnehmen musst. Du bist aber hier, und laut Sonja fängt euer superwichtiges Gespräch in zehn Minuten an.«

»Lass das schön meine Sache sein, Karl.«

Auf der Fahrt hierher habe ich Benjamin darum gebeten, mich zu vertreten und so zu tun, als wäre er ich. Er solle einfach sagen, ich sei bei einem Sturz verletzt worden und bald wieder auf dem Damm, wenn er nach seinem Rollstuhl gefragt würde. Mein Bruder meinte, es ginge in Ordnung, wenn Sonja damit einverstanden wäre. Ich habe darauf nichts erwidert und so getan, als würden wir durch einen Tunnel fahren, indem ich mit dem Fingernagel über das Mikrofon kratzte, bevor ich auflegte. Benjamin ließ sich jedoch nicht für dumm verkaufen und rief mich zurück. Nach einigem Hin und Her erklärte er sich schließlich bereit, es zu versuchen.

»Ich zeige denen das Video aus dem Netz und behaupte, die Typen hätten mich so heftig zusammengeschlagen, dass ich nun zeitweilig an den Rollstuhl gefesselt bin. Oliver ist mein Zeuge.«

Auf diese wackelige Argumentation haben wir uns schließlich geeinigt, obwohl keiner von uns daran glaubte, dass man damit eine erwachsene Person hinters Licht führen könnte. An die Konsequenzen, die auf mich zu Hause warten werden, will ich gar nicht erst denken.

»Hier wären wir.« Karl deutet zur Tür mit der Zahl 3. »Lass uns den Kerl wie einen faulen Apfel ausquetschen.«

20

SCHWARZER ENGEL

Dreizehn Tage zuvor

Ich bin an den Ort zurückgekehrt, an dem der kleine Liam ständig in Gefahr ist, solange der alte Himmelsbach frei herumläuft. Täglich tauche ich hier auf und spiele Verstecken mit anderen Kindern. Sofort bin ich von ihnen freundlich in den engen Kreis der Freunde aufgenommen worden. Die Eltern haben das Interesse an mir verloren, weil ich ja nichts Böses im Schilde führen kann, so unschuldig wie ich mit meiner blonden Perücke aussehe. Und inzwischen habe ich herausgefunden, dass der kleine Liam höchstens ein- oder zweimal die Woche zum Spielen kommt, immer dann, wenn er seinen Papa besucht.

Heute sehe ich anders aus, weil ich meinen Plan endlich in die Tat umsetzen möchte. Ich habe die alte Anglerjacke meines Vaters übergezogen und eine braune Hose, dazu seine Schuhe, die mir mindestens drei Nummern zu groß sind.

Liam ist auch da. Heute mit einer Frau, die ich hier noch nie gesehen habe. Er will wieder Verstecken spielen. Ich stehe hinter einem Baum in der Nähe. Wippe auf den Fußspitzen und warte ab, ob es ihm gelingt, die Frau dazu zu überreden.

Sie sieht nicht besonders begeistert aus und lehnt seinen Vorschlag ab, doch er quengelt weiter.

Das Monster, das mich seit Marijkes Tod begleitete, habe ich vorhin in einen der Mülleimer gesteckt. Es erinnerte mich zu sehr an sie und ich finde, es ist an der Zeit, ein neues Kapitel aufzuschlagen. Idealerweise gemeinsam mit meinem Jungen, mit Liam, meinem Kind.

Minutenlang stehe ich so da, im Schutze des dichten Geästs, für die spielenden Kinder praktisch unsichtbar. Dafür sehe ich alles. Auch den alten Himmelsbach, der mit einem etwas älteren Jungen, der nicht Liam ist, den Hügel zur Rutsche erklimmt. Am liebsten würde ich zu ihm hinrennen und ihm ein weiteres Mal mein Knie in die Hoden rammen, aber ich beherrsche mich. *Der andere Junge geht mich nichts an*, sage ich mir, *und auch wenn ich ihn gewöhnlich retten würde: Was ich heute vorhabe, hat Priorität. Ich kann mich nicht um alles und jeden kümmern!*

Endlich rennt Liam auf mich zu.

Er strahlt über beide Ohren.

Sein blondes Haar gleicht dem eines Engels.

»Du blöde Kuh, du findest mich hier nie, nie, nie, nie«, murmelt er, stellt sich hinter den dicken Baumstamm, neben dem ich stehe, und klammert sich mit den Fingern an der rauen Borke fest. »Andrea ist bescheuert! Wegen ihr hat mein Papa meine Mama nicht mehr lieb.« Dann bohrt er sich in der Nase und stampft trotzig und mit einem zornigen Blick zu der Frau, die ihn begleitet, mit dem Fuß auf, wie Kinder es nun mal tun, wenn sie sich über etwas ärgern. Er spricht mit sich selbst oder mit einem imaginären Freund, weil er in der Klemme steckt und es niemanden gibt, dem er von seinem Leid erzählen kann.

»Liam«, flüstere ich seinen Namen.

Der Junge zuckt erschrocken zusammen und blickt sich zu mir um. Er schnieft und wischt sich den Rotz mit dem Ärmel weg.

»Wer bist du?«, fragt er dann.

»Erkennst du mich denn nicht?«, frage ich, so als müsse er mich kennen.

»Was machst du da?« Er geht in die Hocke.

»Ich kann dir dabei helfen, dich so lange vor der blöden Andrea zu verstecken, bis sie richtig Ärger mit deinem Papa bekommt, weil er glaubt, dass sie dich verloren und nicht gut auf dich aufgepasst hat. Und dann wird er deine Mama wieder liebhaben.«

Wir beide schauen zu Andrea, die gerade die Hände von den Augen nimmt und ihre Suche nach dem Jungen beginnt, in dessen Gesicht es arbeitet. Man sieht ihm an, dass er fieberhaft über meinen Vorschlag nachdenkt.

»Und dann schickt er sie auf den Mond, wo der Pfeffer wächst?«, hakt er schließlich nach.

»Ja«, sage ich und nicke bestätigend. »Aber das funktioniert nur, wenn wir nun mucksmäuschenstill sind und uns ganz schnell davonschleichen. Kommst du mit mir mit?«

Seine Augen beginnen zu leuchten. Er nickt heftig und lässt zu, dass ich ihn an der Hand nehme und ihn hastig hinter das Gebüsch ziehe, das neben seinem Baumversteck wächst. Dort gehe ich kurz in die Hocke und sage: »Wir werden nun ganz schnell laufen, bis wir dort drüben hinter dem Wall sind.«

Ab dort, da bin ich mir sicher, kann man uns vom Spielplatz aus nicht mehr sehen. Ich stehe auf, laufe los, und er folgt mir bereitwillig, so schnell ihn seine kleinen Beinchen tragen. Erst als wir hinter dem Wall angekommen sind, verringere ich das Tempo, bleibe aber nicht stehen.

»Ich habe ein Kätzchen«, plaudere ich los, als ich merke, dass sich Liams Unsicherheit mit jedem weiteren Schritt vergrößert und er sich zum Spielplatz umsieht. »Eigentlich sind es sogar sehr viele Kätzchen. Während wir uns verstecken und darauf warten, dass deine Mama und Papa sich wieder liebhaben, kannst du mit ihnen spielen.«

Das sichert mir seine Aufmerksamkeit. Derweil hole ich mein Telefon heraus und zeige ihm, während wir weitergehen, ein Video mit niedlichen Kätzchen, von denen ich behaupte, dass sie alle mir gehören. Ich muss ihn beschäftigen, bis wir die Parkbank erreicht haben, neben der ein zusammenklappbarer Kinderwagen auf uns wartet, den ich im Keller gefunden und mitgebracht habe. Und weil ich heute auf Nummer sicher gehen möchte, hole ich kurz zuvor ein mit Chloroform getränktes Tuch aus einem Beutel in meiner Jackentasche und presse es auf Liams Mund und Nase. Seine Gegenwehr ist minimal. Es bereitet mir keine Mühe, ihn an mich zu drücken. Nach wenigen Sekunden ist sein Körper erschlafft.

Mit ihm auf dem Arm laufe ich die wenigen Meter auf den Kinderwagen zu und wuchte Liam hinein. Ohne Hast decke ich ihn mit der dicken Jacke zu. Ich brauche sie nicht, mir reicht mein Pullover darunter. Dann beeile ich mich, von hier zu verschwinden.

Liam ist zu groß, seine Füße schleifen über den Boden, aber mein Auto steht nicht weit weg und keinen der wenigen Passanten, die uns entgegenkommen, interessiert es, wie eine junge Mutter in viel zu großen Schuhen ihren schlafenden Sohn an der frischen Luft in einem Kinderwagen spazieren fährt.

21

JOHANNES

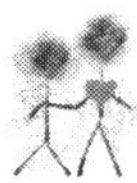

Heute

Herr Himmelsbach hat sich das Nagelbett am Daumen blutig gekratzt.

Das Zimmer ist sporadisch eingerichtet und hell genug, sodass ich mich auf die Befragung konzertieren kann.

»Sie wollten in diesem Waldstück über ein Kind herfallen, im Glauben, es wäre ein Junge«, sage ich und stelle damit eine Behauptung in den Raum, die ich noch nicht mit handfesten Beweisen untermauern kann.

»Ich will einen Anwalt«, sagt er ungerührt.

»Wenn Ihnen das lieber ist, können wir aus diesem Gespräch auch ganz einfach eine Vernehmung machen, mit allem Drum und Dran. Soll ich den Kassettenrekorder einschalten und die Kamera holen?« Karl klopft sich mit einem Kugelschreiber, den er aus der Brusttasche seines Holzfällerhemds geholt hat, gegen das kantige Kinn und wechselt das weiß glänzende Schreibgerät in die andere Hand, um damit zu klicken. Dieses Klicken gleicht dem gleichmäßigen Klackern eines Metronoms. Karl ist gut, aber seine Methode wird bei diesem Psychopathen nicht fruchten. Herr Himmelsbach ist zu überheblich.

All die Jahre blieb er unentdeckt.

»Sie haben ein Mädchen sexuell bedrängt und ihr die Kleidung ausgezogen«, höre ich mich sagen und muss mich überwinden, um dem Mann nicht das freche Grinsen mit einem präzisen Faustschlag aus seiner Visage herauszuprügeln.

»Es gibt keine Beweise dafür.«

»Dieses Kind war ein Mädchen.« Ich schiebe mein Smartphone in seine Richtung.

Herr Himmelsbach hüstelt, wird unruhig.

»Das Mädchen, das Sie bei sich aufgenommen haben, wirkt auf den Fotos recht maskulin, genauso wie …«

Die Tür wird aufgerissen. Zwei Beamte erscheinen in der Tür. Einer der beiden wendet sich an Karl. »Hier ist jemand, der dringend Herrn Himmelsbach sprechen will. Er behauptet, ein Zeuge zu sein.«

»Und wo ist er?«, will Karl wissen. »Wurden seine Daten aufgenommen?«

»Natürlich. Er meinte, es wäre dringend und weil Herr Himmelsbach hier ist, dachten wir, wir fragen gleich nach.« Der große Polizist wirkt leicht nervös. Sein Kollege steht abseits und blickt ständig nach links.

»Ist er da?« Karl macht den Hals lang.

»Ja«, erwidert der größere der beiden Polizisten und gibt seinem Partner mit einem Kopfnicken zu verstehen, dass Karl sein Okay gegeben hat.

Beide machen einem jungen Mann mit zerzaustem Haar und aufgeplatzter Lippe Platz.

»Sie können draußen warten«, sagt Karl.

Die Polizisten begeben sich in den Flur.

»Wo ist meine Kohle, du Wichser! Ha?«, ruft er sichtlich aggressiv. Er nutzt die Situation zu einem Angriff aus.

»Bernd!« Herr Himmelsbach drückt sich samt dem Stuhl

zurück und will aufspringen, aber der junge Mann setzt seinen Weg unbeirrt fort und prescht auf den alten Mann zu.

Die beiden Polizisten stürmen ebenfalls in den Raum, aber Bernd ist schneller.

»Halt!«, schreie ich ihn an und stelle mich gerade noch rechtzeitig zwischen ihn und Herrn Himmelsbach.

»Was geht hier vor?«

Bernd ballt die Hände zu Fäusten. Die Fingerknöchel sind blutig und verschrammt.

Ich gebe den beiden Beamten mit einer beschwichtigenden Geste zu verstehen, dass sie nicht eingreifen sollen, aber sie ignorieren mich.

Bernd hat damit gerechnet und prügelt blindlings auf die beiden ein.

»Lasst ihn los!«, schreie ich die Männer an.

Sie gehorchen.

Bernd atmet schwer. »Ich habe mich von ihm in den Arsch ficken lassen und mich all die Monate als sein Enkelsohn ausgegeben.« Speichel zieht sich zu Fäden, als er den Mund aufreißt. Seine schlechten Zähne sind für mich Beweis genug, dass er nicht nur Hasch raucht. Er ist ein Junkie.

»Sie kennen Herrn Himmelsbach also?« Ich rede beruhigend auf Bernd ein.

»Ja, Mann. Er ließ mich sogar bei ihm pennen. Ich war früher … Ich hatte eine Karriere vor mir! Ich … *FUCK*!« Er presst die Handballen gegen die Augen und taumelt.

»Ich kenne Sie. Sie haben früher Kraftsport betrieben«, flunkere ich.

»Ich habe geboxt, Mann. War richtig gut, bis mich eine Entzündung aus der Bahn geworfen hat. Ich war vierzehn, dann kam dieser Sehnenriss und … Du Arschloch hast mir alles kaputt gemacht«, explodiert er plötzlich und schubst mich zur Seite.

Bernd ist immer noch ein Teenager, vielleicht siebzehn

und wiegt kaum sechzig Kilo, aber seine eiserne Entschlossenheit macht seine schlaksige Statur wieder wett.

Ich knalle mit der Schulter gegen die Wand und sehe, wie Bernd zu einem Sprung ansetzt, aber jäh von Karl daran gehindert wird.

Karl ist eben ein echter Grobian und hat die Statur eines Bärenbezwingers.

Er packt den Jungen an den Schultern und wirft ihn mit dem Rücken auf die Tischplatte. »Jetzt reicht es aber mal! Und ihr beide, ihr besorgt mir eine Flasche Cola für den Jungen. Das heißt, falls er sich wieder abregt, andernfalls wird er nämlich weggesperrt!« Dabei blickt er drohend auf Bernd hinunter.

»Mit deiner Hilfe wird es uns gelingen, das Arschloch hier hinter Gitter zu bringen. Zu ganz schlimmen Jungs, die so richtig auf faltige Ärsche stehen. Aber vorher musst du dich gefälligst beruhigen, Mann.«

»Er sagte, ich wäre für ihn der Enkelsohn, den er nie hatte.« Bernd entspannt sich nach und nach und weint dann. »Er hat mir alles genommen, meine Karriere, meine … Nach dem ersten Fick wollte ich mich umbringen! Dieser Wichser hat mich betäubt und …«

»Sollen wir Ihre Frau als Zeugin dazu holen, Herr Himmelsbach? Ist das ihr Enkelsohn?« Karl hilft Bernd wieder auf und platziert ihn auf meinem Stuhl.

Ich reibe mir die Schulter und rappele mich hoch auf die Füße.

»Nicht nötig, ich gebe zu, mit ihm geschlafen zu haben. Alles war einvernehmlich, versteht sich und …« Der Rest des Satzes bleibt ihm im Hals stecken, genauso wie die Zähne, an denen er sich verschluckt, weil Bernd den kurzen Augenblick von Karls Unaufmerksamkeit ausgenutzt und Himmelsbach einen heftigen rechten Haken verpasst hat.

Ich kann es dem Jungen nicht verdenken und verspüre ein leichtes Kribbeln der Genugtuung.

»Wache!«, schreit Karl und nimmt Bernd in den Schwitzkasten.

Himmelsbachs Kopf häng schlaff zur Seite. Dunkles Blut quillt aus seiner Nase und tropft auf das helle Hemd.

»Den hier abführen und den anderen reanimieren oder beerdigen. So langsam habe ich die Schnauze voll!«

Zum ersten Mal sehe ich, wie mit Karl die Pferde durchgehen. Unter dem ersten Tritt fliegt der Stuhl auseinander, beim zweiten geht die Tür eines Aktenschrankes zu Bruch. Dann packt er den schweren Tisch, hebt ihn an und wirft das Ding, als wöge das massive Möbelstück nichts, mit voller Wucht gegen die Wand.

»Was glotzt ihr mich so dämlich an, hm? Dieser Bengel soll in einer Ausnüchterungszelle schmollen und den alten Sack bringt ihr zu Doktor Braunschweig.«

»In die Gerichtsmedizin?«, fragt einer der Polizisten nach.

»Ja, verdammt! Er soll ihn kastrieren und ihm seinen verschrumpelten Schwanz in den Rachen stopfen, damit er daran erstickt!« Schon stürzt er hinaus und drischt die Tür hinter sich zu, sodass sich der Putz von der Wand löst.

»Bernd muss in ein Krankenhaus und dort überwacht werden, Herr Himmelsbach auch«, wende ich mich an die Männer und hole einmal tief Luft. »Beide müssen rund um die Uhr betreut werden. Ich weiß, ich bin nicht befugt, solche Anweisungen zu geben, aber Oberkommissar Breuer ist im Moment nicht in der richtigen Verfassung, um klar zu denken. Er braucht etwas frische Luft.«

»Ich bin keine Schwuchtel«, murmelt Bernd. Er liegt auf dem Boden, zusammengekrümmt wie ein Embryo und heult Rotz und Wasser.

Mit einem erstickten Schrei und weit aufgerissenen Augen erwacht Herr Himmelsbach aus seiner Ohnmacht. Eine rote Speichelblase kriecht aus seinem Mund und zerplatzt auf den zerschrammten Lippen. Er klopft sich gegen die Brust. Ein leises Klimpern von zwei Vorderzähnen, die vor meinen

Füßen landen, ist für eine Sekunde alles, was ich an Geräuschen wahrnehme.

»Wie war sein Name?«, durchbreche ich die Stille.

Herr Himmelsbach braucht einen Moment, um zu begreifen, dass ich diese Frage an ihn gerichtet habe. »Wenn Sie nur einen winzigen Funken Anstand besitzen, sollten Sie mir wenigstens den Namen des Kindes verraten, dessen Leben Sie damals zerstört haben.«

»Sie stand einfach da. An ihrem Körper konnte ich das Geschlecht nicht sofort erkennen, weil ich das Mädchen nicht sofort dort unten angefasst habe. Sie sah wie ein Junge aus, mit ihren kurzen Haaren und …«

»Ersparen Sie mir die Details«, warne ich ihn und kann mich kaum beherrschen, aber ich habe jetzt die Rolle des guten Cops übernommen und diese werde ich auch weiterspielen.

Herr Himmelsbach drückt die Lider zusammen, weil er sich konzentrieren muss. »Maria, ich glaube, sie heißt Maria«, sagt er schließlich. Seine Aussprache ist feucht und er lispelt, weil Bernd ihm mehrere Zähne ausgeschlagen hat. Mit zittrigen Fingern tupft sich Herr Himmelsbach die blutigen Lippen ab, dabei zieht er scharf die Luft ein.

»Und Bernd sagt die Wahrheit?«

Er nickt einfach. »Nicht Maria. Marina, ihr Name ist Marina«, verbessert sich mein Gegenüber, der in dieser kurzen Zeit um Jahre gealtert ist, und senkt den Kopf. »Dieser Mistkerl hat mir meine teuren Implantate rausgeschlagen«, empört er sich, so als würde ihn das mehr beschäftigen als die Tatsache, dass er bald für den Rest seines Lebens eingesperrt werden würde, sollten sich die Beschuldigungen bewahrheiten. Dass dem so sein wird, davon gehe ich aus.

»Sie können Herrn Himmelsbach abführen«, sage ich und erlaube den Männern, den Greis mitzunehmen.

»Ich will nicht wie ein Verbrecher behandelt werden. Ich

bin krank, einfach nur krank«, stammelt er und greift sich an den Kopf.

»Wenn Sie Widerstand leisten, müssen wir härtere Maßnahmen ergreifen, also verkomplizieren Sie die Sache nicht unnötig. Alte Knochen brechen schnell und heilen langsam«, warnt ihn einer der Polizisten und zückt die Handschellen.

Herr Himmelsbach fügt sich seinem Schicksal und streckt ihm die klapperigen Arme entgegen. Sein glasiger Blick taxiert die Hände des Polizisten, der die Handschellen zuschnappen lässt.

»Ich werde kooperieren, aber lassen Sie mich bitte nicht in einer Zelle wie einen Hund verrecken. Denken Sie daran, dass auch ich ein Mann Gottes bin«, appelliert er an die Menschlichkeit der beiden Polizisten. »Bitte, ich werde alles zugeben«, fleht er sie an. Die Beamten schweigen und ignorieren geflissentlich das Drama, weil sie sich auch noch um Bernd kümmern müssen.

»Willst du hier vielleicht Wurzeln schlagen?« Karl taucht wieder in der Tür auf und lässt zwei weitere Polizisten eintreten. »Komm, Doc, wir sind hier fertig. Ich fahre dich nach Hause!«

Karl ist immer noch aufgebracht, macht aber auf mich nicht mehr den Eindruck, dass er jemanden umbringen will. Die Kollegen in den Gängen machen ihm dennoch Platz oder drehen sich um und verstecken sich in ihren Büros.

»Hat dieses Theaterstück funktioniert?«

»Das war nicht gespielt, Karl.«

»Ich habe nur improvisiert. Ein spontaner Einfall, wie du zu sagen pflegst.«

»Das war sehr überzeugend, Karl.«

»Ich weiß! Und, hast du etwas Brauchbares aus dem alten Sack herauskitzeln können?«

Ich muss an die Holzperlen denken, die ich immer noch bei mir habe.

»Meinst du, er ist es? Ist er unser Mörder?« Karl holt eine kleine Metalldose aus der Hosentasche, schraubt den Deckel auf, pult mehrere Bonbons heraus und wirft sie sich in den Mund. Sofort platzt das Karamell krachend zwischen seinen Zähnen. Er kaut darauf herum.

»Nein. Er ist ein mieses Arschloch, aber nicht derjenige, nach dem wir fahnden.«

»Sondern?« Karl bleibt vor den Aufzügen stehen und wirft sich ein weiteres Bonbon in den Mund. »Du glaubst immer noch, es könnte …«

»Ja. Dieses Mädchen. Sie heißt Marina.« Ich zeige ihm das Foto auf meinem Handy.

»Sie ist der Killer?« Karl lacht ungläubig auf und verschluckt sich beinahe an der Süßigkeit. »Habe ich dich da drin mit dem Tisch erwischt?« Er deutet mit dem Daumen in Richtung Zimmer Nummer 3, aus dem zwei Gestalten abgeführt werden.

»Lass den Quatsch, Karl. Sie ist zwar noch jung, aber sie kann es gewesen sein.«

»Okay. Ich werde Lars damit beauftragen, alte Akten durchzusehen.«

»Wir brauchen die Erlaubnis für die Einsicht.«

»Darum werde ich mich persönlich kümmern. Wann schließt der Kindergarten?«

»In einer Stunde, glaube ich.«

»Ich habe noch etwas Zeit für einen Besuch. Treppe oder Aufzug?«

»Treppe«, sage ich matt und hole den roten Stressball hervor.

»Zwei Psychopathen jagen ein kleines Mädchen«, lacht Karl humorlos auf.

»Liam kann noch gefunden werden«, spreche ich meine Hoffnung laut aus und folge Karl zur Treppe.

»Du sagst es, Doc, du sagst es.« Seine Stimme hallt im

Treppenhaus und erfüllt mich mit der Zuversicht, dass wir zumindest diesen Jungen noch retten können.

22

SCHWARZER ENGEL

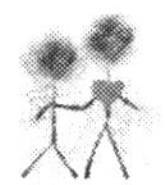

Dreizehn Tage zuvor

Liam kauert in der Ecke, wo ich ihm eine Matratze hingelegt habe, damit er nicht mehr so arg hustet. Eine rote Wärmelampe habe ich auch aufgestellt. Er soll es hier gemütlich haben.

»Magst du vielleicht noch etwas Tee?« Die gelbe Thermoskanne in meiner Hand ist schwer, weil sie noch ganz voll ist. Zwei Papierschildchen baumeln an zwei weißen Fäden. Einen Beutel Pfefferminztee und einen Beutel Thymiantee habe ich in die Kanne gesteckt und sie mit brühend heißem Wasser gefüllt.

»Liam, wir sind doch noch Freunde, oder? Soll ich dir die neue Folge von den Gummibären einschalten? Ich habe sie auf Kassette.«

Er bewegt sich nicht.

»Wir können in mein Zimmer gehen, wenn du mir versprichst, mich nicht zu verraten.« Meine Kehle ist staubtrocken und alles, was ich sage, klingt heiser.

Der Deckel sitzt fest, darum stelle ich die Kanne ab und wechsle die Hand. Mit einem leisen Zischen bekomme ich den Verschluss auf. Der Behälter ist ziemlich alt und der gelbe Lack an vielen Stellen zerkratzt, die metallene Ummantelung zerbeult, aber der Tee bleibt einen ganzen Tag lang heiß und die Thermoskanne geht nie kaputt. Weil Plastik nicht gut ist und Glas schnell zerbricht, habe ich für Liam einen emaillierten Becher mitgenommen. Vorsichtig schütte ich etwas von dem nach Kräutern duftenden Heißgetränk ein und schaue zu, wie der Dampf emporsteigt.

»Wenn man den Tee …«

»Ich will keinen Tee, ich will zu meiner Mama.« Liam spricht so leise, dass ich glaube, mir seine Forderung nur eingebildet zu haben.

»Hast du was gesagt?«

Der Deckel in meiner Hand rutscht mir durch die Finger und plumpst in den Becher. Heiße Tropfen schwappen über. Einige landen auf dem Handrücken und verbrühen meine Haut. Zischend sauge ich Luft ein und presse fest die Zähne aufeinander. Weil ich Liam nicht erschrecken will, schlucke ich den Zorn und den Schrei hinunter.

»Ich verspreche dir, sobald du wieder gesund bist und deine Eltern sich wieder vertragen haben, bringe ich dich zurück nach Hause.« Mit spitzen Fingern fische ich den Deckel heraus und greife nach dem Henkel des Bechers.

»Einen Schluck nur.« Mit geschürzten Lippen puste ich den Dampf weg, schaue kurz auf die dunkle Oberfläche, die sich kräuselt, und schlürfe dann einen kleinen Schluck. »Der Tee ist zwar noch heiß, aber er schmeckt, weil ich ihn mit Honig gesüßt habe.« Wie zum Beweis nehme ich jetzt einen etwas größeren Schluck und schmatze zufrieden. »Schmeckt nach Wildhonig.«

» Honig darf nicht erhitzt werden, weil er sonst nicht mehr gesund ist.«

Damit habe ich nun wirklich nicht gerechnet. Liam ist erst fünf Jahre alt, scheint aber schlauer zu sein als so mancher Erwachsener.

»Woher weißt du solche Dinge?«, frage ich ihn mit aufrichtiger Begeisterung, weil mich Kinder wie Liam schon immer fasziniert haben.

»Aus einem Buch für Klugscheißer«, entgegnet er und dreht sich langsam zu mir. Dabei sieht er mich mit seinen vom vielen Weinen aufgequollenen Augen böse an. »Klugscheißer ist kein Schimpfwort«, fügt er mit stoischer Miene an.

»Du kannst schon lesen?«

»Nein, mein Papa liest mir immer daraus vor, weil ich schlauer bin wie die anderen Kinder.«

»Ich weiß. Du bist etwas ganz Besonderes. Aber es heißt: als die anderen«, verbessere ich ihn. »Es heißt immer als und nicht wie. Ich sage es dir nur, weil du schlau bist und dir das ganz bestimmt merken kannst«, sage ich versöhnlich und schenke ihm ein aufmunterndes Lächeln.

»Mir egal. Man kann beides sagen, wenn man will. Mein Papa ist schlau und ich auch, so wie er. Das hat er gesagt und das stimmt auch. Ich kann bis hundert zählen. Kannst du mich jetzt zu meinem Papa bringen? Wenn du das machst, dann verpetze ich dich nicht.« Er reibt sich den Hals und unterdrückt eine weitere Hustenattacke.

Mit beiden Händen klammere ich mich an den heißen Becher, aus dem eine Dampfwolke emporsteigt, die mein Gesicht benebelt. »Das geht nicht«, entgegne ich mit einem Frosch im Hals. Gleichzeitig schüttle ich den Kopf – ein kümmerliches Aufbegehren gegen die Realität. Er liebt mich nicht und er ist krank, wie schon die beiden Kinder vor ihm. »Ich will dich doch nur vor einem ganz, ganz bösen Mann beschützen, verstehst du?« Meine Worte klingen weich, wie in Watte gehüllt, sind ohne Überzeugungskraft. »Der Mann, mit dem du rutschen gehen wolltest, als wir uns zum ersten Mal gesehen haben. Dieser Mann ist sehr, sehr böse.«

»Er gibt mir immer Bonbons!«

»Weil er dich kidnappen will. Weißt du, was das bedeutet?«

Die kindliche Überlegenheit weicht aus seinem Gesicht, das in den Tagen seiner Gefangenschaft zu blass geworden ist.

»Du meinst, er will mich mitnehmen wie ein Fuchs, der Hühner stehlen tut?«

Ich nicke und nehme mehrere Schlucke vom Tee, weil ich den bitteren Geschmack im Mund loswerden möchte.

»Aber *du* hast mich gestohlen, wie der Fuchs die Gans. Weil du eine Lügerin bist.«

»Ich bin keine *Lügnerin*«, sage ich betont und berichtige nun seinen Fehler, indem ich die Beleidigung langsam und richtig ausspreche.

»Trotzdem …« Er schmollt. Seine Augen glänzen. Sein fahles Gesicht nimmt im roten Licht der Wärmelampe einen unheimlichen Ausdruck an.

»Wir machen Folgendes: Sobald du wieder gesund bist, bringe ich dich zurück. Ich möchte nicht, dass deine Eltern schlecht von mir denken. Okay? Und je schneller du gesund wirst, desto schneller kannst du zurück zu Mama und Papa. Darum bitte ich dich, etwas von dem Tee zu trinken.«

Er kaut auf der Unterlippe. »Aber dann musst du die Tasse ganz vollmachen.«

»Die Tasse ganz voll?«

Liam nickt eifrig. »Ja. Du hast gesagt, der Tee macht mich gesund.«

»Das stimmt.« Ich schwebe beinahe vor Wonne, weil Liam mich anlächelt. Ich habe mich schon lange nicht mehr so glücklich gefühlt, wie in diesem Augenblick. Mit zittrigen Fingern stelle ich den Becher ab, fülle ihn bis zum Rand und kann mein Glück kaum fassen. Endlich werde ich von einem Kind angelächelt.

»Aber pass bitte auf. Du darfst dich nicht verbrühen«, warne ich Liam. Wir sitzen uns gegenüber, nur eine Armlänge voneinander entfernt, und ich halte ihm den Becher so hin, dass er nach dem Henkel greifen kann. Stattdessen schlägt er den Becher mit seiner kleinen Hand weg und er landet scheppernd auf dem Boden.

Ein heißer Schwall Tee ergießt sich in meine Richtung. Obwohl ich damit hätte rechnen müssen, wurde ich tatsächlich von diesem Jungen überrumpelt. Mit seinem theatralischen Auftritt hat er mich hinters Licht geführt. Und ich bin auf seine Scharade reingefallen.

Ein Schrei entringt sich meiner Kehle. Obwohl es schon zu spät ist, bedecke ich mein Gesicht mit meiner freien Hand. Überrascht und bestürzt zugleich versuche ich, das Geschehene zu verarbeiten.

»Kind, was ist da unten los?« Das ist meine Mutter, die mich schreien gehört hat. Sie steht oben an der Treppe, die in den Keller führt.

»Bleib hier und halt die Klappe!«, zische ich den blonden Jungen an.

Mein Gesicht brennt. Die Hände sind taub vor Schmerz.

Statt still zu sein, schreit Liam wie von Sinnen. Sein durchdringendes Kreischen zerfetzt mir beinahe die Trommelfelle.

»Hör auf!«, zische ich abermals.

»Kind?«

»Das ist nur der Fernseher, Mutter. Ich mach ihn leiser«, rufe ich und verpasse Liam eine Ohrfeige, die sich gewaschen hat. Er verstummt. Tränen füllen seine Augen.

»Wir essen in zehn Minuten. Ist bei dir wirklich alles in Ordnung? Soll ich runterkommen?«

Ich haste zur Treppe. Die Tür zu Liams Versteck steht halb offen. Sollte meine Mutter nach unten kommen, würde sie mich mit dem Kind erwischen und …

»Nein. Ich bin beim Aufräumen und habe gerade den Boden mit Spülmittel gewischt. Du willst dir doch nicht erneut die Hüfte brechen!«, brülle ich sie regelrecht an.

»Wir warten oben auf dich. Bring bitte Wasser mit hoch.

Du weißt ja, dass dein Vater ein fauler Hund ist, und für mich sind die Fünf-Liter-Flaschen einfach zu schwer.«

»Mache ich!«, schreie ich weiter, ohne den Jungen aus den Augen zu lassen.

»Wenn du noch mal schreist, werde ich dich genauso verbrühen, wie du mich verbrüht hast, du kleiner Scheißer, hast du mich verstanden?«, sage ich zu ihm, kaum dass meine Mutter die Kellertür geschlossen hat. Mit abermals drohender Hand gehe ich auf ihn zu und er starrt mir mit seinen blauen angsterfüllten Augen entgegen und presst sich mit dem Rücken gegen die Wand. Die Beine gespreizt, die Hände flach gegen die rauen Steine gepresst. Seine Hose wird im Schritt dunkel. Der Urinfleck breitet sich weiter aus und wandert zu seinem linken Hosenbein.

»Ich bin zwar noch immer richtig sauer auf dich, wegen dem, was du da gerade getan hast«, sage ich möglichst ruhig und bemühe mich, nicht auszuflippen und den Schmerz mit einem schiefen Lächeln zu überspielen. An der linken Hand schwillt eine Blase an. Meine Finger zittern. »Weil ich dich aber sehr lieb habe, belasse ich es bei einer Rüge.«

»Was ist das? Ich weiß nicht, was eine Rüge ist. Willst du mich verhauen?« Seine Unterlippe bebt.

Ich spüre, wie sich mein gesamter Körper verspannt. Nur wer als Kind von seinen Eltern richtig verprügelt wurde, weiß, wie es sich anfühlt, Angst davor zu haben, nach jedem kleinen Vergehen grün und blau geschlagen zu werden.

»Ich gehe jetzt nach oben. Du bleibst hier. Mit vollgepinkelter Hose kann ich dich nicht mitnehmen. Oder willst du ausgelacht werden, weil du dich eingenässt hast?«

Liam schüttelt den Kopf.

»Du hast mich schwer enttäuscht und meine Hand muss jetzt mit einer antiseptischen Salbe behandelt werden, damit sich die Blase nicht entzündet.«

»Mama nimmt immer Wund- und Heilsalbe.«

Er scheint sich nicht mehr so arg vor mir zu fürchten, löst sich langsam von der Wand.

»Warte hier«, sage ich, gehe in den Nebenraum, nehme wahllos eine Hose und eine Unterhose aus einem der Kleidersäcke, kehre zurück, setzte mich ihm gegenüber und halte sie ihm hin. »Hier, die kannst du schon mal anziehen.«

»Die ist für Mädchen! Da sind Blumen drauf.« Er sieht auf die Hose, die ich mitgebracht habe, und schüttelt den Kopf. »Und die Unterhose ist rosa.«

»Willst du diese nasse und stinkende Hose anbehalten?«, frage ich ihn und ziehe die Nase kraus. »Du miefst wie ein Nest voll Ratten.«

Liam kaut auf der Unterlippe.

»Schau doch nur!« Meine Stimme klingt hell. Ich stemme mich hoch auf die Knie und greife nach dem Bund der Hose, um sie in die Höhe zu halten. Mein Blick bleibt an den durchscheinenden Blumenapplikationen haften.

Als ich die Hose wieder auf die Plane lege, mit der der Boden bedeckt ist, und sie darauf mit beiden Händen vorsichtig glattstreiche, ergießt sich ein flüssiger Schmerz über meinen Rücken. Liam hat die ganze Thermoskanne über mir ausgeschüttet.

Vor Überraschung falle ich mit dem Gesicht voraus auf den Boden.

Meine Sicht trübt sich.

Zerrbilder tauchen vor meinen Augen auf. Ich sehe fluoreszierende Gestalten in weißen Gewändern, die mich umzingelt haben. Wie damals, als ich von Gustav beinahe zu Tode gewürgt wurde. Sie sind wieder da, die Geister aus meiner Kindheit. »Komm mit uns«, flüstern sie mir zu und greifen mit ihren knorrigen Fingern nach mir. Ich blinzle heftig. »Verschwindet!«, krächze ich und kämpfe dagegen an.

»Komm mit uns«, zischen sie gleichzeitig und grabschen nach mir.

»Nein, lasst mich los!«

Die trübe Sicht lichtet sich allmählich. Meine Finger kratzen über den Boden. Zwei der Fingernägel brechen, ein anderer Schmerz bemächtigt sich meiner und vertreibt die Irrbilder aus meinem Kopf.

»Du verdammtes Kind!«, brülle ich Liam mit gepresster Stimme an, drücke mich hoch und bekomme ihn gerade noch rechtzeitig an den Haaren zu packen, als er fast schon die Tür erreicht hat. Wie ein wildes Kätzchen kratzt er mit seinen kleinen Fingern meine wunde, verbrühte Haut an der Hand auf.

Er kreischt.

Mit der linken Hand packe ich ihn an den Haaren, mit der rechten halte ich seinen kleinen Mund zu. Dabei versuche ich, nicht vor Schmerz umzukippen.

Das Licht in meinem Zimmer flackert und geht aus. *Sind bestimmt wieder die Sicherungen durchgebrannt,* rauscht der unnütze Gedanke durch meinen Kopf. Das scheue Züngeln einer Kerze, die auf dem kleinen Tisch neben dem Fernseher steht, spendet dennoch ein wenig Licht und hält die Finsternis davon ab, mich komplett zu verschlucken.

»Ich lasse dich los, aber nur, wenn du dich nicht wehrst«, flehe ich Liam an und kann kaum atmen, weil mir die Angst um ihn die Luft raubt. Ich möchte ihn nicht verlieren.

»Marijke, es tut mir leid«, bitte ich das tote Mädchen um Vergebung, während ich Liam loslasse. Er fällt wie eine Marionette in sich zusammen. Ich befürchte, dass er tot ist und ich ihn verloren habe, doch zum Glück wird meine Befürchtung von einem lauten, stockenden Weinkrampf vertrieben, der nun einsetzt.

»Liam, Schatz.«

Ich fahre ihm mit zittrigen Fingern übers Gesicht, streife ihm die Haare aus der Stirn und drücke ihn fest an mich. Diesmal wehrt er sich nicht. Er klammert sich sogar fest an mich und weint noch heftiger. Sein Schluchzen ist ganz dicht an meinem Ohr und das fühlt sich verdammt gut an. Ich fühle mich gebraucht, fühle mich geliebt.

»Ich bin gleich wieder da.«

Er weint immer noch und zittert am ganzen Körper.

»Ich bringe dir was Leckeres mit«, verspreche ich Liam und schiebe ihn auf Armeslänge von mir weg, ohne ihn loszulassen. Den Schmerz ignorierend, halte ich das Kind an den knochigen Schultern fest und warte, bis es mich richtig anschaut. Rotz läuft Liam aus der Nase und vermischt sich mit seinen Tränen.

»Was magst du, Liam? Eine Milchschnitte oder Hanuta? Wir haben auch Pepsi«, zähle ich all die Sachen auf, die ich als Kind nie haben durfte. Dabei klinge ich regelrecht euphorisch.

»Ich mag Gummibärchen.«

Mein Atem geht stoßweise, die Wirkung des Adrenalins schwächt ab und lässt den Schmerz in meinen Körper.

»Dann besorge ich dir Gummibärchen, aber vorher muss ich mich mit der *Heulsalbe* eincremen«, mache ich einen blöden Witz und entlocke Liam ein zögerliches Lächeln.

»Das heißt Wund- und Heilsalbe«, sagt er und lächelt mich an.

Dann bricht alles aus mir heraus, wie bei einem Vulkan. Ich schreie lachend oder lache schreiend. Ein Feuerwerk von Gefühlen lässt meinen Körper erzittern und überschüttet mich mit Glücks- und Angstgefühlen.

»Wir beide werden noch sehr viel Spaß miteinander haben, du und ich.« Dann geht das Licht an wieder und schleicht sich durch den breiten Spalt in Liams Versteck, sodass wir beide ganz schnell blinzeln müssen.

»Komm mit.« Ich stehe auf und reiche ihm die Hand.

Liam zögert nur kurz und greift dann nach meinem Zeigefinger.

»Gummibärenbande?«

»Was ist das?« Er sieht zu mir auf.

»Ein Zeichentrickfilm. Du kannst ihn dir anschauen, während ich dir Gummibärchen besorge. Magst du Popcorn?«

Seine Augen leuchten. »Und du bist mir wirklich nicht böse?« Er schnieft und wischt sich den Rotz unter der Nase mit dem Handrücken weg.

»Nein«, versichere ich. *Das bin ich tatsächlich nicht*, denke ich mir und schenke ihm einen Kuss. Ich werde vielleicht starke Schmerzen haben und ein paar Nächte auf dem Bauch liegend verbringen, aber ich bin ihm nicht böse. Sobald meine Lippen seine Wange berühren, spüre ich, wie ein Funke überspringt. Ich liebe dieses Kind und entscheide mich, Liam niemals wieder wegzugeben. »Popcorn süß oder …«

»Süß und mit Cola?« Er hebt die Brauen.

»Geht klar. Pappsüßes Popcorn mit viel Cola. Zieh die nassen Sachen aus und schlüpf unter die Decke.«

Wir verlassen sein Versteck. Ungeniert, wie es für Kinder üblich ist, zieht er sich bis aufs T-Shirt aus, springt auf das Sofa, lässt sich von mir mit einer Kuscheldecke zudecken und wartet darauf, dass ich den Fernseher einschalte. »Hier, das ist Ducky.«

Liam umarmt das gelbe Entlein, bei dem ich als Kind immer Trost fand und dem ich all meine Geheimnisse anvertraut habe. Ducky weiß alles über mich. Auch, dass mein Papa mich einmal in der Nacht besucht hat. Vielleicht habe ich das alles auch nur geträumt, aber er hat mir das Höschen ausgezogen und mich zwischen den Beinen geküsst, weil er dachte, ich würde schlafen. Aber ich schlief nicht und habe ihn gefragt, was er da macht. Daraufhin sprang er aus meinem Bett und tat es nie wieder.

Papa hat Mama damals dazu überredet, das Geld von Herrn Himmelsbach anzunehmen, weil ich eigentlich keinen Schaden bei der ganzen Sache genommen habe und das Dach unseres Hauses dringend erneuert werden musste.

»Er hat unser Kind nur gestreichelt. Er ist nur ein seniler alter Mann, der etwas Nähe gesucht hat«, hat mein Papa zu

Mama gesagt. *»Kinder vergessen so etwas ganz schnell und vor Gericht hätten wir eh keine Chance. Wir würden uns nur blamieren.«*

»Du musst die Fernbedienung nur auf die Hand hauen, das macht Papa immer, wenn die Batterien kurz davor sind, den Geist aufzugeben«, reißt Liam mich aus meinen Gedanken.

»Du bist wirklich ein schlaues Kerlchen«, lobe ich ihn und komme aus dem Staunen nicht raus. Er benutzt tatsächlich die Worte eines Erwachsenen – und das macht mir Angst. Führt er wieder was im Schilde?

Mit einem flüchtigen Lächeln klopfe ich mit der Fernbedienung gegen die Sofalehne und schiebe die Kassette in den Schacht des Videorecorders.

Der Bildschirm flackert und wird blau. Dann erklingt die Melodie. Das Blau auf der Mattscheibe verschwindet. Plötzlich sitze ich auf der wuchtigen Armlehne des Sofas und singe leise das Lied der Gummibärenbande mit. Das Brennen meines Rückens spüre ich kaum, weil ich gelernt habe, diese Art von Schmerz zu unterdrücken.

»Du musst aus dem Weg gehen, sonst sehe ich nichts.« Liam wackelt ungeduldig mit den Beinen und drückt mein Kuscheltier noch fester an sich.

»Kind?« Meine Mutter ruft nach mir.

»Ich komme!«

»Vergiss das Wasser nicht! Papa wir langsam ungeduldig.«

»Versprichst du mir, brav zu sein?«

Liam nickt eifrig, ohne den Blick vom Bildschirm abzuwenden.

»Bin gleich wieder da.«

Liam beachtet mich nicht mehr.

Ich schleiche mich hinaus und freue mich schon darauf, den Abend mit meinem Kind zu verbringen.

23

JOHANNES

Jetzt

Karl setzt mich an der Kreuzung ab. »Sonja ist eine forsche Frau.«

»Und du bist ein Feigling.«

Er lacht. »Weißt du, warum ich dreimal geschieden bin?«

»Viermal«, verbessere ich Karl und greife nach dem Türgriff, ohne die Tür zu öffnen.

Dicke Regentropfen prasseln auf das Dach und erfüllen die Stille mit einem blechernen Durcheinander.

»Vielleicht liegt es einfach daran, dass die Frauen den Männern überlegen sind. Oder sie wissen von Natur aus, was falsch und was richtig ist. Darum begeben sie sich ungleich seltener in Situationen, die schädlich sein könnten.«

»Du philosophierst ja, Karl.«

Er ignoriert meinen moralischen Seitenhieb.

»Als Psychodoktor hast du darauf bestimmt eine Antwort, hm?«

»Ich denke, dass die meisten Frauen einfach nur intelligenter sind als wir Männer, weil sie sich nicht von ihren

Trieben leiten lassen, sondern aus ihren Fehlern lernen und daraus die richtigen Schlüsse ziehen.«

»Genau das meine ich auch, Doc. Du bist scheinbar genauso dämlich wie mein Kater Ferdinand. Er denkt auch immer, dass er jedes junge Kätzchen haben kann, obwohl er kastriert und halb blind ist.«

»Für deine allegorischen Ausflüchte fehlt mir im Moment die Zeit, Karl. Wieso lässt du mich nicht vor meiner Haustür …«

»Ich bin vielleicht dämlich, aber nicht komplett bescheuert, im Gegensatz zu meinem Kater. Mein Augenlicht ist mir wichtig – und vor allem meine Männlichkeit. Sonja ist deine Frau. Sie wird dich schon nicht kastrieren, weil du den Termin nicht wahrgenommen hast. Ich habe bei Amazon geschaut, eine Augenklappe könnte ich dir bestellen.« Er zwinkert mir zu. »Steig schon aus! Wir sehen uns hoffentlich morgen. Ich werde noch bei der Kindergartenleiterin vorbeifahren.«

Ich steige aus und schlage die Tür zu, ohne mich zu verabschieden, weil Karl solche Beiwerke nicht sonderlich tangieren.

Der schwarze BMW macht einen hastigen U-Turn und verschwindet mit quietschenden Reifen.

Ich versuche gar nicht erst, mir eine Ausrede zurechtzulegen. Sonja ist unberechenbar und ich muss immer aufs Neue situationsbedingt handeln.

Der anstrengende Tag neigt sich dem Abend zu. Über Neustadt hängen mächtige Wolken, die von den letzten Sonnenstrahlen zum Leuchten gebracht werden. Tiefes Rot vermischt mit trübem Grau spannt sich über die gesamte Ortschaft. Ganz so, als seien dem Schöpfer die Farben ausgegangen, sieht alles um mich herum ungeheuer düster aus. Nur in manchen Fenstern der Nachbarhäuser brennt Licht und ab und zu huschen die Silhouetten der Bewohner hinter zugezogenen Gardinen vorbei. Wie Scherenschnitte bewegen sie sich hinter den nassen Scheiben. Der Nieselregen ist stärker geworden.

Mit aufgestelltem Kragen und einer bösen Vorahnung, die meine Kopfhaut zum Kribbeln bringt, laufe ich schnellen Schrittes zu meinem Haus.

In der Küche brennt Licht, was bedeutet, dass es Ärger gibt. Sonja steht entweder am Fenster oder sitzt mit einer heißen Tasse Vanilletee am Küchentisch und perfektioniert ihren Plan, wie sie mich töten kann, ohne Spuren zu hinterlassen.

Hinter der Tür höre ich ein leises Winseln. Mein treuer Freund Jack wartet bereits auf mich, weil auch er ein außerordentlich feines Gespür für bevorstehenden Ärger hat. Und heute werden sich unter Sonjas Verwünschungen die Balken biegen, weil ich statt meiner Wenigkeit Benjamin zu dem ersten Vorstellungsgespräch geschickt habe. Mit geschlossenen Augen hole ich tief Luft und bereite mich innerlich auf ihren Monolog vor, denn zu einem Dialog wird es wohl nicht kommen. Dann atme ich langsam wieder aus. Ich bin beinahe bereit – doch, noch bevor ich die Augen geöffnet und den Schlüssel aus der Tasche geholt habe, wird die Tür aufgerissen.

»Auch schon da?« Sonjas Blick sagt alles und braucht keine weitere Erklärung durch ihr Mienenspiel, welches dennoch eindeutig ist. Frauen sind im Allgemeinen kommunikationsfreudiger als Männer, die fälschlicherweise von sich behaupten, dem stärkeren Geschlecht anzugehören. Keine Frau trägt solche Streitigkeiten mit Körperkraft aus. Frauen ziehen andere Saiten auf, die wesentlich mehr Wirkung als eine Ohrfeige zeigen.

»Jack, du kannst nichts dafür, dass dein Herrchen wieder einen Bock geschossen hat«, beruhigt sie den Hund, der zuerst sie, dann mich traurig anschaut.

»Kann ich nicht zuerst reinkommen?«

»Nein, das können wir zwischen Tür und Angel klären.

Mich anzurufen, hast du ja auch nicht für notwendig befunden.«

»Hat Benjamin mich denn nicht gut genug vertreten? Du sagst doch immer, dass er ein guter Zuhörer ist und einen besseren Eindruck auf Menschen macht als ich.«

»Aber ihn habe ich nicht geheiratet. Und nicht mit Benjamin will ich ein Kind bei uns in der Familie aufnehmen, sondern mit dir. Aber nein, der feine Herr hatte was Besseres zu tun als mit mir zwei Stunden dieses Tages bei einer Vermittlungsagentur zu verbringen.«

»Okay, du hast recht, Benjamin ist wirklich ein besserer Zuhörer als ich. Und ein noch besserer als du es bist, Sonja!«, kontere ich und verringere den Abstand zwischen uns um einen halben Fuß. »Ich habe nie gesagt, dass ich das Leben eines weiteren Kindes zu ruinieren bereit wäre. Tim, unser leibliches Kind, kriegt seit Jahren nichts auf die Reihe. Eine solche Bürde will ich nicht erneut auf mich nehmen. Ein zweites Mal zu versagen und mir erneut einzugestehen, dass ich ein wirklich mieser Vater bin …«

»Das sind nur wieder deine Psychospielchen, hinter denen du dich immer versteckst«, fährt sie mir über den Mund und stemmt die Fäuste in die Hüften.

Obwohl ich sauer auf sie bin und auf den Streit keine Lust habe, finde ich sie mit ihrer wilden Frisur und in der engen Sportkleidung umwerfend.

»Was starrst du mich so an?« Sie zieht den Haargummi aus ihren rotblonden Locken, entwirrt sie und macht einen ordentlichen Knoten.

»Hast du Yoga gemacht?« Ich rieche den Duft ihres Körpers und sehne mich nach ihrer Nähe.

»Johannes!«, sagt sie tadelnd, aber sie klingt nicht mehr so, als wolle sie mir ins Gesicht springen. »Ich möchte es aber noch mal versuchen.«

»Und was sagst du dem Kind, wenn dein Versuch

daneben geht? Ein Kind ist kein Versuchskaninchen. Ich bin noch nicht dazu bereit, weil ich an diesem Fall arbeite.«

»Du hast immer ›nur diesen einen Fall‹.«

»Zwei Kinder wurden bereits tot aufgefunden, ein drittes ist spurlos verschwunden und kann noch gerettet werden. Sein Name ist Liam und er ist fünf Jahre alt.«

Sonjas Körper entspannt sich, so als wäre in ihr eine Feder gebrochen. Sie lehnt sich mit der Schulter gegen den Türrahmen.

Wir schweigen einen Augenblick und warten darauf, dass der jeweils andere das Wort ergreift, weil davon der Verlauf unseres Gespräches abhängt. Und der Ausgang unserer wiederholten Auseinandersetzung.

»Du weißt, wie sehr ich mir jemanden wünsche, der bei mir ist, um den ich mich kümmern und von dem ich geliebt werden kann«, sagt sie schließlich. Ihre Stimme ist von der Art Trauer belegt, die mir signalisiert, dass meine Frau verzweifelt ist und nach Rat sucht. Ich schweige die Antwort, die eigentlich keine ist, einfach aus.

Mit leise quietschenden Bremsen bleibt hinter mir ein Wagen stehen. Sonja reckt den Hals und lugt mir über die Schulter. Ihre getrübte Miene hellt sich auf. Sie sieht positiv überrascht aus und schiebt mich mit sanfter Bestimmtheit zur Seite. Jack stellt die Lauscher auf und springt auf die Beine. Irritiert drehe ich meinen Oberkörper nach links, verfolge Sonja, die in Hausschlappen auf meinen Sohn zurennt und die Arme ausbreitet.

»Ich habe noch gar nicht mit euch gerechnet!«, flötet sie mit der sich überschlagenden Stimme einer Mutter, die ihr Kind über alles liebt.

»*Surprise!*«, ruft Tim und lässt sich von Sonja in die Arme schließen. Sie überschüttet ihn mit Küssen und entschuldigt sich sofort bei einer schlanken Frau mit Extensions in den Haaren für ihren enthusiastischen Empfang.

Niemand kann so volles blondes Haar haben, überlege ich und kann diese überkandidelte Frau schon auf Anhieb nicht leiden. Sie trägt ein enges Kleid mit Gepardenmuster und einen Mantel, für den vermutlich mindestens fünfzig Pelztieren die Haut abgezogen wurde. Ihre muskulösen Beine sind enorm lang und ihre Füße stecken in teuren Stöckelschuhen mit roter Schuhsohle. Alles an ihr ist irgendwie falsch und aufgesetzt, selbst das Lächeln. *Mit diesen roten Gummibooten kann man sicher nur mit einem Strohhalm trinken.* Die Wangenknochen stechen förmlich hervor und vom Weiß ihrer Zähne könnte man blind werden.

Jack scheint die neue Flamme meines Sohnes auch nicht sonderlich zu mögen. Er drückt seine Flanke gegen mein Bein. Sein mächtiger Brustkorb vibriert. Er gibt tiefe knurrende Töne von sich und bleckt die Zähne. Seine schwarzen Lefzen glänzen vor Geifer.

Jack hatte früher einem drogensüchtigen Mann gehört, der das Tier schlecht behandelte. Prügel standen dabei an der Tagesordnung. Vielleicht hat Jack eine bessere Menschenkenntnis als manch einer, der sich Psychiater schimpft. Mein vierbeiniger Freund kann sich auf seine Urinstinkte verlassen. Darum werde ich noch hellhöriger und achte weiterhin auf Jacks Reaktionen.

»Du zitterst ja«, sage ich zu ihm und mein Hund schaut zu mir hoch und schenkt mir einen traurigen Blick. Dabei versucht er, mir die Finger abzulecken. »Hast du Angst vor dieser Frau?« Ich gehe in die Hocke und lege ihm den rechten Arm auf den Rücken, dabei klopfe ich ihm sanft gegen den Hals. »Was ist los?« Seine kratzige Zunge berührt meine Wange, die rechte. »So kenne ich dich gar nicht, mein Großer.«

»Willst du deinen Sohn nicht willkommen heißen?«, ruft Tim mir zu. Das blonde Püppchen hakt sich bei ihm ein und stolziert wie ein bunter Storch neben ihm in meine Richtung. Das Klackern der schmalen Absätze bestimmt den Takt des Klopfens meiner Hand gegen die Brust. Ich bin nervös und verstecke die verräterische Hand hinter dem Rücken.

»Aus, Jack!«, gebe ich einen kurzen Befehl, den nur er hören kann, und stehe auf. Dabei versuche ich, mir ein Lächeln abzuringen, scheitere aber daran. Darum nehme ich mit der linken Hand den roten Ball aus der Tasche und drücke den weichen Stoff zusammen.

»Das ist Barbara«, sagt Tim und lässt der Frau den Vortritt.

Im Hintergrund fährt das Taxi, mit dem sie gekommen sind, wieder davon.

»Guten Tag«, begrüßt sie mich mit einem starken Akzent und streckt mir eine Hand entgegen, die kalt und schlapp wie ein toter Fisch ist. Ihre Augen sind wie zwei dunkle Pfützen, hinter denen sich alles Mögliche verbergen kann, alles außer Güte und Ehrlichkeit.

Bei diesen Wimpern bekommt man doch einen mächtigen Lidkater, denke ich und muss aufpassen, dass mir der sarkastische Satz nicht tatsächlich über die Lippen schlüpft. Ich entziehe mich dem schlaffen Händedruck mit einem oberflächlichen: »Sehr angenehm!«

»Lass die jungen Leute erst mal reinkommen! Ist ja saukalt und Barbara hat kaum etwas an.«

Wir sind ja auch nicht in Südafrika, möchte ich erwidern. Stattdessen frage ich: »Wo ist eigentlich euer Gepäck? Oder seid ihr nur auf der Durchreise und habt eure Koffer am Flughafen zwischengeparkt?«

Tim dreht sich um und meint: »Scheiße, den Koffer und die Tasche habe ich im Taxi vergessen.« Seine Bestürzung ist echt.

Barbara streichelt meinem Sohn den Rücken. »Nein, Darling, der Chauffeur hat das Gepäck dagelassen«, sagt sie mit piepsiger Stimme. Hastig langt sie mit der rechten Hand nach der linken Schulter, so als suche sie dort nach dem Handtaschenriemen. Die roten Fingernägel stehen im krassen

Kontrast zu dem sanften Weiß ihres Mantels und sie greifen ins Leere. Suchend sieht sich Babsi nach ihrer Handtasche um.

»Dad, kannst du bitte nachschauen, ob der Koffer und die Tasche wirklich da sind? Ich kann kaum noch laufen. Ich denke, dass ich mir die Ferse aufgescheuert habe.«

»Dad?«, entfährt es mir. »Und wieso trägst du Lederschuhe und keine Sneaker, wie noch vor deiner letzten Weltreise, vor der du uns versprochen hast, erwachsen zu werden?«

»Ich habe mich an das Versprechen gehalten!«

Wenn die Farbe erst mal ab ist …, huscht es mir durch den Kopf. Ich bringe den Gedanken nicht zu Ende, weil ich von Sonja unterbrochen werde.

»Johannes, schau bitte nach dem Koffer und der Tasche«, bittet sie mich mit einem Gesichtsausdruck, der nicht mehr so abweisend ist wie noch kurz zuvor.

Ich leiste Sonjas Bitte nur aus einem einzigen Grund Folge – ich will meine Ruhe, zumindest für einen Augenblick. Jack folgt mir. Anscheinend geht es im genauso.

Das Gepäck steht tatsächlich noch auf dem Gehsteig, samt der Handtasche, deren golden schimmernder Tragegurt um den Griff des Koffers gewickelt wurde.

»Jack, aus!«, sage ich und versuche so, den Hund zur Räson zu bringen, der plötzlich auf das Gepäck zustürmt. Ich greife nach dem Halsband, aber weil er eine Deutsche Dogge und wild entschlossen ist, zieht er mich die ersten Schritte einfach mit und entreißt sich mit einer kurzen, heftigen Bewegung meinem Griff.

»Johannes?« Ängstlich ertönt Sonjas Stimme, und dann stehen auch schon Tim und Babsi dicht hinter mir.

»Er darf das nicht!«, schreit Barbara, aber Jack juckt ihr Ausruf nicht die Bohne. Seine Zähne packen den ledernen Koffer. Er reißt ein Loch hinein und kratzt über den ausgefransten Rand.

»Jack! Was ist los?« Ich eile auf ihn zu, greife mit beiden

Händen nach dem Halsband, der rote Ball rutscht mir dabei aus den Fingern und landet in einer Pfütze, in der sich Jacks Entschlossenheit widerspiegelt. Die Spiegelung verschwindet, weil Tims Schuh ins Wasser tritt. Er will nach dem Hund schlagen, aber ich stoße meinen Sohn grob zur Seite.

»Ich wollte ihn nicht schlagen«, entfährt es Tim, so als habe er meine Befürchtung erahnt. »Was ist in ihn gefahren?«, wundert er sich.

»Keine Ahnung«, erwidere ich atemlos und endlich gibt Jack nach, aber nicht, weil ich stärker bin, nein, der Grund ist simpler, er hat das gefunden, was ihm all die Zeit keine Ruhe ließ. Ein Tütchen mit weißem Pulver darin fällt heraus und Jack gibt endlich Ruhe.

»Kannst du das erklären?«, frage ich und wende mich dabei an unseren Sohn. Zeitgleich gehe ich in die Hocke.

Tim schweigt.

»Oder soll ich lieber Barbara fragen, warum sie *Backpulver* mitgenommen hat?«

Aus dem Loch im Koffer rutschen mehrere Plastikkärtchen.

»Sibille? Adriana? Anouk? Charlotta?« Laut lese ich die Namen von den Kärtchen ab, während ich sie vom Boden aufhebe.

Jack hat die Rute zwischen die Beine geklemmt und sieht zu mir auf. Aber ich bin noch immer mit Barbara beschäftigt.

»Besitzen Sie die Immunität eines Diplomaten, weil Sie Tochter eines Botschafters sind? Sind Sie eine Agentin?«

»Sie ist auf der Flucht, Dad.«

»Ich bin dein Vater. Unterbrich mich bitte nicht!«, fahre ich Tim an.

»Das ist kein Kokain!« Barbaras Akzent wird stärker.

»Sondern?«

Unsere Blicke treffen sich.

»Diarsentrioxid!«, flüstert sie.

»Sie meinen, dass das hier Arsen ist? Eine hochgiftige Substanz?«

Sie nickt kaum merklich.

»Weil?«

Sie schweigt.

»Lügen Sie mich nicht an!«

»Musst du immer alles ruinieren?« Tim sieht mich an und ist den Tränen nahe. »Du hast mir immer eingebläut …«, er schluckt, »du sagtest, Ehre wäre ein kostbares Gut …«

»Du haust wieder mal alles durcheinander! Ehrlichkeit, nicht Ehre. Viele brüsten sich mit Worten wie Ehrenmann oder anderem Scheiß, von dem sie keine Ahnung haben. Du hast eine Frau ins Haus geholt, die vorhat, uns zu vergiften?«

»Der Koffer gehört mir nicht. Mein Bruder hat mich gebeten, ihn in Berlin abzugeben.«

»Und wo sind dann Ihre Sachen?« Ich stecke Barbara die Kärtchen in ihre linke Hand.

»Am Bahnhof. Wir wollten nur Hallo sagen und weiterfahren.«

»Und du, Tim, hast von all dem gewusst?«

»Nein, hat er nicht. Wir haben meinen Bruder in München getroffen. Er sagte, dass ein Mädchen wie ich nicht verdächtig aussieht. Es tut mir leid.«

»Siehst du, Vater? Sie kann nichts dafür!«

»Dass jemand durch dieses Zeug hier sein Leben verliert?«

»Johannes, bitte. Die Nachbarn.«

»Komm Jack, wir gehen zu Benjamin.« Der Hund winselt und trottet schon mal voraus.

»Wir sollten ein Taxi rufen, Tim«, entscheidet Barbara und steckt die Karten in den Mantel.

»Siehst du, was du angerichtet hast? Vater! Deine Ehrlichkeit führt immer nur dazu, dass wir uns streiten. Und ich weiß sehr wohl, was das Wort Ehre bedeutet«, ruft er mir nach, weil ich Jack folge. »Du scheinbar nicht! Weil du zu stolz bist, deine Fehler einzugestehen!«

Meine Frau wollte mit mir einen Streit anfangen, weil ich nicht zu einem Termin erschienen bin, und mein Sohn gibt mir die Schuld, weil seine Freundin einen Drogenkurierdienst für ihren angeblichen Bruder betreibt. Wenn das nicht der perfekte Abschluss eines beschissenen Tages ist! Stolz, Ehre und Würde, selbst Religion, werden zweckentfremdet. All diese Begriffe werden entweder von einem Einzelnen oder sogar von einer ganzen Nation zu Wunschzielen missbraucht, mit der Absicht andere damit zu verletzten oder aus der Gemeinschaft zu selektieren. Kriege werden im Namen des Allmächtigen geführt, Familien zerrissen, Frieden mit Füßen in den Dreck gestampft, nur weil jemand in seinem Stolz oder seiner Ehre verletzt wurde. Für mich sind diese Begriffe keine Floskeln. Ich bin stolz auf meine Familie. Ich liebe unseren Sohn mehr als meine Frau, und das weiß Sonja auch, und dass ich sie mehr liebe als mich selbst. Aber nun habe ich genug von der ganzen Bande. Ich brauche jetzt etwas frische Luft – und Zeit. Diesen Streit möchte ich auf eine Weise aus der Welt schaffen, bei dem keine der beiden Seiten zu sehr in ihrer Würde verletzt wird.

»Johannes, du gehst?«, ruft Sonja mir nach, aber ich lasse sie alle stehen, weil ich die Polizei rufen und Barbara Handschellen anlegen lassen würde, wenn ich bliebe.

»Das geht nicht!«, schreit Barbara auf.

Jack niest und wir beide biegen nach links ab, sodass ich das Geschehene in Ruhe reflektieren kann. Nach kurzem Zögern greife ich nach meinem Telefon und wähle Karls Nummer.

24

SCHWARZER ENGEL

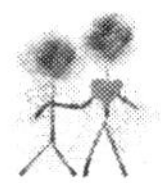

Dreizehn Tage zuvor

Mein Vater sitzt am Küchentisch, tief über den Teller gebeugt und versucht, ein Stück von dem Fleisch, das zwischen seinen Zähnen steckt, abzubeißen. Er schmatzt und gibt hechelnde Geräusche von sich.

»Was ist mit dir passiert?«, fragt meine Mutter. »Dein Rücken ist ganz nass und deine Hände haben Schwielen und sind rot.«

»Ich habe mich unten im Keller an einem Rohr verbrüht«, sage ich das Erste, was mir auf die Schnelle einfällt.

»Isch die Wascherleitung wiedscher undischt?«, nuschelt mein Vater und zerrt an der Sehne, die immer dünner wird und schließlich reißt. Ein großer Klumpen landet wieder in der Suppe.

»Pass doch auf, Mensch«, schimpft Mama und schlägt mit dem Tuch nach ihm, nur um gleich darauf mit demselben Lappen die übergeschwappte Brühe aufzuwischen.

»Das Fleisch ist zäh wie ein Affenarsch«, sagt mein Vater und steckt sich die Finger in den Mund. Etwas muss zwischen seinen Zähnen steckengeblieben sein. »Hast du den Hahn zugedreht?«, will er von mir wissen und möchte aufstehen.

»Diesmal war ich selbst schuld. Ich habe ein falsches Ventil aufgedreht.«

»Was?« Seine Augen werden zu zwei schmalen Schlitzen. Er sieht mich misstrauisch an und pult weiter in seinem Mund herum.

»Ach, nichts. Ich will mich nur schnell umziehen. Haben wir noch was von der Salbe da, Mama?«

»Mit diesen Verletzungen musst du zu einem Arzt.«

Ungerührt greift mein Vater nach einem Stück Brot, das er über seinem Teller in kleine Stückchen zerrupft, die er dann in der dampfenden Suppe verteilt.

»Lass mich mal sehen«, meint Mama und will sich meine Hände näher anschauen.

»Da ist nichts passiert, nur ein paar Blasen. Haben wir Popcorn und …«

»Popcorn? Musst du nicht gleich zur Arbeit?«

»Nein«, druckse ich herum. Sie wissen nicht, dass ich Urlaub habe, den ich aber mit Liam unten im Keller verbringen möchte, nachdem ich uns mit einer ganzen Wochenration aus dem Supermarkt versorgt habe.

»Sonst hättest du dich dort von einem Arzt untersuchen lassen können. Du arbeitest ja dort und ich dachte halt, dass man untereinander …«

»Die Idee ist super«, sage ich und meine es wirklich ernst. »Ich ziehe mir nur schnell was anderes an.«

»Und Popcorn? Wir haben noch einen ganzen Eimer im Vorratsraum stehen. Hinter den Gürkchen.«

»Haben wir auch Hanuta?«

»Im Kühlschrank haben wir welche. Weißt du, was der Name Hanuta eigentlich bedeutet? Hasel-Nuss-Tafel«, sagt sie, wie fast jedes Mal, wenn es um diese Süßigkeit geht. »Wolltest du nicht mit uns essen? Und Wasser hast du auch nicht hochgeschleppt.«

»Das mache ich später selbst, nicht dass du wieder was anstellst und wir mitten in der Nacht bis zum Arsch im Wasser stehen«, sagt mein Vater. Er hält den Löffel wie ein kleines Kind in der Faust und schaufelt sich die Matsche in den gierigen Schlund. Dann flucht er: »Das Zeug ist immer noch verdammt heiß!« Der Löffel fliegt über den Tisch.

»Herrmann, kannst du dich nicht beherrschen? Schau, was du hier für eine Sauerei angerichtet hast!«

»In dem Saustall fällt ein schmutziger Löffel nicht weiter auf. Steh nicht so blöde da und gib mir lieber ein Bier, damit ich mir meinen Rachen abkühlen kann.«

Mama tut, was Vater verlangt.

Weil sie miteinander selbst beschäftigt sind, stehle ich mich davon, hoch auf mein altes Zimmer, wo mein Schrank mit den Klamotten steht, genauso wie das Bett, das mir früher gehört hat und das Papa vom Dachboden nach unten geschleppt hat, ohne es jemals aufzubauen. Die Bretter und die Matratze liegen in einer Ecke. »Hier können dann auch mal Gäste schlafen«, hat er gesagt und wurde dabei von Mama ausgelacht, weil wir nie Besuch haben, der über Nacht bleibt.

Als ich das Shirt ausziehe, breitet sich eine heiße Welle über meinen Rücken aus.

Der Kleiderschrank hat drei verspiegelte Türen. Ich stelle mich in die Mitte, klappe die beiden anderen Türen auf und betrachte mich von allen Seiten.

»Kindchen, Papa meint, du hast unten im Keller den Fernseher angelassen, und du weißt ja, wie sauer er wird, wenn du Strom verschwendest«, ruft meine Mama von unten.

Der Schmerz ist vergessen. Die Tür habe ich zwar abgesperrt, aber er könnte einen Zweitschlüssel haben. Ich renne mit nacktem Oberkörper die Treppe nach unten, vorbei an meiner Mutter und weiter bis in den Keller.

»Wieso sperrst du eigentlich immer ab?« Mein Vater steht

vor meinem Zimmer und zeigt mit dem Kopf zur Tür. Argwohn schwingt in seiner Frage mit. Er rüttelt am Griff.

Hoffentlich verrät Liam uns nicht.

»Und seit wann schaust du wieder diese Zeichentrickserie?« Seine Stirn bekommt tiefe Falten und er kratzt sich dabei den Bauch.

»Ich hatte einfach Lust dazu.«

»Lust?« Er leckt sich mit der Zunge die Lippen.

Ich brauche einen Moment, eher ich mir der Tragweite seiner Anspielung bewusst werde. Dann fällt mir auf, wie er meinen nackten Oberkörper mustert. Ich verschränke die Arme vor der Brust.

»Gestern hat sich eine Frau bei uns gemeldet. Deine frühere Erzieherin.«

»Was wollte sie?«

»Keine Ahnung. Sie sagte, die Polizei wäre bei ihr gewesen und hätte sie ausgefragt.«

»Und, was habe ich mit der ganzen Sache zu tun?«

»Sie haben Herrn Himmelsbach verhaftet.«

Mein Hals wird eng. »Der hat es verdient«, sage ich.

»Wenn er zu singen beginnt, sind wir alle am Arsch.« Er zieht den Rotz die Nase hoch und sieht mich voller Verachtung an, so als wäre ich an dem ganzen Dilemma schuld. »Wir haben uns damals auf einen Kompromiss geeinigt.«

»Ihr habt euch für euer Schweigen bezahlen lassen«, widerspreche ich.

Manche Eltern strafen ihre Kinder mit Abneigung, und das kann mein Vater gut. Ich bin schließlich das Ergebnis einer Vergewaltigung.

»Du weißt vielleicht noch, dass ich früher in dem Kindergarten, in den du gegangen bist, als Hausmeister gearbeitet habe.«

Ich versuche, gleichmäßiger zu atmen, bis sich mein aufgebrachtes Gemüt etwas beruhigt hat. Zudem ist mir kalt und ich friere.

»Es gab da eine Kassette, mit deren Hilfe ich die Frau dazu überzeugen konnte, eine runde Summe an uns auszuzahlen.«

»Eine Kassette?«

Er nickt.

»Welche Kassette?«

Er kratzt sich im Schritt und lacht einmal auf. »Die, dank der wir von den perversen Schweinen das Geld bekommen haben.« Ein dünnes Lächeln umspielt seine Mundwinkel. Er schmatzt und schiebt sich den rechten Zeigefinger tief in den Mund.

»Und wo ist sie jetzt?«

Kurzzeitig ist mir danach, laut aufzulachen, weil mein ganzes Leben ein beschissener Albtraum sein muss, aus dem ich vermutlich niemals erwachen werde.

»Ich habe Sie heute anonym an die Polizei geschickt, damit sie die Alte endlich einbuchten und sie uns von der Pelle rückt. Sie will ihr Geld zurück, wenn ich mich nicht an die damalige Abmachung halte.« Vater hält jetzt den Finger ans Licht, betrachtet seinen schmutzigen Fingernagel und lutscht den Klumpen, der daran hängt, mit einem lauten Schmatzen ab.

Alles ist so abstrus und total unfair und unsinnig und kompletter Bullshit. So ein Leben kann einfach nicht weitergelebt werden. Das ist ja gar kein richtiges Leben, in dem immer du derjenige bist, der ununterbrochen von anderen gefickt, verarscht und verachtet wird.

»Was ist auf dem Video zu sehen?« Tränen schwimmen in meinen Augen. Weil ich friere, nehme ich mir eine Jacke vom Haken neben der Tür, die ich mir hastig überstreife.

»Die beiden Männer und du. In Frau Deißbachs Büro. Die Typen sind darauf sehr gut zu erkennen. Nichtsahnend haben sie sich dort eingeschlossen. Deißbach hat die Kamera entdeckt und sie mit einem Regenschirm kaputtgeschlagen. Damals befand sich die Aufnahme auf einer Festplatte eines

Multirekorders und wurde binnen vierundzwanzig Stunden überspielt, aber ich habe die Kassette rechtzeitig ausgetauscht und ihr eine von deinen Gummibärenkassetten untergeschoben, mit der Begründung, dass das Video nicht mehr existiert. Die wirklich bösen Trolle sind jetzt im Briefkasten bei der Polizei gelandet.«

»Wie hirnverbrannt bist du eigentlich, Vater? Ich bin dein Kind und du machst darüber Witze.«

»Wieso ich? Ich bin dir damals nicht an die Wäsche gegangen. Und die Alte ist nur deswegen so scharf auf das Video, weil sie mit im Zimmer war. Und wenn du noch immer glaubst«, sagt er und senkt dabei die Stimme, »dass ich dich begrapscht habe, musst du dir diesen Stuss endlich aus deinem kranken Hirn schlagen. Ein einziges Mal will man als Vater seinem Kind etwas vorlesen, schon wird daraus ein Drama gemacht.«

Mein Hals ist zugeschnürt, so als würde ich jetzt in Tränen ausbrechen, aber dazu fehlt mir die Kraft.

»Du bist eines nachts auch zu mir ins Bett gestiegen, und zwar nicht, weil du mir was vorlesen wolltest.«

»Da war ich besoffen und habe mich nur vor deiner Mutter verstecken wollen. Ich habe mich nicht an dir vergangen.«

Panik und Wut verwandeln sich in Übelkeit. »Weil du keinen hochbekommen hast, nur aus diesem Grund hast du mich in Ruhe gelassen. Und weil du gemerkt hast, dass ich doch nicht so tief und fest schlief, wie du glaubtest.«

»Du fabulierest dir da etwas zusammen. Mach die Tür auf! Ich brauche die Kassette.«

»Welche Kassette, denn? Hast du nicht gerade gesagt, dass …«

»Dass ich noch eine Kopie habe, die ich Frau Deißbach zurückgeben werde, damit sie uns weitere zehntausend Euro für unser Schweigen überweist. Ich spiele einen Doppelagenten. Jetzt mach schon!« Ungeduldig klopft er mit den Fingerknöcheln gegen die Tür.

Die Stimmen der Serie und die Musik verstummen.

»Komisch, nicht wahr?« Er neigt den Kopf. Seine Nasenflügel blähen sich auf. An seinem dicken Schnurrbart kleben Brotkrumen. Er grinst breit. »Wen versteckst du dort?« Erneutes Klopfen. Ein Rascheln aus meinem Versteck lässt uns beide aufhorchen.

»Was verheimlichst du uns?« Ein Anflug von Zorn lodert in seinen Augen auf und er haut einmal fest mit der Faust gegen das Holz. »Ich habe einen Ersatzschlüssel, das weißt du doch.«

»Ich mache auf«, gebe ich mich geschlagen. Der Schlüssel hängt normalerweise an einer Schnur um meinen Hals. Aber wegen des Zwischenfalls habe ich ihn einfach in die Hosentasche gesteckt.

»Warte!«, sagt mein Vater plötzlich, streckt den Arm aus und geht in die Hocke.

»Ich mach schon auf«, beteure ich und will mich vordrängeln, aber er stößt mich einfach weg und presst sein Auge gegen das Schlüsselloch.

In der kurzen Zeit, in der ich mir einbilde, in ein schwarzes Loch zu fallen, bin ich vollauf damit beschäftigt, nicht den Verstand zu verlieren und darüber nachzudenken, wie ich meinen Vater davon abhalten kann, mir meinen Liam wegzunehmen.

»Mhm«, macht er dann und steht wieder auf.

Ein konzentriertes Schweigen breitet sich im Keller aus, welches nur vom steten Rauschen des Windes und dem leisen Rauschen der Klospülung im oberen Stockwerk unterbrochen wird. Mein Herz pocht und ich glaube, in der Stille nun auch das leise Piepen von Mäusen hören zu können, die sich in den Wänden verstecken.

»Wer ist dieser Junge auf dem Sofa?«, will mein Vater

dann wissen. Seine Kaumuskeln treten unter der unrasierten Haut hervor.

»Ich passe nur auf ihn auf.«

»Um diese Zeit?«

»Seine Mutter arbeitet mit mir zusammen, nur in der Gegenschicht.«

»Wie heißt er?«

»Liam«, rutscht mir der Name heraus.

»Was für ein Zufall! Er hat denselben bescheuerten Namen wie der Junge im Fernsehen, nach dem seit Tagen gefahndet wird. Und er sitzt bei mir im Haus?« Seine Halsschlagader schwillt fingerdick an.

»Herrmann, ist alles okay bei euch da unten?« Meine Mama steht oben in der Tür.

»Ja, es ist alles wunderbar. Stell schon mal den Tee hin, ich komme gleich hoch, um dir etwas zu erzählen.« Er lacht dreckig.

Meine Mutter versteht den Sarkasmus nicht.

»Aber gern«, sagt sie und verschwindet wieder.

»Mach die Tür auf! Wir bringen das Kind weg. In den Wald oder wohin auch immer. Die Bullen dürfen hier auf keinen Fall aufkreuzen und den Bengel finden. Sofort, sonst mache ich das in Anwesenheit deiner Mutter. Ich werde die Tür, wenn nötig, eintreten und die Polizei selbst anrufen, damit sie dich mitnehmen. Dann hast du niemanden mehr, der dich in Schutz nimmt!«

Ohne einen festen Entschluss gefasst zu haben, denn dazu fehlen mir die Zeit und der Mut, gehorche ich seinem Befehl und manövriere den Schlüssel mit viel Mühe ins Türschloss. Der Schließmechanismus leistet keinen Widerstand. Sobald ich den Schlüssel zweimal umgedreht habe, stößt mein Vater die Tür auf, sodass sie auf der anderen Seite gegen die Wand kracht.

»Mich laust der Affe! Das alles hast du selbst gemacht?«

»Ja.«

»Und wo ist der Bengel?« Er betritt den Raum, dabei macht er winzige Schritte und sieht sich nach allen Seiten um.

»Da ist niemand. Du hast dir alles nur eingebildet.«

Er fährt so abrupt herum und packt mich am Hals, dass ich keine Chance habe, auf seinen Angriff zu reagieren. Er ist zwar schmal und wiegt nicht viel mehr als ich, aber er ist stark und zu allem bereit. Sein fester Griff lässt daran keinen Zweifel.

»Verkauf du mich nicht auch noch für dumm«, zischt er mich an. »Steht er jetzt hinter mir?« Mein Vater konnte mich schon immer lesen. Das ist eine seiner wenigen Begabungen. Er muss an meinem Blick erkannt haben, dass ich Liam hinter dem Sofa entdeckt habe.

»Nichts ist schlimmer als zu leicht durchschaubar zu sein«, presst mein Vater hervor. »Deine Augen verraten dich. Ich kann darin einen halbnackten Jungen sehen. Nicht umsonst sagt man, die Augen seien die Spiegel unserer Seelen.«

Er lässt von mir ab und dreht sich zu Liam um.

»Hallo Liam.«

Liam reagiert nicht. Er hat meine alten Kopfhörer gefunden.

»Liam!«, schreit mein Vater.

Nicht nur der Junge zuckt zusammen, sondern auch ich. Liam streift die Kopfhörer ab und steht langsam auf.

»Komm, wir machen eine Spritztour.« Mein Vater streckt dem Jungen die Hand entgegen, doch Liam versteckt seine Hände hinter dem Rücken und macht zwei Schritte zurück. Ängstlich starrt er meinen Vater und mich an.

Die Tür hinter meinem Rücken fällt ins Schloss. Der Baseballschläger, der daneben an der Wand lehnt, kippt zur Seite und fällt zu Boden. Den habe ich nur zu einem einzigen Zweck gekauft, damit ich mich gegen meinen Vater verteidigen kann, sollte er sich noch einmal in mein Bett trauen.

»Ich wusste nicht, dass du Baseball spielst«, nimmt er

mich auf die Schippe. Ich hebe die Alukeule auf und schlage ihm damit ohne Vorwarnung auf seinen verdammten Schädel.

Er sieht den Schlag kommen, aber ist zu überrascht, um rechtzeitig zu reagieren. Ein helles *Klonk!* und ein leiser Furz, schon taumelt mein Vater, stolpert über einen kleinen Tisch, der mir als Unterlage für meine Spiele dient, und kracht auf den harten Boden.

Liam ist kreidebleich und fängt an zu weinen.

»Er war böse und wollte dich holen«, sage ich zu dem Kind und schlage noch mal auf meinen Vater ein, weil er blinzelt und sich aufzurichten versucht. Diesmal hole ich viel weiter aus. Wegen der niedrigen Deckenhöhe schlage ich seitlich, aber mit voller Wucht auf seinen Kopf ein, der wie eine Melone aufplatzt. Blut, Knochensplitter und rote Geliermasse klatschen wie Kotze gegen die Wand und den Spiegel.

Liam kreischt. Wie von Sinnen fängt er an, durch den Raum zu rennen.

»Liam! Liam, du musst leise sein, sonst kommen noch weitere Männer. Sie wollen dich holen.« Ich packe ihn an den dünnen Ärmchen und schüttele ihn durch. Apathisch starrt er mich mit seinen glasigen Augen an. »Du setzt dich jetzt einfach hin und schaust weiter deine Serie. Dazu nimmst du wieder die Kopfhörer. Okay?«

Er leistet keinen Widerstand. Darum setze ich ihn so hin, dass er mich nicht mehr sehen kann, solange ich damit beschäftigt bin, den ganzen Scheiß aufzuräumen.

Die Kopfhörer passen ihm zwar nicht wirklich, aber sie bleiben auf dem kleinen Kopf. Das Kabel ist auch lang genug. Die bunten Bären tanzen wieder und singen ihre Lieder.

Noch immer mit Adrenalin vollgepumpt, schleppe ich den toten Körper meines Vaters aus meinem Zimmer und hole warmes Wasser und Putzzeug. In meinem Kopf sind zu viele Bilder. Alles, was ich mache, hat keinen rationalen Grund. Ich folge nur meinem inneren Drang und will mein

Zimmer wieder für mich allein haben, ohne all das Blut an der Wand und auf dem Boden.

»Kind, was machst du da unten und wo ist dein Vater?«, ruft Mama nach einer Weile. Sie steht wieder oben in der Tür.

»Er wollte noch mal kurz zur Tanke, weil er im Keller nichts mehr hat.«

»Was?«

»Er sagt, er hat hier unten keinen Wodka mehr und geht schnell zur Tanke!«

»Das kann wieder dauern«, entgegnet sie. »Aber seine Schlappen und die Jacke sind noch da!«

»Er hat in den Säcken hier unten noch gute Klamotten von früher gefunden.«

»Das sieht ihm ähnlich! Zuerst will er das Zeug weghaben und dann zieht er es wieder an. Magst du mit mir Tee trinken?«

»Nein, ich muss gleich zur Arbeit.«

»Okay«, ruft sie und läuft zurück in die Küche. Die Tür zum Keller lässt sie jedoch offen. Die Balken ächzen unter ihrem Gewicht.

Was mache ich mit der Leiche?, drängt sich mir die Frage auf. Nackte Panik steigt in mir auf.

»Die Kassette.«

Ich bringe die Kassette zu Frau Deißbach und …

Lass dir was einfallen!

Mit pochenden Schläfen setzte ich mich in die weichen Polster neben Liam und überlege, wie ich weiter vorgehen soll. Das Blut an der Wand und mein verbrühter Rücken, all das ist für mich im Moment nicht mehr wichtig.

Popcorn, ich habe dem Jungen das Popcorn versprochen, aber dafür muss ich wieder nach oben.

Nein, das geht nicht. Ich lasse mich tiefer in die Polster sinken und lege den Kopf in den Nacken.

Vielleicht sollte ich mich einfach stellen. Es war ein Unfall. Ich habe im Affekt gehandelt, weil er mich angegriffen hat.

Oder ich brenne einfach das Haus nieder? Was mache ich aber mit Liam und meiner Mama? Wo werden wir leben?

Lass dir was anderes einfallen, denke ich mir und merke nicht, wie mir die Augen zufallen. Kurz darauf falle ich in einen traumlosen Schlaf.

25

JOHANNES

Heute

»Hey, Onkel Joghurt! Je später die Stunde, desto hübscher die Gäste«, begrüßt mich Cristina und wirft dabei mit einem sehr bekannten Aphorismus um sich.

»Wo hast du denn diesen Spruch schon wieder aufgeschnappt?« Ich fange sie und hebe den Wuschelkopf in die Luft. Flummi, der kleine Wadenbeißer, will mir wieder ans Bein, aber Jack hält ihn mit einem Knurren davon ab. »Hast du Jack die Füße abgewaschen? Wenn nicht, wird Mama mächtig böse.« Cristina wackelt mit den Beinen und sieht mich mit ihren dunklen Augen fragend an. Ich lasse sie wieder auf den Boden.

»Natürlich. Warum schläfst du noch nicht?«

»Oli hat gesagt, dass Onkel Ben ein Sofa ist«, wechselt sie sofort das Thema und rennt zurück ins Wohnzimmer, wo Oliver in der Hocke auf dem Boden vor dem Tisch sitzt und versucht, einen Faden durch eine Perle zu fädeln. Mit konzentrierter Miene zieht er weitere Perlen auf und sieht erst dann in meine Richtung.

»Nicht Sofa«, widerspricht er und legt die Kette beiseite. »Ich habe gesagt, dass Benjamin eine Diva ist.«

»Aber ein Diwan ist auch ein Sofa!«, erwidert Cristina neunmalklug. Sie weiß ganz genau, was eine Diva ist, will aber damit prahlen, dass sie auch das Wort ›Diwan‹ kennt.

»Dein Onkel Ben kann von mir aus auch ein knarziger Stuhl sein.«

Cristina lacht zuerst über den Witz und schmollt dann auf einmal. Ihr Blick wandert von den beiden Perlenketten zu Oliver und wieder zurück. »Du hast alle schönen Farben, ich nur die doofen.«

»Welche sind denn schön?«, will ich wissen.

»Die rosanen und die pinken. Oli hat eine Mädchenkette gebastelt! Ha, ha«, sagt sie dann, lacht auf und zeigt auf den großen und muskulösen Mann, der eigentlich ein ganz weiches Herz hat.

»Die ist ja auch für deinen Onkel Ben. Er benimmt sich in letzter Zeit wie eine Göre.« Oliver und Cristina klatschen sich ab. Sie sind ein eingeschworenes Team, wenn es darum geht, meinen Bruder zu ärgern.

Jetzt lachen beide.

»Warum macht ihr diese Ketten überhaupt?«

Cristina sieht mich fragend an. Oliver wird ernst. »Es geht um das Foto. Benjamin meint, dass es ihm gelungen ist, trotz der schlechten Qualität des Bildes, anhand eines Farbschemas die Farben der wenigen Perlen zu bestimmen, die man darauf sieht.«

»Das Bild war aber schwarz-weiß.«

»Nicht alle Katzen sind in der Nacht grau«, meint Oliver und zieht mich zur Seite. »Eine der Perlen war grün. Ich habe ein Suchprogramm gestartet, das die Merkmale des Kindes abgleicht. So kann das biologische Geschlecht bestimmt werden und sogar die Farben. Wir beide, Benjamin und ich, sind uns sicher, dass das Kind …«

»… ein Mädchen ist.«

Er nickt. »Sie wissen es also auch? Aber keine der drei Perlen war rosa oder gelb. Wir tendieren eher zu dunkleren Farben.«

Ich stecke die Hand in die Tasche meines Trenchcoats und hole die Perlen heraus, die ich mitgehen ließ. Eine ist gelb, die andere dunkelblau. »Ich habe die Originalkette gesehen und die ähnelt Cristinas.«

»Weil Oli alle schönen Farben geklaut hat«, beschwert sich meine Nichte.

Wir beide schauen zu Cristina und erwischen sie dabei, wie sie von Olivers Schnur zwei rosa Kügelchen stibitzt.

»Sie ist genauso stur wie Ihr Bruder. Wollen Sie den Mantel nicht abnehmen?«

»Karl holt mich gleich ab. Können Sie ein Weilchen auf Jack aufpassen?«, frage ich und konsultiere meinen Chronografen. Als alle Zeiger auf Punkt neun Uhr stehen, erklingt zeitgleich der tiefe Klang einer Standuhr.

»Es wird Zeit, Ihren Bruder zu waschen, aber Jack kann natürlich bleiben. Später, wenn Cristina im Bett liegt, gehe ich mit ihm auch gern spazieren. Peter und Anna …«

»Mama und Papa sind ins Theater gegangen und Oli passt auf uns alle auf!«, mischt sich Cristina ein. »Onkel Joghurt, kannst du einen Knoten machen?« Sie streckt mir ihr Kunstwerk entgegen. Darin bin ich mies, weil mir ein Stück des linken Zeigefingers fehlt, aber ich gebe mein Bestes und es klappt tatsächlich auf Anhieb.

Mein Handy klingelt. »Ich komme später wieder«, entschuldige ich mich und gehe ran.

»Du willst Frau Deißbach mit mir zusammen einen Besuch abstatten? Bei ihr zu Hause?«

»Ja. Ich komme gleich raus«, sage ich, lege auf und wende mich dann dem Pfleger zu. »Oliver, kann ich Ihre Perlenkette bekommen?«

»Nein, die bekommt Onkel Ben«, mischt sich Cristina wieder ein.

»Aber sie hat keine rosa Perlen mehr, weil du sie mir geklaut hast!« Oliver macht einen Knoten und drückt mir die bunten Perlen in die Hand.

»Na gut, dann bekommt Onkel Stuhl diese Kette und wir basteln für mich eine noch schönere. Ich habe in meinem Zimmer noch eine Dose.«

»Aber erst, wenn ich Benjamin ein Bad eingelassen habe. Du kannst solange Zähne putzen gehen.«

Oliver ist die beste Stütze dieser Familie.

Mit einem Schmunzeln begebe ich mich nach draußen, wo Karl schon wartet.

»Lars hat mich soeben angerufen«, sagt er, als ich näher komme. »Wir haben ein Video zugeschickt bekommen. Ist gerade auf meinem Handy gelandet. Kannst es dir gern unterwegs anschauen.«

Karl steht neben seinem BMW und raucht.

»Hier«, sagt er und reicht mir sein Telefon. »Schau es dir an, während ich rauche. Hatte kurz vergessen, dass du wieder deine Probleme hast und dich unterwegs auf deine Angst fokussieren musst.«

Für einen Außenstehenden mag das verständnisvoll klingen, aber ich weiß, dass er mich damit nur aufziehen will.

»Einfach auf ›Play‹ drücken.«

»So technisch versiert bin ich schon noch.« Das Video ist von schlechter Qualität, aber die Personen darauf sind dennoch sehr gut zu erkennen.

»Diese Frau Deißbach wird schnell in Erklärungsnot geraten, sobald wir sie damit konfrontieren.« Karl bläst eine blaue Dunstwolke in den dunklen Himmel, ich aber starre auf den kleinen Bildschirm. »Da ist ein Schatten«, stelle ich fest.

»Ein was? Wo?«

Mein rechter Zeigefinger schwebt an einer bestimmten Stelle.

»Da war noch jemand im Raum«, stellt Karl überflüssigerweise fest.

»Und ich weiß auch schon, wer das war.«

»Wer?« Karl schnippt die Kippe weg, die in hohem Bogen in einer Pfütze landet und zischend ausgeht.

Auf dem Video blitzt es einmal auf. Jemand macht ein Foto.

»Die Spiegelung im Fenster kann uns eventuell weiterhelfen.«

»Doc, wen vermutest du darauf zu sehen?«

»Ich möchte mit meiner Vermutung niemanden beeinflussen. Edgar soll sich bitte darum kümmern.«

»Du bist ein Genie, Doc! Von allein wäre ich niemals darauf gekommen«, lobt mich Karl mit einem sardonischen Grinsen und ruft sofort Edgar an.

»Edgar, schnapp dir die Computerfuzzis mitsamt Lars. Stellt das ganze IT-Team auf die Beine. Was? Ja. Auch die digitale Forensik, alles was du brauchst. Nehmt jedes verdammte Pixel dieses Videos unter die Lupe und konzentriert euch dabei besonders auf …«

»… die Spiegelung in der Fensterscheibe«, ertönt Edgars souveräne Stimme aus dem Hörer, weil Karl wie so oft den Lautsprecher angestellt hat.

»Dann seht zu, dass ihr da weiterkommt. Der Doc und ich schließen uns euch morgen früh an. Punkt neun in meinem Büro!«

»Das rote Aufblinken.«

»Was sagst du da, Doc?«

»Das rote Aufblinken, dieses Pulsieren, kurz bevor der Blitz aufleuchtet, das soll untersucht werden«, sage ich, und spule das Video einige Bildsequenzen zurück.

»Hast du das gehört, Edgar? … Was? … Okay.« Karl unterbricht die Verbindung. »Steig schon ein! Wir fahren.«

Müde wie ich bin, schlafe ich ein, sobald ich mich angeschnallt habe.

26

SCHWARZER ENGEL

Zehn Tage zuvor

Ein Poltern reißt mich aus dem Schlaf. Benommen versuche ich, die Fetzen des Albtraums loszuwerden. Liam liegt auf der Seite und schläft.

Der Bildschirm flackert.

»Was hast du getan?«, schreit meine Mutter hysterisch.

Eine weitere Sekunde vergeht.

Der gellende Schrei hinter der Tür bereitet mir eine Gänsehaut.

»Marina!«, ruft sie panisch meinen Namen. Der Name klingt fremd in meinen Ohren. »Marina!«

Ich quäle mich vom Sofa und verlasse mein Zimmer.

Sie kniet neben dem toten Körper meines Vaters und tastet seinen Kopf ab.

»Was ist hier passiert?«

Meine Hand tastet nach dem Baseballschläger, den ich aus Gewohnheit wieder neben der Tür abgestellt habe. Ich selbst bleibe an der Türschwelle stehen.

»Ist er die Treppe runtergestürzt?«, liefert sie mir eine

mögliche Erklärung für dieses Horrorszenario, das für mich noch immer total irreal erscheint.

»Ich war die ganze Zeit in meinem Zimmer«, flüstere ich.

»Er wollte zur Tankstelle, stimmt doch?« Ihre verweinten Augen suchen bei mir nach einer Bestätigung.

Ein knappes Nicken, mehr bringe ich nicht zustande.

»Er hat sich wieder volllaufen lassen und ist die Treppe runtergestürzt, weil ich vergessen habe, die Tür zu schließen. Er hat mich deswegen schon mehrmals ermahnt, da er die Türen im Suff immer verwechselt. Aber wo sind seine Sachen? Er ist doch nicht so nach draußen gegangen, oder? Es regnet in Strömen …« Sie lässt den deformierten Kopf los und tastet seinen Rücken ab. Mein Vater liegt mit dem Gesicht nach unten. Zum Glück. Meine Mutter würde komplett durchdrehen, sollte sie sein zermatschtes Gesicht zu sehen bekommen. »Ich glaube, sein Herz schlägt noch.« Voller Hoffnung presst sie ihren Kopf gegen das blutverschmierte Unterhemd. »Er lebt. Wir bringen ihn ins Krankenhaus. Nein, wir rufen einen Notarzt. Dein Vater ist schlimm gestürzt, aber er lebt, das ist die Hauptsache.« Sie stemmt sich schwerfällig auf die Beine.

Meine Knie werden bei der Vorstellung weich. Aber all das Blut und sein Gehirn an der Wand in meinem Zimmer … Wie soll ich das dem Notarzt und später der Polizei erklären? Meine Mutter steht unter Schock und bildet sich nur ein, dass mein Vater noch lebt.

»Mutter, Vater war gar nicht weg.« Ein leises Wimmern entweicht meiner Kehle.

»Bleib du hier bei ihm, ich gehe nach oben und rufe den Notarzt.« Sie unterbricht mich, will nicht hören, was ich zu sagen habe.

»Ich mache das. Ich gehe hoch und rufe die Bullen«, schreie ich beinahe.

»Nein, das wirst du nicht tun. Du bleibst schön hier unten und rührst deinen Vater nicht an.« Die Kälte in ihrer Stimme verrät mir, dass sie sich etwas zusammengereimt hat, was sie nicht laut aussprechen möchte. »Ich weiß, wie sehr du deinen Vater hasst und was er dir angetan hat. Ich wollte dieses Geld nicht, aber nach einer Weile habe ich eingesehen, dass wir dieser Abmachung zustimmen sollten.«

»Warum?« Ich sehe sie kaum, weil ich wieder weine.

»Du zeigtest keinerlei Anzeichen eines Traumas, warst so wie immer. Erinnerst du dich noch an unsere Gespräche?« Sie streift sich das Kleid glatt und macht einen Schritt auf mich zu. »Jeden Abend habe ich mich zu dir ans Bett gesetzt und dich ausgefragt, aber du hast dich an nichts erinnert. Da nahm ich an, dein Schutzmechanismus hätte all deine unschönen Erinnerungen einfach gelöscht. Wir waren mit dir zusammen beim Kinderarzt. Doktor Marburg sagte, du würdest dich prächtig entwickeln und das, was bei dir so gejuckt hat, zwischen den Beinen, war ein Pilz, den wir mit Antibiotika schnell loswerden konnten.«

»Wir?«, wiederhole ich und lasse den Tränen freien Lauf. »Wir?« Meine Finger klammern sich fest um den glatten Griff des Schlägers.

»Du hast dir da mit deinem kindlichen Verstand mehr eingebildet als tatsächlich war.«

Für einen Wimpernschlag gelingt es mir, Sinneseindrücke wie das rasselnde Atmen meiner Mutter, das Rauschen des Windes und das Piepen der Mäuse zu unterdrücken. Selbst der Zitronenduft, der sich mit den Ausdünstungen des Desinfektionsmittels vermischt hat, nehme ich nicht wahr. Ich bin plötzlich wieder ein kleines Mädchen, das auf einem Stuhl sitzt.

Zwei Männer haben mich bis auf die Unterhose ausgezogen.

Ich bin hingefallen und habe mir das Knie aufgeschürft.

Frau Deißbach hat mich ins Büro gebracht, wo die Männer bereits auf mich warteten.

Vor Angst klammere ich mich an meine Perlenkette.

Frau Deißbach redet beruhigend auf mich ein und begibt

sich in eine Ecke. »Ich stelle mich lieber in den toten Winkel«, sagt sie. Sie hält eine Kamera in der Hand und dreht an dem Objektiv.

Die Bilder in meinem Kopf bekommen Stimmen. Ich spüre die Berührung von kalten Fingern.

»Ich bin Arzt und kann dich heile machen«, sagt der Kinderarzt. Er heißt Gustav Himmelsbach.

»Wir machen nur ein, zwei Bilder, mehr nicht. Ich brauche sie, um deinen Wundheilungsprozess zu dokumentieren.« Seine Hände sind kalt und die Haut so dünn und trocken wie Löschpapier.

»Ich will zu meiner Mama.«

Mir ist speiübel.

»Marina, hast du wieder einen Anfall? Ich rufe sofort den Notarzt.«

Die Bilder in meinem Kopf verblassen.

So gut ich kann, taste ich mein Verstand nach der verdrängten Erinnerung ab, um das Gesicht des zweiten Mannes zu erkennen.

»Herr Deißbach war auch da.« Dann drehe ich inmitten meiner Erinnerung den Kopf, was ich bisher nie gewagt habe. Da steht …

»Papa?«, sage ich ungläubig. »Er stand vor dem Fenster und hat alles beobachtet?«

»Kind, du reimst dir da nur etwas zusammen. Hätte er die Kamera nicht heimlich dort eingebaut …«

Ich schüttle den Kopf. »Die war schon immer dort. Er hat mich bei diesem Experiment eingeschrieben und euch beiden war bewusst, was die Männer mit mir vorhatten. Dieser Opa-Kind-Scheiß war von langer Hand geplant und das Konzept passte einfach zu perfekt für euch und Doktor Himmelsbach, der kein Mitglied dieser Gemeinschaft war.«

»Du hast alles in den falschen Hals bekommen. Dein Papa

und ich wollten dich nur davor schützen, in eine Einrichtung gesteckt zu werden, in der nur behinderte Kinder untergebracht und mit Medikamenten vollgepumpt wurden.«

»Das alles ist eine beschissene Lüge!«, brülle ich und stürme auf meine Mutter zu.

27

JOHANNES

Heute

»Wieder wach?« Karl wirft sich ein weiteres Bonbon in den Mund und betätigt die Scheibenwischer, die über die Windschutzscheibe holpern und zwei schmutzige Bögen hinterlassen. Erst nach zwei weiteren Durchläufen ist die Scheibe sauber. Die Straße erstreckt sich wie ein schwarzer Teerfluss vor uns. »Wolltest du nicht schlafen?«

»Ja, aber ich möchte mir das Video noch mal ansehen, weil mir im Schlaf etwas eingefallen ist. Wusstest du, dass Powernapping einen munterer macht als Ecstasy?«

Karl grunzt. »Mich macht nur ein starker Kaffee wach, in Kombination mit einer Kippe. Was ist dir denn so Wichtiges eingefallen?«

»Du weißt, dass ich Lippenlesen kann?«

»Jepp, darum denke ich mir meine Verwünschungen nur, die deiner Wenigkeit gewidmet sind.«

»Schön für uns beide«, murmele ich. »Kannst du dein Handy bitte entsperren?«

»Viermal das Sternchen. Habe keinen Bock, mir irgendwelche Kombinationen auszudenken, die ich ständig vergesse.«

Tatsächlich, Karls Code kommt gleich nach der 1234-Zahlenkombination.

»Du hast noch ungefähr zehn Minuten Zeit, sind gleich da«, höre ich Karl murmeln und vertiefe mich voll in das Video.

Am Mobiliar kann ich unschwer erkennen, dass es sich dabei um Frau Deißbachs Büro handelt. Einzig die beiden Männer und das Kind passen nicht hinein. Das Video hat keinen Ton, dennoch können die anormalen, krankhaften Fantasien der beiden Männer nicht falsch interpretiert werden. In einem erkenne ich Herrn Himmelsbach, der zweite muss Frau Deißbachs Ehemann sein, weil er sich hier auszukennen scheint. Er geht zu dem Schrank auf der linken Seite, holt einen Wischmop heraus und versucht, mit dem Besenstiel die Tür zu versperren, wobei er kläglich scheitert. Das Kind sitzt mit aufgeschürftem Knie auf dem Stuhl. Herr Himmelsbach kauert vor dem Mädchen und tupft die Wunde mit einem Wattebausch ab, der mit Jod vollgesogen ist. Mehrmals wiederholt er diese Prozedur, bis das Knie des Kindes von der antiseptisch wirkenden Flüssigkeit braun geworden ist.

Herr Deißbach steckt den Wischmop zurück in den Schrank, sieht sich unschlüssig nach einer weiteren Möglichkeit um, das Zimmer zu versperren, dann trifft sein Blick auf die Kamera. Er starrt mich quasi direkt an. »Ist die an?«, lese ich von seinen Lippen ab. Die Erkenntnis, gefilmt zu werden, während er sich zusammen mit Herrn Himmelsbach an einem Kind vergehen will, lässt seine Augen groß werden.

»Dieser verfickte Hurensohn«, empört sich Karl, reißt mir das Handy aus der Hand und spult das Video um wenige Sekunden zurück. Wir stehen an einer roten Ampel, darum hat Karl diese Zeit genutzt, um einen Blick auf das Handy zu werfen. Nun sehe auch ich, was der Grund für

Karls Unmut ist. Herr Himmelsbachs Hand ruht zuerst auf dem Oberschenkel des Kindes. Marina schiebt die gierige Hand von sich, aber der alte perverse Typ gibt nicht nach und lässt seine gierigen Finger weiter in Richtung ihres Schoßes wandern. Sie trägt eine kurze Hose, die sie, so weit es geht, nach unten zieht. Sie sucht nach einem Ausweg. Leider schiebt sich Herr Himmelsbach wieder vollends in den Vordergrund, holt mit einem Gegenstand weit aus und …

»Karl, spul bitte wieder ein Stück zurück.«

Hinter uns hupt jemand.

»Fick dich«, brummt Karl wegen dem Ungeduldigen und wischt mit seinem klobigen Finger über die Zeitleiste.

»Stopp!«

»Papa!«, lese ich von den Lippen des Kindes ab, schon schlägt Herr Deißbach die Kamera von der Decke.

»Papa? Ihr Vater war dabei?« Karl sucht bei mir nach einer plausiblen Erklärung, die ich ihm nicht liefern kann.

Die Ampel springt wieder auf Rot, dann klopft jemand gegen Karls Fenster. Der erzürnte Kommissar lässt die Scheibe nach unten gleiten, packt den Unwissenden am Handgelenk und zieht ihn nach unten. Karl ist kein Fettnäpfchen, in das der Kerl geraten ist, sondern eine Tretmine. Der coole Typ tut mir jetzt schon leid.

»Ist was, Bro?« Karls Hand liegt jetzt im Nacken des dunkelhaarigen Typs.

»Nein, Mann. Deine Bremslichter sind kaputt«, stottert er.

»Kennst du jemanden, der sie reparieren kann oder haben wir ein Problem, weil du mir hinten reingefahren bist?« Karl legt den Rückwärtsgang ein. »Was kostet die Kiste deines Vaters, hm? Die schwarze Limo gehört doch deinem Vater?«

»Ja, Mann.«

Karls BMW rollt langsam nach hinten.

»Hey, das ist kriminell, was du da abziehst.«

»Was glaubst du, wird passieren, wenn dein Papa erfährt, dass du einem Polizisten im Dienst hinten reingefahren bist?«

»Polizist?« Seine Stimme klingt schrill.

»Ja, Mann. Siehst du den Kerl neben mir? Du hast ihn dermaßen geschockt, dass er am ganzen Körper zittert und kurz vor einem Herzinfarkt steht.«

Karls Anspielung gilt dem leichten Klopfen meiner Hand gegen das Knie.

»Hey, Bro, das wusste ich nicht.«

Karl stößt ihn von sich und legt den Vorwärtsgang ein, weil die Ampel endlich auf Grün umgeschaltet hat. Dann gibt er Gummi.

»Die Jugend von heute hat wohl nicht gelernt, wie es ist, den Arsch versohlt zu bekommen. Leider ist die Zeit für jedwede Art von erzieherischen Maßnahmen bei dem Kerl schon längst abgelaufen. Zudem haben wir noch einen wichtigen Termin, stimmt's, Doc? Ansonsten hätte ich ihn dir überlassen. Ein Roller hätte sich schon irgendwo auftreiben lassen.« Grinsend boxt Karl mir gegen die Schulter und drückt das Gaspedal noch weiter durch.

28

MARINA

Zwei Tage zuvor

Liam und ich sitzen oben im Wohnzimmer und mampfen Popcorn. Hier oben wäre es viel besser als da unten, hat Liam gestern zu mir gesagt. Ab und zu muss ich ihm noch die Tabletten geben, die ich damals als Kind verschrieben bekommen habe. Weil das Verfallsdatum schon längst abgelaufen ist, gebe ich ihm einfach mehr davon. Die meisten Tabletten hatte ich nicht runtergeschluckt, sondern in meiner Matratze versteckt. Nun kommen sie mir zugute. Zum Glück bestand meine Mutter darauf, mein altes Bett nicht wegzuschmeißen.

Mit diesen und anderen Gedanken ist mein Geist beschäftigt, während mein Kind fernsieht. Sobald ich an meine Mama denken muss, verspüre ich einen stechenden Schmerz in meiner Brust. Sie hätte nicht sterben müssen, aber sie hat mich damals im Stich gelassen und ich konnte mir nicht sicher sein, dass sie mich nicht auch heute verrät.

Sie hatte recht. Vater war noch nicht ganz tot. Jetzt aber liegen ihre Leichen in dem geheimen Zimmer hinter dem Spiegel. Bei Mama habe ich mich verhoben, weil sie etwas mehr auf den Rippen hat als Vater. Nach ein paar Minuten, die ich warten musste, bis der Schmerz in meinem Rücken etwas nachließ, startete ich einen neuen Versuch, ihren Leichnam zu verstauen, und diesmal stellte ich mich schon um einiges schlauer an und griff zu einem Trick: Im Keller hatte ich einen Flaschenzug gefunden. Mit seiner Hilfe konnte ich Mamas Körper in die Höhe ziehen und ihn auf einen Karren hieven, der eigentlich nur ein klappriges Brettergestell auf vier Rädern ist. Diesen Karren benutzte Vater früher dazu, schwere Kisten durch den Keller zu fahren, um sie nicht einzeln heben zu müssen. Und Gott sei Dank hatte Vater den großen Fleischerhaken an der Decke nicht abgeschraubt. Dieses Haus war früher nämlich eine Metzgerei, noch vor dem Zweiten Weltkrieg. Mamas toter Körper liegt immer noch auf diesen Brettern, aber wenigstens ist er nun in dem geheimen Zimmer, und der von Vater liegt auf dem nackten Boden.

Zum Saubermachen meines Kellerraumes habe ich sehr viele Tücher gebraucht. Zum Glück hatten wir noch viele alte Kleider, die ich sowieso irgendwann hätte wegschmeißen müssen.

Nun aber genieße ich die Zeit mit Liam. Wir sind jetzt eine richtige Familie. Ich bin seine Mama und er ist mein Kind. Und weil ich Urlaub habe, können wir die gemeinsame Zeit so richtig genießen.

Von Genuss zeugt auch die warme Luft, die nach Bratfett riecht, weil ich uns heute Mittag Pommes frittiert habe. Leider hatten wir nicht genug Ketchup und beim Schütteln ist mir die blöde Flasche aus den Händen gerutscht und zerbrochen. Der Kühlschrank und die Wand sehen schlimmer aus als der Spiegel in meinem Zimmer. Liam hat Tränen gelacht, darum haben wir die Pommes ohne Ketchup, dafür aber mit viel Mayonnaise gegessen. Die Sauerei werde ich später aufräumen, wenn Liam zu Bett geht.

Ich habe mir vorgenommen, so viel Zeit, wie nur

möglich, mit ihm zu verbringen, weil ich weiß, dass ich irgendwann von der Polizei geschnappt werde. Das ist so sicher wie das Amen in der Kirche, und mir fällt nichts ein, was ich dagegen tun könnte. Wir könnten fliehen – aber wohin?

Unter der Decke eingekuschelt schauen wir den Bären dabei gespannt zu, was sie sich diesmal einfallen lassen werden. Obwohl ich die Serie kenne, kann ich mich wegen der Tabletten – ab und zu hatte ich sie doch genommen – nicht an alle Folgen im Detail erinnern.

»Wann kann ich zu meiner Mama?«, will Liam auf einmal von mir wissen. Er klingt überhaupt nicht müde.

Als mein Blick sein Glas streift, wird mir sofort klar, warum er das wissen möchte.

»Hast du deinen Saft nicht getrunken?«

»Er schmeckt bitter.«

Auf dem Boden des Glases, das mit Orangennektar gefüllt ist, hat sich eine weiße Pulverschicht gebildet.

»Und warum stinkt es unten so schrecklich? Können wir nicht hier oben schlafen? Du hast da ein großes Bett. Im Keller habe ich Angst vor Ratten. Das Sofa ist zu hart. Schau!« Er nimmt die Decke weg und hebt sein T-Shirt an. Die linke Seite seines Brustkorbs hat grün-blaue Flecken.

»Ich werde mir was überlegen«, sage ich, aber das ist gelogen. Oben zu schlafen ist keine Alternative und im Wohnzimmer auch nicht, das Sofa ist wirklich zu hart. Die Gefahr, dabei erwischt zu werden, wie ich mit einem kleinen Kind in einem Bett schlafe, ist viel zu groß. Aber noch mehr habe ich Angst davor, dass Liam einfach abhauen würde. Er könnte ja einfach durch das Fenster steigen oder die Scheibe einschlagen. Außerdem will ich nicht im Bett meiner Eltern schlafen, weil ich mich davor ekele. Und hier im Wohnzimmer ist es auch nicht weniger gefährlich. Meine Eltern hatten keine Freunde, aber manchmal kommt ein Postbote vorbei oder die Nachbarin klopft bei uns an, weil sie schon wieder etwas zu kaufen vergessen hat. Was, wenn einer von denen durchs Küchenfenster schaut? Gestern war die Nachbarin sogar zweimal hier, weil sie angeblich einen Kuchen backen wollte. Zuerst sagte sie, dass sie keine Eier hätte. Aber weshalb hatte sie auch das Mehl vergessen und warum ist ihr das nicht schon eingefallen, als ihr das mit den Eiern auffiel?

»Hast du vielleicht Toast? Ich mag kein Popcorn und keine Schokolade mehr. Und die Pommes sind auch nicht gut.« Liam zieht die Beine an die Brust und stützt sein Kinn auf die Knie.

»Aber erst musst du den Saft austrinken«, sage ich mit gespielter Fröhlichkeit und schnappe mir das Glas und einen Löffel, mit dem ich den Saft umrühre. Der schleimige Film von den Tabletten, die ich zu Pulver zerdrückt habe, steigt auf und verteilt sich gleichmäßig in dem wilden Strudel.

»Trink den Wirbelwind so schnell du kannst!«, fordere ich ihn spielerisch auf.

Liam weigert sich. »Ach nö. Mir ist schlecht.«

Er sieht wirklich nicht gesund aus und er riecht streng aus dem Mund.

»Wenn du den Saft ganz austrinkst, mache ich dir Toast mit Eiern, die ich mir von der Nachbarin zurückhole, während du ein Nickerchen machst.«

»Ich bin aber gar nicht müde.«

»Das weißt du nur noch nicht. Komm, mach den Mund auf!« Ich drücke ihm den Rand des Glases gegen die Lippen. Liam hält den Mund geschlossen und wischt das Glas zur Seite. Der gelbe Saft ergießt sich über den Tisch und das Sofa.

»Schau nur, was du angerichtet hast!«, schreie ich ihn an und plötzlich rutscht mir die Hand aus.

Es klatscht laut.

Sein Kopf schnellt zur Seite. Die blasse Wange bekommt einen roten Abdruck in Form meiner Finger.

Liam schnappt erschrocken nach Luft und hält sich die schmerzende Stelle.

»Ich will zu meiner Mama«, sagt er und fängt zu flennen an.

Irgendwie will ich das alles plötzlich nicht mehr haben. Dieses Zusammenleben habe ich mir ganz anders vorgestellt, nicht so anstrengend und viel romantischer.

»Du kannst bis morgen bei meiner Mama bleiben«, knurre ich und schleife ihn zur Kellertür. »Dann begreifst du vielleicht, wie schön du es bei mir hast. Viel schöner als bei deiner Oma.«

Er wehrt sich. Schlägt mit Füßen und Händen um sich.

Meine verbrühte Haut platzt auf.

Ich lasse los.

Liam liegt wie ein wehrloser Käfer auf dem Rücken und blickt mich entgeistert an, als ob ich ein Gespenst wäre.

»Sei still! Sonst bringe ich dich um!«, schreie ich weiter und zerre ihn an den Beinen die Treppe runter. Irgendwie verliere ich komplett die Kontrolle, aber das ist mir im Moment überhaupt nicht wichtig.

»Ich bringe dir schon noch Manieren bei!«, brülle ich den Jungen an und erinnere mich, dass auch mein Vater mich mehrmals im Keller eingesperrt hat, wenn ich nicht brav genug war.

Dasselbe mache ich nun mit Liam. Ich schleife ihn zur Strafe in das verdammte Loch, wo in den Wänden die Mäuse leben und die Geister in der Dunkelheit ihr Unwesen treiben. Liam schreit und versucht, sich an allem Möglichen festzukrallen, aber ich bin stärker als er.

»Das wird dir eine Lehre sein«, wiederhole ich die Worte meines Vaters und steige Stufe für Stufe hinab. Liam schlägt dabei jedes Mal hart mit dem Kopf auf, aber auch das ist mir egal.

Irgendwann rührt er sich nicht mehr und gibt endlich Ruhe.

29

JOHANNES

Heute

Wir sitzen in Frau Deißbachs Küche. Der Raum wirkt auf mich wie ein Flohmarktstand. Das Inventar gleicht einer Sammlung von Dingen, die zwar funktionieren, aber keinen wirklichen Nutzen mehr haben. Die wenigen Räume, in die ich einen kurzen Blick werfen durfte, also der Flur und ein Teil des Wohnzimmers, haben genauso wenig Flair wie diese Küche.

Frau Deißbach nimmt uns gegenüber Platz und wartet auf die erste Frage. Sie ist aufgeregt und knetet ihre Finger und schiebt dann eine Schale mit noch warmen Keksen in Karls Richtung.

»Wollen Sie vielleicht doch einen Tee?«, fragt sie nervös.

Karl nimmt einen Keks, bricht ihn in zwei Hälften und schiebt sich das größere Stück in den Mund. »Danke«, nuschelt er und legt den Rest zurück in die Schale.

»Können Sie uns mehr über Marina erzählen?«, ergreife ich die Initiative.

»Ohne eine richterliche Verfügung sind meine Lippen versiegelt«, beharrt sie auf ihrem Recht zu schweigen.

»Nun denn. Hier, das soll ich Ihnen übergeben. Von Marina. Dafür, dass ich Ihnen die andere kaputt gemacht habe.«

Ich lege Olivers Meisterwerk auf den Tisch.

Frau Deißbach fällt in sich zusammen, als wäre sie eine Marionette und jemand hätte mit einem Mal sämtliche Fäden losgelassen. Hektische Flecken breiten sich auf ihrem zerfurchten Gesicht aus. Sie rührt sich nicht von der Stelle.

Karl hört auf zu kauen und steckt die Hand in die Innentasche seiner Lederjacke. »Hier, das von Ihnen verlangte Schreiben, das uns dazu bevollmächtigt, Sie alles zu fragen, was wir wollen, und das es Ihnen erlaubt, unsere Fragen wahrheitsgetreu zu beantworten.«

Karl lügt. Der Briefumschlag ist verschlossen und leer. Aber sein Bluff geht tatsächlich auf. Frau Deißbach macht keine Anstalten, den Briefumschlag zu öffnen. Sie starrt ins Leere. »Ich habe meinen Mann zu sehr geliebt«, spricht sie mit monotoner Stimme und verstummt sofort wieder.

»Diese Kamera …«, greife ich den Faden wieder auf.

»… sollte eigentlich nur eine Attrappe sein. Aber Herr Segelbach hat mich hinters Licht geführt.«

»Marinas Vater?«

Frau Deißbachs Blick klärt sich. Die Erkenntnis, dass ich mehr weiß, als sie glaubte, trifft sie unerwartet.

»Sie wissen also, wie Marina mit Nachnamen heißt?«, stellt sie tonlos fest.

Ich nicke, obwohl ich keinen blassen Schimmer habe. Karl schiebt sich die zweite Hälfte des angebrochenen Kekses in den Mund, weil er seine Hände und sich selbst beschäftigen muss, und beobachtet das Ganze stumm.

»Mein Mann sagte, er will Kinder haben, weil er sie liebt. Nachdem er mir aber seine Gefühle, seine wirklichen Gefühle, die er einem Kind gegenüber empfindet, offenbart hat, bin ich zuerst vom Glauben abgekommen. Aber er sagte, dass seine Liebe zu mir stärker ist.«

»Die Raffinesse einer Frau hat viele Facetten. Sie glaubten, stark genug zu sein, um Ihren Mann dazu zu bewegen, damit aufzuhören. Stattdessen gerieten Sie jedoch viel tiefer in den Sog der falschen Liebe Ihres Gatten?«

Sie nickt schwach.

»Aber warum haben Sie das alles nicht nur nicht unterbunden? Mehr noch: Sie waren im selben Raum und haben alles gefilmt!« Karl bricht sein Schweigen. Krümel fliegen aus seinem Mund, als er losbrüllt.

»Das ist nicht wahr!«

»Und ob!« Karl holt sein Handy heraus und präsentiert der Frau ein verpixeltes Foto. »Sehen Sie sich das genau an! Die Kette ist auf dem Bild gut sichtbar. Und das Blinken einer Videokamera sieht man sehr gut, wenn man den Film ablaufen lässt, der von der Überwachungskamera aufgenommen wurde.«

Die Bilder hat Karl von Edgar zugeschickt bekommen, als wir vor der Tür dieses Hauses gestanden und darauf gewartet haben, eingelassen zu werden.

»Woher haben Sie das?« Mit flatternden Fingern tastet sie ihren Oberkörper ab. Frau Deißbach sucht ihre Perlenkette.

»Das ist unwichtig.« Karl lehnt sich zurück.

»Hier. Diese fehlen Ihnen noch.«

Die Frau sieht zu, wie ich zwei Perlen auf den Tisch lege.

»Wenn Sie uns dabei helfen, die Sache aufzuklären, werden Ihre Schuldgefühle zwar nicht gänzlich verschwinden, aber Sie werden wieder imstande sein, halbwegs durchschlafen zu können. Frau Deißbach, wir sind an dem Punkt angelangt, bei dem ein Kind, das in unmittelbarer Lebensgefahr steckt, mit Ihrer Hilfe gerettet werden kann. Diese Arbeit, der wir nachgehen, konfrontiert uns oft mit Kontrasten, die sich ein Außenstehender nicht ausmalen kann. Die Realität ist schlimmer als jedes Buch. Herr Breuer und ich kämpfen gegen die Zeit. Sie sind unsere einzige Hoffnung. Unser Job präsentiert uns all die rohen Seiten des Lebens in all ihrer unverhüllten Schrecklichkeit.«

Ich lege eine kurze Pause ein, damit sie das Gesagte verdauen kann und weil ich körperlichen Kontakt herstellen möchte. Ihre Hände liegen wie zum Gebet gefaltet auf der bunten Tischdecke. Ich taste mich langsam mit der linken Hand vor und lege meine Finger auf ihre. Sie zuckt nicht zurück, was für mich bedeutet, weiterzumachen.

»Wir haben bisher zwei tote Kinder und eines wird vermisst.«

Ihre Finger schließen sich um meine Hand. Sie hebt den Blick und sieht mich an.

»Wissen Sie, wo Marina wohnt? Klar, wir können es selbst herausfinden, aber das wird dauern. Und wäre es nicht besser für uns alle, wenn Sie sich an der Rettung des Kindes beteiligen?«

»Er hat gesagt, die Kamera wäre nur eine Attrappe. Später hat er für das Video Geld verlangt.«

Mit diesem Satz bringt sie mich aus dem Konzept.

»Ich habe meinen Mann und Doktor Himmelsbach nicht aufgenommen. Es war keine Kamera, die ich hielt, sondern ein Feuermelder.«

»Und das Aufblitzen?«

»Ich sollte ein Foto von dem Mädchen machen. Für Doktor Himmelsbach. Aber dann kam der Vater ins Zimmer gestürzt und …« Sie bricht in Tränen aus.

»Nicht Ihr Mann hat Sie zusammengeschlagen, es war …«

»Die Mutter des Mädchens. Doktor Himmelsbach dachte anfänglich, Marina sei ein Junge, weil sie wie einer aussah. Im Wald kam er nicht dazu, sie ganz auszuziehen, weil eines der Kinder die beiden entdeckt hat. Später auf dem Spielplatz ist sie schlimm gestürzt und hat sich das Knie aufgeschlagen. Mein Mann und der Doktor waren zufällig da. An alles kann ich mich nicht mehr erinnern, aber sie haben versprochen, dass ich nur ein Foto schießen muss.«

»Muss?«

»Ja, alles, was mein Mann sich in den Kopf gesetzt hatte, musste ausgeführt werden, ansonsten habe ich mit Konsequenzen rechnen müssen. Er hat mich niemals um etwas gebeten. Es waren Befehle. Jedenfalls haben wir das Geld an die Familie ausbezahlt, aber als Marinas Mutter von dem Grund erfahren hat, ist sie fuchsteufelswild geworden. Wir standen hier in der Küche. Die Tür zum Haus war nicht versperrt. Sie kam hereingestürmt und schlug mit einem Nudelholz auf mich ein. Mein Mann war an diesem Tag nicht zu Hause. Keine Ahnung warum, aber ein Tag, nachdem er mich im Krankenhaus besuchte … Doch, ich weiß es wieder. Ich sagte, dass ich nicht mehr schweigen werde.«

»Was hat Sie davon abgehalten, zur Polizei zu gehen, um Ihren Mann anzuzeigen?«

»Das Video! Herr Segelbach hat uns zuerst nicht den ganzen Film gezeigt.«

»Darauf waren auch Sie zu sehen? Mit einem Fotoapparat, beziehungsweise dem Feuermelder.« Karl klopft mit den Fingern gegen die Tischplatte.

»Ich hatte nicht die Kraft, mir wie mein Mann das Leben zu nehmen.«

»Darum haben Sie weitergezahlt?«, fragt Karl weiter.

Erneutes Nicken.

»Würden Sie diesmal vor Gericht aussagen?«

»Ja.«

»Die Adresse?« Karl tippt auf den Umschlag und reicht der Frau einen Kugelschreiber.

Ich ziehe meine Hand zurück.

Ihre Finger zittern. Tränen klatschen leise aufs Papier. Die Buchstaben, die sie schreibt, zerfließen teils zu unleserlichen Klecksen. Das macht aber nichts, weil Karl die Adresse ebenfalls notiert. Er tippt die Worte in die Suchmaschine seines Smartphones ein.

»Warum hielten Sie damals einen Feuermelder in den Händen?« Meine Frage kommt für beide plötzlich.

»Mein Mann befürchtete, dass dort ein Mikrofon versteckt sein könnte. Er nahm den Feuermelder ab, inspizierte ihn und drückte ihn mir danach in die Hand.«

»Weil er Ihnen nie vertraut hat.«

»Das habe ich bereits gesagt.«

»Welche Kamera?«

»Wie bitte?«

»Die Fotokamera, welche Marke?«

»Sony.«

»Dieses Pulsieren des Kontrolllämpchens kam aber von einer Videokamera.«

»Wie bitte?«

»Eine Vi-de-o-ka-me-ra«, sage ich Silbe für Silbe langsam und deutlich.

»Nein!«

»Oh doch. Ihr Mann wollte dabei gefilmt werden, und zwar von Ihnen. Diese Art von Erniedrigung hat ihn mehr angetörnt, als sich an einem unschuldigen Kind zu vergehen, und Sie wussten es. Sie wussten es und haben geschwiegen.« Ich muss mich zusammenreißen. Ich will sie nicht anschreien. »Er hat sich einen Scheißdreck um Sie gekümmert und Sie decken ihn immer noch, selbst nach seinem Tod. Dabei haben Sie jetzt Ihre womöglich einzige Chance, sich von Ihrer Bürde zu befreien. Werfen Sie dieses Korsett von sich. Machen Sie es!«, flehe ich sie an. Der nächste Augenblick wird für den weiteren Verlauf entscheidend sein.

»Woher wissen Sie das alles?«

»Geben Sie uns einfach das Filmmaterial. Alles andere kann warten.«

»Es war keine Kassette«, flüstert sie.

»Was?« Karl staunt.

»Es war eine Mini-DVD.«

»Und wo ist sie?« Karl übernimmt wieder das Reden.

Ich ziehe mich zurück, weil Benjamin mir einige Informationen zugeschickt hat.

»Ich habe keine Ahnung«, redet sich Frau Deißbach heraus.

»Entweder Sie erinnern sich daran, oder ich werde Sie zusammen mit Marinas Mutter in eine Zelle stecken! Verfluchte Scheiße, ein Kind steckt in den Fängen eines Mörders und Sie zieren sich wie eine verfluchte Jungfrau vor der Empfängnis!«

Eine nicht sehr eloquente Ausdrucksweise, aber Karl weiß, wie man eine Frau um den Finger wickelt, denn seine Wortwahl zeigt endlich Wirkung.

»Im Keller. In einer Schachtel. Ich führe Sie hin. Er versteckte seine Sachen immer hinter einem Spiegel.«

Sie bedeckt ihr Gesicht mit beiden Händen, aber Karl lässt ihr keine Zeit. Er steht auf, umrundet den Tisch und greift nach ihrem Handgelenk. »Kommen Sie, wir haben keine Zeit für Melancholie. Wir müssen handeln und Sie helfen uns dabei.« Karl sagt es so, dass selbst Frau Deißbach klar wird, wie ernst er das meint und dass die Kuschelzeit endgültig vorbei ist.

Es fällt mir leicht, mir den brummigen Polizeioberkommissar als kleinen Jungen vorzustellen. Selbst als Kind muss er ein mürrischer Misanthrop gewesen sein, der seinen Standpunkt mit Fäusten vertreten hat, bis jemand kam, der ihm auf dieselbe Weise die Welt erklärt hat.

»Doc, kommst du mit?«

»Klar«, erwidere ich und werfe einen letzten Blick auf mein Handy. Benjamins Nachricht ist kurz und nicht sonderlich schockierend.

Was macht ein Polizeiwagen vor deinem Haus? Warum stehen Sonja und Tim draußen?

Beide werden von einem Beamten befragt. Lebst du eigentlich noch? Oder hat Sonja deine Leiche im Keller versteckt?

Amüsiert verziehe ich den Mund zu einem flüchtigen Lächeln.

Erkläre ich dir später, antworte ich schnell und folge den beiden.

30

MARINA

Ein Tag zuvor

Das Haus ist leer. Ich hasse mich dafür, das Kind so dermaßen verletzt zu haben. Aber ich traue mich nicht, nach Liam zu sehen, weil ich Angst vor der Wahrheit habe. Vielleicht ist er tot, so wie mein Vater und meine Mutter. Draußen wird es allmählich dunkel und ich bin so allein. Mich tröstet nichts mehr, nicht mal der Gedanke an ein neues Kind. Mein Kopf ist wie ein Wald, durch den Myriaden von Pfaden führen, die alle vor einer unüberwindbaren Schlucht enden.

Ein Klopfen an der Tür.

Im Fernseher läuft irgendeine dumme Show.

Vielleicht habe ich mir das Klopfen an der Tür nur eingebildet. Ich stelle den Fernseher dennoch stumm und werfe die Decke beiseite. Sofort verspüre ich einen kalten Luftzug und will eigentlich überhaupt nicht aufstehen.

Das Wohnzimmer gleicht einem Saustall. Seit Mama nicht mehr da ist, räumt keiner mehr auf. Es sind zwei Tage vergangen, seit sie starb, wenn ich mich richtig erinnere. Leere Pizzakartons, Coladosen und Fischkonserven liegen überall auf dem Boden verteilt. Sogar ein Höschen von mir liegt auf dem Sessel, neben schmutzigen Socken und einem umgeworfenen Eimer mit Popcorn.

»Hallo?« Frau Michalski hat sich gegen die Scheibe gedrückt und schaut durch das Küchenfenster ins Haus. Sie wird keine Ruhe geben, ehe ihr jemand die Tür aufgemacht hat. Und weil in diesem Haus außer mir alle tot sind, muss ich sie reinlassen.

Mein Verlangen, auch ihr den Kopf einzuschlagen, wächst mit jedem Schritt und wird durch die Grausamkeit der Fantasien noch weiter geschürt.

»Kindchen, was ist los?«

Eine alte spindeldürre, vom Leben und vom Alkohol gezeichnete Gestalt lächelt mich mit zahnlosem Mund breit an und zwängt sich ohne weitere Einladung an mir vorbei ins Haus.

»Wie sieht es denn hier aus!«, schwadroniert sie in ihrer Manier, jedwede Situation zu dramatisieren und alles besser zu können. »Wo sind deine Eltern?«

»Verreist, das habe ich doch schon gesagt.«

Wir beide stehen in der Küche. Ich hole mir ein Bier und einen Flaschenöffner.

Frau Michalskis Augen werden eng und lauernd.

»Hast du noch eins für mich?«

»Ich dachte, Sie wollen backen?«

Das Bier zischt und schäumt, als ich den Deckel abziehe und in die Spüle werfe.

»Nee. Heute nicht mehr. Ich helfe dir auch beim Aufräumen, versprochen.«

Ich schlürfe schnell den Schaum vom Flaschenhals und strecke den Arm aus.

Sie schnappt sich die Flasche und saugt sich daran fest. »Wo ist das Putzzeug?« Weil ihr die Vorderzähne fehlen, ist ihre Aussprache zischend und die Oberlippe, über die sie ständig leckt, flattert manchmal wie ein Blatt im Wind, kurz bevor es sich vom Baum löst.

»Kommen Sie mit in den Keller. Allein lasse ich Sie nicht hier in der Küche. Sonst ist mein Biervorrat ruckzuck alle und Sie machen sich unverrichteter Dinge aus dem Staub.«

»Du bist noch lustiger als dein Vater.« Sie lacht gackernd. Wegen ihrer vorangegangenen Saufgelage klingt ihre Stimme so, als wäre sie ständig heiser und würde an einer chronischen Kehlkopfentzündung leiden. Die Zähne hat sie bei einem Autounfall verloren, weil sie bei Rot und völlig besoffen die Straße überqueren wollte. Der Fahrer wurde nie gefasst. Seitdem humpelt Frau Michalski und hat keinen Mann mehr. Während ihres Krankenhausaufenthalts hat sich ihr Gatte mit ihrem Selbstgebrannten zu Tode gesoffen.

Gemeinsam gehen wir in den Keller.

»Das Geländer ist aber ganz schön wackelig«, keucht Frau Michalski wie ein alter Hund. Ihr Atem geht röchelnd und sie hustet. Warme Speicheltropfen treffen mich im Nacken.

»Können Sie bitte ein bisschen mehr Abstand halten?«, frage ich sie mühsam beherrscht und beschleunige den Schritt. Unten angekommen drehe ich mich schnell um.

»Sie hätten eigentlich auch oben bleiben können«, fahre ich sie an, weil mir eingefallen ist, dass es hier unten nach Leichen stinkt.

»Ach wo«, winkt sie ab und quält sich weiter nach unten. »Hier unten stinkt es ja wie im Saustall. Deine Mutter hat immer von sich behauptet, sie würde sehr auf Sauberkeit achten. Aber das, was ich heute zu Gesicht bekommen habe, überzeugt mich eher vom Gegenteil.«

»Sie sind also nicht nur schwerhörig, was?«

»Ach, Kindchen, selbstherrliche Menschen habe ich seit jeher verabscheut. Als deine Eltern hier einzogen, werde ich meinen Lebtag nicht vergessen. Außerdem hast du selbst gesagt, ich solle mitkommen.« Sie nuckelt an der Flasche.

»Einzogen? Ich dachte immer, das Haus hätte den Eltern meines Vaters gehört.«

Frau Michalski steht auf der untersten Stufe und wägt ab,

ob sie den letzten Schritt auch noch schafft oder einen Moment warten soll. »Ja, das stimmt, nur vertragen haben sich dein Vater und dein Opa nie.« Sie humpelt nach vorn, strauchelt und fängt sich nur mit Mühe. »Ich hatte deinen Opa zur Rede gestellt, warum er seinen Jungen so dermaßen hasst. Er sagte, ich solle meine Zunge hüten und mich nicht in die Angelegenheiten anderer Leute einmischen. Diese Warnung war eine Demonstration seiner Dominanz.«

»Eine was?«

Sie lacht müde, ihre Lunge pfeift und sie hält sich die linke Brust. »Ach, weißt du Kindchen, ich war nicht immer so ein Wrack. Ich habe studiert, nur bin ich leider einem Mann über den Weg gelaufen, in den ich mich unsterblich verliebt habe. Er hat mich geschwängert und als ich ihn darüber informiert habe, hat er mich geheiratet, wie es damals üblich war. Aber mit dem Kind war das körperliche Verlangen erloschen. Alles, was von der Flamme unserer Liebe geblieben war, war ein Häufchen kalter Asche.«

»Was hat mein Großvater Ihnen angedroht?«

»Nichts, was er laut aussprechen musste. Die Warnung, mich mit meiner Fragerei nicht zu weit aus dem Fenster zu lehnen, war Grund genug, den Mund zu halten.«

»Hat mein Großvater meinen Vater geschlagen?«

»Ich weiß es nicht. Dein Großvater war ein angesehener Mann hier im Ort. Nicht so wie dein Vater. Wann kommen deine Eltern eigentlich zurück? Ich kann mich nicht entsinnen, dass die beiden jemals so lange verreist waren.«

»Es sind doch bloß zwei Tage«, höre ich mich flüstern.

»Möglich«, winkt sie ab und zur Tür hinter meinem Rücken.

Kalter Schweiß bricht mir aus allen Poren. Ich kann die Frau nicht anlügen, weil sie mehr von meiner Familie weiß, als ich angenommen habe.

Sie hebt den Kopf und schnuppert. »Wo kommt bloß dieser Gestank her?«

Siedend heiß fällt mir etwas ein. *Die Wärmelampe. Ich habe sie nicht ausgeschaltet.*

Panik droht mich zu überwältigen. Die Vorstellung, was der kleine Junge dort drin erleiden muss, schnürt mir die Kehle zu. »Hoffentlich ist er tot.«

»Was sagst du?« Sie kommt näher. »Kind, was ist los?«

Wie im Vollrausch schnappe ich mir den Baseballschläger und …

31

JOHANNES

Heute

Wir stehen vor Familie Segelbachs Haus. Die Türklingel ist defekt, aber dank Karls Ungeniertheit hat die halbe Nachbarschaft mitbekommen, dass wir da sind. Zuerst hat er seine Faust benutzt und mit seinen Schlägen beinahe die Tür aus den Angeln gerissen. Als das nichts half, ging er zum Fenster. Nun klopft er gegen die Fensterscheibe.

»Was meinst du, Doc? Wenn die Familie nicht zu Hause ist und ich eine böse Vorahnung habe, weil die Luft hier nach Qualm stinkt … Kommen wir mit der Ausrede durch, dass wir nur deshalb gehandelt haben, weil Gefahr im Verzug zu sein schien?« Er kommt zu mir zurück. »Du bist doch hier der Psychologe. Wo können die um diese Uhrzeit nur stecken?«

»Arbeiten?«

Karl lacht kurz auf und zündet sich eine Zigarette an. »Ich bediene mich mal deiner Wortwahl.« Karl macht einen tiefen Zug, überlegt und zitiert mich im Anschluss mit einer affektiert klingenden Stimme, die meiner überhaupt nicht ähnelt: »Ein längst bekanntes Faktum besagt, man muss sich des

Denkens des Täters bemächtigen. Damit geht aber eine besondere Intimität einher, die nicht einfach so entsteht. Um die Denkweise eines anderen zu ergründen, sollte man sich in dessen Welt versetzen können. Was bedeutet, man sollte zumindest genauso verrückt sein wie der Gesuchte, ohne dessen kranke Fantasien auszuleben.«

»Das hast du sehr schön gesagt, aber was ist mit deiner Stimme passiert?«

»Ich wollte wie ein Intellektueller klingen, was mir deutlich misslungen ist. Was ich jedoch damit sagen will, Doc: Du sollst deine Synapsen anstrengen! Uns rennt die Zeit davon.« Er wedelt mit der Hand, in der er die Zigarette hält. Die Glut erinnert mich an ein brennendes Glühwürmchen – und da sticht mir etwas ins Auge.

»Siehst du das Nachbarhaus?«

Karl folgt meinem Blick.

»Und? Was ist damit?« Er steckt die Zigarette zwischen die Lippen. Der Tabak knistert.

»Dieses Spionagesystem funktioniert besser als jede Kamera.«

»Was für ein System?«

»Hinter dem Vorhang steht eine Frau und beobachtet uns. Sie weiß, wo Familie Segelbach im Moment ist.«

»Wenn du meinst«, sagt er und wendet sich desinteressiert ab.

»Nicht so eilig, Karl«, halte ich ihn auf.

»Was gedenkst du zu tun?«

»Wir müssen Saskia anrufen. Die Frau dort drüben öffnet keinem von uns die Tür. Einer anderen Frau jedoch schon.«

»Jetzt?«

Es ist tatsächlich etwas spät. Die Zeiger meines Chronografen stehen auf 22:32 Uhr.

»Uns bleibt nichts anderes übrig, als zu hoffen, dass Saskia uns nicht zum Teufel schickt. Ich habe es heute mit den Akten etwas übertrieben.«

Trotz seiner Bedenken nimmt Karl sein Handy in die Hand und wählt ihre Nummer.

32

MARINA

Heute

Zwei Gestalten stehen vor meiner Tür. Mein Kopf fühlt sich an, als wäre er mit Stroh gefüllt. Die Beule an der Schläfe tut trotz Unmengen an Schmerzmitteln, die mir Frau Michalski verabreicht hat, höllisch weh. Mein Rücken brennt und die Haut dort fühlt sich an, als würde sie sich jeden Moment von meinem Fleisch lösen.

Gestern bin ich bewusstlos geworden. Einfach so.

Die Nachbarin hat das Haus aufgeräumt und gelüftet. Den Gestank im Keller haben wir uns mit einer kaputten Abflussleitung erklärt und die Fenster gekippt. Heute habe ich den Sicherungskasten gefunden und die Sicherung für den Bereich im Keller, der mir gehört, herausgedreht.

Bisher habe ich mich nicht getraut, nach dem Jungen zu schauen. Alles, was mir bleibt, ist zu hoffen, dass er nach unserem letzten Streit tatsächlich gestorben ist.

Die Männer, die vor der Tür standen, gehen wieder weg. Ein zweites Auto bleibt vor unserem Haus stehen. Ich sehe, wie sie dorthin laufen.

Die Gardinen, hinter denen ich mich vor den beiden

versteckt halte, miefen nach Bratfett. Ich sitze in der Küche auf der Anrichte. Dabei klammere ich mich fest an den Gedanken, dass ich mich noch immer im Zustand der Bewusstlosigkeit befinden könnte und dass alles, was hier passiert, nur ein Albtraum ist.

Bis ich ein Kind erblicke. Einen Jungen. Er sitzt hinten in dem Wagen, aus dem eine Frau aussteigt, welche die beiden Männer mit einem kurzen Wink begrüßt.

»Wieso haben Sie Ihren Sohn mitgebracht?«, will der größere der beiden Männer wissen. Da auch in der Küche ein Fenster angekippt ist, kann ich der Unterhaltung sehr gut folgen.

»Mein Mann hat heute Abend eine Vorlesung.«

»Ausgerechnet heute?«

»Wann sonst? Wie lange dauert so ein Arbeitstag eigentlich an? Ich habe auch ein Privatleben und eine Familie!«, sagt sie wirsch.

Ich mag sie, weil sie sich nichts gefallen lässt. Gleichzeitig habe ich noch mehr Angst vor ihr als vor den beiden Männern, weil sie unberechenbar zu sein scheint, da sie ihr Kind mitgenommen hat.

»Der Staatsanwalt ist schon auf dem Weg. Was geht hier eigentlich vor?«, höre ich sie sagen. Sie schaut nach ihrem Sohn. Er schläft. In seinen Händen hält er ein Plüschtier. Eine Ente oder etwas anderes, gelb und groß. Ich bekomme sofort wieder Sehnsucht nach Liams Nähe. Nach dem Duft seiner Haare, dem perlenden Lachen und diesem Blick … All das bringt mein Herz schier zum Bersten. Mit tränenden Augen male ich ein Herz auf die Scheibe.

»Und das habe ich auch mitgebracht«, sagt die Frau und hält eine Tüte, die sie aus dem Kofferraum herausgeholt hat, hoch in die Luft.

»Wessen Idee war das?«, will der brummige Mann wissen. Er schaut zu dem anderen, der wie ein Detektiv aus einem dieser alten Filme aussieht. »Deine, Doc?«

»Nein, meine.« Die Frau umrundet den Wagen und stellt sich unter die Laterne. Im gelben Schein erkenne ich das Plüschmonster.

Sie wissen also von mir, wird mir auf einmal klar.

»Marina ist unsere einzige Zeugin!«, sagt der, den sie als Doc betitelt hat, und steckt eine Hand in eine der Taschen seines Mantels.

»Vermisst du deinen Ball, Doc?«

Was geht da vor? Warum reden die so laut?

»Wenn Marina unsere einzige Zeugin ist, wen verdächtigst du dann?«, fragt der große Mann, der wie ein Bär aussieht, und steckt sich eine weitere Zigarette an.

»Sie kann es nicht getan haben. Sie ist unschuldig. Sie ist ein junges Mädchen. Marina hat noch ihr ganzes Leben vor sich. Ihr wurde viel Leid zugefügt, aber es ist noch nicht alles verloren.«

Frau Michalskis Krakeelen bringt die Männer zum Verstummen. »Was machen Sie hier?«, will die alte Vettel wissen.

»Wissen Sie, wo sich Familie Segelbach im Moment aufhält? Wir sind von der Polizei.« Die Frau zeigt der Nachbarin einen Ausweis.

»Sie können mir genauso gut die Clubkarte für den Minigolfverein hier im Ort zeigen. Als ob ich mich da auskennen würde«, mokiert sich Frau Michalski, die ihren schmächtigen Körper in einen schludrigen Mantel eingewickelt hat.

»Wer sind Sie?«

»Mein Name ist Michalski. Seit wann bringt die Polizei Kinder mit, und das zu solch später Stunde? Schämen sollten Sie sich!«, greift die Nachbarin übergangslos die Frau an, die sie ebenso wie ich als Polizeibeamtin identifiziert hat.

»Wir gehen nur unseren Pflichten nach. Marina Segelbach schwebt womöglich in Lebensgefahr«, ereifert sich die Polizistin und zeigt unserer Nachbarin Marijkes Kuschelmonster. »Das hat einem Mädchen gehört, das jetzt tot ist. Ihr Name war Marijke und sie war erst sieben Jahre alt. Jetzt sagen Sie mir noch mal, dass ich mich schämen soll.«

»Sie sind verreist«, knickt unsere Nachbarin ein.

»Die ganze Familie?«, will der Brummige wissen.

Der Doc läuft zu den Mülleimern. Mein Herz zieht sich zusammen, als er die schwarze Tonne aufmacht.

»Karl«, sagt er und klappt den Deckel noch weiter auf.

»Das war ich. Im Haus hat es ausgeschaut wie im Saustall. Hätte ich den Dreck etwa bei mir entsorgen sollen?«

»Sie haben also in diesem Haus da saubergemacht?«, schlussfolgert der Detektiv, formuliert seine Schlussfolgerung aber wie eine Frage und zieht sich einen OP-Handschuh über. Dann zieht er ein weißes Hemd aus der Mülltonne heraus. Wie rote Tintenkleckse leuchten darauf die Ketchupflecke.

»In der Küche muss eine Ketchupflasche explodiert sein. Und unten im Keller gab es einen Rohrbruch«, nimmt Frau Michalski mich unwissentlich in Schutz und ich fürchte, dass sie damit alles nur noch schlimmer macht.

»Haben Sie einen Zweitschlüssel?«, will der Doc wissen.

»Nein, habe ich nicht, aber ich weiß, wo die Familie einen Ersatzschlüssel aufbewahrt«, sagt sie und hebt beschwörend die Hände. »Aber glauben Sie mir, das Kind ist wohlauf. Sie hat sich nur schlimm am Kopf verletzt.«

»Welches Kind?«, will die Frau wissen und wirft dabei erneut einen hastigen Blick zu dem Jungen. »Doch nicht etwa Liam?«

»Einen Liam kenne ich nicht. Ich spreche von Marina. Kommen Sie mit!«

»Frau Kirschmann, Sie bleiben bei Ihrem Sohn und warten hier draußen auf uns. Können Sie in der Zwischenzeit Lars und Edgar anrufen? Wir brauchen vermutlich Unterstützung.«

Alle, abgesehen von der Frau mit dem Kind, laufen zum großen Blumentopf. Dort liegt der Zweitschlüssel.

»Marina schläft wahrscheinlich schon. Wie anfangs

erwähnt, ist sie schlimm gestürzt und ich habe ihr Schmerztabletten gegeben, die einen schwummrig machen können«, sagt Frau Michalski, während sie den Schlüssel unter dem Blumentopf hervorholt.

Schwummrig, wiederhole ich in Gedanken das Wort, das ich als Erklärung nutzen werde, wenn ich eine Frage nicht sofort beantworten werde. Ich springe von der Anrichte und eile zum Sofa, wo ich mich totstelle, während der Schlüssel schon im Schloss kratzt.

33

JOHANNES

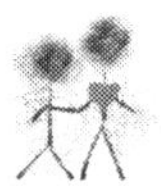

Im Flur riecht es beißend nach Putzmittel. Ich rümpfe die Nase, als wir eintreten. Die in die Jahre gekommene Nachbarin geht voran.

»Sehen Sie? Sie schläft.« Frau Michalski macht nur das Licht im Flur an und zeigt auf ein wuchtiges Sofa im Wohnzimmer, das man durch die geöffnete Tür sehen kann. Im schwachen Licht kann ich nur eine Gestalt ausmachen, ohne sagen zu können, ob es sich dabei um ein neunzehnjähriges Mädchen handelt oder um jemand anderen. Alles, was ich sehe, sind eine Decke und ein Haarschopf.

Die Spur, die zu einem Täter führt, setzt sich aus vielen kleinen Trippelschritten zusammen, die uns zu einem einzelnen komplexen Hinweis führen können, wiederhole ich Karls Worte und schaue mich um.

»Die Familie führt einen unauffälligen Lebensstil«, berichtet uns die Nachbarin. Ihre Aussprache ist von vielen Zischlauten verunreinigt und es bereitet mir Schwierigkeiten, ihren Wortlaut zu verstehen. Dabei flüstert sie auch noch. »Sie fallen nie negativ auf. Ab und zu hat der Vater schon mal über die Stränge geschlagen. Klar ist ihm dabei auch mal die Hand ausgerutscht, aber der Tochter ging es den Umständen entsprechend nie schlechter als den anderen Kindern hier im Ort«, spricht die Frau weiter im gedämpften Ton.

»Wem gehört dieser Mantel?«, will ich wissen und bemerke sofort eine Regung auf dem Sofa.

»Marina, nehme ich an. Ihre Mutter ist adipös.«

»Sie meinen, sie ist fettleibig?«, unterbricht sie Karl und mustert seinen Bauch.

»Sie hat etwas mehr auf den Rippen als die meisten und geht deshalb selten unter die Leute.«

»Und nun verreist sie mit ihrem Mann für mehrere Tage?«, forscht Karl weiter nach. »Ohne was mitzunehmen, nehme ich an? Wenn ein Mensch mehr wiegt als die meisten, hat er meist eine überschaubare Garderobe und ich sehe hier einen Wintermantel, der mir passen könnte. Und eine Jacke, die ebenso groß ist. Oder war der Mann genauso gut gebaut wie die Frau?«

»Nein, er war ein Knochengerüst.«

»War?«, hakt Karl nach.

Er benutzte im letzten Satz die Vergangenheitsform, weil er glaubt, die beiden Eltern seien nicht mehr am Leben. Mit diesem psychologischen Trick möchte er die Frau dazu bewegen, sich zu öffnen.

»Ja, schon immer, weil er ständig einen über den Durst getrunken hat.«

»Wieso reden Sie von Herrn Segelbach in der Vergangenheitsform?«, wird Karl nun deutlicher.

Erst jetzt fällt der Frau ihr Ausrutscher auf. Ihre Unterlippe öffnet sich und entblößt ihren beinahe zahnlosen Mund.

Ich inspiziere ihren lilafarbenen Mantel. Dabei fällt mir auf, dass die zwei obersten Knöpfe fehlen. Einer wurde abgeschnitten, der zweite abgerissen.

»Wir müssen das Mädchen mit aufs Revier nehmen. Zu Marinas eigenem Schutz«, entscheidet Karl und zwingt Marina zu einer Reaktion, mit der wir beide zwar gerechnet haben, aber nicht mit solcher Heftigkeit.

»Bitte nicht!«, schreit Marina und wirft die Decke beiseite. »Ich habe nichts getan!« Sie steht schon eine Sekunde später mitten im Wohnzimmer, die Arme vor der Brust verschränkt, die Hände in den Ärmeln versteckt. Ihr Haar ist kurz. Sie hat eine schmächtige Brust, die nichts Weibliches an sich hat. Ihre Gesichtszüge wirken maskulin. Selbst ihre Stimme hat ein rauchiges Timbre, das eher zu einem Mann als zu einer jungen Frau passen würde.

Karl durchquert den Flur und macht das Licht an. Eine Lampe aus den Achtzigern, mit drei Birnen, von denen nur eine brennt, erhellt das Wohnzimmer nur dürftig.

»Pass mal auf, Marina. Der Mann dort und meine Wenigkeit, wir wollen dir nichts Böses«, versucht Karl, mit dem Mädchen ins Gespräch zu kommen.

In dem kantigen Gesicht der jungen Frau erkenne ich das blonde Mädchen vom Spielplatz. Sie hatte ein Kind auf ihrer Hüfte gehalten und an diesem Tag eine blonde Perücke mit Zöpfen getragen – und sie hatte uns den ersten Hinweis gegeben, der unsere Ermittlungen in Herrn Himmelsbachs Richtung gelenkt hatte. Sie wollte aus irgendeinem Grund, dass der Mann geschnappt wird.

Eine junge Frau erweckt kein Aufsehen, wenn sie sich einem Kind nähert und diesem vorschlägt, ein Spiel zu spielen. So gewann sie die Freundschaft ihrer Opfer. Sie tat das, was die Kinder wollten, ohne dass jemand dabei Verdacht geschöpft hätte.

»Wir sind von der Polizei und wollen dir helfen. Hier, das ist mein Dienstausweis. Und das ist Doktor Hornoff. Er ist Psychologe. Er hat zwar kein so schönes Kärtchen wie ich, aber er hilft Menschen wie dir, sich in der Welt zurechtzufinden. Wir wissen, was dir angetan wurde, und wir sind dabei, die dafür verantwortlichen Menschen zur Rechenschaft zu ziehen.«

Sie taumelt rückwärts, ignoriert Karls ausgestreckten Arm

genauso wie seinen Dienstausweis. Sie plumpst zurück auf das Sofa.

Karl nimmt in dem Sessel, der daneben steht, Platz und stützt seinen Oberkörper mit den Armen auf den Knien ab. Langsam beugt er sich nach vorn zu Marina, gleichzeitig holt er die DVD, die wir von Frau Deißbach bekommen haben, aus der Innentasche seiner Jacke.

»Das ist Videobeweismaterial, das dem Richter zu deinen Gunsten vorgelegt werden wird. Verstehst du? Wir waren bei Frau Deißbach. Sie hat uns alles erzählt. Auch von der Sache mit deinem Vater.«

»Ich wollte nicht, dass er sich zu mir ins Bett legt«, sagt sie und beichtet uns damit etwas, das uns aus der Fassung bringt.

»Bitte, gehen Sie wieder nach Hause«, bitte ich die Nachbarin, das Haus zu verlassen, weil das alles hier nicht für ihre Ohren bestimmt ist. Nach kurzem Zögern lässt sich die Frau von mir nach draußen in die Nacht hinauskomplimentieren.

»Wer ist zu dir ins Bett gestiegen?«, wagt sich Karl weiter vor, als wir unter uns sind. »Dein Papa?«

Marina nickt und wischt sich die Tränen aus den Augen. Währenddessen taste ich die Taschen ihres Mantels ab. Ich trage noch immer den Handschuh. Die Perücke finde ich nicht, aber an meinen Fingern kleben einige gelbe Kunstfaserhaare, als ich sie wieder hervorziehe.

»Mein Vater hat mich verraten.« Zögernd und weinend fügt Marina hinzu: »Aber so eine wie ich ist doch per se verdächtig, oder? Mir wir eh niemand glauben.«

»Das habe ich nie behauptet. In der Mülltonne liegt ein Hemd. Die Nachbarin hat uns beteuert, hier saubergemacht zu haben«, sagt Karl und wechselt das Thema.

»Wir benutzen alte Sachen als Lumpen. Mir ist eine Flasche Ketchup kaputtgegangen.«

»Wo ging die Flasche zu Bruch? Kannst du uns diese Stelle zeigen?«

»Unten im Keller. Ähm, nein, in der Küche.« Sie baut ein Geflecht aus Lügen auf, in dem sie sich selbst verheddert.

»Und die Nachbarin wusste, wo ihr diese alten Kleider aufbewahrt?«

Marina nickt.

Ich begebe mich auf die Suche nach anderen Zimmern. Auf dieser Etage gibt es nicht viel zu entdecken. Da das Haus klein ist, habe ich schnell eine ungefähre Vorstellung des Grundrisses. Es gibt ein Wohnzimmer, eine Küche und einen Vorratsraum. Nichts wirkt hier verdächtig. Dann treffe ich auf eine weitere Tür.

»Was machen Sie da?«, ruft Marina und meint damit mich.

»Ich wollte nicht aufdringlich erscheinen, aber ich suche nach einer Toilette«, sage ich und wende meinen alten Trick an. Ich begebe mich ins Wohnzimmer. »Wohin führt diese Tür da?« Ich zeige auf die Terrassentür, die teils von schweren Gardinen verdeckt wird.

»Zum Garten, warum?«

»Darf ich sie aufmachen? In engen Räumen fühle ich mich nicht wohl.«

»Haben Sie Platzangst?«

»Nein, bei Platzangst haben die Leute Panik vor freien großen Flächen, ich hingegen fühle mich in kleinen oder sehr überladenen Räumen unwohl. Umgangssprachlich wird der Begriff Platzangst oft falsch verwendet. Mein Leiden nennt sich Klaustrophobie. Ich habe mich als Kind in einer alten Kühltruhe vor meinem jüngeren Bruder versteckt«, entgegne ich und rücke dabei mit der Wahrheit heraus, weil ich das Mädchen nicht anlügen will.

Karl hört diese Geschichte zum ersten Mal und schaut mich überrascht an.

»Und was ist dann passiert?« Marina findet Interesse an meiner Offenbarung und wartet auf die Fortsetzung.

»Die Kühltruhe stand im Garten unseres Nachbarn. Wir

dachten, Herr Mögle, so hieß der knauserige Mann, würde dort eine Leiche verstecken und haben uns davor gefürchtet, seinen Garten zu betreten.«

»Da war aber keine Leiche drin?«

»Nein. Nur Kellerasseln.« Ich mache eine kurze Pause und setze mich neben dem Mädchen auf das Sofa. »Einen ganzen Tag hat mein Zwillingsbruder Herrn Mögle dabei beobachtet, wie er im Garten das Unkraut jätet.«

»Sie haben noch einen Bruder?«

»Ja, er heißt Benjamin und ist querschnittsgelähmt. Er lag in unserem Zimmer vor dem Fenster und hat den Nachbarn bei seinen Gartenarbeiten beobachtet. Herr Mögle hatte an diesem sonnigen Tag die Kühltruhe mehrmals geöffnet, aber da lag keine Leiche drin. Unser Nachbar hat die Truhe für seine Gerätschaften benutzt.«

»Wieso haben Sie sich dort versteckt, wenn Sie so eine Heidenangst vor engen Räumen haben?« Sie knetet die Hände und ihre Augen tasten mein Gesicht nach einer Lüge ab.

»Das ist der springende Punkt. Vor diesem Spiel hatte ich noch keine Angst vor engen Räumen«, berichtige ich sie und wechsle meine Stimme in einen Erzählerton. »Es war so: Peter, unser jüngerer Bruder, und ich haben in diesen Sommerferien sehr oft Verstecken gespielt und alle möglichen Versteckmöglichkeiten ausgekundschaftet. Irgendwann wurde dieses Spiel langweilig. Darum habe ich mich dazu entschieden, ein Wagnis einzugehen.«

»Weil an diesem Tag auch ein Mädchen mitgespielt hat? Und sie wollten ihr imponieren?«

Marina ist echt clever. Dem war zwar nicht so, eigentlich hatte ich nur mit Benjamin gewettet, dass ich keine feige Sau bin, aber ich nicke trotzdem, damit Marina sich bestätigt fühlt und der Geschichte weiter folgt.

»Ich bin also in die Kiste gekrochen und habe den Deckel zugezogen. Zuvor habe ich aber die Gartenschere und einen kleinen Rechen aus der Truhe genommen und ins Gebüsch geworfen, weil ich mich nicht daran verletzen wollte. Aber ich habe dies später sehr bereut und dieses unbedachte Handeln beinahe mit meinem Leben bezahlt.«

Ihr Blick konzentriert sich auf meine Lippen.

»Das Innere war hermetisch abgeriegelt und es gab keinen Griff. Obwohl draußen angenehme zwanzig Grad herrschten, wurde es in der Kühltruhe ziemlich schnell heiß und stickig. Sie können sich nicht vorstellen, wie finster die Dunkelheit sein kann, wenn man um sein Leben fürchtet. Ich bekam schnell panische Angstzustände, die mich gelähmt haben. Ich habe geschrien und mit den Fäusten gegen das Plastik getrommelt, aber Peter hörte mein Rufen nicht. Die Truhe war alt. Und weil der Deckel nicht richtig zuging, hatte der Nachbar ein Extraschloss angebracht, das sich nur von außen entriegeln ließ. Aber das wusste ich zum damaligen Zeitpunkt nicht. Es war ein einfacher Schnapper, der mich beinahe das Leben gekostet hätte.«

»Das Mädchen hat sie dann aber gerettet?«

Es war Benjamin. Er hat mein Versteck verraten, wenn auch nicht sofort, weil er keine blöde Petze sein wollte. Aber als ich nach einer Weile nicht herauskam, schrie er das ganze Haus zusammen, bis Peter nach oben in unser Zimmer gestürmt kam und Benjamin ihm den Hinweis mit der Truhe gab. Unsere Eltern waren zum Glück nicht zu Hause.

Peter bekam den Deckel nicht sofort auf, weil er zu klein und schwach war, gemeinsam haben wir es dann aber doch geschafft, mich aus der Kühltruhe zu befreien. Ich habe mir die Seele aus dem Leib gekotzt und wir beide wurden von Herrn Mögle mit einer Mistgabel aus seinem Garten vertrieben.

»Wie hieß das Mädchen, das Sie befreit hat?«

»Sonja. Sie ist jetzt meine Frau, und wenn sie mich damals nicht aus der Kühltruhe befreit hätte, wäre ich nicht mehr da.«

Wir schweigen einen Moment. Als keiner etwas sagt, stehe ich auf und gehe zu der Tür mit den schweren Vorhängen und schiebe sie auseinander.

»Darf ich?«

Marina nickt.

Ich öffne die Tür. Die Nacht hat alle Farben verschluckt.

»Sie müssen aufpassen, die Terrasse ist nicht gefegt und die welken Blätter sind rutschig. Das Licht geht auch nicht mehr«, warnt mich das Mädchen.

Nach zwei kleinen Schritten wird mir klar, dass Marina recht hat. Das nasse Laub auf Knochensteinen bietet keinen sicheren Halt, darum verweile ich auf der Stelle und atme tief durch. Die Frage, wie wir das Mädchen dazu bewegen können, uns in der Sache weiterzuhelfen, beschäftigt mich am meisten.

Karl fragt Marina, ob sie wüsste, wie wir ihre Eltern erreichen können.

Sie verneint die Frage.

»Habt ihr einen DVD-Player?«, will Karl wissen.

Auch diese Frage wird mit einem einfachen Nein beantwortet.

Mir kommt ein Gedanke, den ich tatsächlich zu fassen bekomme. Die zündende Idee, wie wir hier vielleicht weiterkommen.

»Karl, wir müssen los«, rufe ich aufgeregt, während ich zurück ins Wohnzimmer gehe und dabei mein Handy in die Luft halte. »Benjamin hat angerufen. Lars meint, sie haben Liam gefunden.«

Beide blicken mich erschrocken an.

Marina glaubt mir noch weniger als Karl.

»Was zum Geier …«

»Dafür haben wir keine Zeit«, falle ich dem Kommissar ins Wort und laufe in Richtung Ausgang.

Karl holt mich noch vor seinem Wagen ein und packt mich an der Schulter, damit er mich herumschleudern kann.

Wir starren uns an.

»Was sagst du da?«

Ich ignoriere Karls Einwände, schaue über seine Schulter hinweg zur Tür. Darin steht Marina, betrachtet mich skeptisch und schlägt sie schnell zu.

»Wo? Doc?«

»Was ist passiert?« Saskia steigt aus ihrem Wagen und kommt auf uns zu.

»Sorgen Sie dafür, dass die Kollegen die Sirenen und Blaulichter nicht einschalten«, wende ich mich an sie.

»Wie bitte?« Ihr Blick wechselt von mir zu Karl.

»Saskia, Sie fahren jetzt weg. Und du, Karl, machst das Gleiche.«

»Hast du einen Knall?« Karl reibt sich das Kinn. »Ist dir damals der Deckel von der Kühltruhe zu sehr …«

»Bitte. Bringt die Fahrzeuge hier weg«, unterbreche ich ihn.

»Was ist passiert?« Saskia versteht genauso wenig wie Karl.

»Unser Psychiater ist ein wenig durcheinander. Wo willst du jetzt schon wieder hin, Johannes? Gottverdammte Scheiße. Bleib stehen!«

»Macht, was ich gesagt habe«, sage ich und lasse die beiden allein.

34

MARINA

Ich stehe noch einige Augenblicke hinter dem Fenster. Die beiden Autos fahren tatsächlich weg. Während der Zeit, in der mich die Männer mit ihren Fragen gelöchert haben, fühlte ich mich wie in ein Angstkorsett gezwängt, das mir die Luft zum Atmen nahm. Nun kann ich wieder verschnaufen.

Der Ärmel des blöden Hemdes, welches Frau Michalski dazu benutzt hatte, den Scheißketchup vom Boden der Küche zu wischen, hängt aus der Mülltonne. Der Stoff flattert im Wind, als würde er den beiden Autos zum Abschied zuwinken.

Vielleicht hat dieser Psychologe doch recht und Liam ist mir irgendwie entwischt, oder Frau Michalski hat ihn versehentlich freigelassen. Bei dieser Vorstellung zieht sich meine Kopfhaut zusammen und der verbrühte Rücken fängt an zu kribbeln. Eilig begebe ich mich in den Keller.

Mein Kind ist noch am Leben.

Doktor Hornoff hat sich geirrt, sie haben das falsche Kind gefunden. Meines ist noch hier bei mir, hinter dem Spiegel.

Der euphorische Gedanke, Liam in meinen Armen zu halten, beflügelt mich.

Unten im Keller flimmert die Leuchtstoffröhre.

Ich werde Liam ins Krankenhaus bringen. Doktor Hornoff und der andere Mann gehen davon aus, dass ich unschuldig bin. Sie halten mich sogar für ein Opfer.

Urplötzlich überkommt mich ein Gefühl, das mich lähmt. Die Erkenntnis, dass alles, was ich mir hier zusammenreime und vorstelle, so nicht stattfinden wird. Diese Erkenntnis bricht mein Herz in Tausende Stücke.

Sie haben Liam gefunden, echot der Satz in meinem Kopf mehrmals nach. »Sie haben Liam gefunden«, wiederhole ich die Worte und halte mich am Geländer fest, da sich die Betonstufen unter meinen Füßen plötzlich weich wie Pudding anfühlen und das Flimmern der Lampe den Keller in ein Gruselkabinett verwandelt.

Wie ist das möglich?

Ich setze mich hin und presse die Lider fest zusammen. Panik ergreift von mir Besitz. Ich glaube zu ersticken. Der Schmerz in meiner Brust ist kaum zu ertragen. Alles um mich herum dreht sich wie bei einer Karussellfahrt.

Mit beiden Händen halte ich mich an dem lockeren Handlauf fest und konzertiere mich darauf, gleichmäßig zu atmen.

Wie lange ich so dasitze, kann ich nicht sagen, weil mir jegliches Zeitgefühl abhandengekommen ist.

Heiße Tränen rinnen über meine Wangen, weil ich die ständigen Kabbeleien meiner Eltern jetzt schon vermisse. Irgendwie verspüre ich kein Bedürfnis mehr, mein Leben weiterleben zu wollen.

Ich habe mich in Sicherheit gewähnt, aber als die beiden Männer gegangen sind, fühlte ich mich wieder so schutzlos wie all die Jahre zuvor.

Ein leises Knarzen und das Piepsen von Mäusen holen mich langsam zurück in die Wirklichkeit.

Vielleicht hat die Polizei sich geirrt?

Liam könnte noch immer hinter dem Spiegel sein.

Der Keller ist ein Ort, den ich als Kind aus freien

Stücken niemals betreten hätte, nicht zuletzt wegen der unschönen Erinnerungen, die ich damit verbinde. Mein Verhältnis zu diesem Keller hat sich erst gebessert, als ich selbst angefangen habe, hier unten etwas zu verstecken, was nur mir gehört.

Liam ist hier. Mein Baby ist noch da und braucht meine Hilfe. Meine Mama und mein Papa sind tot, Liam aber nicht. Ich habe ihm nur einmal fest ins Gesicht geschlagen. Kinder sind zäh.

Mit einem Funken Hoffnung stemme ich mich auf die wackeligen Beine und überwinde die letzten Stufen in wenigen Sekunden.

Der Baseballschläger lehnt neben der Tür.

Frau Michalski hat hier wirklich alles saubergewischt.

Der metallene Werkzeugschrank meines Vaters steht nicht ganz an seinem Platz. Vielleicht habe ich den Schrank angerempelt, als ich Mamas Leiche auf dem Karren aufgebahrt habe.

Dabei kommt mir eine Idee.

In der obersten Schublade bewahrt mein Vater eine Stablampe auf, die, wie er meint, von der Polizei in Chicago auch als Schlagstock verwendet wird. Sie wiegt schwer in meiner Hand. Ihr Lichtstrahl erleuchtet den Raum wie eines dieser Flutlichter, die im Stadion das Spielfeld erleuchten.

Nach kurzem Zögern stecke ich auch noch das Teppichmesser ein, damit ich mir, falls Liam tatsächlich weggelaufen ist, die Pulsadern aufschneiden kann, weil ich keinem Kind mehr wehtun möchte.

In der linken Hand halte ich die Stablampe, mit der rechten schnappe ich mir den Schläger und dresche damit auf die Leuchtstoffröhre ein. Erst beim dritten Versuch gelingt es mir, die Abdeckung zu zerschmettern. Der nächste Schlag zertrümmert die Röhre. Glasscherben regnen klirrend zu Boden und knirschen unter meinen Schuhen.

Da ich die Sicherung meines Zimmers herausgeschraubt

habe, herrscht hier absolute Finsternis. Hoffentlich gibt die Stablampe nicht vorzeitig den Geist auf.

Hier riecht die Luft strenger. Obwohl der Geruch nach Reinigungsmittel vorherrschend ist, kann ich den unschönen Gestank der Leichen nicht vollends ignorieren.

Sobald der Strahl der Taschenlampe den Spiegel streift, bemerke ich Schlieren von einem Lappen darauf.

Selbst hier hat Frau Michalski alles geputzt. Die Blutflecke sind nicht mehr da. Oder sehe ich sie nicht, weil das Licht der Taschenlampe zu grell ist?

Den Baseballschläger lasse ich achtlos auf dem Boden neben dem Sofa liegen und bewege mich auf den Spiegel zu. Mein Puls steigt mit jedem Schritt weiter an.

Mein Herz lässt einen Schlag aus, als ich mit den Fingern den Rahmen berühre und den Hebel ertaste, mit dem sich die verborgene Tür öffnen lässt.

Mit angehaltenem Atem verweile ich für einen Wimpernschlag bewegungslos und stoße ein kurzes Gebet aus.

»Lass Liam leben«, flüstere ich, an niemand Bestimmten gewandt, dann drücke ich gegen den Hebel und ziehe die Tür auf. Wie eine warme Wand trifft mich die stinkende Luft im Gesicht.

Mein Magen rebelliert.

Brennende Galle steigt in mir hoch und ergießt sich wie warme Giftbrühe über meine pelzige Zunge. Ich schlucke alles runter und halte kurz die Luft an, dann ziehe ich mir den Kragen meines Shirts über Mund und Nase. Nachdem ich die Tür noch ein Stück weiter zu mir gezogen habe, schiebe ich die Stablampe durch den Spalt und spähe hinein.

Der schwammige Körper meiner Mutter wirkt wie aufgeblasen. Ihr Kopf hängt seitlich nach unten. Die Wangen und die Augenpartie haben sich dunkel verfärbt. Die Fingerspitzen sind schwarz, genauso wie Zunge und Mund.

Mein Vater liegt noch immer genauso da, wie ich ihn

zurückgelassen habe. Sein zertrümmertes Gesicht ist von mir abgewandt und auf die Erde gepresst.

»Marina?«

Habe ich mir dieses heisere Flüstern nur eingebildet?

»Liam?« Schnell reibe ich mir mit Daumen und Zeigefinger über die Augen.

Hektisch huscht der Strahl der Lampe von einer Ecke in die andere.

»Liam?«, wiederhole ich den Namen meines Kindes und falle auf die Knie.

Das weiße Licht kriecht unter den Wagen, auf dem meine Mama liegt, und trifft auf den blonden Schopf meines Jungen. Seine Haare sind von getrocknetem Blut verklebt, aber ich kann sie ihm mit Shampoo sauberwaschen und ihm frische Sachen anziehen.

Vor Erleichterung wird mir fast schwindelig.

Die Taschenlampe lasse ich liegen und krieche auf allen vieren um den Wagen herum. Ich merke kaum, wie die kalten Finger meiner Mutter meine Wange streifen und wie ich mit dem Knie in eine glibberige Pfütze gerate. Alles, was jetzt zählt, ist Liam.

Die Tür fällt hinter mir ins Schloss.

Es gibt keinen Ausweg mehr, will mich mein Unterbewusstsein warnen, aber ich schalte alle Warnsignale einfach ab. Der Knopf, den ich auf dieser Seite außer Reichweite der hier eingesperrten Kinder eingebaut habe, um die Tür zu öffnen, funktioniert nur, wenn es Strom gibt.

Ich bin eine Gefangene meines eigenen Schicksals.

Liam liegt auf dem Rücken. Seine Lider flattern wie die Flügel eines sterbenden Schmetterlings.

»Marina?«, sagt er flüsternd.

»Ich bin hier, mein Schatz.« Mit einem Lächeln auf den Lippen und einem Kloß im Hals schiebe ich meine Hände unter seinen verletzten Kopf und den schmalen Rücken. Ich hebe Liam vorsichtig an und ziehe ihn unter dem Wagen hervor.

Er leckt sich die aufgeplatzten Lippen.

»Ich bin bei dir, mein Schatz«, rede ich beruhigend auf ihn ein und presse ihn an meine Brust. Mit der rechten Hand halte ich seinen Kopf.

Er blutet wieder aus der Wunde. Sein Blut quillt unter meinen Fingern hervor und tropft auf den Boden.

»Keine Angst, mein Liebling, ich bin bei dir.«

Weinend wiege ich meinen Oberkörper vor und zurück, weil ich möchte, dass Liam wieder einschlafen kann.

»Soll ich dir ein Lied vorsingen?«

»Ich habe Durst.«

Da ich nichts zu trinken mitgenommen habe, entscheide ich mich für ein Gute-Nacht-Lied, das mir meine Mama vorsang, nachdem ich von Herrn Himmelsbach zum ersten Mal bei ihm zu Hause hinter dem Spiegel versteckt worden war.

35

JOHANNES

Wenige Minuten zuvor

Ich stelle eine Videoverbindung zu meinem Bruder her.

»Wo bist du?«, will Benjamin sofort von mir wissen.

»Hör zu, ich gehe gleich ins Haus rein. Ich vermute, dass dort das vermisste Kind versteckt wird. Ich muss da jetzt sofort rein.«

»Weil …«

»Weil sie das Kind sonst umbringen wird, wie die anderen auch.«

»Sie?«

»Ja. Sie ist eine junge Frau, keine zwanzig.«

»Willst du nicht …«

»Benjamin, hör mir genau zu! Merke dir einfach alles, was du zu Gesicht bekommst und sorge dafür, dass Karl mir folgen kann. Hast du …«

»Jaja, ich bin ja nur physisch querschnittsgelähmt und nicht mental.«

»Gut.« Nach diesem einen Wort stecke ich das Handy mit dem kleinen Blitzlämpchen und der Kamera so in die Brusttasche meines Mantels, dass Benjamin alles mitverfolgen kann und ich den Weg von der winzigen LED ausgeleuchtet bekomme. Das welke Laub unter meinen Schuhen erschwert mein Vorwärtskommen zusätzlich, weil ich ständig ausrutsche, trotzdem erreiche ich den Terrasseneingang, ohne hinzufallen.

Marina hat die Tür nicht abgesperrt – was für ein Glück.

Das heftige Zuschlagen einer anderen Tür gibt mir die ungefähre Richtung vor, der ich folge. Die Tür zum Keller steht einen Spaltbreit offen und wird von einem Gegenstand daran gehindert, vollends ins Schloss zu fallen. Es ist ein Plüschtier. Eine schmuddelige Ente aus abgewetztem Stoff. Wurde dieses Spielzeug absichtlich hier liegen gelassen? Auf der Brust der Spielzeugente wurde das Wort *Ducky* eingestickt.

Der hell erleuchtete Türspalt wird schwarz.

Marina hat im Keller das Licht ausgemacht, sinniere ich, weil ich mich mit dieser überflüssigen Feststellung von der in mir aufkeimenden Panik ablenken möchte.

Hat die Nachbarin also die Wahrheit gesagt, als sie die Altkleidersammlung unten im Keller erwähnte? Die Ketchupflecke auf dem Hemd müssen echt sein. Wäre es Blut, würden sie sich wegen dessen Oxidationseigenschaft braun verfärben.

Bedächtig schleiche ich mich weiter vor und ziehe vorsichtig an der Türklinke.

Benjamin schweigt.

Vor mir breitet sich eine steile Treppe aus, die mich in den Abgrund, in eine teerschwarze Hölle führen wird. Zum ersten Mal vermisse ich den Stressball mehr als meine Frau. Die Furcht vor dem, was mich da unten erwartet, zehrt mich von innen heraus auf.

Was, wenn in diesem Keller nicht nur Marina auf mich wartet? Was, wenn sie nur ein Köder ist, genauso wie die Ente?

Ich nehme das Kuscheltier an mich.

Vielleicht ist die junge Frau nur ein kleines Puzzleteil im perfiden Spiel eines Serienmörders?

Eine schnelle Abfolge von Erinnerungen zieht vor meinem geistigen Auge vorbei. Kurz befinde ich mich wieder in dem langen Tunnel, aus dem Michaela, meine Nichte, gerettet werden muss. Eine Explosion wirft mich zurück und der Schutt begräbt mich unter sich.

Schnell wische ich die Erinnerungen an meinen ersten Fall beiseite und wage mich einen Schritt nach unten. Die Stufen sind aus Beton, dennoch bilde ich mir ein, dass sie unter meinen Schritten nachgeben. Ich atme kurz darauf erleichtert auf. Irgendwie habe ich es geschafft, den Kellerboden zu erreichen.

Eine weitere Tür steht halb offen und zieht mich an.

Unter meinen Schuhen knirscht Glas. Kleine und große Splitter werden von meinen Schuhsohlen zu feineren Scherben zermalmt. Es hört sich an, als würde ich über die dünne Eisschicht eines Sees laufen und jeden Augenblick einbrechen. Zum Glück hört dieses Geräusch nach wenigen Schritten auf.

Nachdem ich das nächste Zimmer betreten habe, glaube ich, mich im Haus verirrt zu haben. Alles, was ich in dem schwachen Lichtkegel erkenne, gleicht nicht einem typischen Kellerraum. Ich stehe in einem Zimmer, das bewohnt wird. Darin kann ich einen großen Fernseher und ein Sofa ausmachen. Und ein Regal gefüllt mit Videokassetten. Sofort fühle ich mich in die Vergangenheit zurückversetzt. Die bunten Hüllen der Kassetten stehen akkurat in einer Reihe.

Mit der rechten Hand ertaste ich einen Schalter.

Nach mehrmaligem Versuchen, das Licht anzuknipsen, gebe ich mein Vorhaben schließlich auf.

Der OP-Handschuh ist innen feucht und drückt die Finger unangenehm fest zusammen. Dennoch ziehe ich ihn nicht aus, weil ich den Ort nicht mit meinen Spuren verunreinigen will.

»Dreh dich nach rechts«, ertönt Benjamins mechanisch klingende Stimme. »Ich habe die Kamerafunktion auf Nachtmodus eingestellt und kann deswegen mehr sehen als du.«

Ich folge seiner Anweisung.

Der Strahl der Leuchte wird von einem Spiegel reflektiert.

»Hinter dem Spiegel hält sich das Geheimnis verborgen«, murmle ich vor mich hin. Die Worte der Kindergartenleiterin. Ihr Mann hatte einen ähnlichen in seinem Keller eingebaut, hinter dem er unzählige DVDs und andere Materialien vor den Augen seiner Frau versteckt hielt, bis sie ihm eines Tages auflauerte und ihn danach zur Rede stellte. Das war der wahre Grund für seinen Suizid.

Der Abglanz meines Ichs hat nur noch eine entfernte Ähnlichkeit mit mir selbst. Ich erkenne mich kaum wieder. Ein bitterer Zug hat sich um meine Lippen gelegt.

Mein erster Versuch, den Spiegel zu entsperren, scheitert daran, dass ich den Griff nicht finden kann.

Die Ente stopfe ich in die große Tasche meines Mantels und versuche es erneut.

Konzentriere dich, Johannes.

Mit der behandschuhten Hand fahre ich an dem glatten Rahmen entlang und stoße tatsächlich auf eine Erhebung. Zuerst ziehe ich an dem Hebel und warte auf ein Geräusch.

Nichts.

»Wenn alles Ziehen nicht hilft, musst du drücken«, murmle ich vor mich hin. Ein Satz meines Vaters, der jetzt tatsächlich Sinn zu ergeben scheint.

Klack!

Einen Augenblick lang halte ich die Luft an und lausche weiter.

Kein Pistolenschuss, kein Schrei, nichts.

Wie in Zeitlupe ziehe ich an der Tür und bemerke, dass der Raum dahinter erleuchtet ist. Dann schlägt mir der Geruch aus diesem kleinen Raum entgegen und raubt mir beinahe die Sinne. Es stinkt nach Leichen, nach Verwesung.

»Sie haben mich gefunden«, sagt jemand mit kratziger Stimme.

»Marina?«

»Kommen Sie rein und bestaunen Sie meine Eltern. Das war ich. Kommen Sie.«

»Dafür gibt es bestimmt einen plausiblen Grund«, nehme ich sie in Schutz und betrete das kleine Zimmer. »Sie haben sich nur gewehrt, nicht wahr?«, frage ich mit sanfter Stimme, bemüht, bei dem Anblick, der sich mir bietet, nicht die Nerven zu verlieren.

»Mein Vater hat mich nie geliebt. Er war froh, als Herr Himmelsbach ihm das Geld angeboten hat.«

Zwei weitere Schritte und ich stehe vor dem Mädchen, das auf dem Boden sitzt, den Rücken gegen die Wand gepresst. In ihren Armen hält sie ein scheinbar lebloses Kind, das sie fest an sich gedrückt hat. Tränen mäandern über ihre Wangen, sammeln sich an ihrem Kinn und tropfen auf das von Blut verkrustete Haar des Jungen.

»Ich wollte nur ein Kind, eines ganz für mich allein.«

Hinter mir ertönt ein trockenes Klacken.

»Sie haben uns beide eingesperrt. So, wie Sie sich damals in der Kühltruhe eingesperrt haben. Die Tür geht nur dann auf, wenn jemand die Sicherung reinschraubt. Wenn nicht, werden wir hier unten verenden. Aber deutlich langsamer und qualvoller als meine Eltern. Ich habe auf die beiden so lange eingeschlagen, bis ich vor Erschöpfung die Arme nicht mehr heben konnte. Wir werden vermutlich ersticken.«

Sie gesteht alles, weil sie glaubt, dass wir hier unter uns sind und beide bald sterben werden.

»Wie ist es dazu gekommen, dass Marijke und Marian …«

»Marijke habe ich nicht getötet«, beeilt sie sich zu sagen, wie jemand, der alle Schuld von sich weisen möchte. »Sie hat geschrien. Ich habe nur versucht, sie dazu zu bringen, ruhig zu sein.«

»Sie haben ihr den Mund und die Nase zugehalten?« Ich

gehe in die Hocke, weil ich mit ihr auf Augenhöhe sprechen möchte.

Marina nickt.

»Und Marian?«

»Er hatte eine Allergie.«

»Sie haben die Leichen der Kinder an den Orten abgelegt, wo man Ihnen als Kind mal sehr wehgetan hat?«

Ein weiteres Nicken.

Es waren alles Hilferufe und Hinweise einer verzweifelten Seele.

»Komme ich deswegen ins Gefängnis?«

»Gibt es denn einen Weg, hier rauszukommen?« Mit der linken Hand zerre ich das Kuschelmonster aus der Manteltasche. »Gehört das dir? Oder einem der Kinder?«

Beschämt senkt sie den Blick und den Kopf.

»Marijke«, flüstert sie.

»Und das hier?« Ich lege ihr die Ente vor die Füße.

»Das ist Ducky, mein Freund.«

»Können Sie mir so lange etwas über sich erzählen, bis uns die Luft ausgeht?«

Sie streichelt dem Jungen das Haar – und plötzlich explodiert die Tür hinter meinem Rücken.

Marina schreit laut auf.

Den Arm schützend vors Gesicht haltend, drehe ich mich rum und erblicke zuerst einen Teil eines Baseballschlägers, dann quetscht sich ein schwerer Schuh durch das Holz.

»Doc, bist du da drin?«, schreit Karl und zieht seinen Fuß zurück.

Erneut werde ich von einer Holzsplitterexplosion überrascht. Karl hat mit seiner massigen Schulter die Tür ausgehebelt, statt Zeit damit zu vergeuden, nach dem Hebel zu suchen.

»Nächstes Mal reiße ich dir deine dämliche Rübe von den Schultern, wenn du noch mal so mir nichts, dir nichts einfach verschwindest.«

Sein mürrischer Altherrencharme weicht einem Ausdruck des Entsetzens. Er wirkt bis ins Mark erschüttert, hektisch und angespannt, weil er gegen seine Gefühle ankämpfen muss, um nicht auszuflippen. »Was ist das hier für eine kranke Scheiße?« Er fährt sich mit der Zunge über die Innenseite seiner Wange und leckt sich die Lippen. Die Faust ballt sich so fest um den Schläger, dass die Knöchel seiner Hand weiß hervortreten.

»Und das alles war sie ganz allein?« Er zeigt mit dem Kinn in Marinas Richtung. Die Frage gilt mir.

»Bitte, nehmen Sie mir das Kind nicht weg«, fleht Marina ihn mit weinerlicher Stimme an.

»Das machen wir nicht. Aber Liam muss ins Krankenhaus«, sage ich und lege meine Hände auf ihre.

»Ist er denn nicht tot?« Ihre Stimme ist voller Hoffnung.

»Wenn wir schnell handeln, kann ihm noch geholfen werden.« Ihre Hände sind feucht und kühl.

»Dann nehmen Sie ihn und bringen Sie mein Baby ins Krankenhaus. Ich bin zu schwach dafür.«

Sobald ich den Jungen in den Armen halte, werde ich von Karl schnell zur Seite gezogen. Noch bevor ich so recht begreife, was geschieht, stürmt er auf Marina zu.

»Nein, Fräulein, das lassen Sie schön fallen!«

Mit dem rechten Fuß tritt er nach der zierlichen Gestalt. Karls Stiefel trifft Marina gegen die Brust. Mit einem gepressten Keuchen prallt sie mit dem Rücken zurück gegen die Wand.

Erst jetzt sehe ich das Messer, das ihren Fingern gerade entgleitet.

Karl geht in die Knie und verdreht Marina die Hände hinter dem Rücken. Sie leistet keinen weiteren Widerstand.

»Los, Doc, bring das Kind nach draußen. Dort wartet bereits ein Krankenwagen auf euch. Mach schon! Mit dem Mädel werde ich schon allein fertig.«

Mit seinem Gebrüll reißt er mich aus meiner Starre. Ich eile nach draußen, den Jungen auf den Armen.

Helle Strahlen von mehreren Taschenlampen blenden mich. Starke Hände wollen mir das Kind wegnehmen. Ich wehre mich dagegen.

»Schon gut, wir sind hier, um Ihnen zu helfen«, redet eine freundliche Frauenstimme auf mich ein. »Ich bin Notärztin.«

Jemand stützt mich beim Gehen.

»Ich schaffe das schon, laufen Sie mir nur voraus«, finde ich wieder zu mir. Meine Stimme wird fester, die Schritte sicherer. Oben angekommen, wage ich einen tiefen Zug und lege den reglosen Körper auf einer Trage ab. Sofort beginnt die Notärztin mit der Untersuchung des Jungen.

»Sehr gut. Er zeigt vitale Zeichen. Der Lichtreiz der Pupillen ist vorhanden. Wir brauchen …«

Ich schenke den Anweisungen keine Beachtung mehr, drehe mich um, starre zur Tür und warte auf Karl und Marina.

Zwei Polizisten führen mich gegen meinen Willen nach draußen und setzten mich in einen Wagen, wo ich eine Decke angeboten bekomme, die ich dankend ablehne.

36

MARINA

Mit dem Schlag gegen die Brust verschwindet die Wirklichkeit vor meinen Augen.

Alles um mich herum wirkt wie ein böser Traum, den ich durch eine trübe Scheibe beobachte, ohne wirklich daran teilzunehmen. Etwas Hartes und Kaltes schnappt nach meinen Handgelenken. Grob werde ich auf die Beine gezerrt, doch auch das nehme ich nur distanziert wahr. Mein Geist versteckt sich hinter dem Spiegel und überlässt den Körper seinen Peinigern.

Hier bin ich sicher, hier spüre ich keinen Schmerz, hier will ich bleiben.

37

JOHANNES

In meinem Haus brennt kein Licht.

Alles, was ich jetzt möchte, ist eine Mütze Schlaf, nur sagt meine innere Stimme, dass mir dieser Wunsch verwehrt bleiben wird.

Auf Zehenspitzen schleiche ich hinein.

Jack begrüßt mich mit hektischem Hecheln und schnellem Schwanzwedeln.

»Ist dein Frauchen sehr sauer auf mich?«, will ich von meinem vierbeinigen Kumpel wissen. Er leckt sich nur die Lefzen.

Den Mantel hänge ich an die Garderobe, merke jedoch sofort, dass hier etwas nicht so ist, wie erwartet. Eine der Jacken, die dort hängen, gehört Tim. Er ist also hier. Aber ich sehe keine Frauenschuhe mit hohen Absätzen und keinen Pelzmantel.

Schöne Scheiße. Entweder wurde Tims Freundin verhaftet, oder …

»Hi, Paps.«

Tim sitzt auf dem Sofa und winkt mir mit seinem Handy zu. Von meiner Position aus kann ich nur einen Teil des

Wohnzimmers erblicken. Schnell schlüpfe ich aus den Schuhen und laufe zu meinem Sohn.

»Du brauchst gar nicht erst zu versuchen, dich rauszureden«, sagt Tim und schaltet eine der Stehlampen an, indem er sich über die Lehne beugt und an der Schnur zieht. »Ich war es, der die Polizei angerufen hat. Sie hat mich angelogen und mich ausgenutzt.« Tim vermeidet es, seine vormals Angebetete beim Namen zu nennen. »Weißt du was, Paps? Ich bin wie du. Ich gerate ständig in irgendwelche Sachen rein, in die ich gar nicht geraten will. Du hast Mama, die dich bremst, aber selbst sie schafft es nicht immer, dich davon abzuhalten, den Kopf in die Schlinge zu stecken.«

»Aber …«

»Jaja. Deine Sache dient einem höheren Zweck und du rettest Leben. Ich weiß. Bin auch etwas stolz auf dich, aber leider vergisst du dabei, dass ich auch noch da bin. Verstehst du?«

Ich nicke und beiße mir auf die Unterlippe.

»Es tut mir echt leid. Ich bin, was die Erziehung betrifft, ein Versager«, gestehe ich. Dabei schaue ich meinem Sohn in die Augen.

»Das bist du nicht. Du hast dich nur zu wenig daran beteiligt. Jetzt bin ich erwachsen …«

»Mooooment. Den Braten kann ich selbst mit zugehaltener Nase riechen«, sage ich und bediene mich der Wortwahl meiner Nichte. »Es war die Idee deiner Mutter, bei mir auf die Tränendrüse zu drücken, stimmt's?« Schnell werfe ich einen Blick durch das Zimmer, aber Sonja ist nirgends zu sehen.

»Scheiße!«, flucht Tim in sich hinein, weil ich ihn durchschaut habe.

»Bitte sag's Mama nicht. Sonst schickt sie mich ins Heim, hat sie gesagt. Sie hat die Polizei angerufen und sie wollte sogar, dass die auch mich mitnehmen. Aber ich habe mich bereit erklärt, gegen meine Ex auszusagen, also ließen sie mich laufen. Aber erst, nachdem Mama zugesichert hatte, mich bis zur Anhörung im Auge zu behalten. Ich bin voll am Arsch, wie immer.«

»Wie immer. Also rück schon mit der Wahrheit raus.«

»Nein, das kann ich nicht. Frag sie lieber selbst. Du weißt, wie Mama sein kann.«

»Nur zu gut …«, murmele ich und spüre, wie mein Hals immer enger wird. »Und du schläfst heute hier?« Ich klopfe auf das Sofa.

»Hier oder bei Jack auf der Matte. Ich habe die freie Auswahl, hat Mama gesagt. Mein Zimmer hat sie abgeschlossen und den Schlüssel versteckt.«

»Und ich?«, will ich von Tim wissen.

Er zuckt mit den Schultern.

»Nun gut. Gute Nacht.« Von zwiespältigen Gefühlen übermannt, begebe ich mich in die obere Etage und verschwinde in meinem Arbeitszimmer.

Das hier ist neutrales Terrain, rede ich mir ein und plumpse in den weichen Stuhl.

»Na, wen haben wir denn da?«

Sonja steht in der Tür. Sie trägt ihren Morgenmantel aus Seide mit japanischen Applikationen darauf. Darin sieht sie ziemlich scharf aus, aber an Sex zu denken, wage ich nicht. Stattdessen konzentriere ich mich auf jede noch so kleine Zuckung ihres Gesichts. Die Mikromimik kann einem sehr viel über das emotionsgeladene Innenleben seines Gegenübers verraten. Sonja wäre eine sehr gute Pokerspielerin. Das weiß sie auch und nutzt ihr Können stets gegen mich, so wie jetzt. Aber da. Hat ihr linker Mundwinkel sich nicht gerade ein kleines bisschen bewegt?

Und die Augen?

Ich fürchte mich nicht vor ihrem Blick, weil sich dahinter ein Geheimnis versteckt, welches sie mir verraten möchte, obwohl sie mich noch eine Weile im Ungewissen halten will, mich zappeln lassen möchte.

»Du siehst müde aus«, spricht sie weiter in einem Ton, den ich nicht deuten kann.

»Das bin ich auch.«

»Hast du den Jungen retten können?«

Noch bevor ich sie fragen kann, von wem sie das weiß, sagt sie: »Benjamin hat mich vorhin angerufen.«

»Liam wird gerade notoperiert.«

»Wird er es schaffen?« Die Maske der Unnahbaren fällt mit einem Schlag, weil Sonja eine Mutter ist, die ihr Kind liebt und sich in die Lage von Liams Eltern hineinversetzen kann.

Ganz entgegen meiner Art, schweige ich die Frage eine Weile aus.

Jack kommt ins Zimmer und legt sich so dicht vor meinen rechten Fuß, dass ich mit den Zehen seinen Herzschlag spüren kann.

»Hast du Hunger?«

Ist das wieder ein Hinterhalt, oder …

»Ich bin dir gar nicht mehr böse. Ist es dir denn gar nicht aufgefallen? Ich trage keine Waffe bei mir.« Sie lächelt müde. »Morgen darfst du ausschlafen.«

»Was soll das nun wieder heißen?«

»Es wäre zu auffällig, wenn du nach so einem schweren Eingriff gleich wieder laufen können würdest.«

»Was?« Was redet sie da? Hat meine Frau etwas von dem Pulver geschnüffelt?

Sonja lächelt. »Ich habe eine E-Mail bekommen, mit einer Vorladung zu einem zweiten Gespräch. Benjamin war der perfekte Partner für mich. Natürlich denken alle anderen, dass du es bist, und nach dem schweren Übergriff …«

»Übergriff?«

»Benjamin hat das Video gezeigt, in dem du mit einem Roller auf ein protziges Auto einschlägst. Die Frau, die das Kennenlerngespräch geleitet hat, war von deinem Engagement sehr beeindruckt. Mit so viel Zivilcourage hat sie nicht gerechnet.«

»Warum ist sie von meiner Ausschreitung beeindruckt gewesen?«

»Sie hat ihren Sohn an so eine Mafia-Organisation verloren. Er war zwanzig und hat sich auf einer öffentlichen Toilette den goldenen Schuss verpasst. Jetzt engagiert sie sich ehrenamtlich für Kinder, die aus schwierigen familiären Verhältnissen stammen. Selbst nach außen hin gut situiert wirkende Familien haben Schwierigkeiten bei der Erziehung.«

»Hast wirklich du Tims Angebetete an die Polizei ausgeliefert?«, will ich von Sonja wissen, weil ich mich noch immer nicht mit dem Gedanken abfinden kann, ein Kind in unsere Familie aufzunehmen.

»Das war nicht ich. Dieser Verdienst gilt ganz allein deinem Kumpel. Stimmt's, Jacky?«

Der Hund stellt seine Lauscher auf. Trotz seiner Instinkte kann auch er Sonja nicht durchschauen und sucht bei mir nach Unterstützung, indem er mich bettelnd anstarrt.

»Keine Ahnung, Kumpel, ob das alles nur die Ruhe vor dem Sturm ist oder ein Sturm in einem Glas. Sonja, sag uns beiden bitte jetzt, ob du uns nur deswegen auf die Folter spannst, weil du uns leiden sehen willst, oder ob du es wirklich ernst meinst.«

In Jacks Brust entsteht ein dumpfes Knurren, das sich irgendwo tief in seinem Bauch verirrt.

»Kommt beide mit in die Küche.« Ihr manikürter, rot glänzender Fingernagel zeigt auf mich. »Du bekommst eine warme Suppe und du, mein Freund ...«, sagt sie und zeigt jetzt auf Jack. Der Hund springt auf, macht zwei Schritte auf Sonja zu und leckt ihr den Finger ab. Sie lacht müde auf. »Wie kann ich so einem Schleimscheißer jemals böse sein? Solange er mir nicht die Schuhe abkaut«, der letzte Satz klingt kühler und mahnender. Jack hört mit dem Schlabbern auf. »Aber da du es nicht mehr so oft machst, bekommst du heute eine große Portion Hundefutter. Jetzt kommt. Während ich die Suppe aufwärme, springst du schnell unter die Dusche. Du stinkst wie Jack aus dem Maul.«

»Wird gemacht«, murmle ich müde und begebe mich ins Badezimmer, schlüpfe aus meinen Sachen und stelle mich unter den warmen Strahl. Die Wärme und das Prasseln der Wassertropfen vertreiben allmählich die unschönen Bilder aus meinem Kopf und lassen meine Haut rot werden.

»Ist da noch ein bisschen Platz für mich?«, ertönt Sonjas Stimme.

Hastig wische ich die beschlagene Scheibe der Kabine frei und traue meinen Augen nicht.

»Oder willst du stattdessen deine Suppe?«

Der seidene Stoff fließt an ihrem Körper entlang.

»Ich möchte dich für deinen Einsatz belohnen«, sagt sie und lächelt sexy.

»Du willst mich nur …«

Sie macht die Tür auf und legt mir einen Finger auf die Lippen. In der Kabine wird es sofort sehr eng und ziemlich heiß.

»Aua«, sagt Sonja und dreht am Wasserregler.

»Nachdem wir beide uns gründlich geduscht haben, will ich, dass du ein Dokument unterschreibst.«

»Aber …«, will ich widersprechen und verstumme, als ich spüre, dass Sonjas Finger mich an einer sehr intimen Stelle berühren.

Sie hat mich fest im Griff, und in diesem Moment würde ich einfach alles unterschreiben, damit sie ihre Hand nicht dort wegnimmt – und das weiß sie ganz genau.

38

JOHANNES

Vier Tage später

Wir sind in Karls Büro. Eine komplette Wand und zwei Tische sind mit Beweismaterial überhäuft, trotzdem behauptet Karl, dass uns dieser Haufen Scheiße vor Gericht nichts bringen wird. Selbst das Video, das Benjamin mit meinem Handy aufgenommen hat und auf dem sich Marinas Geständnis befindet, spielt keine Rolle. Es kann vor Gericht nicht zugelassen werden, da sich die Beschuldigte in einem Ausnahmezustand befunden hat.

Ich stelle mich ans Fenster.

»Hier, Doc, der gehört dir. Ein kleiner Vorschuss meinerseits, wegen deines Engagements.« Ein roter Ball fliegt durch den Raum, den ich aus der Luft fange.

Lächelnd schaue ich nach draußen. Der Himmel leuchtet blau. In den kahlen Baumkronen hocken Krähen und schreien sich gegenseitig an.

»Und, was habt ihr für mich?« Karl lehnt sich gegen seinen Tisch.

Den Ball knetend, schaue ich zu Saskia und Edgar. Sie sitzen an einem Tisch und wagen sich nicht zu rühren.

»Edgar? Wie weit sind wir mit den Filmen?«

»Mit dem Filmmaterial von Herrn Himmelsbachs Festplatte?«

»Nein, mit Herrn Deißbachs DVD-Sammlung!«

»Die Kollegen sind seit Tagen dabei, die Daten zu sortieren. Kann also noch dauern.«

Karl will seinen Frust weiter an Edgar auslassen, wird aber von einem lauten Klopfen unterbrochen.

»Herein!«, schreit er den Störenfried an.

Lars erscheint und wirft einen kurzen, mahnenden Blick über die Schulter. »Karl, reiß dich ein bisschen zusammen, wir haben Besuch!«, knurrt Lars seinen Vorgesetzten an.

Mit so viel Rückgrat hat keiner hier gerechnet, auch Karl bleibt die Spucke weg.

Lars' Ohren leuchten rot.

»Was in Gottes …«

»Halt dich bitte einfach etwas zurück. Kommen Sie bitte rein, Herr Weißmann.«

Lars winkt einen Mann herein, der beim Betreten des Büros den Kopf einzieht.

»Guten Tag, mein Name ist Weißmann«, sagt er überflüssigerweise.

»Was verschafft uns die Ehre?«, prescht Karl trotz der Warnung seines Partners in die Offensive.

Herr Weißmann überragt den brummigen Kommissar um mehr als einen Kopf, wirkt aber in seinem ganzen Erscheinen recht kränklich. Die kahlen Stellen auf seinem Kopf sind von einer rötlichen Schorfschicht durchfurcht. Die Knöchel seiner Finger sind wund und sehen ziemlich knorrig aus. Er leidet offenbar an vielen Krankheiten und macht den Eindruck auf mich, als hätte ihn nur etwas ungeheuer Wichtiges zu einem Besuch auf dem Präsidium bewegen können. Etwas, das sich unter keinen Umständen aufschieben lässt.

»Meine Enkelin«, sucht der Mann nach den passenden

Worten und nestelt am Rahmen seiner dicken Hornbrille. »Sie ist vor einigen Monaten überfallen worden. Zuerst wussten wir nicht, wie wir da … Wir wussten nicht, an wen wir uns wenden sollten. Wir haben eine Anzeige gegen Unbekannt erstattet, aber irgendwie verlief das Ganze im Sande, bis Stella …«

Dieser Name lässt Edgar aufhorchen. Er schnappt sich eine Mappe und schlägt sie auf.

Blätter rascheln.

»Meine Enkelin saß an der Bushaltestelle und wurde von einem Jungen angesprochen. Stella hat sich geweigert, mit ihm mitzugehen. Aber jetzt behauptet sie, dass sie den Jungen im Fernsehen gesehen hat. Nach einigen Recherchen hat sich herausgestellt, dass besagter Junge wohl ein Mädchen ist. Darum weiß ich nicht, wie wir da weiter vorgehen sollen. Stella ist kein Kind, das irgendwelche Lügen erfindet, wissen Sie? Sie behauptet felsenfest, das Mädchen im Fernsehen erkannt zu haben.«

Seit der Festnahme taucht in den Nachrichten immer wieder das Bild von Marina auf, das zeigt, wie sie in Handschellen abgeführt wurde. Frau Michalski hatte einen Reporter informiert, ihren Neffen, der im Internet Bilder und Videos veröffentlicht und einen großen Pool an Anhängern hat. Der filmte die Festnahme und dieses Video ging dann viral.

»Wo ist Ihre Enkelin jetzt?«, frage ich den Mann.

»Sie wartet im Flur. Sie ist ein wenig schüchtern und möchte am liebsten wieder zurück nach Hause, aber ich konnte sie dann doch noch dazu überreden, hierhin mitzukommen. Ich habe ihr versprochen, ihr ein Buch zu kaufen. Von Ben und Max oder so.«

»Sie können zu Ihrer Enkelin gehen. Wir beratschlagen uns nur kurz und kümmern uns dann sofort um sie«, sagt Karl und begleitet den Mann wieder hinaus auf den Flur.

Mein Blick wandert zu Karls Tisch. Darauf liegt dieses

Buch, von dem der alte Mann gesprochen hat. Dieses Buch hat Marijke gehört.

»Saskia, wollen wir beide uns mit dem Kind unterhalten? Vor Karl würde sich sogar eine Deutsche Dogge in die Hose machen.«

»Dein Jack ist doch kein richtiger Hund«, protestiert Karl, hat aber keine weiteren Einwände, weil er endlich einen weiteren Anhaltspunkt hat, der uns in dem Fall weiterbringt. Da wir einen Zeugen gefunden haben, der gegen Marina aussagen kann, könnte der Fall zum lang ersehnten Abschluss gebracht werden.

EPILOG

MARINA

Ich sitze in einem hellen, nach Blumen riechenden Zimmer. Zum ersten Mal fühle ich mich erleichtert, weil mir die Bürde, eine weitere Entscheidung treffen zu müssen, abgenommen wurde. Der Richter hat mich für schuldunfähig erklärt, weil ich schizophrene Schübe habe. Man hat mich isoliert und die Experten meinen, dass meine Krankheit unheilbar sei. In meinem jetzigen Zustand, sagte der Richter, stelle ich eine Gefahr für die Allgemeinheit dar, weil ich meine Ausbrüche nicht kontrollieren kann.

Mein Zimmer ist gelb gestrichen. Das Fenster hat helle Vorhänge und hinter der nassen Scheibe kann ich Menschen im Park dabei beobachten, wie sie ihre Runden drehen. Manche laufen zu Fuß, andere sitzen im Rollstuhl und werden geschoben, wieder andere sind mit dem Rad unterwegs. Mein behandelnder Arzt hat mir versprochen, dass auch ich irgendwann in den Park gehen darf. Aber ich werde wohl niemals ein eigenes Kind haben dürfen. Diese bittere Erkenntnis macht mich mutlos.

Sobald ich von Angstzuständen übermannt werde, bekomme ich eine Tablette und schlafe viele Stunden am Stück. Diese Zeit mag ich am liebsten, denn in meinen

Träumen sitze ich mit Marijke, Marian und Liam an einem Tisch.

Liam wurde vor drei Wochen operiert und es geht ihm den Umständen entsprechend gut, hat mir der Psychologe erklärt, der bei meiner Verhaftung dabei war. Er war mit seinem Zwillingsbruder hier. Sie haben mir Ducky gebracht und mir alles Gute gewünscht. Dank dieses Doktors haben sie Liam retten können.

Gedankenverloren fahren meine Finger über die bunten Perlen einer Kette, die mir Doktor Hornoff geschenkt hat. So eine ähnliche habe ich im Kindergarten zusammen mit Frau Deißbach gebastelt, am schönsten Tag meines Lebens. Dieses Geschenk von Doktor Hornoff soll mich täglich an die gute alte Zeit erinnern, was es auch tatsächlich tut.

»Marina«, ruft eine dünne Frau in einem weißen Arztkittel meinen Namen. »Es gibt gleich was zu essen. Was magst du heute zum Mittag?«

»Popcorn, Hanuta und die Gummibärenbande anschauen.« Ich hänge mir die Kette um. Aus Angst, sie wieder zu verlieren, taste ich meinen Hals immer wieder danach ab. Ich trage sie selbst dann, wenn ich ins Bett gehe. Nur beim Duschen nehme ich sie ab. »Oder ein Bier?«

Die Frau schüttelt den Kopf, lächelt aber. »Das mit den Gummibären geht klar, leider musst du dich aber zwischen Schokopudding oder Vanillejoghurt entscheiden«, sagt sie mit einem breiten Lächeln.

»Ich nehme Schokopudding, weil Liam auch Schokolade mag. Er ist mein Sohn, musst du wissen, und wenn ich hier raus bin, hole ich ihn wieder mit zu mir nach Hause.«

ENDE

BÜCHER VON NOAH FITZ

Nicht ihre Schuld (Psychothriller Bestseller 2015)

Mörderische Pläne (Psychothriller Bestseller 2015)

Der Seelenretter (Psychothriller Bestseller 2016)

Der Angstmacher (Psychothriller Bestseller 2017)

Der Todsammler (Psychothriller Bestseller 2017)

Sie ist tot (Psychothriller Bestseller 2017)

Ich bin der Tod (Psychothriller Bestseller 2018)

SEI. ENDLICH. STILL. (Thriller Bestseller 2018)

TOTE TRÄNEN (Thriller Bestseller 2019)

Liebstes Kind (Thriller Bestseller 2019)

Der Schaufelmann (Psychothriller Bestseller 2020)

Engelshaut (Thriller Bestseller 2020)

Der Spiegelmörder (Thriller Bestseller 2021)

Seine Schuld (Thriller Beststeller 2021)

Blutige Zahlen (Ein Escape-Room-Thriller 2021)

Kinderwunsch eines Mörders (Bestseller 2021)

Printed in Poland
by Amazon Fulfillment
Poland Sp. z o.o., Wrocław

89196264R00214